知音动漫图书·漫客小说绘
ZHI YIN COMIC BOOK 以梦想之名 点燃阅读

那夏◎著

中国致公出版社　知音动漫

知音动漫图书·漫客小说绘出品

第十一章·雨夜的星光	147
第十二章·看不见的纪念品	161
第十三章·残忍的真相	179
第十四章·叵测的命运	201
第十五章·消失的名字	217
第十六章·爱你的决定	237
第十七章·珍贵的你	255
第十八章·永恒的雨	273
第十九章·新的羁绊	291
第二十章·生命的奇迹	307
后记·勇敢	327

目/录

第一章 · 死神的恶作剧 001

第二章 · 特别的陌生人 015

第三章 · 奇怪的她 029

第四章 · 觉醒的私心 043

第五章 · 本能的选择 057

第六章 · 荒诞的幸运 071

第七章 · 暴风的旋涡 085

第八章 · 蝴蝶的效应 099

第九章 · 雪落的声音 115

第十章 · 温暖的陷阱 133

第一章 死神的恶作剧

早春三月，傍晚的冷风穿堂而过，撞响诊所窗口那一串白色风铃。透过窗户望出去，外面的天是一方明丽的蓝，犹如燃烧的烈焰，明明滚烫，却凝固成最冰冷的颜色。

忽然间，里间诊室的亚克力珠帘响了，嘈嘈切切的声音引得候诊区的老头老太们纷纷侧目，一个穿白大褂的女人从里面快步走了出来。

低头扫一眼手中的药瓶，荀羽习惯性地将手指从瓶腹往后挪了半寸，最后用两指捏住瓶底，来到候诊区那位穿沙色夹袄的老太太跟前。

"刘……"荀羽话未讲完，老太太先热切地拉住了她的手："小荀医生，每次都麻烦你，真是谢谢了……"

柔软而温暖的皮肤，带着老年人特有的松弛触感。被老太太突然握紧，荀羽倍感亲切，眉间不觉浮起一抹温柔的笑容："这都是我分内的事，刘奶奶你不要客……"

最后一个"气"字在舌尖陡然打了个转儿，生生卡在了齿缝。荀羽的视线定格在刘奶奶沟壑纵横的脸上。

短暂的沉默。几秒后，她的脸上再次露出了笑容，这一次，温柔到近乎慈悲："我刚才是想说，这都是我应该做的，刘奶奶，你不要放在心上。"

"什么呀，要不是小荀医生你，老太婆我哪儿能平平安安活到现在呀……"

荀羽脸上的笑容未变，目光却不自觉地滑向了脚下的地板。在那里，停留着两个交织在一起的黯淡阴影，她分不清哪部分属于刘奶奶，哪部分属于她。

黑夜就要来了。

"小荀医生？"见荀羽没回应，刘奶奶忍不住叫了她一声。

荀羽这才抬起头，视线刚好落在刘奶奶头顶的壁钟上："刘奶奶，我刚想起来，今天得提前下班，我还约了人吃饭……"

刘奶奶一愣，旋即心领神会地笑了："是小荀医生的男朋友吧？那可不能耽误了时间，快去吧！放心，老太婆我会按时吃药的！"

她说着，终于松开了握住荀羽的手。

包裹自己的温度瞬间被抽走，荀羽冰冷的手指一下子悬了空。愣怔两秒，她将手放回口袋，缓缓捏成拳，转身道："那……我先走了。"

"小荀医生！瞧我这破记性！刚才来的时候，我放了一袋橙子在你桌上，明天要记得吃啊……我听王医生说，你最近胃口不好，吃点儿酸的能开胃……"

紧绷的神经骤然被撕裂，荀羽猛地回身，紧紧抱住了她。

作为空巢老人，刘奶奶身上其实一直散发着一股淡淡的奇怪味道，刘奶奶自己也清楚，所以羞赧地扭动了几下身体。但荀羽反而将她抱得更紧了。她明白，这是因为刘奶奶不常洗澡。可不洗澡不是因为不爱干净，而是因为老人独自洗澡是件危险的事，一不小心就可能滑倒毙命，尤其是她这样独居的老太太。

往往人活得越久，便越会发现生命中有愈来愈多不可承受之轻。

"小荀医生？"刘奶奶又不好意思地挣扎了一下。

这一次，荀羽终于配合地松开了她："我只是想告诉你，明天要记得按时来查血压……还有，突然想抱抱你……"

刘奶奶顿时惊讶地瞪大了眼睛，良久，她的眼眶有些红了："谢谢你，小荀医生……你的爷爷奶奶能有你这样的孙女，可真幸福啊……"

荀羽听罢愣了愣，淡淡笑了："可惜，他们已经去世了。"

门外的天空终于褪去艳丽的颜色，仿佛刚经历一场大火，只剩遍地暗淡的尘嚣。唯有几颗早升的星辰像千锤百炼后灿烂的余烬。

离开诊所，荀羽乘坐出租车刚驶上桥，前面路便堵上了。司机见怪不怪，顺手打开收音机，开始跟着广播里的音乐摇头晃脑。

荀羽抬头，目之所及是一片密密麻麻的汽车尾灯，仿佛蜘蛛的红色眼睛。

她低头拿出手机，打开导航软件查看实时路况，预计还需要十五分钟才能通过这段路。

切出页面，她立刻给通讯录中标注"张队长"的号码拨了电话："张哥？"

电话那头是个稳重的中年男声："小荀，你到哪儿了？"

"刚上一号桥，但是堵上了，导航说还要十五分钟才能过去。怎么，新队员都到齐了？"

"是，不过……"信号像被什么干扰了，那头的人声一下变得时断时续，衬得背景音格外嘈杂刺耳。她确定，那是人声，不是风声。

荀羽顿时拔高了音量："喂！喂！张哥，船上是发生了什么事吗？"

听筒里却只传来她自己的回声。

几秒后，通讯终于恢复正常："刚才船上有人被推落水了……推人者也跟着跳水了！我们的新队员现在已经跳下去救人了，被推者是男性，推人者为女性，目前确认男性不会游泳，女性水性不佳，现场可能需要急救！"

"已经联系过120了吗？"

"当然！"

"有需要的话，再联系一下110吧！"

"正准备联系，不过眼下救人要紧！"

"我明白，把具体落水位置给我！"荀羽用肩膀夹住手机，开始掏钱包。

"嘉滨渔港，一楼左侧船舷！"

"我这就到！"

荀羽将五十块递到了前排司机的手中。司机刚要说话，荀羽打断他："不用找了！"

拉开车门，黛青色的夜空映入眼帘，初春裹挟着凉意的风混合着前车的尾气扑打在荀羽脸上。

一路狂奔，荀羽顾不上看一眼手机上正在计时的秒表。世界上最紧张激烈的战斗，不属于人与人，而属于人与时间。截至2016年，国内最发达的城市上海，救援人员从接报到抵达现场的平均时间约为11分钟，比发达国家的6分钟落后了5分钟。

那时荀羽刚开始在急救培训中心学习，第一次了解到在呼吸停止两分钟内开始进行心脏复苏，病人获救的可能性是90%，3分钟是75%，4分钟是50%……可哪怕是发达国家的6分钟，或更短的时间，大家所能抢夺到的生机亦不足一半。

而她之所以走上这条路，就是为了抓住任何一个可能的机会，去争取那超过百分之五十的生机。

许多人将之称为奇迹。但荀羽更愿意称之为斗争，一场和死神的殊死搏斗。

三分钟后，荀羽顺利赶到了嘉滨渔港。

船身装点的五彩灯饰正缤纷闪耀着，亦真亦幻的光影在江面上粼粼摇曳。不远处，有观光船驶过，平坦的江面被船桨划破，留下一尾水痕，远远望去，犹如裂帛。

一切似与平时别无二致，除了一至三楼的包房外挤满了交头接耳的食客。而船下的岸边也早被各式各样赶来看热闹的人塞了个水泄不通。

荀羽顿时捏紧了拳头："让开！请大家让开！无关人员烦请立刻离开，或者回到船上！"她一边拨开人群，一边大喝，"救护车就要到了，请大家把生命通道让出来！"

"你算哪根葱啊？我爱站这儿就站这儿，关你屁事！"有看热闹的年轻男人挑衅地瞪了她一眼。

"我算哪根葱？"荀羽眼尾一吊，之前还算柔和的面孔倏然蒙上一层霜，"我是关键时候能救你一命的姑奶奶！"

"你！"年轻人抬手便要挥拳，忽听江上传来"咻——"一声响亮的口哨。

躁动的人群瞬间安静了下来，包括想动手的男人，一时间，所有人的目光都投向了不远处的江面。沿江没有路灯，江水漆黑而幽深，唯有头顶月光皎洁，从容洒下，虚虚照亮一个年轻男人浮在江水中的脸。与他四目相接的一瞬，荀羽想到了白鲟。

这种濒临灭绝的珍稀淡水鱼，因吻部状如象鼻，也被称作象鱼。据说它们生性凶猛，会上蹿下跳，有极强的冲刺能力，每当靠近船边时，还会拼命打滚。

眼前这个男人当然没有长一张长长的嘴巴，但他面形狭长，轮廓凌厉，一双丹凤眼微微上扬，周身浸润着一股冰冷的气息。有晶莹的水珠顺着他的下颌角淌落，几秒后，他看荀羽的神情似起了一些微妙的变化。

意识到这种变化，荀羽不动声色地将视线挪到男人救起的溺水者的脸上。

溺水者正以闭眼仰卧的姿态将口鼻保持在水面以上，而拖住他腋下的男人则以反蛙泳的姿势，疾速朝岸边游过去。这次救援看上去很顺利，除了……

"等一下！他现在是处于无意识的状态吗，持续多久了？"荀羽蓦地提高了音调。

"一分钟三十八秒。"淡然的声音自几米开外的水面飘过来。

"这么确定？"这一次，荀羽看清了他右眼角下的那颗泪痣。

"你觉得呢？"

荀羽没再说话了，她相信这个人的判断。

又一分钟过去，男人终于将暂时失去意识的溺水者拖上了岸，将他以仰卧的姿势摆放好，男人偏头看了荀羽一眼："剩下的就交给你了，我得再下去一趟，看看'富贵'怎么回事，怎么救个人能慢成这鬼德行……"

"好！"没时间关心别的，荀羽果断答道。心中那只无形的秒表还在滴答滴答地转动着，距离溺水者失去意识已过去两分五十三秒。

荀羽蹲下身，将溺水者的上肢放在躯干两旁，一边呼唤他，一边拍打他的肩膀，试图唤醒他。然而躺着的人却没有任何反应。荀羽皱眉，立刻改由一只手压住他的前额，另一手则抬起他的颔部，令口腔、咽喉呈一条直线，然后凑近仔细观察他的呼吸。

胸廓无起伏，无气流呼出声……需要立刻急救！

不敢再耽误半秒，她立刻开始进行心肺复苏。

而她身后，是"哗啦"一下水声，宛若白鲟入水。

三十次胸外按压，配合两次人工呼吸，交替进行两分钟后，溺水者吐出了第一口水，缓缓睁开了眼睛。荀羽长舒了口气，抬头，发现不远处的桥上，救护车终于到了。

见昏迷的男人醒了过来，人群中爆发出一阵欢呼声，刚才还出言不逊的年轻男人见此情景，默默往后退了几步，一头扎进了逐渐散去的人潮中。

荀羽的余光瞥见他的背影，轻轻勾起了嘴角。很快，张哥带着救护人员来到了现场。

荀羽起身，第一时间为救护人员让开道路。

"看你的样子，接受过专业培训？"急救队长是个和张哥差不多年纪的中年人，见到她，微微颔首致意。

荀羽亦点了点头，但没有正面回答他的问题："溺水者醒后脉搏很弱，速度过快，意识水平我无法确认，只确定从失去意识到开始急救一共经历了两分五十三秒。"

那人眼中似有些惊讶，最后微笑着朝荀羽伸出了自己的手："谢谢你专业的急救，是你挽救了这位年轻人的生命！"

荀羽低头注视着那只伸出的手，却迟迟没有回应。

忽然间，江上又传来了一声呼喊，不是刚才那个男人，而是另一个明快的大嗓门："嗨！岸上的朋友们，我这儿还有个姑娘呢！不过请大家放心，她意识清醒，没有抽筋的迹象，现在还在自个儿瞎扑腾，跟我闹脾气呢！等我一会儿啊，这就把人送上去！"

听见这个声音，所有人都转过了身，包括急救队长。

荀羽暗松了口气，刚好躲过一场尴尬。抬眼眺望，不远处的江面上浮动着一抹橙红。她本以为那是救生衣的颜色，但等人靠近了，才发现那是他衣服的颜色。

这人怎么穿得跟个福橘似的？

"福橘"自然不知道荀羽把他当成了水果，把落水的姑娘交给救护人员后，他立刻开始拧自己的衣服，一边拧，一边痛心疾首地感叹："我的限量卫衣啊，不能水洗的啊，可心疼死我了……"

"富贵！"江上此时又传来一声呼唤。这一次，是刚才那"白鲟"的声音。

"福橘"听了，登时拉下脸，回头怒骂："都说了，别当着外人的面这么叫我！有钱是我的错吗？是我爹妈的错！你这么瞎叫，人家搞不好会把我当成一条狗！"

江上的男人淡淡"哦"了声，一个漂亮的翻身，换成自由泳的姿势："我说，你可别侮辱狗了，就今天这状况，狗救人的速度搞不好都比你快。"

"没看见那个女人又踢又打，一副活得不耐烦了的样子吗？"撂下这句，"福橘"气哼哼地扭头走了。

荀羽定睛看去，江中的男人越来越近。意识到他的视线再度聚焦在自己身上，她收起视线，转过了身。"福橘"判断得没错，被救上来的姑娘意识果然清醒，清醒到这种时候还有闲情逸致大哭大闹，好几次还想要往水里冲，好在救护人员及时按住了她。

荀羽尤其痛恨这种轻视生命的人，也根本不想了解这个"始作俑者"的内心世界。她走过去，低头睨她："你觉得头疼吗？"

那姑娘被问得有点儿蒙，一时答不上话。

荀羽凌厉的眼风继而扫过她的泪眼："那就别哭了，只会越哭越疼！而且你现在这个样子一点儿都不惹人同情，还影响救了你的人的心情！要真这么想死，下次记得别选人多的地方，也别让人看见！"

"我……"那姑娘被吓得更发不出声了。

正在这时，荀羽身后又响起了一记响亮的哨音："你知道人溺死的样子吗？"

荀羽僵住，循声回过头，刚好撞上"白鲟"的两弯笑眼。那一双眼中，正泛着隐隐的寒光。

"你会浑身惨白，嘴唇变成可怕的青紫色，差不多就女鬼那样。还有啊，你的五官会变形，身体会肿胀，再没人能认出你的样子，不论是你爱的人，还是你恨的人……"

荀羽渐渐咬住了嘴唇，眼角的余光中，那个姑娘似在发抖。

"怎么，吓到了吗？其实我是跟你开玩笑的……"说着不好笑笑话的男人几步走上前去，按了按那姑娘的肩膀，"活着吧，活着多好，再不济，还可以听点儿笑话。"

那姑娘渐渐张大了嘴巴，抽噎几声，又低声哭泣了起来。

只是这一次，荀羽没再觉得她讨厌了。

月光下，一只骨节分明、手指修长的手朝荀羽伸过来，有晶莹水珠在暗青色的静脉上滚动："你好，刚才没来得及自我介绍，我是肖曳，摇曳的曳。我奶奶说了，'太柔则靡，太刚则折，唯曳不倒'。"

苟羽愣了愣，从鼻腔挤出一声冷嗤："墙头草还说得这么好听。"

"是是是，苟医生教训得是。"肖曳笑了笑，仍朝她伸着手。

苟羽的脸色变了。良久，她用手肘拨开肖曳的手："我不喜欢跟人握手。"

"哦，有洁癖？"

"就是不喜欢而已。"

"那你喜欢什么？既然以后大家都是蓝海的人，怎么说都该增进一下了解，培养一下感情。"

"……"

载着溺水者的担架迅速抬离了现场，110派来的警察也差不多同时赶到了。现场看热闹的人多，看见全程的人却不多，张哥主动担起了配合调查的任务。

对于这部分，苟羽没兴趣参与，看了看表，走过去问张哥："张哥，今天的晚饭，还吃不吃了？"

张哥为难地看了一眼警察，心里差不多有了结论："只能改日了。"

"那我先回诊所了，有点儿事我一直放心不下。"

"好，我让贾世豪送你吧？"

既然白鲟叫肖曳，那么贾世豪肯定就是那个"福橘"了。

苟羽想了想，摇头道："不用了，我自己打车比较快。"

"我送你吧。"一道声音随风落入耳中。

苟羽挑着眉抬头。沿江的石级上，信步走下一道颀长的身影，正是肖曳，此时他已经换了一身打扮，应该刚去换了衣服。江风徐徐吹着，"嘉滨渔港"闪烁的灯光偶尔掠过他的脸，时而明亮，时而晦暗。

苟羽缓缓眯起眼："为什么？"

"尊老爱幼。"

原来她之前说的那句"姑奶奶"他听到了。苟羽吸了口气，清了清嗓子："那话不是说给你听的。"

肖曳耸耸肩："这可说不好，你不是潜水医师吗？搞不好以后我的命，还真捏在你手上了……"

苟羽皱眉，跟他拉扯下去就是浪费时间："要送就走吧，不送别磨蹭了。"

"得，姑奶奶脾气是真大！"

这人！苟羽正要发作，肖曳忽然凑近她，漆黑的眸子对上她的视线，他勾了勾唇角，语气却极平静："好了，我们走吧，你不是有急事吗？别耽误了时间。"

荀羽在路边站了没一会儿，一辆红色越野车开了过来。

荀羽扫了眼车标，止不住揶揄："高风亮节富二代啊？"

坐在驾驶座上的肖曳不由勾起一抹自嘲的笑："'富贵'的车，我临时借用。这样吧，我们打个商量，我不再叫你'姑奶奶'了，你也别见缝插针埋汰我这个无业游民？"

荀羽默默和他交换了一个眼神，达成一致，随即又品了品"贾世豪"这个名字，果然人如其名。只是眼前这个人什么时候变无业游民了？

"去哪儿？"肖曳发问了。

"回我工作的诊所。"

"我是说地址，还是你觉得我神通广大，什么都知道？"

荀羽没搭理他，掏出手机输入一个地址，放在手机架上："照这个导航开。"

差不多晚上九点，拥堵的交通终于得以缓解。荀羽放下车窗，凉爽的夜风顷刻扑面而来，但她紧锁的眉头没有丝毫松动。但愿她待会儿要找的东西，病历上会有。

"荀荀。"肖曳又开口了，这回换了个新鲜叫法，倒是真不跟她见外。

荀羽没心情纠正他："有事吗？"

"老实说，张哥跟我提到你的时候，我本以为是同名同姓。等见到人，才发现真是你，我其实挺意外。"

"看来没事对吧？那就好好看路，别撞车了，你朋友再富贵，你也不能这么烧他的钱啊。而且之前忘了跟你说，我这个人特别、特别惜命。"

肖曳被说得一怔，许久无声地笑了笑，闭上了嘴。

看来她真给忘了。不过挺好，把他忘了，把当时在场却无能为力的所有人都忘了，就意味着她已经从那件事的阴影中彻底走了出来。

人生太苦了，还是记点儿开心的事比较好。

车一路往南城区开，荀羽要去的地方位于桥城发展相对落后的一个片区，也相对偏僻。一路还算通畅，差不多半钟头，肖曳开到了此行的目的地，王医生诊所。

在荀羽的示意下，他停了车，偏头打量起这个地方。

大概是比较晚了，虽然诊所里有人，也亮着灯，但卷帘门已经被放下来小半截。玻璃推拉门更是紧紧关着，里头还扯上了门帘。实在看不清楚内部什么模样。

荀羽下车了："谢谢。"

肖曳愣住，情不自禁开口叫她："那下次大家什么时候再组织碰头？其实除了贾世豪以外，我们还有个同伴，今天有事没来……"

荀羽顿了顿，没回头："一切等张哥重新安排吧。"

她觉得，按目前的发展，哪怕不和肖曳增进了解，培养感情，她也的确得尽快适应和他的日常接触，包括更坦然地直视他的脸。

但不是今晚。她现在有更重要的事要去做。

身后总算没声了，荀羽加快脚步，拉开了诊所的门。

"小荀，你怎么回来了？今天不是有事提前下班了吗？"王医生诧异地看着她。

刚好输液室里走出个老爷爷，见到荀羽，笑着跟她打招呼："小荀医生你真是太辛苦了，都请假了，怎么大晚上还特地跑回来加班？"

荀羽朝他露出一个温和的笑容："一点儿都不辛苦，我只是突然想起白天还有工作没做完，总觉得放心不下。"

老爷爷嘉许地点了点头，颤巍巍地拄着拐杖走了。

王医生听罢他们的对话，叹了口气，从椅子上起身，踱到她跟前："我也是奇了怪了，从没见过你这种年轻女孩，对来看病的老头老太表现得春风拂面，但一提给你物色个对象吧，就立刻跟我摆臭脸——我可不管，下次如果有人再给你介绍合适的对象，你必须得抽时间去见一见！"

"知道了，王医生，这事咱们以后有空再聊吧……"荀羽急急地看着休息室的方向，"之前我不是整理过一次病历吗？现在那些档案是不是收在休息室的柜子里了？"

"怎么？"

"我想查个地址。"说完这句话后荀羽便走了出去，推开休息室的门，荀羽立刻摁亮灯。冰冷的白色光线打在她的脸上，她适应了一下，随即快步走过去，拉开了柜门。

映入眼帘的是一摞厚厚的病历，有好几个不同的版本，尺寸大小不一，摇摇欲坠地摞在一起，有的已经泛黄卷角了。这其中好多名字的主人早已不在人世，但荀羽一直没舍得扔掉，这就是不在大医院工作的好处，不用及时清除一些在世人眼中失效、无用的信息。

她很清楚，当一个人的葬礼结束后，他们生活过的地方会立刻被其他人的新生活占领，而墓园只负责存放他们的尸骨，不包括记录他们的生命。

她现在留下的这些档案，可能是关于这些人一生最后清晰的印迹。

荀羽把档案从柜子里抱出来，放在椅子上，依次快速翻看起来。

一分钟过去，三分钟过去，十分钟过去……

当她翻到三分之二的时候，终于找到了那个名字——刘长虹。

荀羽激动地举起小册子，对着光再确认了一遍信息，没错，上面有地址！

将剩下的档案收回柜子，荀羽攥着这份档案，匆匆跑了出去。

"这么急，又要去哪儿？"王医生的声音从后面追过来。

荀羽没回头："就……有个地方！"

王医生长叹一声，这愁人的年轻人。

拉开玻璃门，荀羽计划到路口打车，一抬眼，却看见诊所斜对面的路灯下正停着一辆没熄火的红色越野车。

"去哪儿？"车里的人挑着下巴，探出半个头，路灯刚好映亮他眼角下的那颗黑色泪痣。

荀羽蓦地皱起眉："你怎么还没走？"

"说出来你可能不信……"

"嗯？"

"我有超能力，能提前感应到你还有用得上我的地方。"

荀羽抬眸，与他对视。两道目光在寂静中交汇，犹如江底的黑色暗流，汹涌而沉静。这一次，荀羽没挪开视线："那你真厉害，我的确有个要立刻赶去的地方。"

刘奶奶所住的地方离诊所不远，过了十字路口左拐，再开五分钟左右就到了。荀羽之前参加过几次"义诊进社区"活动，对这片社区的构造有些印象，都是20世纪90年代的房子，据说也曾热闹一时，但随着年轻人长大后纷纷搬离，现在住在那里的多是买不起新商品房的打工族和被留下的老人。

肖曳的车很快驶进了社区，但导航在这儿就不好使了，沿着楼群兜了两圈，他们又回到了最初的地方。肖曳四下打量了一番，伸手关掉软件，转头看荀羽："应该是系统没能及时更新，走吧，下车。"

"怎么？"

"我带路，保证把你送到。"

"这么确定？"

"你觉得呢？"

这段对话挺熟悉，荀羽怔了怔，才想起刚才救人的时候，他也跟自己说过同样的话。这个人真是一点儿不懂什么是谦辞，不过也不胡乱夸大就是了。荀羽颔首，跳下车，跟上他的脚步。

"荀医生。"

这个称呼荀羽表示可以接受："什么？"

本以为他要问自己此行的目的，她已做好了拒绝回答的准备。没想到肖曳忽然回过身，一双眼真诚而期待地望着她："你饿吗？对面那家牛肉面看着不错，一会儿办完事，咱们去吃吧？"

荀羽的眼皮跳了跳，无语老半天，从牙缝挤出四个字："不饿，不吃。"

春夜料峭的风掀起荀羽的衣摆，发出猎猎的声响，四下格外安静，唯有肖曳口中的那家面馆时不时飘出一缕袅袅的白烟。

身后响起了救护车的声音，"呜拉——呜拉——"，由远及近，像谁在悲鸣。

荀羽的身体开始发抖。她抬脚就走。

"知道往哪儿走吗？"身后传来肖曳的声音，被风扯碎，喑哑地碎了一地。

荀羽没回头："我一栋栋找，总能找到！"

肖曳沉默片刻："左边，第三栋！"

荀羽怔了怔，撒腿就跑。身后的人没有立刻跟上来。

她能听见救护车刹车的声音，还有救护人员开车门的声音……车顶闪烁的灯光甚至把她的衣袖也染成了同样的颜色。有时候她真是痛恨红色。

荀羽喘着粗气，大步朝三楼冲上去。

门没关，里面传出一个陌生而惊恐的声音："是救护员来了吗！"

荀羽的大脑有一瞬间空白："不，不是，我是附近诊所的医生……"

"原来是医生啊……"那声音长吁了口气，又再度拔高，"医生！医生，你来得正好！快进来看看怎么回事！刘老婆子她晕倒了，我怎么叫都叫不醒她！"

荀羽闻言冲进去，一眼便看见倒在客厅里的刘奶奶。她连忙蹲下身，伸手探她的鼻息，没有气息！再压住她的前额，抬起她的颌部，胸廓也没有任何起伏的迹象。

她很清楚接下来要面对什么。熟悉的动作，熟悉的皮肤触感，恍惚中，她再次嗅到了她身上那股奇怪的味道，但这一次，那种味道没有了温度。

半分钟过去了，一分钟过去了……直到救护员冲进了房间，刘奶奶仍然没有睁开眼睛。

望着那张安详得好像睡着了的脸，荀羽忘了让路，是救护员将她拉到了一边。

仿佛如梦初醒，荀羽猛地甩开救护员的手，紧紧握住了刘奶奶的手。

已经看不到了啊……她脸颊边缘的那串数字。

在十二点到来之前，它已经消失了。所以她是死了，对吗？

在场的救护员见荀羽这副模样，都以为她是刘奶奶的亲属，不忍打扰她，将人抬出房间后，留下善后的那个才试探性地开口："请问，你是刘长虹女士的亲属吧？现在能和我一起去趟医院吗？"

"她不是。"两个声音同时回答。

一个是刚才的老人，另一个则是倚门而立的肖曳。

救护员惊讶地抬头："那，请问在场的谁是刘长虹女士的家属？"

没人回答。地上的手机忽然响了，非常刺耳的音乐，是老人机专属的那种铃声。

见荀羽没有反应，肖曳大步走进来，拾起地上的手机，打开了免提。

"妈，我是嘉华，儿子今早发高烧了，晚上我要在医院陪床，明天就不过去看你了，你记得按时吃药……妈？你怎么不说话？"

房间里静得只听得见几个人的呼吸声。

过了一会儿，老人先忍不住，抽泣起来："嘉华呀，刚才我上来给你妈送点儿包的馄饨，她给我开门时人还好好的，一进客厅，就没征兆地倒下了，我喊了好久都喊不醒她，只好叫了救护车。现在人刚送去医院，你赶紧收拾收拾，让你老公陪床，自己过来一趟吧……"

救护员见联系上了家属，立刻要去手机："是……我是，我们已经将刘女士送去了最近的302医院，嗯，好，咱们医院见吧。"

挂断电话，救护员朝余下的三人欠了欠身："死者家属让我代她感谢你们，不过接下来我必须赶回医院，就先走了。"

"等一下！"坐成一尊雕塑的荀羽眼下终于找回了自己的魂魄，"我是附近诊所的医生，刘奶奶经常过来拿药，有需要的话，可以向医生提供她最近的身体情况作为参考，我能跟你一起去医院吗？"

"可是救护车已经开走了，我自己只有摩托，没头盔，你坐不了……"

"没关系，302医院是吧？我送她去。"肖曳说罢，蹲下身，双手扶起地上正哭得伤心的老人："在这之前，让我先送您回家吧。"

荀羽被肖曳支到楼下等他。在门口分别时，他顺手往她口袋里塞了块什么东西："不想吃饭的话，总得补充一点儿糖分。"

荀羽愣了愣，将手伸进口袋，摸到一方光滑而冰冷的包装纸，好像是巧克力。

原来刚才他没跟上来，是买这个去了。夜风越来越凉，荀羽站在楼道口，揉了揉被吹得有些僵硬的脸，拿出那块巧克力，撕开包装纸，塞进嘴里。

一点儿都不甜……还是说，是因为她的嘴里太苦了？

"走吧。"身后响起了肖曳的声音。

荀羽轻轻"嗯"了一声。

一只手忽然搭上了她的肩。

荀羽身体一颤，下意识想躲开，没想到肖曳立刻用手指扳住了她。

荀羽蹙着眉回头，被迫再次对上了他的视线。肖曳眼中似有什么隐忍的情绪在闪动，那些情绪最后幻化成一个怅然的笑容："没什么，我只是以为你在哭。"

"我不爱哭。"

短暂的沉默。

肖曳忽然想起她曾经的那张脸，被泪水湿润过无数次，干涸过无数次，又再度被泪水冲垮的脸，以及无济于事的哭喊。

"我求求你，求求你好不好……救救他！帮我救救他！求求你救救我的爷爷！"

急诊室的走道灯火通明，荀羽的鞋子踩在地板上，发出"哒哒"的声响。肖曳紧随其后。

往来都是被病痛纠缠的苍白面孔，没人留意到他们。而他们这一路竟不是去往地狱，只是走在人间。

到半路，抢救室的灯刚好熄了，刘奶奶的女儿当即冲上去，在得到医生的确切答复后，她像失重一样扑通一声跪倒在了地上……

荀羽蓦地停住了脚步。环顾四周，她有一瞬间的茫然，为什么非要来这里呢？明明每一次，每一次她都没有看错。就仿佛一道无解的数学题，哪怕无数次求证，也只能无数次得到错误的答案。

也许根本就没有所谓正确的答案。荀羽转过身，大步朝大门的方向走去。

这突然的变故令肖曳措手不及，他立刻追了上去。

"你这是要去哪里？不是去看刘奶奶吗？荀医生？荀羽！"

荀羽充耳不闻，继续往前。

肖曳终于被她的无视激怒，一个箭步上前，紧紧抓住了她的手。

荀羽被这股突如其来的强劲力量拽得直接掉了个方向，"咚"一声闷响，脑袋撞上了肖曳的胸口。

她血红着双眼抬头："你给我放手！"

滴答，滴答，是时间行进的声音。然后下一秒，时间突然停住了。

荀羽的瞳孔蓦地放大——这个人也要死了！

第二章　特别的陌生人

"我要回家了。"数秒后,荀羽说。不是刚才剑拔弩张的态度,而是骤然的冷淡。气氛一瞬间变得诡谲,尤其身后不断传来刘奶奶女儿撕心裂肺的哭声,令这份急转直下的漠然多出了一丝耐人寻味。

肖曳锐利的目光在荀羽脸上一寸寸探寻着,试图找到些蛛丝马迹,但只是徒劳,因为她根本没看他的眼睛。从刚才起,她的视线就一直凝固在他的手上。

肖曳低下头,这才发现自己正紧抓着荀羽的手。

感官的感受顷刻被放大,荀羽的手指纤瘦而冰冷,突出的骨节刚好硌在他的掌心,像一柄钝器,凛着丝丝的寒气。但渐渐地,在那股寒意之后,他又感觉到一股稀薄的暖意自皮肤深处缓缓回渗上来……原来是自己的体温。

的确握得太久了。意识到唐突,他骤一下松开了手。

荀羽扭头就走。但没走出两步,她的衣摆又被身后的人给拽住了。这一次,肖曳没用太大力气,但这股力量虽然不大,却刚好将她制约住:"我说,你这个人……"

荀羽立刻重复了一遍刚才的话:"我要回家了。"

语气比刚才更坚决,更冷漠。

肖曳愣住,片刻后,他不动声色地收回手,到嘴边的话亦渐渐敛成一抹无奈而克制的笑容:"那好,荀医生,我们回头见。"

"哒哒哒"的脚步声很快消失在急诊部的门口。

身后的哭泣声却仍在继续着。

肖曳回过头,远远端详着那个被簇拥着的无助背影,犹豫片刻,最终没有上前。

现在,他已经没什么能做的了。在死亡面前,人类拼尽全力所能做到的永远那么有限。

一路从医院离开,荀羽转过街角,在人行道的红绿灯旁停了下来。

还有三十秒红灯结束。她抬眼眺望对街,不远处的天幕像是被越发冰冷的空气冻住了,街边的霓虹灯拼命闪烁着,凝成一派模糊的彩色。

风扑在她脸上,她下意识揉了揉眼睛,没哭。

要是能下一场雨就好了。如果下雨的话,她就有了哭泣的借口。

回到家,换下鞋,荀羽摁亮灯,先进厨房倒了一壶水烧上。上次买的方便面应该还剩一桶,今晚就吃这个凑合吧……这样想着,她的肚子忽地"咕噜"响了一声。

刚才说不饿自然是假的,但肖曳这个人真是太奇怪了,那是适合讨论吃晚饭的时候吗?实在太不合时宜了。不仅不合时宜,这个人还满嘴跑火车。超能力?那种东西只有没有拥有过的人才会说得如此轻佻,而拥有的人……拥有的人每分钟都觉得这无异于一种酷刑,是来自死神最恶毒的诅咒。

是的,荀羽只要握住别人的手,便能够看见一年之内即将死亡的人的死期。但那个时间只精确到日期,没有分,也没有秒,并且显示部位随机——这也意味着,那些数字可能会被衣物遮挡,她无法及时发现,就算发现了,也可能像今天一样,什么也改变不了……

"哒"一声脆响,是热水壶按钮弹起的声音,水开了。

荀羽矮下身,从柜里翻出方便面,刚撕开调料倒进碗里,门外便响起了一阵急促的敲门声。

荀羽急急往碗里冲上热水,跑出去,发现是房东。

"小荀啊,之前跟你说的找房子的事,你在找了吗?"楼道光线昏暗,荀羽看不清她的神色,只听见她声音里十足的歉疚。

她努力挤出一个抱歉的笑容:"最近太忙了,还没顾得上。"

"没关系,只要在月底之前找到就可以了,我是怕你忙忘了,上来提醒你一声……真不好意思啊,因为我儿子结婚卖房的事,害你得提前搬出去……"

"没关系,我能理解您的难处,麻烦再给我半个月的时间吧,不会耽误您卖房的。"

"那真是太感谢了,合同上的违约金我会足额付给你的。"

"好,我找到合适的房子就立刻联系您。"

"那我等你的消息。"

和房东道过别，荀羽折回厨房，掀开泡面的盖子，果然已经泡得太软了。

她轻叹一声，端着面走进客厅坐下，一口一口闷头吃起来。

短短一天里发生了太多事，无怪她对肖曳那个态度，她只是一时不知该用什么样的表情面对他。当时她只有一个念头，独自回家静一静。自从两年前发现自己拥有了这种能力，荀羽便开始不断目击他人的死亡时间，甚至像今天一样目击死亡现场。

刘奶奶的事，她很清楚，自己没办法再做什么。她有时候会忍不住悲观地想，自己那么努力地学习急救，拿到潜水医师资格，真的有用吗？

迄今为止，她一次都没能改变过谁的命运。反而在再三的打击后发自内心地不想再触碰任何人的手，更厌恶看到任何红色的数字。可惜阴差阳错，她还是看见了肖曳即将死亡的命运，就在明年2月13号。

荀羽自嘲地勾起嘴角——在今天以前，她还以为自己的这种能力消失了，至少三个月以来，在她被迫与人肢体接触的过程中，她一次都没看见。

现在看来，这不过是命运一场叵测的阴谋，在一天之内相继开出两张死亡通知单。

荀羽放下碗，疲惫地倚靠着沙发，一时陷入了茫然。不过，现在她已经不想哭了。

肖曳这个人不仅不合时宜，骨子里还十分天真，竟然以为仅凭泪水就能排遣她今晚的情绪。最深刻的悲恸，只会淤积成心底的暗河。

这一次，她要提前放弃吗？还是继续做那道看似无解的数学题，期待着最终能得到一个正确的答案？

想着想着，荀羽渐渐睡着了。

再睁开眼时，窗外白花花的光线刺痛了她的眼。她低头一看，才发现自己竟然在沙发上靠了一夜。浑身都在隐隐作痛，她强迫自己起身，把昨天的泡面盒和垃圾拿出去丢掉，这才拿了换洗的衣服去浴室洗澡。

外面又是新的一天。崭新的阳光，崭新的空气。

哪怕只是为了这些微末的美好，她都决定要振作起来。从住处到诊所大概二十分钟的步行路程，温暖的阳光铺在脚下，荀羽一路走到诊所门口，听见里头传来了个热络的声音。

"王医生啊，今早的手机新闻你看了吗？真是吓死人，现在的年轻人真是不得了，光天化日竟然也敢把人往水里推，要杀人呢这是！说是推人的那个也跟着跳江了，我看新闻里说是因为感情纠纷，男的出轨了，啧啧啧，现在的年轻人啊……"

荀羽一听就知道，是附近退休赋闲的阿婆来找王医生拉家常了。

早上诊所一般没什么病人，王医生也乐得有个聊天的对象："看了看了！幸好有救援队的人刚好在现场，及时把人救上来了。我听人说，要是再晚一点儿，就真得出人命了……照我看，小姑娘还是太年轻，等活到我们这个年纪，哪儿还有想不开的事情，能健健康康、平平安安活着就是天大的好事，你说对不对？"

"那可不。"阿婆附和着点头，末了，困惑地扬起脸，"不过这救援队是啥组织啊，我怎么没听过？"

王医生听罢想了想，笑答："就是咱们民间自己搞的专业救援组织，协助政府搞各种灾害事故救援的，据说里头有不少牛人呢。你别说，现在社会上愿意为人民服务的好人还是多，我们小荀医生也是志愿者，她加入的那个组织叫什么来着？哦，对，'蓝海'！"

"没想到小荀医生看起来瘦瘦弱弱的，原来这么厉害啊……"

"你是不知道……"

王医生话没说完，荀羽恰好推开了玻璃门："早上好！"

甭管好话坏话，果然不能背着人说，王医生见到荀羽，讪讪一笑，立刻换了话题："婆婆待会儿是要去买菜？"

阿婆一愣，心领神会："对呀，今天超市做活动，我看差不多开门了，就先走了。"

荀羽把阿婆送到门口后折回桌前，开始准备一天的工作。

王医生慢悠悠地踱了过来："小荀呀……我之前跟你说的相亲的事，刚才阿婆说自己女儿有个同事，各方面都跟你挺合适的，你要不今晚抽空去见一见？"

荀羽整理桌面的手一下子停住了，本以为昨天勉强把这事敷衍过去，好歹能拖延一阵子，没想到王医生的动作这么快。

荀羽犹豫着要怎么开口，她发自内心地不想去，但又实在拿不出合适的理由。

拒绝次数太多的话，王医生的面子也过不去……虽然刘奶奶去世的消息不失为一个好理由，但她绝不会这么做的，她不希望一位老人的去世成为她逃避相亲的借口。

气氛正胶着，荀羽的手机忽然响了起来。王医生示意她："先接电话吧，万一是急事呢？"

荀羽默默点头，拿出手机。是个陌生的号码，她迟疑着接通。

"荀荀……"慢条斯理的声音，陌生中带点儿熟悉，怎么又是这个不懂见外的家伙？

荀羽不自觉挑起眉："嗯，是我。有事吗？"

那头的人似乎丝毫不介意她的冷淡，依然笑盈盈的："既然给你打电话，当然是有事了。"

"你说。"

"张哥让我帮忙问你一声，今晚有空跟大家聚聚吗？"说罢，他又顿了顿，"不过，他今天要送他女儿去邻市参加个舞蹈比赛，可能会迟点儿到，你要觉得不自在，我们也可以再约时间……"

荀羽沉默着。

肖曳一手捏着手机，一手随意地搭在沙发上，半眯着眼，心里琢磨，这事八成是黄了。

不料电话那边话锋忽然一转："去！我去！"

肖曳惊得半晌才记起要接话："那我待会儿把地方发给你，你先存下我的手机号？"

"好！没问题！"

习惯了她的漠然，这突如其来的友好反而令人不适，他竟然词穷了。

"还有别的事吗？"那边又传来了声音。

仍沉浸在莫名中的肖曳微微张了张嘴："没，晚上见。"

"晚上见！"

放下手机，荀羽慢吞吞地抬起头，表情无辜："怎么办，王医生，'蓝海'的新队员约了今天吃饭，我晚上走不开……"

王医生脸上挂着无奈的笑："我看你就是故意的吧？"

"真不是……"

"得，反正你跑得了和尚跑不了庙，改天再见也不迟！"

"谢谢王医生！"

挂断电话，肖曳出神地盯着手机看了老半天，这人刚接电话时还对自己横眉冷眼爱答不理，怎么没说几句就热情洋溢起来了，两面佛转世吗？

贾世豪眼下刚起床，揉着惺忪的睡眼出门，见坐在沙发里的肖曳正对着手机发呆，忍不住嘟囔："看什么这么入神呢？"

肖曳敛神，没答，只道："晚上约了荀医生吃饭，记得提前准备一下。"

贾世豪不屑地撇撇嘴："你说那个女刺头啊……"

昨天他换衣服回来刚好看见了她骂人的样子，虽然他也不喜欢那个害人害己的女人，但像荀羽这般逮着溺水者一顿猛凶的，他也是从未见过。

要不是他家肖曳机灵会说话，那场面还不得更尴尬？

张哥之前还说这女的人美心善好相处，可据他观察，人美嘛，顶多过了及格线；至于心善，谁能善过他？他可是磨破嘴皮子才成功撺掇自己的爹给'蓝海'捐了一大堆救援设备，好几百万呢，放眼桥城，装备这么齐全的民间救援队只此一家。至于好相处……呵呵，他有预感，以后自己八成能跟她怼出一片天！

只不过……贾世豪偷瞄了眼肖曳，从昨天见面起，肖曳对那刺头的态度就很奇怪。说来从肖曳在泰国救了自己的一命，自己把他撺掇来桥城也有大半年了，从没见他对哪个第一次见面的女人这么上心，还主动要送人回家。

贾世豪品了品，这位爷莫不是昨夜在水里泡久了，把眼睛给泡瞎了吧？

肖曳此时恰好起身，正要往餐厅走："卫修呢，今天还是不一起去？"

贾世豪"啊"了声，顺手指着走廊深处那道带电子锁的房门："他今天大概也要修仙吧！"

肖曳被他的说法逗乐了，拉开餐椅坐下，从盘里抓了个小笼包："所以他到底是做什么工作的？"

贾世豪看了眼桌上整齐摆放的皮蛋粥、小菜、馒头、包子，两手一摊："天知道！"

毕竟就算现在让他去回想，他依然觉得，能找到卫修这种室友绝对是生命中最神奇的事，没有之一。作为一个娇生惯养的少爷，贾世豪搬进这套公寓后盘算的第一件事就是找个住家保姆来照顾自己和肖曳的起居，哪知肖曳一听自己的想法，当即强烈反对，说两个大男人和一个阿姨住在一起算什么事？而且他根本不需要人照顾。

贾世豪琢磨了一下，觉得他说得不无道理，两个大男人和阿姨住一起，是不太算个事儿，遂说服自己打消了这个念头。然而在吃了十多天外卖后，贾世豪还是崩溃了，找个阿姨不合适，那找个天天给做饭的男室友总可以了吧？

于是他挖空心思列了一大堆要求挂在网上，说只要能做到，房租免费。

肖曳看完他的征室友帖后，跟看神经病似的看了他一眼。贾世豪自己读了一遍，也被自己给逗笑了，这种室友，怕是往前三百年不会存在，往后三百年自己也等不到那天吧？

本以为这张奇葩的帖子从此会石沉大海，哪知三天之后，还真有人联系他了。那人自称条件都符合，但入住有两个要求，一是房间要装电子锁，二是不过问私生活。

贾世豪觉得这人可真奇葩，但还是一口答应了，纯粹好奇这位能人异士到底长什么样。

三天后，奇葩如约登门了。

"我叫卫修，以后请多指教了。"年轻男人的脸上挂着温和的笑容，一缕棕色的卷发扫过饱满的额头，阳光下的皮肤白得要发光。

贾世豪不禁张了张嘴，心说你都长这样儿了，还给室友做什么饭，干脆去做明星得了！

想归想，三个男人从此还是住在了一起。

自从和贾世豪一起来到桥城，肖曳一直没找正式的工作，平时靠做日结的兼职工作生活。这种状态持续了差不多一年多，他已经完全适应了，倒是身为无业游民的贾世豪时不时为他感到惋惜。

"曳爷，你说你游泳游得贼好的吧？潜水那也是专业的！要不你去健身房当个教练也成啊？好身材，就要多给漂亮的姑娘秀一秀啊，这才叫回馈社会！"

他嘀咕的次数多了，肖曳有天直接丢了张蓝海救援队的报名表给他："想回馈社会是吧？要不干脆这么回馈吧？"

面对肖曳突然的提议，贾世豪一脸茫然，倒是卫修走过来淡淡瞅了一眼报名表："我有兴趣，肖曳你有兴趣吗？"

"嗯，一起吧。"

"啊？"贾世豪人都傻了。但转念一想，不对啊，救命恩人都开口了，他怎么能掉链子，于是果断拍拍胸脯，"我也要回馈社会！"

就这样，三人一起提交了报名表。

贾世豪是报了名才知道，蓝海成立迄今已经十余年了，是桥城民间老牌的、专业独立的纯公益紧急救援机构之一，在全国都有名，里头五分之一的志愿者经过了专业救援培训与认证，都是肖曳这种水平的，可以随时待命以应对各种紧急救援。

他虽然对救援这事的认知还停留在"助人为乐"的层面上，但这好歹是件有意义的事，他觉得挺骄傲，所以入队考核的时候特别拼命，最后皇天不负有心人，有惊无险地通过了队长张哥严厉的考核。

事后贾世豪才知道，原来张哥的本职工作是体育老师，难怪考核时浑身散发着一种严师的风范。好在私下里张哥还算亲切，前几天甚至主动约了大家吃饭，说要欢迎大家入队。只是没想到刚好碰上跳江的怨女，饭没吃上，衣服还给泡坏了……

吃过早饭，肖曳坐在沙发上，打开同城软件开始搜索下一份兼职。

坐在他身旁的贾世豪自然也没闲着，身为一个游手好闲的富二代，除了救援，他身上还承担着相当重要的责任——吃喝玩乐。一局手游打完，贾世豪无聊地探过头看了眼肖曳的手机屏幕："怎么都是南城区那片的工作？你不嫌来回一个钟头都不够堵车的吗？"

肖曳悠然地掀了掀眼皮，刚要说话，走廊那边忽然传来了一阵脚步声。

不消半分钟，卫修出来了。和往日穿着居家服、趿拉着拖鞋的懒散居家形象不同，今天的他竟然穿了整套的黑色西装，还打了领带！

贾世豪上上下下打量了他一遍，神情渐渐从震惊转为愤慨，凭什么！他今天凭什么打扮得比自己出去见人时还人模狗样!

贾世豪的视线紧紧咬住卫修,被死盯着的男人却没有丝毫不适,自顾自地打了个长长的呵欠:"我今天有事要出门一趟,最快明早回来,真抱歉,剩下的两顿需要你们自己解决一下了。"他说着转头瞥了眼餐桌上被一扫而光的空盘,"那些就等我回来再洗吧。"

"没关系,我来洗吧。"肖曳说着点进屏幕上的页面,发送了简历,抬眸,淡淡一笑,"一路顺风。"

卫修拉开门,背对着屋内的人轻轻扬了扬手:"拜。"

门很快被阖上,贾世豪默默抱紧了怀中的抱枕,不行,在装扮上他不能输!

这是男人与男人之间的竞争!

肖曳,以及……一只金鸡。荀羽的视线越过包房洞开的大门,一眼便看见人群中那只最耀眼的雄鸡。贾世豪今夜的打扮可谓浮夸,荧光黄的卫衣搭配白色的运动裤,脚下还蹬了双白镶金的运动鞋。

不得不说,有钱人实在是谜一样的物种,昨天还是个水果,今天就变成了家禽。荀羽的余光迅速扫过他旁边穿灰衣黑裤的男人,真是没有对比就没有伤害,这还是她第一次发自内心地觉得肖曳顺眼。见两人走近,荀羽默默收回了视线。

姿态闲散的男人很快来到门口,见到坐在里面的她,神情似有些惊讶,插在裤袋里的手抽出来,扬了扬:"荀荀,提前到了怎么不说一声啊?"

荀羽掀了掀眼皮,面上无甚表情:"我刚到。"

肖曳嘴唇慢慢抿成一条微微的弧线,拉开她旁边的椅子坐下了。

跟在后头的贾世豪则没动。这刺头什么毛病啊?怎么对谁都一副冷若冰霜的表情,最最过分的是,她竟然还无视自己,他今天明明靓绝全场!

肖曳见他不动,转头朝他使了个眼色。贾世豪假装没看见。

肖曳若有所思地再觑了他一眼,没继续纠缠,改叫服务生:"麻烦,菜单!"

菜单很快送了过来,肖曳示意对方递给荀羽:"你看着点吧。"

荀羽犹豫着接过:"那你们有什么想吃的吗?"

肖曳微微一笑:"帮我叫份凉拌折耳根吧,让厨房先上。"

一旁的贾世豪听见,人顿时蒙了,如果说世上有什么食物能令他一嗅到就作呕,咬一口就窒息,那绝对非折耳根莫属!

"我我我坐还不行吗?"眼前的金鸡跟被火燎到屁股似的,一下子蹿到了椅子上,"我绝对、绝对不要闻到折耳根的味道!"

肖曳整个人悠然地靠在椅子上,平静地欣赏完贾世豪的表演,才转头看向苟羽,语气遗憾:"既然富贵不想吃,那就算了吧,你看着随便点。"

苟羽:"……"

菜陆续端上来,苟羽默默吃饭,贾世豪默默委屈,场面十分安静。

就在这时,门外传来了一个活泼的女声:"咦,怎么只有三个人?"

三人纷纷转过脸,发现门口站着个高挑的少女,鹅蛋脸,高马尾,一袭不过膝的格纹百褶裙搭配卫衣帽衫,露出两条笔直纤长的腿,青春靓丽。

苟羽正纳闷这女孩是不是走错了包房,张哥便从她身后走了出来,脸上还挂着讪讪的笑:"抱歉各位,我来晚了。"他说着想拍少女的头,少女却一个闪身灵巧躲开,径自钻进了包房。张哥懊恼地收起手,挠挠后脑勺:"臭丫头!"

他说罢顿了顿,才又清了清嗓子道:"这样吧,我先向大家正式介绍一下。虽然昨天你们已经见过面了,也知道彼此的名字,但对对方可能还不够了解,就借着这个机会,让我在这儿多唠叨几句吧。这是苟羽,我们的急救员和潜水医师;这是肖曳,之前一直在广城打捞局任职,是一位潜水打捞员,如今辞职来到桥城,今后会作为'蓝海'的一分子继续奋战在水上救援的第一线;这是贾世豪,我们的队员兼捐助者,如果没有他的倾囊相助,我们桥城'蓝海'救援队不可能有能力购置专业的深潜打捞设备;剩下那位今天没能到场的队员叫卫修,他因为工作忙碌,可能无法每次都参与到我们的救援行动中来。"

一口气说完,张哥复又看了眼刚才的少女:"至于这个臭丫头嘛,是我的女儿张宁,大家可以叫她宁宁。她听说今晚大家聚餐,非要跟过来,赶都赶不回去……"

苟羽默默听着张哥的介绍,似陷入了沉思。过了好一会儿,她才抬头,朝张宁露出一个礼貌的笑容:"欢迎。"

张宁听了,立刻甜甜答:"谢谢小苟姐姐!"说罢还热情地跟肖曳和贾世豪挥了挥手:"肖哥哥、贾哥哥,你们好呀!我是宁宁!"

张哥不禁无奈地笑了:"行了……就知道卖乖!坐下吃饭吧。"

"好久不见。"肖曳替她拉开了椅子。和其他人不同,肖曳之前便见过宁宁了,当时他和卫修去找张哥交报名表,恰好碰见宁宁坐他的车去上学。

张宁"唔"一声,礼貌地说了句"谢谢",坐下了,却有点儿心不在焉。

半晌,她忽然凑近肖曳,小声问:"对了,上次那个头发卷卷的家伙怎么没来呀?"

小姑娘问得含蓄,肖曳缓了两秒才反应过来她说的是卫修,他忍俊不禁道:"他今天有事。"

"这样啊……"张宁的失落溢于言表。

"要不下次他在的时候,我跟你说一声?"

"真的?"

"试试。"

张宁马上雀跃了起来。

因为张哥和宁宁的加入,饭桌上的气氛明显比刚才融洽了许多。贾世豪之前还有些抑郁的心情也随着填饱了肚子而消散,算了,他这么有钱,干吗跟个破冰块儿计较呢?

一顿饭和和气气吃完,张哥起身要去结账,刚站起来,桌上的手机响了。

他瞥了眼名字,原本还很放松的神情骤然变得凝重:"有任务了!"

接到消防协助搜救指令,南城区南湖镇水库有一名高中生在下水后曾呼救过,随即溺水失联。

张哥一边保持通话了解情况,一边掏出钱包递给女儿:"宁宁,去买单!"

张宁懂事地接过,一路小跑走开了。

张哥转头看向众人,气势威严:"出发!"

从后备厢拿出常备的蓝海制服分发给在场所有人,张哥指挥大家上了自己的车:"那边的路况我比较熟悉,由我来开车,争取在最短时间内赶到现场。肖曳,你立刻向队内发布紧急集合命令,联系中心安排出动救援装备车;荀羽,你负责联系南湖镇应急办,要求调用当地冲锋舟;贾世豪,你负责跟进目前现场的救援情况,到达前跟我汇报!"

驱车前往水库的一路上,车内只有众人各自通话的声音。

荀羽无意间往看了眼漆黑的窗外,才发现车已开上内环高速。

三十分钟后,张哥的车比预计早五分钟抵达了事发地点。荀羽远远便看到水库边聚集了不少人,红衣的是消防队员,青衣的是当地派出所警察,白衣的则是120派来的救护人员。

据贾世豪刚才汇总的最新消息,今天傍晚六点左右,三名附近中学的高中生相约到水库边游玩,率先下水的一名少年在游出数米后,突然在水中扑打呼救。其余刚刚下水的二人受到惊吓,一个立刻游回岸上,跑去学校呼救,另一个则沿岸寻找树枝绳索之类的东西,试图搭救。但当两人回来后,水面上已失去了少年的踪迹。

荀羽一行人当即下车,一路朝岸边奔去。镇上赶过来看情况的民众正在路边小声议论着:"才春天这几个孩子怎么就跑去水里玩儿啊……"

"听说找不着的那个还是学校游泳队的……"

那声音渐渐落在了后头，荀羽缓缓捏紧了拳头。

入夜的水库一片漆黑，只有一弯破碎的弦月在平静的水面上浮动。

现场虽架起了临时照明工具，但可视范围仍然有限。勘察过事发水域后，肖曳眉头越发紧锁。他之前来南湖水库参与过几次救援，已知这片水域较深，面积大，沿岸被茂密的树丛包围着，在夜晚周遭可用的光源几乎没有。虽然水库水质尚可，但水下乱石横生，还有朽木，这个时间水面能见度更是低下，救援难度也会随之加大……

就在这时，张哥下达了召集令："冲锋舟已送达，共三艘，时间紧迫，由我进行编组指挥，肖曳，你带人去检查设备；贾世豪，监督所有人穿好救生衣，准备救援工具；荀羽，你负责留在岸上，随时准备急救。各位，我们要下水了！"

接到指令，相继赶来的其他队员们立即分头开始行动。肖曳仔细检查完艉板垂直高度，确定油箱注满、燃料箱阀打开后，才将安全绳在船外机上系好。

做完这一切，他系好身上的救生衣。

要出发了。水面仍然风平浪静，但事实是水越深，水面才会越静。

此刻仿佛有一股无形的暴风卷过他的心脏，那声音叫嚣着、嘶吼着——去吧，去和死神争抢吧！不问因果，别怕徒劳！

"我们走了啊。"当冲锋舟入水，肖曳背对着身后的人轻轻扬了一下右手。他的动作潇洒利落，宛如武侠故事里翩翩的侠客。

那一瞬间，荀羽眼前忽然浮现了一抹猩红，说不清心里的情绪是欣慰更多，还是悲伤更多，她默默捏紧了拳头——2月13日，不是今天，所以你会平安回来的。

三只冲锋舟以一组的形式相继进入水中，慢慢朝学生溺水的方向前进。

舟首配备的观察员一边高举着手电照明，一边观察着水中的情况，暂无任何发现。

冲锋舟渐行渐远。时间一分一秒流逝，留在岸边的荀羽渐渐感觉背后渗出了一层冷汗。搜救的时间越长，便意味着溺水者生还的机会越渺茫……这个道理不仅在场的所有专业人士明白，溺水者的家属更加明白。

一小时过去，荀羽身后突然爆发出一阵凄厉的哭声。声音来自溺水少年的母亲。和最初得知消息时慌乱、不可置信、害怕的哭法不一样，现在她的哭声中透露出的是绝望。

荀羽转过身，怔怔地看着她翕动的嘴唇、抽搐的身体，突然感觉到自己的双腿竟然走不动了。她眼睁睁地看着好多人上去围住她，安抚她，拥抱她，却只有她什么都做不了。

因为曾体验过这种绝望，所以她比任何人都清楚，一切安慰不过徒劳。

就在这时，岸上的联络员突然爆发出一声惊呼："有发现！一号舟副操作手用钩镐探测水深情况时，疑似找到遇难者！"

岸上因此迸发出一小阵骚动，旋即是比刚才更盛大的死寂。

荀羽再次将目光投向漆黑的水面。昏暗中，一道人影已沿着舟舷下到了水中……

是他吗？她不确定。他们发现的真的是那个孩子吗？她希望是，更希望不是……

半小时后，遇难者被送上了岸。肿胀冰冷的身体意味着已无须再确认生命体征。顾不上身上还在淌水，肖曳蹲下身，仔细替他整理好遗容，才站直身体，朝遗体深深鞠了一躬。

见此情景，在场所有人纷纷鞠躬致哀。不知何时，人群中那个绝望的哭声竟然止住了。

荀羽回头，发现她既没有崩溃地爬向遗体，也没有继续流泪，只是安静地盯着虚空中的某一处，像想起了什么美好的回忆，哀哀地弯起了嘴角。

"好可怜啊，离婚后就这么个儿子了……"

"她那个前夫，听说是个赌鬼，动不动就来找她麻烦，平时都靠这个儿子挡着呢……"

"你看她现在那个样子，会不会想不开啊……"

听不下去了……嘈杂中，荀羽默默拨开人群，挤到了遗体旁边。

见来人是她，肖曳神情惊讶："你怎么……"

荀羽没说话，半跪在地上，一手握住男孩的手，一手翻动他的肢体，仿佛想要从他身上找到什么。可他浑身上下只穿了一条泳裤……

意识到她的反常，肖曳当机立断，拽起她的手臂："人已经走了，就让他安静地去吧！马上就会有人来处理遗体了。"

荀羽置若罔闻，用力甩开他的手，执拗地再一次握住少年的手。

拜托了！让她看见什么吧！一个不一样的答案，让少年不用在今天走的答案……

然而男孩僵硬弯曲的五指却犹如一记重拳，击碎了她荒谬的期待。

几乎在一瞬间，荀羽醒悟过来，什么啊，明明她能看到的，也不过是同样悲伤的、即将死去的未来。不行！她不想认命！她不要让那个母亲变得跟自己一样，只剩下一个人！

松开握着的少年的手，荀羽立刻将双手交叠在他胸前，尝试进行心肺复苏——

三十次不行，那就三百次！三千次！她徒劳地重复着相同的动作，脑中空茫一片。

突然间，荀羽感觉自己的身体腾空了……她心脏一紧，低头发现，肖曳竟然架着她的腋下，直接把她从地上拎了起来！

"我知道你很难受，可在场每个人都很难受。希望你能尽快学会克制自己的情绪，现场还有他的母亲，你必须考虑她的感受。"肖曳的声音压得很低，眼中似有幽暗的情绪在翻滚。

荀羽不由张大了嘴,眼帘渐渐垂下:"我考虑了……"正是因为考虑了,才会做出如此愚蠢的事情,才会幼稚到妄想救活他。

"拜托了,放开我吧,我会自己走路……"荀羽说着挣扎了两下,没挣脱,沉默片刻,她终于开口请求,眼中第一次有了脆弱的情绪。

肖曳被她的那个眼神摄住,许久,才记起要松手。

荀羽落地,用力在地上踩了几下,总算找回些实感。

现场人员正有条不紊地撤离,也许是目睹了她刚才的失控,所有人都善意地没来打搅,希望她能尽快平复情绪。毕竟悲伤时常会有,但他们是绝对不可以先被悲伤击倒的那些人。

荀羽转过身,又看见那位母亲,她仍坐在刚才的位置。荀羽感觉自己的心又被刺痛了一下。她能做的、想做的、不该做的刚才已经全部做过了,剩下的就再没有了。

"刚才那么做,是因为她让你想到了自己?"肖曳忽然开口。

"不要搞得跟我很熟一样。"

"是比富贵他们……"肖曳顿了顿,故意加重了语调,"熟悉一点儿。"

荀羽没接话,一双眼看向波澜不兴的水面。

这里总是那么平静,平静到一不小心就会有生命被它吞噬。

人类啊,要是在亲历死亡之前,能更加珍惜地去生活就好了。

荀羽收回视线,意外发现肖曳正盯着自己。她虽不太自在,却选择了沉默。

很快,肖曳又开口了:"你就住在南城区吧?"

"怎么?"

"你家有男人的衣服吗?"肖曳拧了把自己的衣摆,水滴答着落在了地上,"从这里到你家最近,我还不想感冒,不如你借我件衣服换上吧?"

荀羽低头思索着,虽然他们之间的联系只比擦肩而过的陌生人多出一点儿,但因为那一点儿联系刚好连接了生死,她不得不承认,肖曳算得上是特别的陌生人。

现在,这个特别的陌生人成为自己的队友,她的确没办法彻底将他排除在自己的生活之外。最最重要的是,关于他的那道数学题,她还不想提前放弃。

"衣服我有,不过是爷爷的遗物,你会介意吗?"

浑身湿透的男人指了指天上稀疏的晚星,轻描淡写地笑了:"你不如问,爷爷,这个人过去没能救下您的命,您还愿意把自己的衣服借给他穿吗?"

传说,地上每有一个人死去,天上就会多一颗星星,为走在夜晚中的人引路。

第三章　奇怪的她

"随便坐吧,我去给你拿衣服。"打开门,荀羽指着客厅的沙发,回头看了他一眼。

廊灯的光线照进她的瞳孔,泛着幽深的光泽,那是一种无限趋近于黑,却比黑更明亮、更耀眼的颜色。像冷水中无端升起的一团火焰。

这是肖曳第一次在无事发生的时候这么近距离与她对视。

和第一次见面时崩溃失控的她截然不同,现在的荀羽无论怎么看,都是个沉静的人。

黑色的头发刚刚及肩,用一根皮筋绑在脑后。她脸形偏长,眼形亦长,双眼皮薄薄窄窄,到眼尾处微微上扬,自带三分凌厉,好在下颌转角处生得圆钝,又生生将那分距离感稀释了一些。想必她笑起来,一定比现在更好看。肖曳缓缓收回视线,荀羽已经进卧室里去了。

他低头,检视一遍空荡荡的玄关地板,一双多余的拖鞋都没有。这个人难道完全都不社交的吗?他脱下鞋,踩着地板进去了。沙发上搭着一条灰色的盖布,不像是当下年轻女孩的品位,或者说,这个房间里的装潢摆设完全没有一丝屋主个人喜好的痕迹。

她就像个暂时寄居的过客。

肖曳在沙发上坐下,视线扫过眼前的茶几,一个空调遥控器、一本救援知识的专业书籍、一个空着的果盘和一只水杯,再无他物。

荀羽刚好从卧室出来:"大部分衣物我都处理掉了,只留了几件新的衣服和裤子做纪念。这是条新毛巾,浴室你可以随便用。"

他微笑:"谢谢。"

"要喝水吗？"

"麻烦了。"他说着起身，接过她怀中的衣物。

荀羽像突然想起了什么："抱歉，我没有别的拖鞋……"

肖曳看了眼浴室门口摆着的粉色塑料拖鞋，神情镇定："没关系，我可以凑合一下。"

"好吧。"

浴室很快传来均匀的水声，荀羽打开窗透气，去厨房烧了水，又翻箱倒柜找出个很久没用的杯子洗干净，等她端着水杯出来，肖曳已经洗完澡出来了。

"需要吹风机吗？"她放下杯子，抬头看他，眼神有一丝闪烁。

意外发生之前她给爷爷买的这套新衣服，爷爷只试过一次，就再没机会穿了。现在这身衣服套在这个男人身上，尺寸虽小了些，款式更是不适合，但她莫名生出了一些亲切感。

她当然不会觉得爷爷回来了，但死物到底多出了一分生气。

肖曳失笑："我用不上那种东西。"

"好。"荀羽坐下了。

"你不看电视吗？"用毛巾擦着头发的男人又发问了。

荀羽困惑地瞥了他一眼："有问题吗？"

"没问题，应该说，反而刚好。"

"嗯？"

"刚好跟我聊聊天啊。"

"……"

"不想和我聊天吗？"

荀羽的脸色渐渐起了变化，有一丝愠怒，更多是无奈。

这人是不是棵墙头草不好说，脸皮倒是比城墙厚。

厚脸皮的人仿佛丝毫感知不到她的情绪，自顾自道："那么，回答我一个问题也行。"

"什么？"

"你对我这么抵触，是因为我当时没能救回你的爷爷吗？"

荀羽沉默着。良久，她郑重地摇头："不是。"

那种情况，就算是观音菩萨显灵，也救不了她的爷爷，更何况是受命起来的水上救援队。那是两年来桥城发生过的最大的一起交通事故，桥上失控的巴士冲向桥下，从车窗滚落的遇难者压死了在江边垂钓的老人和在附近玩耍的孩子，车子则笔直坠入江中。

荀羽接到电话时，完全无法相信这个事实，所以才会在赶到之后，疯了一样地挨个恳求在场的每个工作人员,拜托他们救救自己的爷爷。

现在想想,那时自己的举动实在是太不理智了。当悲伤平复,当愤怒消失,当她深入这个行业,自然能够理解,大家当时的那份无能为力。

命运是不公平的,但他们不是败者。

之所以不想跟肖曳,或者说,跟其他任何人产生深入的接触,只是因为她随时随地都可能看见他人的死亡时间。她希望竭尽全力改变那些人即将死亡的命运,却发自内心地恐惧与任何人产生亲密关系。如果有一天醒来,她握住自己所在乎的、所爱着的人的手,却发现他们就要死了的话……苟羽不敢想象那种绝望。

如果没有关系,哪怕痛苦,理智也可以说服自己接受。

如果没有关系,哪怕不能改变,她也不会过分怨恨自己。

人说到底还是一种自私的动物啊。

苟羽还记得第一次察觉到自己的这种能力,是在爷爷去世一周后,为了感谢墓园为爷爷下葬的工作人员,她主动握住了对方的手。

那是个四十来岁的中年人,身形微微发福,国字脸,左脸颊有一块小指甲盖大小的黑色胎记。苟羽至今记得他手的触感,温热的、厚实的,掌心处还沁着一层薄薄的热汗。

他对苟羽露出了关怀而慈蔼的笑容:"姑娘,节哀顺变。"

苟羽默默垂下眼睑,颔首。就在那时,她看见他裸露出的小臂上烙着一串猩红的数字。起初她还以为那是文身,出于礼貌便什么都没提,回去后思来想去,又觉得哪里不对劲,为什么会有人在身上文着下个月的日期?

而且那个憨厚的中年人怎么看都不像是会文身的类型。

后来苟羽又去了一趟墓园拜祭。接待她的是位年轻的工作人员,出于某种说不清道不明的情绪,她故作不经意地提了一句:"上次为我爷爷下葬的那位大叔呢?"

工作人员怔了怔,旋即露出了悲伤而唏嘘的表情:"上上个星期走了。一点儿征兆都没有,上一秒还说说笑笑,下一秒就脑梗倒在了地上,一送到医院,人就没了。"

苟羽的心脏猛地揪起:"哪天?"

工作人员被她突然的激动吓了一跳:"……就,我想想看,那天我休假,应该是27号。"

没错了,27号,就是她看见的那个日期。所以……她提前看见了他的死期?

强烈的震撼后,苟羽感觉到恍惚,然后是无法置信。

这件事太荒谬了,她根本没办法说服自己相信!

但从那天以后,苟羽发现,几乎每过十天半个月,她就会看见一次奇怪的日期。

有的是她工作中经手的病人，有的是在生活里邂逅的人。超市的收银、水果摊的大妈、甚至这栋居民楼的保安，形形色色……一开始荀羽仍怀抱着一丝侥幸，或许那天的事只是巧合呢？毕竟此刻这些人还鲜活地伫立在自己面前，没有任何即将死亡的预兆。

直到第一次，有人倒在了她的眼前。那是一个被爷爷牵着来诊所拿药的小女孩，大概四五岁，有一张圆圆的苹果脸，嘴巴很甜，一口一个"小荀阿姨"。

荀羽蹲下身，微笑着捏捏她的小脸："阿姨给你买好吃的好不好？"

小女孩开心地点头，主动拉起她的手："谢谢小荀阿姨！"

荀羽的笑容一瞬间凝固住了，小女孩脖子上显示的那串数字告诉她，这么一个活泼可爱的小女孩也许会在今天结束生命！

荀羽没办法相信！她蹲在那里，脸色逐渐苍白，肢体亦僵硬得好像一尊化石。

小女孩困惑地眨了眨眼睛："小荀阿姨病了吗？"

"没……"

小女孩抽出抓着她的手，善解人意地摸了摸她的脸颊："但是小荀阿姨你的脸好冷呀，是穿太少了吗？可是今天是大太阳呀……"

荀羽不知该说什么，站直麻木的身体，虚虚地按了按她的头："阿姨不冷，阿姨去给你买彩虹糖，但你要答应我，哪里都不要去，就乖乖待在诊所里，待在爷爷的旁边，好吗？"

"好！"小女孩声音洪亮。

荀羽还记得那是初春里极普通的一个黄昏，明亮的天空被染成耀眼的金色，每一朵云都恣意舒展着，流向未知的方向。

她一步三回头，生怕在她看不见的时刻，这个小小的生命会消弭于弹指间。三分钟后，荀羽奔跑着回到诊所，拉开门，便看见小女孩正乖乖坐在塑料椅上玩着带来的那只小兔子。

心里悬着的那颗大石轰然落地，荀羽的眼睛红了。

小女孩抬起头，不解地看着她的眼睛，像发现新大陆那样稀奇而快乐："小荀阿姨，你怎么变成小兔子啦？"

刚好她的爷爷拿了药走出来，顺势拉起她的手："胡说什么呢，快跟王医生和小荀医生说再见，我们要回家了。"

小女孩立刻听话地从椅子上跳下来："王医生再见！小荀阿姨再见！"

荀羽蓦地愣住，或许真是她想多了，怎么看这种事情都不会发生在真实生活里。

巧合，只是巧合罢了，她试图说服自己。

几步上前，她重新展露出一个友善的笑容，把彩虹糖塞到小女孩手里："拿去。"

"谢谢！"小女孩乖巧地接过糖果，蹦蹦跳跳地牵住爷爷的手，"那我们回家咯！"

一老一小两个身影蹒跚而去，夕阳将他们的背影拉出两条墨色的阴影。荀羽目送他们走向巷口，转过拐角，忽然间，她听见一声刺耳的急刹车声——

她的大脑顿时一片空白，身体开始发抖，下一秒，她失控地冲了出去。现场一片混乱，围观的人群垒成一堵墙，荀羽拼命拨开人潮钻进去，就看见倒在车前的老人。

小女孩不见了！

肇事车主惊魂未定，伸手试图打开车门下来查看情况，但因为全身脱力，拉了好几次才成功。人一出来，他往车底一看，整个人登时瘫软在地——小女孩被卷进去了！

"报警！快报警！"

"不对，应该先打急救电话！"

现场的人七嘴八舌，最后还是赶到的交警帮忙联系了救护车。

等待的时间是如此漫长，荀羽眼睁睁看交警把小女孩从车下抱出来，她刚才白白净净的脸被血污覆盖着，长长的睫毛垂在脸上，一双手则坠在身侧，脸上没有任何表情，不会笑，也不会动，就好像睡着了一样。有什么刚好从她松开的手心滑落下来，是糖果的包装袋。

十分钟后，救护车终于赶到。大腿骨折、因受到惊吓陷入昏迷的老人先被抬上担架，紧接着是安静得仿佛睡着的小女孩。

泪水逐渐模糊了荀羽的眼睛。

血色的残阳中，有什么五彩斑斓的东西在地上的血渍中闪耀着——是刚才她买给她的糖豆。那些红的绿的黄的豆子滚得到处都是，像被撕裂的彩虹。

这一刻，她终于没办法心存侥幸，甚至逃避——

新的命运的钟声敲响了，被死亡笼罩的悲伤的命运。

荀羽不知道这种命运的来由，也不知道什么时候会终结，但两年过去了，什么都没有改变，她依然可以看见那些将死之人身上的数字，这其中也包括眼前这个人的死期。

想到眼前这个人即将面临的命运，荀羽感觉自己的心脏再次被揪紧了，她微微偏头，避开了他的视线："所以……你干脆理解为，我这个人天生不合群，喜欢一个人待着，不喜欢和人交往好了。"

肖曳静静看着她，不置可否。他总觉得有什么地方不对劲，如果说，再次与她见面，怀抱的是一分对曾经遇难者家属天然的愧疚与同情，那么现在对于她，他则完全无法不产生兴趣、不感到好奇。

今晚她试图在那个遇难少年身上寻找的究竟是什么？

昨天她又为什么刚好能够感知到那位老太太可能发生意外？

这一切仅仅是巧合而已吗？他一时找不到合理的答案。

手机提示音响了。他比了一个稍等的手势，拿出手机，发现上午发送的简历有回复了。核对过工作时间和内容，他不易察觉地弯了弯嘴角。

总会知道的吧，不必急于今天。

肖曳收起手机，站起来，微微欠身："那我先回去了，衣服洗好了还你。"

"好。"荀羽亦起身，"我送你到门口。"

门悠悠被推开了一条缝，走廊昏暗的灯光透进来，在地上留下一摊暗影。肖曳穿上鞋，踩着那道影子走出去。门关上前的一瞬，他忽然回头："对了……"

"嗯？"

"准确地说，世上没有天生不合群的人，喜欢一个人待着，也许只是因为你还没找到适合自己的群体。"

肖曳的脚步声慢慢远去，荀羽愣怔了好一阵，才记起关门。

推开709的房门，率先映入肖曳眼帘的是贾世豪那张严阵以待的脸，然后是一抹鲜红。

这人竟然端了把玩具水枪在手里。肖曳的眼皮跳了跳。

贾世豪自鼻腔挤出一声冷哼，迅速调整好姿势，用枪口对准了他的脸："站住！不许动！举起双手！你有权保持沉默，但你说的每句话都将成为呈堂证供！快，老实跟我交代，你是不是对那个刺头有兴趣？"否则这人干吗搜救一结束，就跟着那个刺头跑了！

见肖曳不说话，贾世豪的目光一个劲儿在他身上蹿，渐渐地，他的嘴巴张成了"O"形："等一下，你这身老土的衣服是从哪儿搞来的？"

肖曳还是没有回应，慢条斯理地换下鞋，忽然一伸手，眼疾手快捞过了贾世豪手中的水枪扣动扳机，枪口喷出的水刚好灌进贾世豪张着的嘴里："一口气问这么多，你不渴吗？"

嘴里灌满了水，贾世豪痛苦地瞪大了眼睛，呜，这水是他从水龙头上接的，早知道就灌瓶依云了……

肖曳拎着那把水枪往客厅走去："分开之前拜托你的事搞定了吗？"

贾世豪狂奔到厨房把水吐掉："联系好了，之后心理咨询机构的人会上门，免费替她进行疏导咨询……不过，真不需要我帮她找个新工作、换个生活环境什么的吗？你知道的，我这方面的门路很多……"

"用不着，你这辈子撑死只能做个财神，做不了救世主。她要自己想不开，即使换环境意义也不大。"

贾世豪"唔"了声，不说话了。他虽然无法体会那位母亲的丧子之痛，但他曾经差一点儿淹死，遇难者经历过的那份痛苦他能感同身受。见肖曳在沙发上坐下了，贾世豪一拍脑门："等等，你不要转移话题！你还没回答我刚才的问题呢！"

"什么问题？"

这人脑子里可能装了个过滤器，装傻充愣一顶一，但这招对他可不管用，他贾世豪这辈子就不知道"善罢甘休"四个字怎么写。为表达慎重，贾世豪拿起个空玻璃杯在桌子上磕了磕："你是不是对那个刺头有兴趣？"

"有啊。怎么？"

"没什么，就是觉得太可惜了……"

"哦？为什么？"

"你知道的，我认识的年轻漂亮的姑娘那么多，个个都比那刺头盘正条顺、嘴甜心美，你是我的救命恩人，只要开句金口，明天我立刻给你安排一打！"

肖曳笑了："那么多年轻漂亮的姑娘，你要不先考虑解决一下自己单身的问题？"

贾世豪气得不说话了。肖曳满意地收回视线，打开刚收到的具体工作安排浏览起来。

半响，他忽地抬起了头，语气虽平淡，声音里却透露着一股莫名的威严："对了，这身衣服是荀羽的，你别乱说话。"

贾世豪惊得下巴都掉了——破冰块儿家里竟然还有男人的衣服，真是人不可貌相，高手啊！他曳哥英明一世，这回怕不是被猪油蒙了心，掉坑里了吧……

周六是荀羽的休息日，一般在这天，她都会例行打扫房间，然后去超市采购下一周的生活必需品。早上八点，荀羽起来做完卫生，又上网浏览了一会儿房屋出租信息，约了两位房产经纪看完房，这才动身去附近的超市买东西。

暮色四合，正是一天里超市最热闹的时候。卫生纸、洗发精、肥皂……按计划补充完日用品，荀羽朝食品区走去。大部分时间她是不做饭的，一个人生活，做饭的劲头难免打折。买好牛奶、熟食，荀羽拎着篮子，信步走向方便面区。

今天似乎有新品上市，导购老远便热情地迎过来："您好，今天我们新推出的'藤椒系列'方便面有活动，如果您感兴趣的话，可以去那边的试吃区尝尝看，非常好吃哦！"

荀羽礼貌地笑笑："谢谢，不用，我买平时的那种就可以了。"

她说罢要取架上的方便面，导购却突然按住了她的手："看看嘛，试吃不要钱的！真不喜欢的话，再来选这种也不迟呀？"

荀羽身体一僵，猛地抽回了手。导购仍微笑着，一双眼巴巴地望着她。

荀羽目光闪烁："那……我去看看吧。"

试吃区前挤满了看热闹的顾客，其中不仅有附近的大妈老太，竟然还不乏年轻的女孩子。荀羽心中未免泛起些许好奇，真有这么好吃？她站在人群外，稍稍踮起脚。

被堵得水泄不通的试吃台后，有个系着粉红色围裙的男人正熟练地往小锅里添佐料："回家煮的话，可以加个蛋，当然，再搭配我们的火腿肠伴侣会更好吃哟！"

这个熟悉的声音……视线对上的那一刻，荀羽呆住了，是肖曳。

人群中，肖曳朝她抛来一个灿烂的笑容。荀羽这才注意到，除了系着一条粉色的围裙，他头上还戴着个可爱的兔耳朵发箍，两只软绵绵的耳朵竖在头顶，可爱到近乎滑稽。

现在的推销员都这么拼的吗？荀羽不动声色地收回视线，微微别开脸，忍不住偷笑。

"要吃吗？"耳畔忽然响起肖曳的声音。

荀羽吓了一跳："你怎么出来了？"

"看见熟人了呗。"肖曳殷切地将纸碗和小叉子递到荀羽面前，"试试吧，这个新口味真不错。"

一时间，试吃台前聚集的年轻女孩们纷纷投来了视线。被这么多陌生的目光盯着，荀羽浑身都不自在了，匆匆接过碗："谢谢啊……呃，你回去继续煮面吧。"

"八点了，到点收工了。"

所以他是打算这么盯着自己吃完吗？荀羽心中暗骂了一句，默默挑起面条塞进嘴里。三两口吃完，荀羽迅速把碗放到了回收区。

肖曳又凑了过来，眼中满是期待："怎么样，好吃吗？"

"……挺好吃的。"如果食不知味算好吃的话。

"那你也买点儿吧？"

"啊？"就在这时，荀羽突然感觉无数柄眼刀朝自己飞了过来——她终于知道什么叫盛情难却了。

不是他的情，而是那些女孩子的。人家都亲自出来给你送面了，你好意思不买吗？

就这样，荀羽稀里糊涂往篮子里塞了十来盒方便面，拎去收银台结账。

走出超市，天已经彻底暗了下来，沿街的灯光次第亮起，到处是喧闹的人声，有暖乎乎的热气从街边饭店的锅中淌出……人间还是这个人间，永远值得眷恋。

荀羽被一大袋方便面勒得手疼，不得已换了只手。身后忽然传来一个响亮的声音："荀荀,等一下!"肖曳很快一路小跑来到她的面前,"喝东西吗?我请你吧?"

荀羽吸了口气:"这次需要买多少方便面?"

肖曳被她说得一愣,旋即大笑起来。他笑起来眸光闪闪,似一支遒劲的笔于幽暗深处落下的最耀眼的星辰。

荀羽怔了一下。

"你知道一个说法吗?"

"嗯?"

"达则兼济天下。"

荀羽不说话了,以他这个推销方法,提成不多才奇怪了。

似乎怕她拒绝,他又道:"就当感谢你借我衣服……"

荀羽抿唇:"我没有你想的那么不近人情,走吧。"

"东西给我吧。"走出几步,肖曳开口。

意识到他说的是自己手里的袋子,荀羽有些犹豫。

"拿来吧,不收劳务费。"他强调。

"……也好,"她抬头,淡淡觑了他一眼,"反正我原本就没打算买这么多。"

他没看错,这人眼中的确有一团小小的火焰。

街边的饮品店,荀羽要了杯拿铁焐在手中:"这就是你现在的工作?"

肖曳闲闲地喝着饮料:"值得纪念啊,你第一次主动问起关于我的事。"

"不想回答也可以。"

"没什么不想的,差不多吧。但不仅限于推销员,派单、搬运、试衣模特、酒吧派对模特……陆陆续续都做过。"

荀羽惊了:"派对模特?不穿上衣的那种?"

肖曳哧一声笑了:"看不出你想象力挺丰富的。"

荀羽低头喝咖啡,不说话了。

肖曳单手支腮,笑着打量她,这么看来,荀羽蛮单纯的,竟然以为酒吧派对的男模只是不穿上衣……其实他们偶尔还会背一对"维密"的羽毛翅膀。

一杯咖啡见底,荀羽才重新抬起头。像刚做过什么郑重的决定,她看他的眼神骤然严肃了起来:"那如果我有份工作想找你,但薪酬不会很高,你会接吗?"

"什么工作?"

"模特,准确地说,是心肺复苏的示范模特,你需要扮演呼吸暂停的人。"

肖曳被一口水呛住："咳……等一下，你的意思是，我们需要……接吻？"

"不，"荀羽镇定地摇头，"是进行人工呼吸。马上就要到全国中小学安全宣传教育日了，每年这个时候，各个社区都会展开相应的安全科普活动，包括介绍一些急救知识，示范正确的心肺复苏术。我刚才考虑了一下，专业的知识自然是由专业的人来示范比较好，我有想过找张哥，但他要上班，其余的人，就像你说的那样，和贾世豪相比，我的确跟你比较熟悉……正好你工作时间机动，怎么看都是最佳选择。"

荀羽说完，双手交叠放在桌上，身体微微前倾，一双眼目不转睛地注视着他，显然在等待他的答复。

肖曳随意拨弄了两下杯子里的吸管，心情有些微妙。

她说得没错，专业的事情应该交给专业的人来做。而作为一个专业的人，他第一时间的反应实在太不专业了。事实上，不怕煞风景地说，他们这样的人，迄今为止接触过的嘴唇没有上百，也有数十，活着的人，死去的人……

对面再次传来荀羽的声音，这一回话语中似乎多出些不确定的情绪："还是你已经有了别的工作安排？"

他回神，对上她的视线。女孩子平直而狭长的双眸仿若扁舟，行过之处，无风生波。这样冷淡的脸孔，果然还是笑起来更好看，就像他刚才在超市里见她偷笑时那样。

肖曳沉吟片刻："没安排，那就这么定了吧，什么时候呢？"

"就在下周三，不过钱真的不会太多……"这次活动是她坚持推进的，社区经费有限，肖曳这部分她已经决定自掏腰包。

肖曳好笑地看了她一眼："我这人难道看着特别市侩吗？"

荀羽克制地点了点头："嗯。"

算了，谁让自己架着人家买了那么多垃圾食品呢？肖曳识趣地换了话题："有什么需要准备的，提前告诉我。"

"好。"荀羽说罢，视线飘向了脚边的塑料袋。

知道她想走了，肖曳起身："我送你回去吧。"

"不用了。"荀羽亦站起来，麻利地拾起地上的袋子，"今天谢谢你能答应我的请求，也谢谢你的咖啡。那么，我先告辞了。"

安全宣传活动当天，肖曳起了个大早。来到客厅，他惊奇地发现，贾世豪竟然起得比自己还早，眼下跟蚂蚁搬家似的把衣服往客厅里搬，不知道又在发什么神经。

不仅如此，卫修今天也百年难得一见地没有闭门修仙，此时正坐在沙发上，姿态优雅地修剪着一枝玫瑰。他手边摆放的是一捧还带着露水的鲜花和一套专业的工具。

看见他，卫修微微扬起下巴，唇角是一抹温和的笑容："起来了？早饭在餐厅，今天是美式炒蛋搭配三明治，牛奶可能放得有些凉了，需要你自己再加热一下。"

看他娴熟地将花插进花瓶，肖曳微愣，半晌，比了个好的手势："谢了。"

卫修颔首，收回视线，继续专注地修剪下一枝百合了。

寻常而诡谲的一天就此拉开了序幕。

"帮我看看呗，这件衣服能不能衬托出我身上这份无与伦比的贵族气质？"刚咬了一口三明治，贾世豪便颠颠地跑了过来。

肖曳瞅了眼他身上那件藏蓝色的金丝绒西装："你要去相亲？"

"我是那么俗气的男人吗？是去参加一个烦人精的二十岁生日派对，我必须艳压她！"

看来一大早就病得不轻，肖曳假装认真地端详了他身上的衣服半天："就这件吧，这件挺好。"

"真的？"

"嗯。"至少会让你的神经病看上去不那么明显。

贾世豪心满意足地跑走了。

"对了，今天车借我用一下。"

"没问题！"贾世豪沉浸在艳压全场的喜悦中，大气地挥了挥手。

肖曳开车拐进社区，老远便看见住宅楼前拉起的红色横幅，条桌已陈列好，铺上了桌布，摆上了矿泉水。人群中，一身白大褂的荀羽正张罗着社区的工作人员向围观的人群分发安全知识手册。肖曳找了个车位停好车，疾步走过去。

"到了？"荀羽看见他，扬眉淡淡一笑。

肖曳不由一怔，这人心情好像不错。

不等他开口，荀羽先将一沓手册塞到他手里："这个，你也帮着发一些吧。昨天我发给你的流程看过了吧？在我们示范之前，社区请来的专家会给大家进行宣讲，让大家观看视频学习基础的知识……不过今早我才知道，消防那边听说这个活动，也临时派人过来了，在我们演示之前，会先就周围消防器材的分布和使用方法进行知识普及和示范，还会组织一场应急演练。"

肖曳掂了掂册子，故意做出个失落的表情："所以我们变成打酱油的了？"

荀羽登时沉下脸:"不都是给大家科普安全知识吗?你当这是在酒吧走秀?"

一旦遇上事关性命的事,这人还真是一点儿幽默感都没有。肖曳正琢磨着说点儿什么顺顺她的毛,一个活力十足的男声忽然插了进来:"你好,荀医生是吧?我是《桥城都市报》的实习记者程骁,请问现在方便跟你做个简单的采访吗?"

荀羽循声回过头。说话的男孩五官清秀,留着时下挺流行的带刘海的短发,穿白色卫衣配牛仔裤,眼里全是活力,脖子上还挂着个崭新的记者牌。

"抱歉,现在不太方便。"低声撂下这句话,荀羽转身走开了。

程骁尴尬地挠了挠后脑勺,实习记者就是没地位。"等等——"他不甘心地想要追上去。

肖曳将半沓宣传手册塞进了他的怀中,说:"发完这个,她才可能觉得方便。"

"你谁啊?"程骁莫名地看着眼前这个高自己半个头的男人。

"我吗?"肖曳指着自己,微微一笑,"来打酱油的。"

"……"望着怀中的小册子,程骁露出了哭笑不得的表情。

上午十点,活动正式开始,荀羽挤在人群中,和大家一起观看消防人员关于消防器械使用方法的演示说明。

没一会儿,她感觉有人凑到了自己旁边。荀羽微微一愣,拧眉:"怎么又是你啊?"

"嘿嘿,你好,我再自我介绍一下,我叫……"

"程骁,都市报的记者,我刚才已经知道了。"

程骁有一霎的愣怔,她竟然认真记住了自己的名字,许多人采访结束,甚至都忘了他姓什么,只称呼他为"记者"。程骁清了清嗓子,挤出个近乎讨好的笑容:"那你能不能抽空回答一下我的问题啊?我看你现在刚好没事,给出几个简单的答案就可以……"

荀羽沉默着,良久,她偏头看他:"你不关心吗?"

"什么?"

"现在他们讲的一切——消防器械的使用、正确的逃脱方式,甚至关键时刻,对身边命悬一线的人进行急救的方法。"

程骁被问得有点儿蒙:"啊?"

荀羽的神情依然冷淡:"我觉得你似乎并不关心。"

被一眼识破,程骁讪讪地低下了头。他的确不太关心,事实上,如果不是因为今天的采访没有爆点也没有话题性,大家纷纷推辞,根本不会轮到他这个打杂的实习生来做。

"你知道为什么抢救率会这么低吗?"荀羽又开口了。

程骁讷讷地抬起头:"为什么?"

"其中有一定不可抗力因素，心脏骤停患者的黄金抢救时间只有四分钟，但救护人员几乎无法在四分钟内及时赶到现场。"

"那……可抗力因素呢？"

"心肺复苏的普及和教育不够，百分之八十的心脏骤停都发生在医院以外，这意味着如果现场没有掌握胸外按压技术的人，患者极大可能会死在送医的途中。"

"对不起。"程骁再次埋下了头。

"为什么道歉？"

"因为……"他也说不上具体的理由，大概是觉得亵渎吧——他的轻率亵渎了她对生命的珍视。好在她没再追问。

见看台上讲解结束，消防人员开始准备进行应急演练，荀羽打算过去帮忙。

想了想，她还是回头看了眼程骁。这一回，她眼中有了淡淡的笑意："如果你真想采访我，就麻烦等我做完心肺复苏的示范吧。"人群开始流动，荀羽转身欲走。

"等一下！"不知为何，程骁突然喊道，说着就要抓她的手。

荀羽被这声喝住，停下脚步，怔了半秒，一回头，竟发现有个人悍然挡在了程骁面前。

肖曳张开双手，把荀羽挡在身后："不要碰她的手。"

程骁抬头，眼中涌起被冒犯的不悦，怎么又是这个奇怪的男人？

见他不答，肖曳又道："她不喜欢别人拉她的手。"

"你胡说什么啊！"意识到他误会了自己的意图，程骁的脸唰一下红了，到底还是个刚毕业的小年轻，"我是看见荀医生的鞋带松了，怕她被踩到绊倒！"

原来如此。肖曳愣了片刻，悻悻闪身："真是不好意思了啊。"

程骁面上红潮未退，没好气地瞪了他一眼。肖曳微笑着耸了耸肩。

目睹全程的荀羽似笑非笑地看向他："你自己不也拉过吗？有什么立场教训别人？"

"当然有啊。"

"什么？"

"因为我双标嘛。"

"……"

第四章 觉醒的私心

"二楼起火啦，大家赶紧救火！"随着一声警报，消防人员打开了消火栓，拿起水枪喷头，其他自发参与演练的居民有的帮着铺开水管，有的帮着拧开阀门，场面虽紧迫，却没有丝毫混乱。人造烟雾在楼道中弥漫开，作为疏散居民的指挥，荀羽一边指引逃生路线，一边大声讲解："大家记住，着火后浓烟的密度较空气更轻，会飘于上方，所以大家撤离时尽量让身体贴近地面，不要推挤！"

不一会儿，居民们全部顺利按照指示捂着口鼻，躬着身，从楼道里鱼贯而出。

程骁的目光在拥挤的人群中找寻了半天，终于看到荀羽，脸上绽出灿烂的笑容："荀医生，你的讲解我认真听了！"

荀羽正要答话，一双蓝色的一次性橡胶手套抛进了她的怀中，肖曳整个人直接大刺刺地横在了她的面前，刚好挡住程骁的视线："既然演练结束了，荀荀，我们开始做准备吧？"

荀羽愣怔片刻，拿起手套戴上："你不喜欢他？"

"说笑了，我怎么会不喜欢一个第一次见面的人。"

"哦，对，差点儿忘了，我们刚见面的时候，你的确不这样……"荀羽斜斜扬起脸，眼中似有一抹玩味，"所以，你为什么讨厌记者？"

肖曳与她对视半晌，唇角蓦地一扬："荀荀，我得跟你纠正一下，我不讨厌记者，我不喜欢的是那种完全不在意事实只追求热度的人——在我心目中，他们还算不上记者。"

荀羽默然，这人偶尔真是笑里藏刀。

"不过……"肖曳又开口了,"特别漂亮的除外。"

算了,收回刚才的想法。"走吧,"荀羽整整衣摆,利落地朝肖曳招手,"不是不想打酱油吗?到你表现的时候了。"

"基础生命支持,又叫现场急救,可以使心跳骤停的病人心、脑及全身重要器官获得最低限度的紧急供氧。通常通过正规训练,采用标准手法的话,我们能够为患者提供正常血液供应的25%到40%,也就是为患者争取到更多活命的可能。"将肖曳安置在铺好塑料布的地面上,荀羽打开领夹麦克风,向所有人简单介绍有关急救的理论知识。

然而在场的人听罢却纷纷露出了茫然的表情,有人小声交头接耳:"我们学这个有什么用啊?救人不是医生的事吗?"

"听上去就好复杂啊,万一人其实没事,被我这么一折腾反而出事了呢?家属找我麻烦怎么办?"

荀羽环顾四周,眉头微皱,这反应和她想象中一样。

只要祈祷厄运不降临在自己或最亲密的人身上就没关系。人类大部分时候就是这样一种心存侥幸的生物。

正午炽烈的光线照耀着她平静而干净的脸庞,肖曳悄悄掀开了眼皮,总觉得这个人马上就要生气了,搞不好还会像之前骂那个溺水的女人一样气势汹汹地数落这群人一遍。

然而好一会儿过去,荀羽的眉头竟然展开了。

有浅浅的笑容在她唇边绽开,温热的阳光自眉宇间的沟壑流淌开去,晕成金色的光河:"如果大家没有自信去帮助其他人也没关系,就先尝试为了保护自己心爱的人了解和学习一下急救知识吧。不过我衷心希望,大家永远不会用到它。那么,我继续为大家讲解。"

荀羽低头,视线移回肖曳的脸上,这一次,她关了麦,声音压得很低:"我说,收了钱的,敬业点儿,闭上眼好吗?"

肖曳愣了愣,默默合上了眼皮。

荀羽的声音如涓流般再度汇入他的耳中:"实施心肺复苏急救时,请务必将患者放在较为硬实的水平面上,不能放在床、沙发,或者任何平整却有坡度的地面……"

哈!肖曳忍不住笑了,这个女人面对事情的反应每次都跟自己的想象有出入。以为她很冷静,结果她失控了;猜测她要生气,她反而笑了。倒的确挺有意思的。

肖曳正漫无边际地瞎想着,荀羽交叠的双手已对准他胸骨的二分之一段:"现在,我来为大家示范胸外按压的标准动作,记住,每一次要连续按压30次,手掌根不能离开胸骨。"

感觉她手掌传递到自己胸腔深处的强劲力量,肖曳下意识深吸了口气,示范而已,这人还真是过分敬业。不过，不讨厌就是了，认真的人怎么会让人讨厌？

"接下来，我们要打开患者的气道。如果口中有异物，比如泥沙之类的，需要拉出患者的舌头，进行清理。"荀羽说着掰开了肖曳的嘴。

一霎间，她的表情凝固了。一颗指甲盖大小的薄荷糖赫然含在肖曳口中。

躺着的人虽闭着眼，却神态优哉，低声含混道："怎么样，我敬业吧？"

荀羽的手指僵了僵，片刻，她扯起嘴角，冷冷从齿缝中挤出只有他听得见的五个字："给、我、咽、下、去。"

行吧，只准你敬业，不准我敬业，你也很双标嘛。肖曳乖乖咽下了薄荷糖。

荀羽的神态终于有所缓和，改由单手托起了他的下巴："这里请大家仔细观看，只有下颌与耳垂连成一条直线，垂直于地面，气道才算彻底打开了。"

不知是不是错觉，渐渐的，荀羽竟然嗅到一丝薄荷清甜的气息，她的手指摩挲过肖曳颈间的皮肤，不禁心神一凛。荀羽立刻敛神："最后一步，人工呼吸！像这样，一边捏住患者的鼻子，一边大口吸气，迅速用嘴包住患者的嘴，快速将气体吹入患者口中。"

她说着果断俯下了身。尽管闭着眼，肖曳还是明显感觉到面前的光线变暗了。紧接着，他的鼻子被捏住了。然后，唇被另一双唇牢牢包裹住。

当人失去视觉，其他感官的敏锐程度会随之上升，此刻肖曳不仅可以听到荀羽吹气的声音，唇部皮肤与嘴角周边皮肤摩擦的声音亦同样清晰……突然，一个奶声奶气的声音蹦了出来："哇，妈妈！你快看！大哥哥和大姐姐在亲亲！羞羞！"

不知为何，肖曳的触觉骤然变得敏感起来。气流窜入口腔，裹挟着温度，仿佛季风，扫过气道的每个角落。肖曳的手指缓慢而僵硬地蜷缩起来。很好，他竟然因为一个小屁孩的话动摇了。

两次人工呼吸后，荀羽直起身："吹完气后，大家记得及时松开捏着鼻子的手，让患者呼出气体。人工呼吸两次为一组，心脏按压和人工呼吸的比例是30:2，也就是三十次心脏按压，加两次人工呼吸，有需要的话，可以以此类推，循环操作。"

说完最后的话，荀羽摘下了别在胸前的麦克风。现场没有掌声，也没有好奇的追问，只有刚才那个吊着妈妈胳膊的小孩子天真的声音："妈妈、妈妈，亲亲可以救人吗？"

午后的风吹拂着绿化带中刚刚吐露新芽的树，掸落一地安静的光与影。

肖曳缓缓睁开了眼睛："我可以起来了吗？"

听到肯定答复，肖曳麻利地从地上爬起来，顺手抚平衣袖上的褶皱："对了，荀荀，我能问你个问题吗？"

荀羽刚摘下手套，听见他冷不丁的发问，稍稍扬起脸，澄澈的眼中写着些许困惑。有风撩起她鬓角的发丝，在空中打了个转儿，又徐徐垂下。

肖曳上下打量了她一会儿，释怀笑了："算了，没什么。"有时徒劳无功也很美。

简单接受完程骁的采访，荀羽才从活动现场离开。沿街往诊所走，她感觉有一片亮堂堂的红色逼近，一回头，果然是肖曳。他说："下午有安排吗？"

"当然是回去工作了。"荀羽无语，这人怎么还没走？

"那我送你一段吧？"

"老实说，你其实也是个富二代吧？"否则她实在想不出怎么会有人这么闲。

肖曳一只手肘支在车窗沿，非常认真地看她："不，是认真生活限制了你的想象，当一个人没有了人生目标，无论有钱没钱，都可以过得很悠闲。"

算了，跟这家伙完全没法聊，荀羽转身继续往诊所走。

"荀荀！今天的工钱结一结！"

糟了，荀羽才想起来，早上在诊所换衣服的时候，习惯性地把钱包锁储物柜里了。想了想，她认命地回头："那你跟我走一趟吧。"

老远见荀羽领了个男人往诊所走，王医生的第一反应是，完了，她的老花眼又加深了！等人走近了，才发现不是自己老眼昏花，荀羽方圆五米内竟然出现了适龄异性，还不是躺在地上没意识的那种，王医生惊得差点儿从椅子上滑下来，这怕不是今晚要下红雨了吧？

荀羽推开门，先跟王医生打了声招呼，然后才给肖曳指了指候诊区的椅子，沉声道："你坐那儿等我吧。"

王医生和肖曳同时"嗯"了声，两人下意识对视一眼，再回头，荀羽已经进里间了。

"你好啊。"王医生清了清嗓子道。

肖曳礼貌地微笑道："您好，王医生。"

王医生听罢颇惊喜："小伙子你怎么知道我姓王啊？小荀跟你说的吗？"

肖曳镇定地指着门口的招牌："上面写了。"

呃，也是……王医生搓搓手，头一次见到荀羽带男人回来，一不小心有点儿失态。但她还是决定趁热打铁："你是小荀的什么人呀？"

"还没交上的朋友。"

年轻人说话就是有意思，她还想再聊几句，荀羽已经出来了。

"你的工钱。"她把点好的现金递给他。

肖曳接过来，瞅了一眼："我没带钱包，微信不行吗？"

那你怎么不早说？最可气的是，她刚才被他的话噎住，大概脑子也短路了，一时竟然没想到，这人摆明故意逗她玩呢！

"好玩吗？"荀羽的声音变了调。

"你说这份工作吗？还不错。"

"肖曳！"

"没记错的话这是你第一次连名带姓叫我名字，挺悦耳的。"

"肖曳！"荀羽又叫了一声，这一次，她鼻尖都气得有些泛红了，"你是觉得，我不想搭理你，就不想揍你是吗？"说完这句，荀羽自己先惊了，她好久没跟人完完整整发过脾气了，哪怕有真正想动怒的时候，也习惯了先克制。

突然想到在场的还有王医生，荀羽大窘，忙不迭回头，不看还好，一看发现王医生竟然拿了盒橘子出来，正边剥边吃，发现荀羽突然回头看自己，她尴尬地停住了动作："呃，你们继续，不要在意我。"

王医生都这么说了，那肯定没法继续吵了。荀羽板起脸下了逐客令："钱也收了，你可以走了。"

肖曳知道她是认真的，赶紧识趣地站起来。走到门口，不忘回首挥挥手："荀荀，我们回见啊！当然，有其他工作也欢迎找我！"

荀羽掂量了一下自己该比中指还是直接踹人，最后还是含蓄地吐出了一个"滚"字。

一阵引擎声后，红色的越野很快开得没影了。

王医生往门口张望了几眼，放下橘子，长叹一声："小荀啊，我觉得这年轻人挺不赖啊……"

荀羽张了张嘴，怀疑自己出现了幻听。

王医生定定看了她一会儿，和蔼地笑了："小荀，难道你没发现吗？你和他在一起，整个人感觉多放松啊，就跟你刚来这里那会儿一样，有话直说，人也开朗，不像这一年，什么都闷在心里，也不肯跟人多接触。你爷爷去世之后，你就跟变了个人似的……"

不知沉默了多久，荀羽突然笑了一下："王医生，谢谢你这么担心我，但我真的早就没事了。之前阿婆说的女儿的同事，等我下次休息的时候，找机会安排我去见一次吧。"

王医生惊讶："怎么，你不喜欢这个年轻人啊？"

荀羽僵住了："我看上去像喜欢他吗？我挺讨厌他的。"

"那可能是我误会了，现在你们年轻人不都爱把话反着说吗？'讨厌'是'喜欢'，'滚'

是'回来'。"

荀羽："……"

傍晚，一场骤雨浇熄未尽的残阳，天那边是**重重叠叠**的阴云，要很努力才能找到一丝光的痕迹。送走今天最后一位来输液的病人，天已经完全黑了，荀羽洗了手，准备换衣服下班。这半天她一直心不在焉，不得不承认，王医生的话勾起了她内心深处关于爷爷去世后那段日子的记忆。

这件事几乎轰动全城，别说邻里，整个小区的人都听说了她家的悲剧。居委会还曾经专门组织过人上门慰问，大家都说她年纪轻轻家里人就走光了，实在可怜。

起初只是悲恸，难以接受，但渐渐地，荀羽开始对因此变化的人际关系感到力不从心，应付周遭人的同情也是一种沉重的负担。最煎熬的是那种同情都渐渐变成了不咸不淡的关于"世事无常"的感叹。

有一次，荀羽无意间又听到有人聊起了关于爷爷的悲剧——

"你还记得吧，荀家那个老爷子……"

"我老公他堂弟不是做警察的吗？前几天跟我们聊天，说起之前巴士坠江那事，说当时荀老爷子遇难的地方没钓具，钓具是在旁边十来米的地方找到的，你说，他没事儿挪什么地方啊？"

"应该是坐久了，想起来走动走动吧。"

"是啊，可哪知道走两步，人就给走没了啊？人倒霉起来啊，还真没法说……"

"照我看，还是荀家那姑娘最倒霉，年纪轻轻怎么就摊上这事儿了呢？"

"是啊是啊，唉，不说这个了，晦气得很，我再跟你说个劲爆的啊！你知道隔壁楼一楼麻将馆的老板娘吧，说是她前天打老公啦，还进了局子呢！也是我老公堂弟说的，她一把鼻涕一把泪地跟警察哭诉，说她老公在外面乱来……"

荀羽听着听着，心渐渐沉下去。那是一种微妙的感觉，在他们口中，爷爷的死甚至不比邻居的狗血故事有趣，他不过是个倒霉的符号，仅此而已。

小女孩的车祸发生后没多久，荀羽就卖掉了爷爷留下的房子，和王医生暂时请辞，自费去广城学习急救相关的课程，还考取了潜水医师执照，在那边实习了足够的时间才回来。

人当然应该善良和富有同情心，但荀羽想拥有的那种，和他们似乎不大一样。

走到门口，满天的雨幕兜头洒下，荀羽撑开伞，回头跟王医生道别。灯光照亮她清瘦的背影，王医生轻轻点头："去吧。"

刚过十字路口，荀羽的手机就响了。"张哥？"淅沥沥的雨水顺着伞沿滴落，在地面溅起簇簇水花，荀羽凝神，仔细分辨手机那头的背景音，闹哄哄的，不像雨声，倒像电子音乐，她不由一愣，"张哥……你去喝酒了？"

张哥无奈地叹了口气："要真有那闲情逸致倒好了！"

他说罢，扭头示意身后的人："先把音乐关了！"

周遭一下子安静下来，张哥再度沉下声："简而言之，贾世豪朋友的船出事了！他参加一个朋友的游艇生日派对，结果这艘船运气不好，出港就触礁了，其中一个舱开始漏水，船有些颠簸。船上十来个人，大都是没常识的小年轻，有几个喝了点儿酒，听说船漏水之后，吓得哇哇直叫，其中有两个一激动，直接套上救生圈跳水了！"

"那现在是个什么情况？"荀羽彻底蒙了，怎么会有这么蠢的人！

"船进水不多，已经顺利返航，问题是跳江的那两个。其中一个贾世豪抛绳直接把人捞上来了，但另一个就没这么走运了，可能因为惊慌失措，拉绳的时候太用力，直接把绳子给拽水里了，现在正套着救生圈漂在水上呢。那孩子据说水性不佳，靠自己游不回来，下雨水流又比较湍急，最安全的方式是原地等待营救。但这天气直接跳下去救人更危险，只能借渔船去救人。目前落水者身体状况还不可预估，你尽快赶来待命，随时做好急救准备吧！"

"好！位置告诉我。"

"西城区港口。"

"收到！我这就过去！"挂断电话，荀羽立刻掉转方向，朝更好打车的主干道跑去。

西城区就坐落在南城区的边上，距离不算远，但即便如此，荀羽赶到港口时，载着张哥他们的渔船也已经出发了。

这鬼见愁的天气，附近几乎看不到一个人，荀羽四下张望，心中越发纳闷，怎么一个海事局的工作人员都没有？就在这时，身后传来个有些熟悉的声音："荀医生？"

"贾世豪？"荀羽扭过头，看见斜后方一艘停泊的游艇上，一个男人刚刚走出船舱。

荀羽顿了顿："怎么海事的人没来？"按理说，遇见这样的情况，应该立刻向相关单位寻求帮助才是。

贾世豪的脸色微微一变："呃……具体情况，等你上船再说吧。"

荀羽一动未动："不，你现在就说清楚！"

贾世豪撇撇嘴，不情愿地解释："张哥他们的船已经开出去十五分钟了，落水点距离港口不远，现在应该已经赶到了事发地点。返航前，我有跟那家伙认真交代，尽量保持在原位置，马上会有人来援救……这不下雨吗，你还是先上来吧！"

荀羽默默回味着他的话，忽然眉峰一挑："你的意思是除了张哥，你们根本没有通知任何人？"见他点头，荀羽语气更重了，"你怎么想的！疯了吗？万一张哥他们救不回人怎么办？"

"不会的！"贾世豪的语气骤然严肃起来，"有曳爷在，绝对没问题！"

荀羽气极："你以为他是什么？神吗！"

"不准你这么说！曳爷是救过我命的人，我信他！"

还真是把他当神了。荀羽冷冷勾起唇角："我本以为你只是审美不好，原来是脑子不行，别说蠢话了，我现在就联系海事的人。"

"荀羽！"情急之下，贾世豪干脆翻身下了船，一只手直接抓住了荀羽拿着手机的手腕。

荀羽吃痛地蹙眉，她真生气了！

正要发火，贾世豪却猛一下松开了她的手，改由双手合十，挤出个讨好的笑容："荀医生，就当我拜托你了，好吗？如果这事捅出去，那烦人精怕是今年都不好过了……"

他这态度转变得太快了，荀羽一时蒙了，反应过来后，她犀利的眼风扫过他的脸："烦人精？"就在这时，船舱中走出了个年轻的女孩。荀羽下意识回头，真是不看不知道，一看吓一跳，这人有公主病吧？不过早春三月，外头还飘着冷雨，她竟然只穿了一条薄薄的粉色纱裙，两根细得可以忽略不计的肩带系在肩头，晃眼看过去，仿佛倒挂的樱花树冠。

荀羽莫名地盯着眼前的"樱花树"，还没想好说什么，贾世豪已率先扭过头，凶神恶煞道："你烦不烦啊？不说了给我老老实实在里面待着吗！"

那小公主也不是个受得了委屈的主，当即回呛："你凶什么凶啊，我不是听见你们在吵架，出来看看要不要我帮忙吗？"

"就你？帮倒忙差不多！"

"讨厌鬼！你不要仗着自己有钱就到处欺负人，我和那些人不一样，我也有钱的！"

"江雨熙！今晚是谁帮你把你的朋友捞上来的？"

"不还有一个没捞着吗！你要真这么厉害，怎么还要找朋友来帮忙？多亏了人家在附近吃饭，不然哪能来得这么快！"

真是一路货色，大概幼儿园还没毕业。荀羽实在听不下去了，只想尽快理清目前的状况："你们别闹了！这样吧，我跟你上船，但相应地，你们必须给我一个不能联系海事局的合理解释，我再做决定。"

上船后江雨熙把今晚的事和荀羽原原本本交代一遍，然后吸吸鼻子，打了个大大的喷嚓,她决定明年再也不办这见鬼的游艇生日派对了。

荀羽安静听完,抬眼看着这位小公主,神情难辨:"你的意思是,今天你是背着你爸搞这个游艇派对的,所以如果海事局出动,他肯定会知道。他知道了,你就会被揍一顿,今年的零花钱也都泡汤了,还必须每周回家报到?"

"没错!听上去就很惨对不对?"

荀羽词穷了,这位公主的脑回路果然跟普通人不一样。

贾世豪刚去上厕所了,出来见荀羽一直没说话,以为江雨熙把她说动了,正要开口道谢,便见荀羽掏出了手机:"你要干什么?"

"打电话,联系海事局。"

贾世豪呆住了,良久,咬牙道:"你有没有人情味啊?没听她说会挨打吗!她爸打人可是用棍子的!"

荀羽低头快速按着号码:"你们很有人情味吗?江雨熙是吧?你的朋友现在正在水里泡着,生死未卜,但你因为害怕承担后果,竟然不愿意出动政府力量救人!还有你,贾世豪,你加入蓝海是为了救人对吧?那请你回答我,现在你想做的事跟救人有任何关系吗?"

一时间,贾世豪和江雨熙都说不出话了。就在这时,手机先响了起来。

张哥!荀羽抬头觑了贾世豪一眼,打开了外放:"喂,张哥?"

"小荀!放心,人我们已经顺利救上来了!但他在水里泡得太久,意识不太清醒,还伴有一定程度的低温症。你赶紧问问贾世豪,船上有没有睡袋之类可以保暖的东西?在救护车赶来之前,我们需要进行现场急救!"

不等荀羽再开口,贾世豪已经跑去抱羽绒被了。

江雨熙则错愕地站在原地,半响,眼泪"啪嗒啪嗒"落了下来。

她一边抹泪,一边哽咽:"对、对不起……我真没想到事情这么严重,讨厌鬼说了,有救生圈在,落水时间不超过三十分钟的话,一定没问题的……"

荀羽转头打量了她一眼,微不可闻地叹了声气,无知者无畏。

任何天气,人类在水中身体冷却的速度要比在空气中快二十五倍。在十度的水中,如果没有热保护装备,三十分钟后人类就会失去自救的能力。贾世豪的话虽没错,但如果时间上出现一点点偏差,又或是营救过程中出现不可预估的意外,那么落水者极有可能陷入死亡的危险境地。

荀羽起身,准备着手急救。经过江雨熙身边时,想了想,还是开口道:"一般情况,我会说,你没有错,你只是无知。但这一次,你的确错了。至于哪里错了,你是个成年人,想必不用我多说。你当然需要说'对不起',但接受你道歉的人不该是我。"

差不多五分钟后,落水者被送上了游艇。迎面碰见荀羽,肖曳只微微点了点头,中午的分别不太愉快,他多少有些顾忌,不敢造次。

荀羽果然不想搭理他,目光直接绕开他,落在落水者身上:"赶紧把人抬进来,动作轻一些,先把衣服脱掉,擦干身体!"

"那是我的衣服,防水面料,在渔船上时,我已经简单替他擦过一遍了。"

荀羽淡淡和他对视一眼:"还需要仔细再擦一遍。"说罢她回头:"江雨熙,刚才叫你帮忙焐被子,焐得怎么样了?"

"报告!正焐着呢!"循着声音,众人的视线转向另一边,只见平铺在地板上的羽绒被上,一个穿粉色纱裙的年轻女孩正把一瓶瓶灌满热水的矿泉水瓶挨个铺开。

贾世豪目瞪口呆,他这辈子还没见过谁能使唤动江雨熙,荀羽可真是个人才!

"船上物资有限,只能利用现有的东西,一会儿救护车就能到了。"荀羽说着,开始脱自己的外套。

见到这一幕,张哥和贾世豪纷纷避讳地转开了头,正替落水者擦拭身体的肖曳则蓦地停住了动作:"你不会是要……"

"没错,我要给他取暖。"

低温症意味着患者暂时丧失了自己产生热量的能力,只把他放进温热过的被子里是不足够的,他需要一个恒定而温和的热量来源,比如,人的身体。

肖曳皱眉,这个女人真是每天都让人大开眼界!

"还是我来吧。"

"不用,你继续专心做你的事,不要耽误不必要的时间。"

说话间,荀羽已除去贴身的针织衫,身上只剩一件吊带背心。

舱外,冷雨不时拍打船身,喑哑而破碎的声音衬得室内的气氛极沉闷,肖曳感觉自己的胸腔中似燃起了一团火,又凝成了一团冰:"你都不知道男女有别吗?"

"看不出,你还挺封建。"荀羽戏谑地笑了,"那按照你的理解,我们今天不是还接过吻?"

此言一出,江雨熙瞪大了眼睛,贾世豪也被一口气噎住咳嗽起来,唯独知道有社区宣传活动一事的张哥最淡定,默默望天。

一阵诡异的沉默。肖曳的面容绷紧,复又松开:"说笑了,那只是人工呼吸,荀医生。"

"所以,这也只是救援。好了,擦干净就赶紧把人抬过来吧。还有江雨熙,去把瓶子拿开,一会儿按照我的指示，用被子把我们卷起来。"

"像……老北京鸡肉卷那种卷法？"江雨熙扑闪着一双漂亮的大眼睛，无辜地望着她。

苟羽的额角跳了跳，深呼吸："就当是吧。"

不多时，救护车及时赶到了现场，落水者被救护员抬上担架，确认没有生命危险后，众人都松了口气。刚听见救护车的声音，肖曳便立刻将她从裹紧的"鸡肉卷"中拎出来，拉向了底层的浴室："去洗澡吧。"

明明不是祈使句，苟羽却听出了命令的意味。她不悦地抬头："我要先跟救护员确认患者的情况！"

"那种事我们谁都可以做。"

"但我最清楚他的状况！"

"那你清楚自己的状况吗？"

苟羽蓦地一怔，这才意识到，肖曳正直勾勾地盯着只穿了吊带的自己，但他的眼神里没有旖旎，只有责备——被急速掠夺走体温后，她身上的皮肤隐隐泛着红。

尴尬令她晃神，趁她发呆的空当，肖曳直接拽着她的手，把人按进了浴室。

"啪"一声，门关上了。隔着门，那个语气很温和但字里行间却弥漫着强硬态度的声音清晰地传进来："苟苟，我钦佩你对生命的尊重——但你好像真的不怎么爱惜自己。"

明明看不见对方的脸，苟羽却感觉自己的呼吸急促了起来。

雨还在下着，外面江雨熙抱着胳膊在风中抖了半天，最后咬牙举起手："不好意思，我是他的朋友，我要求一起去医院！"

就像苟羽说的那样，她是个成年人了，她应该有自己的担当。

"你行不行啊，要不我陪你？"贾世豪从身后探出个头来。

"不……阿嚏！"江雨熙揉着痒痒的鼻子，没好气地偏头瞪了他一眼。

贾世豪不爽地皱起眉："知道你为什么烦人吗？就是因为你老爱给别人添麻烦！胸前二两肉都没有，还非赶着凄风冷雨来走秀，谁稀罕看哪？算了，哥哥我还是好人做到底，衣服借你吧！"

被这么一数落，江雨熙整张脸都气歪了，呼哧呼哧的，抬脚就要走："才不要！丑死了！"

"等一下！"

"等一下。"

两个声音异口同声道。

江雨熙诧异地转过头，发现说话的除了贾世豪竟然还有刚才那个帮忙救人的男人。

"你在叫我吗？"她不确定地指着自己的脸。

"嗯。"肖曳轻轻点了下头，顺手脱下身上的外套，上前递给江雨熙，"我的衣服给你吧，这天气真挺冷的。"

江雨熙犹豫着，一会儿工夫，又打了个喷嚏。

贾世豪沉不住气了："我说，你没听见我也在叫你吗？还是这么快就冻聋啦？活该！"

这下好了，江雨熙直接拽过了肖曳手中的外套，朝他挤出个甜腻的笑容："那我就不客气啦，谢谢小哥哥！对了，你叫什么名字呀？改明儿没课，我给你洗好送回去。"

肖曳看了贾世豪愤愤的脸一眼，末了，也对江雨熙展露出淡淡的笑容："没事，有空拿给他就好。"

"那可不行，衣服是你借给我的，我干吗要还给不相干的人？"江雨熙故意捏着调子，把话音拉长了一倍。

贾世豪的小宇宙要爆炸了。

船上，荀羽刚好从舱内走出来，肖曳远远和她对视了一眼，这才回过脸，慢条斯理地解释："没事，反正我最近住他家，你给他，就等于给我。"

送走救护车，下了半天的雨终于停了。月亮从密布的乌云后隐隐透出朦胧的光辉，江水恣意流淌，仿佛一曲南音，混沌悠长，终于唱到终了。

暴烈后的夜色最温柔。

洗完澡出来，荀羽第一时间跑出去查看状况，发现落水者已被妥善地送上了车。

其实刚才她已经偷偷握过他的手了，什么都没看见，所以至少在一年之内，他都没有生命危险，但总归还是再确认一次更放心。惴惴的心情平复下来，她打算收拾现场离开，就在这时，她忽然感觉到船下投来的一道视线。

逃避迟了一步，视线还是撞上了。不想分辨他眼中的内容，荀羽二话不说，扭头回到舱内。没多会儿，舱外响起了一阵脚步声。

荀羽吸气，抬头，看见迎面走来的贾世豪，不由一愣："其他人呢？"

"张哥被宁宁小姑娘叫回家了，烦人精陪她朋友上医院了，至于我们曳爷嘛，说是去找吃的了——他皮下脂肪少，容易饿。"

饿就饿，由头还这么多，荀羽垂下眼帘，继续擦头发。

贾世豪沉默着，半晌，破天荒地主动搭腔："那个，这里有吹风机，我拿给你？你的衣服，"贾世豪左瞅瞅，右瞧瞧，偏偏不看荀羽，"不都被头发打湿了吗？"贾世豪说完，快步往底层走去，四下一时十分寂静。

荀羽取下毛巾，虚虚握在手中，忽然间，楼下又传来贾世豪生硬的声音："今天的事……我知道你眼高于顶，压根不屑我道歉，但今晚我的做法实在太自私了，对不起，这句是真心的。"

没想到他会道歉，荀羽怔了好一会儿，才回道："算了，还好人没事。而且人都是有私心的，我也可以理解。"

"啊？什么意思？"

这人果然脑子不行。凡事都有动机，而他做了事却根本没想明白自己为什么会做。还是说，维护那个小公主更像是他的本能？算了，反正不关她的事。接过吹风机，荀羽吹着头发，渐渐感觉失去的体温回到了自己的身体。转头望向舷窗外幽深的夜色，她轻叹了声，不得不承认，洗澡是对的……但被一个男人逼进浴室却还是人生头一遭。

肖曳回来时，荀羽正准备离开。

一盏孤零零的路灯照亮两人的面庞，有雨丝飞溅，举重若轻地扑打着黑漆漆的伞面。

又下雨了。肖曳一手撑着笨重的直柄黑伞，一手提着好几个打包盒，碰见荀羽，不由顿住脚步。彼此近距离对视了一会儿，荀羽先开了口："既然事情告一段落，那我先回去了。"

"吃完再走？我买了三人份。"肖曳扬扬手中的盒子，食物的香气四溢。

"谢了，我不饿。"

"还在生气？"

"我没生气。先告辞了。"荀羽说着绕过他，径自向前。

急促的脚步声即刻在身后响起，肖曳追了上来："等一下！"

这一次，他居然乖乖保持距离，没有拉住她。虽然他刚刚才这么做过。

"还有事吗？"荀羽偏过头，发现他竟然图方便把伞给丢了，可真行，以为是电视剧里的追爱男主角吗？当然，这不过是腹诽，眼下荀羽只是斜斜地掀着眼角，不冷不热地看他。

肖曳被她看得愣了一会儿，渐渐地，唇边多出了一抹浅笑："不吃没关系，但有件事我必须跟你澄清。"

"你说。"

"我不封建，也不业余。"

"啊？"似预感到什么，荀羽情不自禁地转过了脸。

细雨中，肖曳眼睫轻垂，眸光则被墨黑的夜色覆盖，一时间，明暗难辨。人声与雨声交织，他低沉和缓地说出的字竟一个个失了真："我只是，有私心而已。"

第五章

本能的选择

一个做事挺正经但说话不太正经的男人有天突然跟你说"我对你有私心",此话该作何解读?正常情况下,应该是"我对你有意思"的意思。荀羽也是这么理解的。

但问题来了,这个人为什么会对自己有意思?她实在是想不明白。按理说,她的每个毛孔应该都散发着"你别靠近我,你好烦"的清新味道啊。

男人的内心世界真是好复杂,让人无法理解。不过还好,那是他自己的事,跟她没关系。想明白这点,在床上直挺挺躺了半个钟头的荀羽终于感觉通体舒畅了,翻了个身,继续睡觉。

那之后一连两天都下雨,周五的傍晚,诊所来了位不速之客。

小公主今天终于学乖了,穿得暖暖的,一件马海毛针织衫搭配牛仔裤,头上还戴着一顶贝雷帽,清爽又不乏少女气息。

就是挎在身上的名牌包暴露了身价,一看就不是头疼脑热来社区诊所看病的。

王医生循声抬头,推了推老花镜,虽然不可置信,还是主动招呼:"你好呀,小姑娘,你是哪里不舒服吗?"

"啊,我吗?"小公主困惑地看着王医生,眉头稍稍皱了皱,旋即灿烂地笑了,"没有!我健康得很,就是来找小荀姐姐的。"

王医生惊了,怎么没几天,仿佛活在无人区的荀羽就既有了男朋友又有了女朋友?

见王医生看自己的眼神不太对,江雨熙不确定地问:"呃,难道我走错地方了?我方向感一向不太好,不好意思哈……"

"你没走错。"一个淡定的女声自里间传出来。

江雨熙转过身,眼中立刻涌出惊喜:"真的是你,小荀姐姐!"

"嗯,找我有事吗?"荀羽质询的目光扫过她的脸。

"当然有啊,"江雨熙说着打开了挂在身上的包包,"我是来给你送谢礼的!"

她说着欢欢喜喜地掏出个沉甸甸的红包:"我那个倒霉朋友醒过来,听说你脱衣服给他取暖的事,说自己无以为报,有女朋友了也不能对你以身相许,只好送点儿钱以表谢意了!"

她这一嗓子号得挺响的,里间输液室的病人们听见了,纷纷探头张望。

荀羽没接红包,只问她:"你朋友身体怎么样了?"

"挺好的,检查之后医生说没什么毛病,再过几天就可以出院了。"

"那你呢?你爸没揍你吧?"

"没、没有……"江雨熙的脸唰一下红了,目光也跟着闪烁起来,低头不好意思地咳嗽了一声,"我爸只说,没事少交点儿傻朋友。"

江雨熙窘了老半天,才想起荀羽没收钱,赶紧往她怀里继续塞那个红包:"小荀姐姐,钱就收下呗,反正他不差钱的,你就当让他安个心嘛。"

荀羽低头瞅了红包一眼,思忖片刻,答应了:"行,那我就替蓝海收下了,刚好可以用来更新设备。你空了也跟你那个朋友说一声,一个舱漏水,船不会立刻下沉,没事少看电影,多读些书。"

"好!"江雨熙觉得这个小姐姐实在是太酷了,每个字都充满了高贵冷艳的文化气息!

任务圆满完成,她拍拍手,准备打道回府。跟荀羽和王医生道过别,她脚步轻快地走到门口,忽然想起个事儿:"对了,小荀姐姐,你知道在哪能见到那天那个借我衣服的小哥哥吗?贾世豪那个讨厌鬼不会同时出现的那种地方……"

周六,和平时不一样,荀羽今早天没亮就起来了,简单打扫完房间,吃过早饭,她从柜子里取出监海的制服换上,背上常备的急救包,出门搭上了开往灵泉县的大巴。

今天桥城蓝海救援队会为当地新组建的救援队进行救生船组装和心肺复苏术的培训,张哥经过各方面考虑,决定带上她和肖曳。

荀羽也是周四才得到正式通知的,刚好江雨熙问她有没有那么个地方,为了让自己继续保持无人问津的清香,也秉承着成人之美的原则,她爽快地透露了这个消息。但她也认真跟江雨熙约法三章过了,不能在培训时间来,只能掐着活动结束的时间赶过来。

她觉得自己真是善解人意，竟然为肖曳考虑得这么周到，和路边那些普通的花花草草相比，江雨熙好歹是棵怒放的樱花树，有人会讨厌樱花吗？当然没有。身为一个女人，她都觉得江雨熙挺惹人爱的，想必男人更是这么想。

如何让一个对你有意思的男人尽快对你丧失兴趣？赶紧替他找个对他有意思的女人。

荀羽觉得这个计划简直完美。赶到集合点，荀羽看了看表，距离集合还有一段时间。举目眺望，终于放晴的天空是一派青翠的蓝，绿树抱江，几缕清风吹过，她心情大好。

忽然间，一个陌生而温和的男声打断了她的雅兴："荀医生？"

荀羽诧异地回过头。只见一个拎着几大袋餐盒、穿蓝海制服的男人朝自己信步走来："你好啊，初次见面，我是张哥今天临时加派过来的卫修。"

"啊？"她迟疑了一下，才反应过来这就是那个从没有露面过的队员。但是吧……荀羽神色复杂地打量他，就他这个懒散的姿态、浅薄的发色，怎么看都很不专业。

卫修压根不在意她狐疑的表情，继续道："灵泉县这边原本负责准备午餐的后勤队员的老婆突然要生了，昨晚临时请了假，正好我也想见见你，就主动提出来帮忙了。"

"想见我？"荀羽惊了一下。

"很多人虽然加入了救援队，却不会让这份工作成为自己生活的全部，但你不一样，你竟然卖掉了房子，一个人去外地实习那么久，就好像孤注一掷地把生活全部投入了这件事。我就多少有点儿好奇你能做到这种程度的理由吧。"

"这些事你从哪儿听来的？"

"张哥。"

"他不像是那种多话的人。"

"荀医生，你知道吗？生活里越是沉默寡言的人，喝了酒，就越容易说很多话呢。"

荀羽的脸色凝固了——这人可真奇怪！

正在这时，张哥的车刚好到了，荀羽不自在地别开脸，朝那个方向张望，结果先下车的是肖曳。他走到后备厢，应该是准备搬运今天培训需要用到的部分器材。

卫修循着荀羽的目光看过去，声音平静："你很在意他？"

荀羽刚刚和缓的脸色瞬间又冻住了，停了一秒，她脸上浮起讽刺的笑意："你是张哥从哪里招来的神棍？"看他这个苍白瘦削的身板，荀羽实在难以想象他能通过张哥那么严格的体能考核。

仿佛看穿了她的心思，卫修露出了人畜无害的笑容："我有应急救援员资格证、潜水证、攀岩五级、空中医疗急救资格证。"

原来不是个神棍，是个爱集邮的神龙，那你怎么还不上天啊？

"噢，对了，"卫修又笑了一下，"那个我也有的……"

荀羽投过去一个莫名的眼神。

"心理咨询师资格证。"

"……"荀羽转头看向地上那一摞丰盛到像要去郊游的餐盒，凉凉地弯起嘴角，"那新东方呢？去进修过了吗？"

卫修竟然真被她问到了，托腮思索片刻："最近实在抽不出时间，只有下次再找机会了。"

行吧，她已经不想说话了。

新队员真是令人大开眼界，脸皮太厚的，脑子不好的，还有眼前这个……压根无法用语言形容的。还好培训上午九点半就开始了，荀羽不用再费劲跟他大眼瞪小眼。

虽然不太明白张哥为什么会跟卫修说起这些，但荀羽只是不悦了一小会儿，毕竟这些往事如果真有人问起，她也不会特意避讳。除了背后的理由——

那是秘密，说出去也没人会相信的荒诞现实，也是她赌上一切想要改变的残酷命运。

刚组建起来的灵泉县救援队的队长是个三十来岁的男人，圆脸，身板壮实，据说是部队里刚转业出来的。清点完队员人数，他颠颠地跑过来，跟张哥恭恭敬敬敬了个礼："报告，灵泉县蓝海救援队全员已到齐！"

张哥颔首，挥手示意其他人："那么，我们开始列队，准备安排今天的任务分工吧！"

流程表荀羽事先看过，上午是肖曳教大家快速组装橡皮艇，然后张哥会就橡皮艇的操作进行水上教学，中午吃个简餐休息下后，才轮到她出场替大家示范讲解心肺复苏的动作技巧。她快步走向队伍，半路经过码放整齐的餐盒，不由多看了一眼。

不得不说，卫修的手艺是真不错。荀羽参与过几次大型救援，那种紧张的情况下能吃上饭就不错了，热的都是奢侈，常常只能就着白水啃方便面。

但培训又不太一样，伙食多少会好一些，但好到这种程度的还是头一遭。相比卫修炫耀的那一溜职业证书，荀羽更愿意相信他手执的是一张高级厨师证。

"橡皮艇组装并不复杂，但需要团队协调互助。个人技术再精湛，没有明确分工、不信任自己的队友，就会互相妨碍，耽误宝贵的救援时间。那么在弄明白这点之后，请大家看这里，给橡皮艇充气前，先要找一块平整的地面，将附近的硬物清理干净，以免刮伤表面。接着才是展开橡皮艇，把龙骨气囊整理平整……"这是荀羽第一次看肖曳穿成套的蓝海制服进行作业，毕竟之前的几次救援大都事出突然，情况更是紧急，大家最多只有时间套上马甲。

不过她倒是衷心希望，能少一些看到这样画面的机会，因为那也意味着人们遭遇的不幸会少些。

和煦的春光里，肖曳屈膝半蹲在江滩上，侧影挺拔。他制服褶子的那抹蓝经过光的折射，落入荀羽的瞳孔，如孔雀的尾羽般倏忽展开，在眼前拂开一片耀眼的光海。

一瞬间，卫修的声音闯入了荀羽的脑海："你很在意他？"

荀羽被自己的这种反应吓了一跳。所以说……江雨熙怎么还没来啊？

今天江雨熙听话极了，完全遵照荀羽的指示，下午两点才从家里出发。然而她明显高估了自己的方向感，本该三点半就能到的，结果四点了，人还在县城里兜圈。她也搞不清楚是导航不好使，还是自己的脑子不好使。

差不多四点多，江雨熙终于挟着肖曳的外套和只剩3%的手机电量，意气风发地赶到了。

她将那辆车往江滩上一横，好几个队员纷纷回过了头。

能理解，敢把跑车往这儿开的智商是绝对担得起群众的热情围观的。

培训已经结束了，马上就要走了，大家现在收拾东西的收拾东西，原地休息的原地休息。荀羽也坐在旁边休息，一直没说话，一脸生人勿进的样子，看上去心情不太好。

刚才示范人工呼吸的时候，灵泉县救护队准备的那个假人可能在仓库里放太久了，最近又下了好一阵的雨，周身散发着一股子不太好闻的霉味。放以往这根本不算事，但人一旦有了参照物，就会忍不住比较，一比较，肖曳那个薄荷味太好闻了……

然后荀羽就跟自己气上了。

她觉得从周三晚上之后，她大脑的运行机制似乎出现了一点儿微妙的偏差。

刚好过来的江雨熙暂时缓解了荀羽的郁结，她高兴道："小荀姐姐，我来啦！"

荀羽点点头，扯起嘴角："好像比我们说的晚了点儿？"

小公主理直气壮地噘起嘴，脸上的笑容还是甜的："因为我迷路啦！"

好吧。荀羽不知道能说什么，掸了掸身上的尘土，站了起来，指着不远处往张哥车上搬器材的肖曳："他在那儿。"

结果江雨熙并没有表现出她想象中的热情，就很随便地说了句"我知道啦"。

荀羽有点儿摸不着头脑了，现在怀春少女追爱都这么不敬业的吗？

"小荀姐姐，你今天忙了些什么呀？"江雨熙兴致勃勃地围着她继续转悠，"你不是来搞培训的嘛，你培训了些什么，跟我说说呗。"

荀羽傻眼了，不对啊，她不该找肖曳聊的吗？她琢磨了一下，然后悟了——这是害羞了。

她决定为了江雨熙牺牲一下自己："肖曳，你过来一下！"

听见荀羽的声音，后备厢前弯着腰的人缓缓直起了身。

日落前的阳光仿佛一面澎湃的海，着蓝色制服的女人周身浸润在明亮中，马尾的发梢被微风一吹，纷纷扬起。

肖曳虚虚地握起拳。老实说，他有些惊讶，荀羽竟然会主动找自己。上回在港口跟她说完那些话，他回去也仔细捋了捋自己内心深处的想法。好奇吗？肯定。欣赏吗？当然。好感自然更跑不掉——但他也不是非得立刻跟她发生点儿什么不可。他一向不是那种目的性特别强的人，像春抵花开，夏访蝉鸣，秋来叶落，冬至雪飞，很多事，他觉得随缘挺好的，不一定非要早早有个结果。

但问题在于荀羽这个人在主观意愿上是一丁点儿都不想跟人产生关系，所以随缘的想法在她这儿压根没戏……想来真是惨，一心向佛都不可以。

佛系不起来的肖曳放下后车盖，擦干净手上的灰尘，朝荀羽的方向走去。

人到跟前，肖曳才发现荀羽旁边站着上次游艇事件的事主，贾世豪那位不怕冷的朋友。叫什么他一时忘了，刚才远远看到，还以为是当地救援队的家属。

江雨熙见了他，露出了乖巧的笑容："上回谢谢你了啊，小哥哥……"

肖曳"嗯"了声，说了句"小事"。

荀羽默默观察着他们，感觉气氛好像挺不错的，她的计划竟然进展得如此顺利，简直令人难以置信。她沉浸在成功牵线的喜悦中，没想到肖曳的脸突然转过来了："荀荀。你不是有事找我吗？"

"我没事啊，"真是人逢喜事精神爽，荀羽想都没想，大方朝他露出了个灿烂的笑容，"我只是帮她叫你过来而已。"

肖曳直接愣住了。之前他只是觉得荀羽笑起来会好看，没想到她真笑起来，竟然比他想象得还好看，一双眼弯弯的，眼尾略略上扬，感觉特别甜。

这就有点儿要命了，他掂量着反正佛系不了了，要不真心实意夸她一句得了。结果词儿没酝酿好，旁边江雨熙突然嚷道："哦，对了！我差点儿忘了，小哥哥，衣服要还给你！"

她撂下这句，也不等人接茬儿，直接就朝车了那边跑了。

只剩荀羽和肖曳杵在这儿，两人大眼对小眼，气氛莫名尴尬了起来。

"你笑起来挺好看的。"肖曳由衷道。

荀羽听完，立刻板起了脸。

这反应太搞笑了，肖曳强压着想笑的冲动，动了下眼皮："当然，不笑更好看。"

那她现在再笑的话，是不是有病？荀羽觉得自己不能陪他犯病，转身要走。

"等等，"肖曳赶紧叫住她，"一起坐张哥的车回去吧，我问过这边的队长了，回桥城的大巴只剩最后一班了，得六点半发车。"

荀羽愣了一下，的确是有点儿久了。

正犹豫着，江雨熙蹦蹦跳跳地回来了："给你！洗干净了，还喷了点儿我爸的古龙水！"小公主的语气挺骄傲。

肖曳接过去，对她笑笑，人还朝着荀羽的方向："怎么说？"

江雨熙好奇地凑过脑袋："什么怎么说？"

听见江雨熙的声音，荀羽一下子记起了自己今天的使命——做个"一箭双雕"的红娘。

她扭过头，语气坚决："不用了，我正好可以在县城里逛逛。"

江雨熙一听激动了："这破地方有什么好逛的呀，我刚才开车转了好几圈了，无聊死了！"说完她一拍脑门，"哦，对了，你们谁有充电宝啊？借我给手机充个电，否则我没导航，肯定开不回去了！"

荀羽脑子转得飞快，马上接道："我们都没带充电宝，要不就让肖曳跟你一起回去吧，他的手机可以用。"

"啊？"江雨熙蒙了一下，但转念一想，反正天要黑了，人肉导航听上去既安全又靠谱，遂开开心心答，"也行呀！"

肖曳没应声，狐疑地打量着荀羽身上的背包："你确定你没带？"

怎么可能没带，砖头似的沉着呢。但身为一个合格的红娘，荀羽当然不会给他，她昂首挺胸，神情泰然："没有，都是些急救用的小玩意儿。"

的确很符合她敬业过头的风格，肖曳无话可说，思量了一会儿："那这样吧，我送她，你去坐张哥的车。"

"这……"不跟他一起的话，似乎也可以。

达成共识，三人一同往车子的方向走去。

结果张哥听完，露出了为难的表情："呃，不好意思啊，我刚接了宁宁妈妈的电话，说让我去咖啡厅找她，要去拿给宁宁买的新衣服……我还打算跟肖曳说一声，麻烦他跟你一道回去呢。"

江雨熙脑子快，嘴更快："她自己带回家不就行了吗？"

张哥一时间更窘了。情急之下，荀羽偷偷拽了她一把："没事，我本来就打算坐大巴回去。"

"真抱歉,今天辛苦你了啊。"

"没事,你不更辛苦吗?难得见老婆一次,就安心去吧。"

张哥愣了愣,鲜有地露出了羞赧的笑容。

送走张哥,荀羽才转身跟江雨熙小声解释:"张哥离婚了,那是他前妻。"

原来如此。江雨熙点头:"可我看他一副很想老婆的样子,不像是出轨了啊?还是他老婆出轨了?"

荀羽无语了:"小姑娘是不是都跟你一样口无遮拦啊?"

"什么啊!我满二十了!"小公主不乐意了。

荀羽无奈:"行吧,不过下次别乱说话了。"

"哦,对不起……"江雨熙乖乖地点了点头。

"好了,你们去开车,我也去坐车了。"荀羽抬腕看了看表,挺好,耽误了这一会儿,也等不了一个钟头了。

她跟两人挥手:"走了。"

"荀荀!"

又是肖曳!荀羽不情愿地转过头:"还有事吗?"

"路上有空看一眼我刚发给你的文档,桥城大学有意向请蓝海的人去做一次安全讲座……"

"我们大学?"江雨熙惊喜地插嘴。

肖曳不冷不热地扫了她一眼,继续道:"本来这事该张哥跟你说的,但既然他一时忘了,我就先跟你说了。"

"好,知道了。"

荀羽这下真走了,夕阳拉长她离去的背影,衬得背上那个背包格外刺眼。

真当他瞎!肖曳心道,中午休息那会儿,她打开包拿纸巾,他分明看见里头塞了个充电宝!所以她非让自己跟这个小朋友一起,是个什么意思?

小哥哥自从荀羽小姐姐走之后就满脸不开心的样子,江雨熙琢磨了一会儿,觉得自己差不多领悟了其中的真谛——

就是情路不畅呗!这种事的经验她海了去了,为什么自己长得美有文化还有钱却没对象?这是个好问题!得问贾世豪!每次她跟人发展得挺不错了,要开启浪漫的初恋故事了,贾世豪就会跟个幽灵似的频繁地来约她，然后呢，那些人就无一例外地全撤了。

你说她这么骄傲一个人，能主动跑去跟人解释自己跟贾世豪其实是纯洁的冤家关系吗？那肯定是不行的，所以江雨熙就一路揣着自己的初恋，端到了现在。

但是吧，今天看见情路不畅的肖曳，她觉得自己有了个新思路。贾世豪有次喝多了曾亲口告诉她，这位封建小哥哥曾经救过他的命，四舍五入就是他的再生父母，只要他乐意，自己随时可以叫他一声"爸爸"。

这是一种什么样的感情啊？是尊敬，是向往，是热爱，是忠诚！是以，江雨熙觉得，如果自己能把这样一个人物搞到手，那就是报了多年来贾世豪屡毁自己姻缘的血海深仇。想着他要声情并茂叫自己一声"妈"，江雨熙简直爽到要笑出来了，然后……她就真笑出来了。

这笑声太诡异了，肖曳听得眉一拧："你没事吧？"

"没事。"江雨熙马上换上了甜到无懈可击的笑容。

"那就好。"肖曳恢复了上车时的安静。

江雨熙清了清嗓子，细声问："小哥哥，你是不是对荀羽小姐姐有意思啊？"

肖曳愣了下，没说话。一方面，他觉得这事很明显，没什么好说的；另一方面，他觉得自己还不至于堕落到跟个小姑娘聊感情。

但江雨熙明显不是这么想的："你不要害羞嘛！"

肖曳笑了，被气笑的——一半因为对荀羽余气未消，还有一半是他觉得她这个思路真的很清奇。他这个人吧，说好听点儿叫挺自我的，说难听那叫厚脸皮，"害羞"两个字他就不知道怎么写。

刚巧江雨熙也不会写："要不这样吧，我来帮你追荀羽小姐姐？"

肖曳的笑容止住了："你说什么？"

"你想啊，"江雨熙一边瞅着他手机的导航，一边漫不经心地说，"你们不是要来我们学校搞安全讲座吗？那可是我的主场啊，我可以为你创造机会，安排浪漫的校园一日游。青春是什么？青春就是爱啊！地点对了，爱就来了！"

她这么一本正经地胡说八道，肖曳觉得自己差点儿就要信了。

江雨熙见他没说话，趁热打铁："我这个建议很不错吧？要不这样，微信留一下，回头给你出个详细的PPT，你若满意，我们再接着聊。"

"接着聊？"他神情一凛。

"当然啦，"江雨熙笑眯眯的，"我道德觉悟不高，免费的事肯定不做，而且这年头婚介都收钱呢，而我——我不收钱！"

肖曳没作声，下颌渐渐绷紧了，贾世豪这个朋友可真是个人才！

人才没觉察到他的变化，依然兴奋道："作为报答，你让我追你就可以了！"

他是不是听错了什么？

"放心啦，你不用在意我，你追你的，我追我的，看我们谁先追到手！"

"……"

下午六点，摇摇欲坠的太阳悬在半空，猩红的光线铺满脚下的柏油路，人仿佛行走在茫茫的烈火之中。

熙攘的街道挤满了行色匆匆的路人，荀羽双手插兜，一路走进灵泉县唯一的汽运站。

大概临近收班，售票大厅里旅客不多，根本用不着排队。买好票，荀羽找了个空椅子坐下等车，想了想，她拉开背包，拿出了充电宝。

握着那个四四方方的盒子，她心里有些说不上来的别扭，总觉得肖曳应该识破了她拙劣的谎言。可按说他是个挺聪明的人啊，怎么就偏偏接收不到她发射出的拒绝信号？

真令人摸不着头脑，荀羽轻轻摇了摇头。

"啊……哈……"一声沉重的喘息分散了她的注意。

荀羽偏头，发现自己旁边坐的是个年近古稀的老人。这两天天晴后气温明明已经升上了二十度，但他还穿着一件灰扑扑的袄子，脸色看着有些发青，嘴唇则微微泛白。他另一边坐的是个四十多岁的中年女人，打扮朴素，气色看上去不错，但神情很凝重。

好一会儿，老人终于缓过了气："律师怎么偏偏选了今天啊？我今早搬了袋米回家，就觉得浑身不大利索，总感觉喘不过气……"

"干吗不等我回来再买？"

"家里没米了，年轻人时兴的外卖我又不会，总不能不吃饭……"

"哎，我都教你好几次了，也没见你学会……"中年女人叹了口气，一边帮老人拍背，一边宽慰，"我也是头一次找律师，他们看上去都很忙的样子，约什么时间，我也不好意思多嘴。不过爸，你这是肺病又犯了吗？要是到了桥城还不舒服，咱们就去医院看看，不要舍不得花钱，健康最重要，你还要等着享福呢。好不容易房子要拆了，咱们就要有钱了……"

老人又用力吸了口气，点头："是啊，我们就要有钱了，那俩狼心狗肺的东西，活该分不到我一毛钱！"

说到情绪激动处，老人咳嗽了几声，有细微的汗珠自他的额头渗出。

荀羽看他的神情不由一滞……他这个状况似乎不太对劲。

意识到旁边的这个陌生女人正目不转睛地盯着自己的父亲，中年女人当即抛来一个不悦的眼神。

视线相交，荀羽尴尬地收回了视线。

刚好电子屏开始滚动播放检票上车的信息，她迅速收拾好背包起身。

走出几步，荀羽不禁回头看了二人一眼……算了，只怕是她的职业病又犯了，那是老人的女儿，总比自己更了解他的身体状况。

那位老人上车时，荀羽才放好自己的背包坐下。

这趟车和来时相比空荡许多，荀羽的座位是19号，位于大巴车的右后方，从她的角度刚好能够清楚地看到坐在左前方的老人和他的女儿。

两人都没有随身行李，中年女人把父亲安置在靠窗的座位后，又下车去买了两瓶矿泉水，临近发车才折返回来。

六点半，司机准时出发。车很快开出了县城，上了高速，荀羽半眯着眼，看向窗外那一轮残阳。太阳的余晖仿佛大火燃尽后四散的火星，将葱茏的树丛染红，枝枝蔓蔓上的光点随着晚风摇曳，最后统统遁入了漆黑的夜色。

荀羽不觉打了个呵欠。

差不多一个钟头，车将将开进桥城，一道凄厉的哭声吵醒了所有昏睡的乘客："爸，爸！你醒醒啊！你到底怎么了？你说话啊！"

安静的车内被这个声音点燃，一瞬间沸腾起来。大部分乘客从座位上探出了头，伸着脖子往前张望，更热心的则直接奔上前去查看情况。其中一人凑近，端详了老人一会儿，半晌，吓得迸出一声惊呼："这老爷子脸都发紫了，难道已经死了？"

"报警！快报警！"

"不对，是打120，赶紧打急救电话！"

荀羽噌的一下起身，奋力扒开人群："大家让一让，我是医生，让我检查一下是怎么回事！"

中年女人一眼认出了她，如遇救星："医生，快，快帮帮我！看看我爸到底怎么了！"

荀羽安抚似的颔首，郑重道："这里请交给我，你负责让所有人回到自己的座位，把走道空出来。司机，麻烦您就近停车，立即联系120！"

说完，荀羽回头看向车厢内的其他人："情况紧急，在座如有医护人员，请立刻站出来，我需要你的帮助！"

一车人顿时鸦雀无声。

片刻，一个扎马尾的女孩犹豫着举起了手。

"我……我是学护士专业的！"

"谢谢！麻烦你帮我把19号座上方行李架上的背包拿过来，里面有急救包！"

"呃……好！"

将老人平放在走道上，荀羽双膝跪地，伸手去探他的颈动脉。脉搏微弱，心跳减慢……但还好尚没有停止搏动。

她又探了探他的鼻息，呼吸明显较正常急促。

"老先生！老先生！"荀羽凑近他耳畔，尝试唤醒他。

躺在地上的老人没有丝毫反应。

基本可以确定是缺氧造成的暂时性休克了。

荀羽示意女孩打开急救包，将可能用到的工具一一摊开准备好，自己则转头询问已吓得面无血色的中年女人："刚才在候车室，我听你说老人有肺病？"

"是……"

"他今早搬了一袋米回家？"

"对……可是一袋米而已，就算伤到了筋骨，也不至于过了这么久突然就不省人事了啊……"中年女人说着掩面啜泣起来。

荀羽没作声，视线扫过老人微微肿起的面部和颈部，果断解开了老人的上衣。

胸腹呈肿胀状态，典型的皮下气肿症状。她再用手指按压老人的皮肤，明显感觉到皮下有大量气体。

心中有了判断，荀羽沉声开口："张力性气胸。"

中年女人愕然地望着荀羽："什么胸？"

"简单说，你父亲原本就有肺气肿的毛病，不适合从事重活，今早搬运大米的过程中，可能一用力导致肺部气泡破裂，气体从肺内进入胸膜腔内，而胸膜腔内气体无法顺利排出，导致胸腔内气体增加，压力增大，肺脏萎陷，从而导致呼吸功能障碍，出现休克。"

中年女人看上去仍很茫然，但眼中渐渐多出了惊恐："我爸爸的情况很危急是吗？"

"是的，现在已经过去五分钟了，耽误的时间越久，缺氧就越可能会给大脑和心脏造成不可逆的损伤。最好的办法是立刻进行穿刺，释放他胸内的高压，尽快帮助他恢复呼吸和供氧。"

"穿刺，是把胸割开的意思？"

"不，只需要开一个两厘米的小口。"

"我……"中年女人呆住了，一时无法接受荀羽的说法。

时间一分一秒过去，荀羽皱眉，再耽误下去就来不及了！

突然间，中年女人扑通一下跪倒在地，紧紧握住了荀羽的手："你说，你是医生对吧？"

"是的。"

"你会救活我爸爸的，是吧？"

"我会尽力而为。"

"他不能死！他绝对不能死！"中年女人猛地擦掉脸上的眼泪，眼底竟凛起一抹寒光，"至少今天还不可以死！"

这话听着着实奇怪，但眼下不是深究的时候。荀羽颔首："我明白了。"说着她戴上手套，深呼吸，吩咐女孩："我们开始吧。"

气胸时气体一般向上走，所以穿刺部位往往选在锁骨中线二三肋之间，更容易引流。找到老人锁骨中线第二肋间隙，荀羽朝女孩伸手："镊子。"

"酒精棉球。"

"手术刀。"

银色的刀刃闪着凛冽的光，一瞬间刺破了老人的皮肤，一股强劲的气体裹挟着细小的血珠自创口喷射而出。女孩还只是个学生，第一次见到这样的场面，心里难免发怵。

见创口有微量血液渗出，荀羽朝她伸手："纱布。"

女孩没动。

"别紧张，把纱布给我。"荀羽投过去一个鼓励的眼神。

"嗯……好！"受到鼓舞，女孩连忙打起精神，递过纱布。

荀羽低头为老人按压止血。

一时间，现场只有一车人此起彼伏的粗重呼吸声。

救护车的声音逐渐逼近，感觉一抹耀眼的红色透过明净的车窗照进来，荀羽紧绷的神经终于放松。放下手中的工具，她回头仰起脸，看向赶来的急救人员，眼神恳切："抱歉，时间紧急，我先为患者进行了排气处理，但这里没有引流装置，剩下的就拜托你们了！"

第六章 荒诞的幸运

车开到桥城高速收费口时，差不多是下午六点。等着过闸的车排了老长一列，江雨熙是个急脾气，见此场面，嘴巴立刻噘得老高，呼哧呼哧吹着气。

究其原因是她现在的心情不太美妙。刚才在她自以为很有技术含量地撩拨完肖曳后，肖曳沉默了一会儿。她当时心里还是很美的，觉得自己虽没吃过猪肉，但围着自己跑的猪还是有不少的，只要她有心，还怕吸引不到男人？小公主对自己向来有自信。

但问题在于，肖曳沉默了一会儿之后，竟然邪门地发话了："你知道这其实也算一种性骚扰吗？"

"……"面对眼前这顶高帽，小公主傻眼了。

"所谓性骚扰，不仅是加害者肢体碰触受害者的性别特征部位，言语上令对方产生心理不适也算。"肖曳说着掀了下眼皮，给了她一个"你自己体会"的微笑。

江雨熙惊得张了张嘴，脸渐渐憋成了个巴掌大的柿饼。我可去你的吧！如果不是需要他的手机导航，她觉得自己早就一气之下把他扔路边的应急车道上了。

撩拨男人真是门好高深的学问。小公主表示不想学了。好不容易排队过了闸，江雨熙糟糕的脸色仍没有好转，一进桥城就把油门踩得死紧，恨不得立刻把人撂下。

好在肖曳是明白人，江雨熙的车一进南城区，他就主动开口了："放我在前面的路边下车吧。"

江雨熙一听简直开心坏了，立马给了个急刹："好走啊！"

肖曳点了下头："麻烦了。"

"不麻烦！不麻烦！是我需要借你的手机嘛……而且我不还性骚扰你了吗？就当将功赎罪了吧！"江雨熙说着做了个抱拳的动作，油门一踩，飞快地跑了。

好像对小姑娘下手有点儿重了？望着江雨熙远去的车屁股，肖曳抱臂思索了一会儿，轻叹一声——怪只怪荀羽把他的心情搅得不太好。

他心情不太好，也就没心情关心人家心情好不好了。抬腕看了眼时间，荀羽的车应该刚从灵泉县出发，他打算去她上班的诊所坐坐。

今天正是诊所一天里最清闲的时候，王医生洗了手，把晚饭热上，又顺手捞了几个小橘子，边剥边往回走。就在这时，玻璃门忽然被拉开了一条缝，一张有点儿熟悉的面孔探进来："王医生，好久不见。"

王医生微微一愣，恍然大悟："噢，原来是你啊！"

肖曳点点头："好久不见，王医生。"

王医生和煦地颔首，朝他递了个橘子："吃吗？"

"谢了。"肖曳大方接过来。

"随便坐吧，这会儿也没什么病人。"王医生又道，说着拉开椅子，坐回了桌前。

肖曳在候诊区坐下，默默剥着手里的橘子。

王医生纳罕地打量了他一会儿："来找小荀的？不过她今天休息啊，没跟你说吗？"

"不是，"肖曳顺手把剥下来的橘子皮丢进垃圾桶，抬头冲王医生诚恳地笑了笑，"我今天是专程来找您的。"

"看来有烦恼啊……"王医生看着他，神态温和，"正巧我没事，你要愿意的话，就说来听听吧。"

"荀荀……我是说荀医生，一直以来都是这种生人勿近的状态吗？还是从她爷爷去世之后才变成这样的？"

王医生诧异："你知道她爷爷的事？"

肖曳沉默片刻，低声道："那次事件，我是负责打捞巴士残骸和遇难者的工作人员。"

王医生长叹一声："这事吧，她是真挺可怜的，一点儿征兆都没有，爷爷就没了。但她性格变化倒不像是因为她爷爷，那之后她来上班，虽说不如之前那么明朗，但也跟现在不太一样……当然，这只是我个人的看法。变化应该是因为她爷爷去世后不久，我们诊所附近曾经出过的一桩车祸，当时去世的小女孩跟她爷爷来我这里拿药，小荀似乎很喜欢她。

现在回忆起来，车祸发生之前小荀的表现其实挺奇怪的，感觉很紧张，好像害怕发生什么似的——也不知道是不是所谓的第六感作祟。那天小女孩离开诊所没多久就出意外了，小荀赶过去的时候，刚好看见自己给小女孩买的糖豆撒了一地。大概是那个场景令她触景伤情了吧，之后没多久，她就跟我提辞职了。再回来，人就变了，很抗拒和人接触。当然，我知道，她内里的那副热心肠没变。"

肖曳沉思了一会儿，怅然地笑了："关于最后一点，我也很清楚。"可是关于"第六感"的说法，他还是持怀疑态度。荀羽不像轻易相信直觉的人，她做事总是有理有据。

王医生听罢，目光蓦地一亮："你喜欢她吧？"见肖曳点头，王医生慈爱地望着他，慢慢道，"那我就多句嘴啊。我们小荀啊，的确是个值得喜欢的好姑娘，但她可不是那么好追的哦……不过，依我的眼光，你应该没问题。可能她还没意识到，但她跟你在一起时的状态，是她回来之后我见过最放松的样子了。"

聊完天从王医生的诊所出来，肖曳沿街漫无目的地走着。

这一趟去见王医生，不能说没收获，但也平添了更多的疑惑。如果爷爷去世不是荀羽把自己与身边人隔离开的原因，那么真的是因为目睹了小女孩的车祸现场吗？

可以的话，他很想立刻问一问荀羽本人。当然，还可以就她强行将自己和江雨熙凑一起的事顺便发个难。他倒要看看，荀羽会不会真的一个不爽动手揍他。这么想一想，他竟然还有点儿小期待了，嘴角不由往上扬了半分。

拿出手机，肖曳给荀羽发了条消息："回城了吗？"

看时间，应该差不多到了。等她回复的工夫，肖曳拐进了街边的一家快餐店，要了份炒饭，吃到一半，兜里的手机竟然响了，他略吃了一惊，不像荀羽的风格啊？

拿出一看，果然不是。电话那头，贾世豪的声音高得震天响："我听说烦人精今天特地跑你培训的乡下去送衣服了？"

肖曳皱着眉，把手机稍微拿开了点儿："她跟你说的？"

贾世豪不屑地哼唧了一声："用得着吗？我有的是眼线！没事，我打电话就是为了衷心地提醒我的救命恩人一句，虽然我还是觉得荀医生那个刺头不咋地，但那个烦人精更不行——刺头嘛，好歹有一副高冷的灵魂，但江雨熙，她根本没有灵魂！"

他豪迈的声音震得邻桌都回过了头，刚好手机有新消息的提示音，肖曳懒得继续跟他掰扯，敷衍了两句，把电话挂上了。

切出页面一看，是服务号的消息。行吧，那就再等等。

直到深夜十一点，荀羽都没有回复那条消息。洗完澡出来，肖曳拿起手机，盯着几小时前发出的那条消息看了一会儿，终于没忍住，又发了一条："没别的意思，只想确认一下你是否平安抵达。"

话说到这份上，想必一句"没事"的回复是可以收到的。

然而时间一分一秒过去，手机依然没有反应。肖曳想了想，调出了荀羽的手机号码。

电话拨过去，没人接，再接着打，同样的情况，打到第三通，电话突然关机了。肖曳原本靠在床头闭目养神，耳膜被电话里突如其来的冰冷女声一震，心口顿时一紧，如果荀羽不是不想回消息，而是没办法回消息呢？这个一闪而过的念头吓得他立刻坐直了身体。

荀羽向来不吝展示自己的冷漠，因此他也本能地把她的无应答归咎于她的冷漠。可她再冷漠，也会在保持距离的同时，恪守所谓的礼貌。但今晚的荀羽明显不像是那个哪怕一脸不高兴也会跟自己和气说一声"告辞"的荀羽，就当他多心吧，他必须去亲眼确认一下。

迅速起身换好衣服，肖曳快步走向门口，没想到撞上刚回来的卫修。下午培训结束前，他已经请示过有事需要提前离开，没想到现在才回来。

"这么晚还要出门？"卫修好奇地打量他，"去找荀医生？"

"你怎么知道？"

卫修若有所思："下午见面后，我觉得她这个人挺有意思的，而且似乎对你很在意……不过现在看起来，你好像对她更在意啊。"

"我有急事要去确认，有什么我们回来再聊吧。"肖曳皱了皱眉，虽然不确定他从哪儿得出的前半段结论，但他现在也没时间跟他展开讨论。

"好啊。"卫修微笑着，轻轻挥了挥手，"那我就来准备今晚的消夜吧，总感觉今天会是个很漫长的夜晚呢。"

荀羽住的地方肖曳只去过那么一次，这回没有她引路，他中途走岔了一次单元口，赶到地方时，十二点已经过了。窗口黑漆漆的，没有一丝灯光透出来——这是在楼下就确认过的。但他不清楚的是，这是不是因为房间里的人睡着了。

肖曳在门口站了好一会儿，才下决心敲门，但愿里面的人能立刻冲出来，气鼓鼓地把自己给踹下楼。那样的话，他就能确定她是安全的。

咚咚。咚咚咚。咚咚咚！敲门声逐渐由小变大，里头却没有丝毫反应。

一分钟过去，两分钟过去……三分钟后，肖曳神情逐渐凝重，缓缓收回了手。

他拿出手机，屏幕显示的时间是凌晨十二点十三分。

距离下午荀羽从灵泉县离开后失联，迄今过去了八小时。

只有八个小时，报警寻人是不可能的，只能自己想办法。他突然特别后悔，下午为什么没有坚持跟她一起去坐那趟末班大巴。肖曳第一次产生了焦躁的情绪。

荀羽没朋友这件事是毋庸置疑的，所以她根本不可能是临时出去跟人聚会了。当然，她也完全不是那种在家里闷声不吭装死给人添麻烦的类型。

难道是那趟大巴……肖曳打开电话簿，视线掠过一个个名字，最后在"舅舅"两个字上定格下来。当初他决定辞职，一直在桥城交通系统工作的舅舅还曾大老远上门为妈妈做过说客。虽然最后游说失败，但舅舅亲自跑这趟到底用心良苦，出于某种说不清的情绪，肖曳来桥城后，一直没好意思主动跟他联络。

一晃眼，那件事也过去一年多了。肖曳吸了口气，按下了通话键。

电话响了几声才通，那头的人沉默了好一阵，才沉着声开口："回国了？"

"舅舅，我现在……在桥城。"

"你说什么？你妈知道吗？"

"之前跟她提过，不过暂时还没打算回家。"

"哎，也行吧，好歹是回国了，算是第一步。我那会儿就说过，有些事只能说是命，不是谁的责任。"

"我明白的。"

"你呀，早点儿想通就好了，免得你妈没事就跟我念叨。而且你既然来桥城了，改明儿也到我家走动走动，你舅妈挺想你的。"

"好。"肖曳应完声，却迟迟没挂电话。

舅舅警觉："怎么？还有别的事？"

肖曳顿了顿："是。"

"说吧，看我能不能帮上忙。"

"您方便找人帮我打听一下吗？今天下午六点半，灵泉县开往桥城的末班大巴车是不是发生了什么事故？我有个朋友在那趟车上，目前为止一直联系不上……"

凌晨两点。

冰冷的灯光照得急诊科的走廊亮如白昼，荀羽被中年女人死死拽着胳膊，整个人被摁在墙壁上："说，我爸为什么到现在还没醒过来？是不是你动刀子的时候割到他哪里了！"

路过的护士见此场景，吓得手忙脚乱，赶紧把人拉开："这里是医院，请不要大声喧哗，更不许动手打人，你再这样，我就叫保安了！"

中年女人怒气冲冲地拂开护士的手，又恶狠狠地推了荀羽一把，眼睛烧得赤红："我就不该相信你的，你这个赤脚医生！"

荀羽一个趔趄，左脚踝突然钻心般的刺痛，应该是扭到了。好不容易稳住脚步，她站直身体，脸上没有任何表情："我没有伤到你父亲的器官，只是割开一个小口，替他排出体内的气体。至于老人家为什么还没醒来，刚才医生也已经跟你解释过了——气胸引起低氧血症，病人的大脑因此受到损伤，目前暂时处于昏迷的状态，也许过段时间就会醒来。"

"那要等多久？"

"我不知道，也许明天，也许一周，一个月……都是有可能的。"

"哈！"中年女人怒极反笑，"你放屁！我看那个医生是跟你串通好了，想替你掩盖你杀人的事实！"

荀羽唰一下抬起头，眼神锐如利刃："我没有杀人，你的父亲也没有死！"

"我呸！你这个骗子！"中年女人说着又要上手，就在这时，走廊尽头颠颠跑来两个男人。中年女人愣了愣，收了手，回过头。

两人都是中年人，看模样和女人差不多年纪，其中一个面上挂着难掩的喜色，老远便开始嚷："听说老爷子交待过去了？"

话音刚落，中年女人便如一头被激怒的母豹般冲了上去："你才交待过去了！你们就该早点儿死干净才好！"

"哎，姐，话不能这么说，多难听啊，大家都是一家人，我们这不也是关心爸吗？大半夜一听到消息，就立刻赶过来了。"

"就是！爸的病本来就时好时坏的，今天要真交待在这儿了，也不算什么坏事，你看你这些年不也快被他拖垮了嘛……不过别担心，拆迁的钱一到手，咱们三姐弟一分，好歹也够你给侄子买套婚房不是？"

"你俩真是王八烂了心！之前一听爸病了你们就立刻躲得远远的，电话不接，家不回，人不管，现在爸躺床上了，不知什么时候才会醒来，你们就巴巴地赶着来分钱？我今天在这里把话说清楚了，爸已经答应我立遗嘱了，只要他醒过来，拆迁的钱你们一毛都分不到！"

"你说什么？"

"没错！"中年女人双手叉腰，喘着气道，"只要爸醒过来，钱就都是我的！你们谁也别惦记！"

中年女人的话无异于平地起惊雷，两人听罢，立刻激动地和女人扭打在一起。

荀羽半靠着墙，冷眼看着他们，像在看另一个荒诞的世界。

忽然间，有脚步声逼近。荀羽愣了愣，偏头，发现是刚才抢救老人的医生。

"你好。"她讷讷道。

医生颔首："我已经叫过保安了。"

"谢谢。"

"后悔救人了吗……如果没有你的及时救治，他可能撑不到送医。"医生垂眸，平静的目光扫过荀羽的脸，"我听护士说，你是在社区诊所工作的医生？那你可能不太清楚，类似的事在我们医院发生过不知多少回了，所有纷争的核心不外乎一个字——钱。都说生死窥人心，人心看多了，也就免疫了。而且和那个老人相比，我倒觉得你现在的处境更糟糕，因为不论他能不能醒，那三个人都有极大可能会不断纠缠你……"

荀羽沉默着，这一点她刚才就已经意识到了。

良久，她抬起头，挤出一抹苦涩的笑容："老实说……我也不大确定了。"

这还是她第一次有这样的感受。真讽刺。

三分钟后，扭打成一团的三人被保安架了出去，走廊暂时安静了下来。

医生回去继续工作了，荀羽慢慢走到长椅前坐下，半晌都没有动。不仅被掼在墙上的后背痛，脚踝也痛……荀羽蹙眉。她知道现在最正确的选择是趁那三人还没回来，赶紧离开这个是非之地，但她偏偏提不起那口气。

不仅是因为痛。信念就像泥沙堆筑的金字塔，一旦撕裂开一条缝，只会瞬间垮塌。

真是漫长而疲惫的一天。荀羽抬起头，怔怔地望着窗外漆黑的树影。有风灌进来，竟奇异地带着丝丝暖意，荀羽恍然，原来离夏天又近了一步。

"荀荀。"一个熟悉声音伴随着温柔的夜风悄然落入她的耳中。

荀羽转过脸，眼中霍然涌起惊讶的情绪："你为什么会在这里？"

"说来话长。"肖曳顿了顿，没说下去。

荀羽仍然愣怔地望着他。

他浅浅一笑："不过你今天遇到的事，我在来这里的途中已经陆续了解清楚了，所以才更觉得有句话必须亲口跟你说。"

荀羽张了张嘴，不由握紧了手心。

眼前的人像是跑了很久的样子，额头挂着若隐若现的汗珠，但他的每个字都那样沉稳，稳得好像一湾浩浩荡荡的江水，淌过万里，终于汇入深邃的大海。

习惯了他满嘴跑火车的不正经，他现在这个认真的模样，她反倒不适应起来。

"那……你说吧。"荀羽迟疑。

肖曳没说话，慢慢靠近她。荀羽警惕地瞪大了眼睛，目光闪躲。

肖曳低头打量了她一会儿，一只手轻轻覆住了她的发顶，动作温柔得就像在嘉奖小孩子一样："你没有做错，你也没有失败，你做得很好。"

一霎间，荀羽僵住了。为什么偏偏是这句，那是她最想要听的话，只有自己一个人就绝不可能听到的话。如果是别的，她一定会坚定地撇开他的手。唯有这一句话令她动摇。

垮塌的泥沙犹如被施了魔法般，顷刻间回到了原来的位置，荀羽渐渐垂下头，眼底有了湿润的痕迹。

良久，她伸出了自己的双手。郑重地、小心翼翼地，她第一次主动握住了这个人的手。

原来是这样的感觉啊，柔软而宽厚的手掌裹挟着不可思议的温暖，荀羽肩膀有些颤抖："谢谢你。"她仰起脸，眸中清晰地映出他的面容。

就在那一瞬间，她又看见了——那个刺眼的数字。被那道耀眼的红色灼伤，荀羽蓦一下松开了手。

肖曳愣了愣，片刻，无奈地扬起眉："就这么一会儿？也太没诚意了吧？"言谈间，他似乎又恢复了平常的样子。

荀羽沉默了片刻，不自在地转开脸，小声含混道："已经很有诚意了……你不过是动了动嘴皮，我可是动了手。"

面前的人好像在努力憋笑："荀荀，你知道吗？有的时候，你真是超级毒舌。"

"所以呢？"她霍一下回过头，瞪他。

他便真笑出来了："挺可爱的。"

这人就喜欢胡说八道！但诡异的是，她的大脑居然产生了一种麻麻的感觉。为了掩饰这份莫名的窘迫，她"噌"一下站了起来。

脚下又是一阵刺痛，荀羽咬牙，假装若无其事道："我们走吧！"

电梯门打开，映入眼帘的是中年女人的脸。荀羽定睛，发现她的衣服被扯乱了，头发披散着，面上除了狼狈，更多是凛然的怒气。

看见荀羽，女人不由一愣，随即反应过来，再一次揪起她的肩膀："你这是想跑？没门！今天我爸要是醒不过来，你就休想踏出医院！"

她话未说完，一道声音突然道："把手放开。"

肖曳语调平静，态度却十分强硬。中年女人错愕地抬起头，才看清荀羽身后站了个年轻的男人。和瘦弱的荀羽不一样，肖曳无论身高还是体格都具有压倒性的优势，中年女人暗自盘算着，许久，她悻悻松了手，但嘴上仍振振有词："你算什么东西？在这里命令我！这个女人可是害我爸躺在床上的罪魁祸首！"

"我是她朋友。"流畅的答案，没有丝毫犹豫，荀羽听得心头一紧。

肖曳利落地拨开了女人的手："希望你记住，如果没有她，你父亲现在躺的地方可能就不是医院的病床，而是殡仪馆了。"

"你！"中年女人脸涨得通红，额角青筋毕现，不管三七二十一朝着荀羽又是落力一推。

"咚"一声，荀羽的背结结实实撞上了肖曳的胸膛。

"嘶……"荀羽疼得五官登时拧成了一团，不由溢出一声呻吟。

这人，欺人太甚！肖曳的眼底蓦地腾起一缕寒光："我不知道你有没有听过这样一种说法——女人即使再过分，都不应该打女人。但我这个人呢，不是什么好男人，所以完全不认同这种说法。在我眼中，在划分男人和女人之前，应该先划分出施暴者和受害者——以暴制暴这种说法，你应该听过吧？"

他说完，视线在女人身上顿住，竟然笑了，没有任何温度的笑容。中年女人的表情一下子凝固了。好一会儿，肖曳才继续说："如果你实在对她的急救措施有疑虑，那么可以采取投诉的手段，而不是擅自对他人施予暴力，相信法律会给你公平的裁决。"

没想到这句话戳中了女人的痛点，她再次激动起来："法律？我才不相信什么狗屁法律，法律还规定子女赡养父母呢！但那两个王八不照样对亲爹不闻不问？我只是想要得到我应得的，有什么错？是她，她毁了我拿到应得到的钱的机会！"

"我没有。"荀羽强忍着痛楚，吐出口气，一字一顿道，"不论你相不相信，我做了我所能做的一切。低氧血症，并不在我主观能控制的范畴内。"

"呵！说得好听，下午我们在候车室说话的时候，你不就一直盯着我们看吗？我看你就是想捞好处，才会铤而走险，只是没想到偷鸡不成蚀把米……"

"那是因为我怀疑……"

"荀荀。"肖曳打断她。

荀羽莫名地仰起脸。头顶的人垂下眼，静静地看着她，声音温和："我很喜欢你的善良，所以不许把它浪费在这种人身上。"

说罢，肖曳直接踏进电梯，拎小鸡似的将女人拎了出去。

女人激烈地挣扎着，一不小心跌倒在地。肖曳面无表情地绕过她身边，走进电梯，一手摁下楼层键，一手拽过了看得发怔的荀羽："走了。"

电梯门合上的一瞬，门外趴着的女人忽然朝他们爆发出一声凄厉的嘶吼："我绝对不会就这么算了!"

电梯下行,谁都没说话。虽然知道中年女人最后的那句话是认真的,但她已经不会动摇了。挽救生命,不会也不应该因为曲解和蛮横动摇。

关于这一点,她虽然短暂地犹豫过,不过多亏了肖曳,她才没有任凭自己怀疑下去……荀羽情不自禁地偷瞥了他一眼。

不看还好,一看就很尴尬了,因为肖曳也在看她。荀羽吓得赶紧缩回了视线。

仿佛看穿她的心思,肖曳抬手在她脑袋上按了一下:"行了,明天的事,明天再担心吧。"

还是不太习惯这种疑似亲密的肢体接触,荀羽干巴巴道:"你不要摸我的头。"

"为什么?"

"我不喜欢。"

"你不是不喜欢握手吗?"

"摸头也不喜欢。"

"那捏脸呢?"

算了,她怎么就指望这个人能听懂人话?不过她沉重的心情倒是因为他这一通胡扯,缓和了不少。

出了医院,肖曳在路边招了辆出租车,替荀羽拉开车门。

荀羽坐进去,"再见"两个字还没说出口,肖曳已先一步挤了上来。

她张了张嘴,下意识想拒绝,但转念一想,反正肖曳一定会以"这么晚你自己回去不安全"为理由驳斥回来,而且顺着他的这个思路想下去的话,的确是有几分道理——既然他也不会听话,不如节约时间,早点儿回家吧。

心中有了决断,荀羽主动朝里边挪了挪位置。有一瞬间,她似乎是觉得哪里不对,但又没能立刻想明白是哪里不对,遂决定作罢。肖曳把手机递给司机导航,车一路疾驰,荀羽沉吟了好一阵,还是忍不住开口了:"你到底怎么找到我的?"

肖曳听见她的话,稍稍一愣:"还记得我们见面那天,我跟你说的话吗?"

"嗯?"

"我有超能力啊。"

荀羽声调渐冷:"也就你还能开得出这种玩笑吧。"

肖曳听罢静了一会儿,说:"我舅舅在这边的交通系统工作,我找他帮忙打听了今天下午灵泉县那班巴士的运营情况,司机反映车上有乘客被紧急送医,我就跟他要了医院的名字。我走到楼下时,那三个人刚好被保安架出来,我就顺便问了问保安情况。"

难怪他知道得这么清楚，荀羽思忖着，忽然惊呼："可都这么晚了！"他这么大动干戈肯定打扰到他舅舅休息了。

"嗯，这么晚了，所以你下次要记得接电话。"

荀羽这才记起，中年女人跟她拉扯时，她好像顺手挂了个电话，还直接关机了。她不好意思地低下头："真是对不起啊。"

第一次见她露出这样服软的神情，肖曳忍不住想逗逗她："不用觉得对不起，也就十二点多而已。"

这不就是让她觉得对不起的意思吗？想生气，又没有理由，倒是冷不丁想起刚才他在电梯口说的话，荀羽犹豫地抬起脸，似乎下了很大决心："你真的……想跟我做朋友？"

她已经很长一段时间没跟人交过朋友了，但这一晚发生了太多的事，她可能被人推得脑子短路了，竟前所未有地觉得，交他这么个朋友，似乎也不是件特别坏的事。

只要好好保持距离就可以。

肖曳看了她一会儿："哦，那是我随口说的，我已经改主意了，不想跟你做朋友了。"

"什么？"

"那你倒是说说看，跟你做朋友有什么好处？天天绷着个脸，冷言冷语，电话不接，手不能握，我图个什么啊？"

荀羽被说得哑口无言："……那？"到底还做不做朋友？

"女朋友，倒还能有点儿盼头。"

荀羽彻彻底底惊了，目不转睛看了他三秒后，默默把视线移向了窗外。因为她发现，自己居然词穷了。而且……等一下！她定睛，瞳孔渐渐放大，这车开的方向好像不对啊？

她猛一下坐直身体："肖曳，你这是要带我去哪儿？"

长长的街道一眼望过去黑漆漆的，除了通宵营业的便利店，大部分店铺早就打烊了。自从下车，荀羽就眉头紧锁，双手环胸，一双眼吊得老高，警惕的样子好像要随时准备跟人干架。

肖曳被她的这副战斗状态逗乐了："附近就我们两个人，你这是要跟我打吗？"

荀羽的目光扫向他："说吧，你要带我去哪里？"

肖曳没回答，上下打量了她一遍："还是你先说吧，现在是怎么个疼法？"

"啊？"

"后背，还有——"他说着蹲下身，一只手指轻轻撩起她的裤脚，"脚踝。刚才不疼得都抽气了吗？走路的姿势也不大对。"

"你怎么知道？"不说天衣无缝，但她觉得自己掩饰得还不错。

"掩饰得挺好，但我眼神更好。"肖曳抽回手，仔细替她把裤脚整理好，"二十四小时内冷敷，之后再上药，治疗方法你肯定比我清楚，但考虑到上次船上你的忘我行径，我还是盯着你处理好才更安心。"

肖曳直起身，不忘叮咛："要疼得厉害就开口，我可以扶着你。"

"不用了。"荀羽小心地避开了他的视线，撇撇嘴，反正他们又不是朋友。

"那行吧，"他不强求，双手收回兜里，"我们走吧。"

街道尽头就是跌打馆了。如今店外的卷帘门已经拉上，但没上锁，里头隐约传来游戏厮杀的声音。

肖曳躬下身，低声问："你好，还能接病人吗？"

里头很快传出个不耐的男声："这么晚了！谁啊？"凌晨三点，要不是他打游戏打到忘记锁门，才懒得搭理。

"有人伤到了。"

"自个儿回去敷一下呗。"

"可我们已经来了。"

里头的人顿了顿，明显不太高兴："那你们得自己处理啊，我就帮我爸看个店。他已经睡下了，我可不会折腾这些。"

荀羽听罢有些犹豫，肖曳却答得飞快："好，没问题。"

不一会儿，卷帘门升上去了，屋里出来个挂着俩黑眼圈的小年轻，一看就是鏖战了一天。

"药油什么的都在那儿，"他指了指屋内的架子，"这边是床位，拉上帘子就行。钱你看着给，记得没事别叫我，队友在等我开局呢。"说完这句，小年轻立马趿拉着拖鞋走开了。

肖曳转身去拉好帘子。

他的背影宽阔而挺拔，灯光流泻而下，在地上涂抹出一个一模一样的轮廓。荀羽看着那片影子有点儿发怔，意识到他在叫自己的名字，才回了神。

"先转过去躺下。"

荀羽脸上一热："我不要你给我敷背。"她今晚只是脑子有点儿短路，还不至于坏掉。

"想得还挺多？"肖曳眉目疏朗，"就脚踝，后背你自己来。"

"哦。"荀羽眼中掠过一抹讪然。

肖曳去拧帕子了。

潺潺流水声中，她感觉自己像一尾被浪扑到浅滩的深水鱼，怏怏地贴着沙石，有一点儿陌生，有一点儿新鲜，却没有想象中那么恐怖，甚至还挺舒服。

这种被人照拂的感觉，荀羽好久没体会到了。

空气中弥漫着淡淡的药酒味，荀羽打了个长长的呵欠，缓缓闭上眼。意识模糊间，她蓦地感觉脚下一凉，人不由一个激灵，转过头。

"不会这么快就睡着了吧？"肖曳弯了弯眼角。

荀羽轻咳一声："没有。"

肖曳没说话，弯下腰，拿起她脚下的薄被，慢条斯理地展开。从她身侧伸臂替她盖上被子，他歪头用下巴指了指帘子外头厮杀得正起劲的背影："我觉得，你要真困了，想在这儿睡一会儿，他也不会有什么意见。"

但荀羽压根没听清他在说什么。被他这个无意识的动作虚虚环住了身体，她吓得一动不敢动了。

两人靠得极近，她甚至能听见他的呼吸、他的心跳。

"荀荀。"肖曳好像在叫她了。

"什么？"她呆呆地回应。

肖曳直起身，自上而下望着她，笑道："我先出去了，你自己……"他比画了一下，"脱一下衣服吧。"

"嗯。"门外吹进来的夜风抚平了她声音里的小小褶皱，也吹散了她皮肤上的滚烫。偷看了眼肖曳离去的背影，荀羽深呼吸，觉得肖曳不想跟自己做朋友的决定真是太对了。

因为她好像根本没办法跟他好好保持距离。

清晨七点，还没到闹钟时间，程骁就被一条接一条的微信震醒了。他打了个呵欠，迷迷糊糊地抓过手机，点开屏幕，发现所有消息都来自负责带他的记者杨哥。

"起来了吗？赶紧收拾收拾，终于有条有流量的线索可以跟了！"

"你今天别来单位值班了，我们直接医院汇合！"

"荀羽你知道吧？就是上回派你去社区采访的那个诊所女医生，她卷进了一桩院前急救医疗事故！"

"患者现在还躺在急诊科的监护室昏迷着，直系家属联系我们，说她是谋财不成，差点儿害了条人命！"

第七章 暴风的旋涡

"这里！怎么这么慢？"程骁刚下车,就听见杨哥的声音。循声望过去,杨哥正守在急诊科门口,嘴里还衔着半支烟,看见他来了,顺手掐了烟头。

　　"我家有点儿远……"程骁连忙跑过去。

　　"算了,"杨哥瞥他一眼,语气不轻不重,"反正还没到跟当事人约定的时间。不过你记得,下次动作快一点儿,新闻可不等人的。"

　　"我明白。"程骁小声应着,内心却在纠结,良久,才鼓起勇气再次开口,"杨哥,你确定那是荀医生吗？我总觉得……她不是那种人。"

　　杨哥愣了愣,表情似有些好笑:"什么人？你不过因为采访见过她一回,就敢轻易下结论？我跟你说过吧,采访报道讲究的是真实,必须听取新闻各方当事人的意见,现在我们只是采访其中一方当事人,荀医生那边的意见自会由她自己来陈述,轮不到你,也轮不到我来做结论。怎么,平时我总说你'太嫩',你还真当是在夸你呢!"

　　程骁面上一热,一时哑口无言。

　　"走吧。"杨哥没再看他,低头看了眼手表,差不多到时间了。

　　中年女人和他们约在医院后门附近见面,那里有几处供休息的长椅,还有树荫遮蔽,相对算是个适合采访的僻静地方。

　　程骁没想到的是,女人甫见到他们,便开始自顾自地垂泪:"我叫蒋春华,是我打电话联系你们的——求求你们,一定要帮我想想办法啊！帮我把那个姓荀的女人找出来！明明是她亲口跟我说可以救我爸爸的，可我爸现在却躺在床上，医生说不确定他什么时候能醒过来，也无法保证他一定会醒过来……这不摆明了就是欺骗吗！那女人根本从一开始就是在骗我！我可真傻啊，什么都没确认，就同意她在我爸身上开了个洞……想来想去，她应该是因为听到了我和我爸聊天，知道我爸快有钱了，就起了歹心，想趁机成为我爸的'救命恩人'，捞些好处，结果却把我爸害成了这样。医院每住一天都是钱，之前因为我爸的病，我已经没钱了，现在我可怎么办啊……"

根据蒋春华的说法，目前持续陷入昏迷状态的老人叫蒋涛，除了她这个女儿，膝下还有两个儿子。前些时候，蒋涛的老房子被划入政府拆迁范围，按补偿条例，未来可获得五百万赔偿金。考虑到两个儿子多年来拒不履行对自己的赡养义务，蒋涛计划死后把全部财产都留给唯一的女儿蒋春华。

事发时，他与蒋春华正在赶往律师事务所商谈遗嘱内容的路上。一旦遗嘱确立，五百万的唯一继承人就只有蒋春华一人。

路途中，蒋涛突发疾病，荀羽不等救护车到来便私自对其采取了急救措施，蒋涛因此陷入昏迷，并随时有死亡的可能。而荀羽作为当事人，曾清楚听到了他们父女交流的内容。蒋春华因此合理怀疑，荀羽积极救人的动机是想从中牟利，而她的行为也直接导致蒋涛失去了更专业的急救机会。

程骁听着中年女人断断续续的讲述，终于沉不住气："荀医生是个对待生命认真负责的人，我不相信她会做出你口中这样草菅人命的事！"

杨哥气得狠狠瞪了他一眼："你给我闭嘴！"

蒋春华却还是被他的话激怒了，一下从椅子上跳了起来："听你们的意思，是站在那个女人那边的了？！"

"当然不是！"杨哥赶紧拉住她，转头朝程骁使了个眼色，"你先回避！我和蒋女士单独谈谈。"

看杨哥神色不善，程骁只好站起来离开了。

过了好一会儿，蒋春华才重新冷静下来，抽泣的声音却更大了："我也是没办法啊！只有你们才能帮我伸张正义了啊！那女人不仅态度恶劣，还不知从哪儿找来个帮手，昨天我就被她叫来的人给打倒在了地上，现在腰还疼呢！"

杨哥镇定地点点头，把录音笔拿得更近了些："关于这些细节，也请你一并说给我听吧。"

杨哥采访的时候，程骁正闷头杵在后门外踢着一颗石子。

清晨的阳光轻盈而明媚，但他心中笼着一层厚厚的阴霾。也许他根本不适合这份工作。其实他真正的理想是做一个惩奸除恶的警察，但因为母亲认为这份职业太危险，拼死阻拦，他才不得不退而求其次选择成为一个记者。

"为正义发声"是他一直以来的座右铭，现实却是，他不仅没机会接触到什么大事件，甚至就算遇到今天这样的情况，也不能够发出自以为"正义"的声音。

因为那是主观而草率的，而记者需要的是客观和真实。

可什么才算真实？他亲眼看到的那个敬畏生命的荀羽算吗？

程骁又狠狠踹了一脚石子，从包里拿出了手机。他迫切地想听听荀羽的声音、荀羽的立场，他更想知道的是，所谓的"真实"究竟是什么样的。

就在他迅速翻找着荀羽之前留下的号码的时候，门口走出了两个男人。

"你说老头子还能醒吗？"

"我当然是希望不要醒了……不过你看蒋春华那个发狂的德行，老头子要真交待过去了，她搞不好会提把刀来把咱们兄弟给砍了！"

"可人又不是我们害的，就是老头子倒霉而已。"

"对啊，这事儿说穿了都是命，是老头子命不好，她命不好……对了，那个给老头子做急救的女人又是怎么回事？看蒋春华的意思，她也是冲着老头子的钱来的？"

"谁知道呢！不过我可不信世上还有活雷锋。我看咱们就别掺和她俩的破事了，蒋春华不是要弄她吗？让她自个儿折腾去吧！咱们就专心祈祷老头子百年之后顺利分钱好了！"

"想一想，那可是五百万啊，就算均分，也有百来万了，反正咱们没出力，等于天上掉馅饼……"

说到钱，两人顿时眼放精光，彼此相视一笑。目睹这一幕，程骁不禁倒吸了口冷气，攥紧了手中的手机。也许他还是不知道所谓的真实，但这不妨碍他真实地感到恶心。

"您拨打的电话已关机，请稍后再拨。"程骁给荀羽打电话，那边只传来关机的语音提示，再打几遍亦然。他捏着手机，怔怔地坐在路边的花坛上，一时感到茫然。她知道自己即将面对的是什么样的人吗？又是否为自己的选择感到后悔？

手机忽然震起来，他以为是荀羽回电了，忙不迭拿出来，却发现是杨哥。

杨哥声音低沉："来急诊科门口找我。"

程骁赶到时，杨哥将将吸完手头的那支烟，回过头，淡淡打量了他几眼："冷静了吗？"

程骁默默颔首。

"知道你的问题出在哪里了吧?"

"我知道。"

"这样下去,你很难成为一个真正的记者。"

"可是……到底怎样才算一个真正的记者?"

杨哥沉默了片刻,视线缓缓落在路边那株将将栽下的新树上:"你当然可以有自己的想法,但身为记者,最重要的是去倾听每个人的声音,不预设任何立场,就是记者的立场。"

"可是……"

"你要真想学东西,以后机会多的是,不过今天我们没工夫说这些了,你抓紧去联系一下荀医生,我们争取在中午前把稿子发出去,绝不能被抢先了!这个头条,我要定了!"

医院附近的咖啡馆里,杨哥的手指在键盘上飞快地跃动着,最后点击发送键,将报道文档传回报社,给领导做最终确认。程骁的目光则一直滞留在面前变暗的手机屏幕上,这种火烧眉毛的时候,为什么荀羽偏偏关机了?

不要预设任何立场,他告诫自己,脑海中却不受控制地闪过一个个可怕的画面……按照蒋春华的说法,荀羽是在凌晨离开医院的,身边还有一个为她强出头对蒋春华动了手的男人。会是上次那个莫名其妙的家伙吗?如果不是的话,又是谁?时间那么晚了,荀羽的失联是否意味着在离开后又遭遇了其他不测……

"程骁!程骁!叫你呢!"杨哥的声音将他拽回了现实,程骁惶惶地抬起头。

"领导确认过了,批准发稿,网页后台这边你来编辑内容吧?我出去抽根烟。"

"可荀医生不还没联系上……"

杨哥不耐烦地瞪了他一眼:"所以我不是写清楚了吗?截至发稿,暂未能与事故当事人另一方取得联系,我方将及时跟进后续报道。"

"但……"

"没有'但是'!你要不想好好做这份工作,就立刻离开,我不需要这样的手下!"

睁开眼,目之所及是一片耀眼的金色光芒。荀羽恍惚了一下,伸手去拿手机。昨夜因为疼痛无法入睡,她不得已服用了两颗安眠药,以趴着的姿势强行睡下了。现在一觉醒来,浑身都在痛。

打开手机,屏幕上显示的时间让她吓了一跳,怎么安眠药的药效持续了这么久?

下午一点,房间里静悄悄的,只有一条条短信进来的提示音——

十三通未接电话,其中六通来自程骁,三通来自王医生,还有四通来自肖曳。其他还好,只是为什么程骁会给自己打这么多电话？他们明明只见过一次，之后也没有其他联系。荀羽愣了愣，调出他的名字，正准备回电，房门却被叩响了。

"荀荀！"

这声音……荀羽皱眉，不由自主地拔高音调："等我五分钟！"

五分钟后，荀羽打开了门。

见她神态平静，面上似乎还有点儿未消的起床气，肖曳因此确定，荀羽对眼下发生的一切尚不知情。与其放任别人质疑她、诋毁她，不如由他开口。

和荀羽对视片刻，肖曳忽然一勾手，夺过了她手中的手机。

"你干什么？"荀羽莫名其妙，"我得给人回个电话！"

"谁的？"

"跟你有什么关系？"

"接下来发生的一切都跟我有关系，所以不管是谁的电话，你都先别急着回。"肖曳一手按住她的肩膀，顺势把人往里带，"我有很重要的事跟你说。"

肖曳将早上看到的关于荀羽的新闻和她说了一遍。

"你是说，因为《桥城都市报》一篇关于昨晚事件的报道，我现在成了媒体关注的焦点，好多人在诊所外等我现身？可……这跟你又有什么关系？"事是她揽的，刀是她动的，一人做事一人当，她觉得把他牵扯进来很没道理。

肖曳定定盯着她看了一会儿，才慢条斯理地回答："因为那个叫蒋春华的女人跟记者说，我打了她。"

"可你明明只是拉开了她……"荀羽脸色变了。

"但她摔倒了。"肖曳轻轻弯起嘴角，"所以，我们现在是'同伙'了。"

"那些记者都疯了吗！"荀羽蓦一下起身，"我这就过去把事情解释清楚！"这一下没控制住力道，又拉扯到昨夜的伤，荀羽疼得龇牙。

肖曳急忙摁住她："你先不要急。来之前我去诊所附近看过了，外面不仅有媒体守着，还来了不少来看热闹的人，现在你过去，场面可能会很混乱。"

见他神情严肃，又想到受自己波及的王医生，荀羽心中瞬间盈满了愧疚，怔了怔，垂眸："对不起，我真没想过给任何人添麻烦……"

"没人觉得这是麻烦，包括王医生。让你先不要过去，不仅是我的想法，也是王医生的意思，她悄悄联系过我了。"肖曳沉声道。

荀羽不由顿住："那现在？"

"既然你的失联已经给所有人先入为主地留下了逃避责任的负面印象,那你现在贸然出现,就算解释得再好,也不一定能服众,反而还会让事情进一步发酵……既然错过了最佳时机,那我们就要拿出最有力的证据,先把你所有相关的资格证找出来,再主动联系《桥城都市报》,要求接受单独采访,做一个正式的回应。"

"那我去准备证件。"沉默了一会儿,荀羽逐渐冷静了下来,这的确是最好的选择。

"嗯,我在这里等你。"

"不,你还是先回去吧,这件事本来就因我而起,不应该把你牵扯进来。关于你的这部分,我真的很抱歉,也一定会好好跟记者说明。医院设有监控,证明你的清白不难,相信这件事一定能很快澄清,我不想再给你添麻烦了。"

她絮絮叨叨说了一大堆,都是再合理不过的说辞,但肖曳一个字都没听进去。这个女人有时真是强硬得令人心烦。

偶尔软弱、犹豫甚至害怕,又有什么关系?他低头,一只手轻轻地按在她的头顶。荀羽被他这突如其来的接触吓了一跳,怔怔地抬头望着他。

肖曳笑了:"不论男人,还是女人,感到害怕的时候需要陪伴,从来不是一件丢人的事。今天由我来陪伴你,或者某一天,就要换你来陪我了呢。"

"我……"他是什么时候看穿她的这份恐惧的呢?她明明……没有将什么都写在脸上。

"好了,别说废话了,要你现在不出面,不代表不需要赶紧把这件事处理妥当。别耽误时间了,这就去准备吧。"肖曳拱手把她推到了卧室门口。

门缓缓合上,荀羽背抵着门,似陷入沉思,人一动不动。抬起手,指尖抚过肖曳刚才触碰过的地方,和之前每一次被触碰的别扭和不悦不同,这一次她竟然感觉很舒心。

哪怕被看穿内心深处真实的想法,也丝毫没有恼羞成怒的感觉。因为她很确定,这个人不是在以居高临下的姿态拯救自己,而是在用平等的目光注视着、帮扶着她。

荀羽咬住嘴唇,眼眶渐渐有些红了。知道现在不是感性的时候,她连忙深呼吸,调整好心情,快步走向衣橱,打开门,拉开抽屉,将里头所有能证明自己的证书一本本拣出来。

也许接下来将发生的一切还是会再次偏离她期待的轨迹,但她已经不会害怕了。

因为这一次,她不是一个人。

客厅里,肖曳走到沙发前坐下,开始思索接下来的对策。眼角的余光扫过房间,他不禁一愣,这里和上次来时相比,似乎变得更简陋了。不仅如此,墙角还规规整整叠着一摞纸箱,看上去像是打包用的。难道……

荀羽恰好从卧室出来,怀中抱着整理好的证件。

肖曳的目光对上她:"你这是……准备搬家?"

荀羽瞥了眼墙角的纸箱,不以为意地点了点头:"对,房东的儿子要结婚了,所以想要收回房子,我下周就搬。好了,先不说这个,我准备好了,我们出发吧。"

去报社的路上,荀羽给程骁回了电话。那头吵吵嚷嚷,看样子他还在王医生诊所等她。她觉得有些歉疚:"不好意思,昨晚睡前我关机了,不知道你会给我打这么多电话。"

听见她的声音,程骁反而感觉嗓子眼干干的,一时不晓得说什么才好:"没关系,你没事就好……只是……"后面的话他实在难以启齿。

报道发出后半小时后,一跃成为一周内都市报门户网站点击率最高的新闻。因为内容涉及"医疗事故""遗产纷争"和"对弱势女性施暴",事关生命、金钱与暴力,完美戳中了每个人的痛点,新闻下的评论数量几乎爆炸,有的回复简直不堪入目。

想必杨哥对这个结果心里早就有数,回到报社屁股还没坐热,一拿到王医生诊所的地址,便带着他赶过来了,到现在已足足蹲了两个钟头。

荀羽沉默了一会儿,偏头和肖曳对视一眼,清清嗓子,郑重道:"我想正式接受你们的采访。"

"你说什么?"

"我正在赶往你们报社的路上,大概二十分钟能到,采访能在你们的报社进行吗?我实在不想再给其他人添麻烦了,尤其是王医生,她年纪大了,希望你们不要为难她。我……和肖曳,一定会就这件事给出一个令大家满意说法。那么,其他的就拜托你了!"

下午三点半,杨哥风风火火推开了报社会客室的大门。

荀羽和肖曳当即从座位上站了起来:"你好!"

杨哥走近,伸出手,脸上挂着滴水不漏的笑容:"你们好,让你们专程跑一趟,辛苦了。"

荀羽却没笑,更没办法回握他的手。不仅如此,肖曳也没有。

一丝丝尴尬在空气中蔓延,杨哥不动声色地收回手,声音依然沉稳:"两位大可以放松些,只是个简单的采访,不必这么紧张。如果准备好了的话,我们随时可以开始。"

肖曳微笑着:"那现在就开始吧。"

"好的,首先,我想请问荀医生,当时具体的情形是什么样的?在已经叫了救护车的前提下,你是出于什么想法,决定给蒋涛先生进行急救的?"

"当时车正在行驶途中,家属发现患者陷入昏迷后第一时间进行了呼救,我赶上前去查看状况,发现患者脉搏微弱,心跳减慢,呈缺氧性休克症状。司机停车后,我检查了他的身体,观察到他的胸腹呈肿胀状态,皮下有大量气体。根据家属提供的患者相关病史,判断其为张力性气胸，考虑到救护车抵达时间不确定，患者昏迷超过五分钟，缺氧时间越长越可能给大脑和心脏造成不可逆的损伤，患者可能在送医途中丧命，经家属同意后，我决定采取现场急救手段。"

"那你具体采取了哪些措施呢？"

"用手术刀进行了穿刺排气，旨在释放他胸内的高压，尽快帮助他恢复呼吸和供氧。"

"蒋涛先生的女儿蒋春华女士在我们的采访中曾提及的，关于'你偷听到了他们父女的对话内容'，你有什么看法？"

这似乎和急救本身无关，荀羽犹豫了一下，斟酌道："关于那些话，我的确是听到一些。"

杨哥眼光顿时一亮："那么，你觉得这些额外获取的信息是否会影响你的选择？"

"什么意思？"荀羽警觉地盯着他。

杨哥未受分毫影响，仍然条理清楚地继续发问："你在做采取急救措施这个决定之前，有没有可能受到了这番对话的影响？也就是说，"杨哥的语气加快了一些，"在已知有获益可能的前提下，你是否会明知风险，仍然选择继续手术？毕竟你不是急救医生，在那种情况下，也可以选择相对保守的急救方式。"

"刚才我已经说过了，如果不能及时排气，患者可能挺不到送医！关于这一点，你完全可以跟他的手术医师确认！"

"我们当然已经去了解过情况，但按照他的说法，是'可能'，而不是'一定'。当然，我听程骁那小子说，你今天把自己的相关执业证明都带过来了，为了证明你有足够的资质和能力进行这次急救。可人哪怕最终做出同一个选择，出发点却可以大相径庭。作为记者，我只想尽可能全面地了解整件事的真实情况，希望你不要多心。"

死一般的沉寂。荀羽感觉有簇火在身体中剧烈地燃烧着，她的皮肤开始发烫，烫到她害怕自己如果再发出一个音节，理智就会彻底被烧成粉末。

就在这时，肖曳开口了："关于医疗事故的处理流程：一，如医患双方争议不大，愿意调解，交由人民调解委员会医患纠纷调解室调解；二，如患方不愿调解，可向卫生局医政股申请，由当地医学会医疗事故鉴定委员会进行医疗事故技术鉴定；三，也可不通过医疗事故技术鉴定，患方直接提起诉讼，由法庭组织安排司法鉴定或医疗事故技术鉴定。如果蒋春华女士对荀羽小姐的处理结果产生怀疑，可以选择第二种，甚至第三种方式提出申诉，而不是擅自揣度他人动机，利用媒体煽动情绪。"

杨哥没想到他会突然插话，登时转过脸去："那么，关于蒋春华女士提出的，你把她打倒在地的说法，你又是如何看待的呢？"

"医院电梯和走廊都有监控录像，欢迎你们调取查看。在我的认知里，我的确是把蒋春华从电梯里拉了出去，但我并没有打她，是她因为挣扎自己摔倒了。当然，我之所以拉她，也是因为她三番四次对荀羽小姐施以暴力。还是那句话，监控就在那里，欢迎随时调取。而且我觉得，和人的供词相比，不会说话、不会思考、没有私心的机器映射出来的东西反而才是更真实的吧。真实，难道不正是你们记者所追求的吗？"

肖曳说罢拉起荀羽的手腕，换成了商量的语气："要不，今天就暂时到这里吧？"

从刚才起，他就觉得她的神情不太对劲，所以才急着插话。现在意识到她的手在发抖，他还是吓了一跳，赶紧改握住她的手。她的手冰冷冰冷的，他不由握得更紧了一些："既然你已经把证件拿给程骁影印过了，不如等冷静之后，把整件事的过程用文字的形式传达过来，可能会比现在面对面交谈表达得更准确。至于他们接下来的报道要怎么写，是否需要去查看监控确认，就交给他们自己去判断吧。"

肖曳说罢，牵着荀羽起身，走到会客室的门口，他回头看了杨哥一眼："你知道世界上最难做的是什么人吗？是好人。所以大家总是很容易就相信一个人的坏，却很难去相信她真的只是想做个好人。"

报社的走廊几乎无人走动，只有嘈杂的人声、电话铃声、打印机声间或从办公室内传出来，不过只隔着一道透明的玻璃门，却仿佛两个世界。荀羽埋着头向前，走到电梯口准备按电梯时才发现，从刚才起肖曳握着她的那只手竟然一直没松开过。

原来握手和牵手的感觉是完全不一样的，当手被他人长长久久地牵着的时候，彼此皮肤的温度会逐渐同化，趋于一致。不仅如此，自两掌相抵的地方，还会有源源不断的力量传递过来。她就是依靠着那股力量，才从那间令人不适的会客室走出来的。

但现在是不是也该松开了？荀羽犹豫着，不知如何开口。就在这时，办公室的玻璃门忽然开了，一个焦急的声音叫住了她："荀医生！"

她回头，发现是程骁。还没有遇见过这种在众目睽睽下和男人牵手的情况，荀羽心头一慌，下意识想把肖曳的手甩开，然而甩了两下，他的手却岿然不动。

要不要牵得这么紧？荀羽无奈，抬头想要开口让他放手，却毫无准备地再次看到了那猩红的数字。所有温热的情绪在这一刻冰冻，荀羽的四肢僵住了。

程骁已经跑到跟前，他的目光飞快扫过两人紧扣的手，神情似一滞，连忙装作若无其事地挪开视线。沉默了一会儿，程骁终于鼓起勇气问："荀医生，采访还顺利吗？其实我本来也想参与的，但杨哥不同意……"

听见他的声音，荀羽这才回神，匆忙转开自己的脸，垂眸，眼神在隐隐闪烁。

发现她的神情不对，程骁的脑子轰一下短路了。他本来还乐观地认为，只要荀羽站出来解释清楚，这件事一定能很快得到圆满的解决。但眼下，他不确定了。

强迫自己不再去看肖曳，荀羽努力挤出笑容，不希望这个热心的大男孩为自己担心："采访进展得不太顺利，所以我打算回去把关于这件事的陈述写下来交给你们。"

"是杨哥为难你了吗？"

"不是的。"荀羽断然否定，她不想跟其他人一样草率地去判断一个人。

"那是……"

"放心吧，我一定会好好解决这件事的。还有，今天谢谢你给我打电话。"荀羽朝他点了点头，顺势以摁电梯为由，不动声色地强行抽出了肖曳握着自己的手。

"那有什么我们再电话联系吧，今天就先走了。"

程骁渐渐垂下了头，不知在想什么。良久，他再次抬起了头，眼眶似乎有些红："荀医生，你是不是觉得，我只是个实习记者，所以没能力为你做任何事？"

男孩子委屈的声音在电梯中回荡，荀羽一时间呆住了。半晌，她诚恳地摇了摇头："不是的，我只是……不希望你担心。"

"荀医生！"程骁执拗地看着荀羽，"我一定会尽全力还原这件事的真相！这是我对你的承诺，请你一定要相信我！"说罢，程骁坚定地扭头走了。

看着他离去的背影，荀羽心中不由泛起阵阵温暖的涟漪，原来被人相信的感觉是无论如何都不嫌多的啊。多亏了程骁一席话，走出报社大门，荀羽感觉心情平静了不少。

不能被曲解带来的愤怒剥夺理智，更不能被肖曳的死期影响情绪，现在的她还有很多事要去做：记录事件的全过程，主动向卫生局医政股申请进行医疗事故技术鉴定，打电话问问王医生诊所那边的情况……除了这些，还有另一件很重要的事她必须独自去确认。

不过这事儿急不来，夜深人静的时候才最合适。

正琢磨着接下来的行程，身旁的肖曳冷不防开口了："你刚才是怕被那个记者误会吗？"

"你说什么？我没听清。"

肖曳微微一愣，皱眉，怎么一到这种时候，她就开始装傻了。

短暂而微妙的沉默。肖曳意识到，从报社出来之后，荀羽就没有再看过他一眼。她的内心定是在刚才起了什么变化，可他完全没有头绪。

荀羽看了看表，转身要去打车。肖曳微微一愣，急忙追上去抓住她的手腕："我刚是说，我吃醋了。这下子，你总听清了吧？"

一记直球抛来，荀羽不得已停住了脚步。她没有回头，只用力拨开他的手："是，这回我听清了,但我实在不明白你的意思。我身边方圆十里,除了你,难道还有其他阴魂不散的男人吗?"

她的声音明明生硬得没有温度,听这话的人却露出了满足的笑容。肖曳的瞳孔中闪耀着小小的光芒:"荀荀,你这是在跟我表白吗?"

"什么!"荀羽终于震惊地转过了头,她到底哪一分钟、哪一秒钟跟他表白了?

"你说除了我,其他人在你心目中都不算男人啊……富贵不是、卫修不是,哦,还有刚才那个热血的小记者也不是。"

他居然还在认认真真数人头!胸腔里的声音再次变得嘈杂,荀羽重新背过脸去:"你搞错了,这句话不是你理解的那样。我没有……真的没有!"

有风拂过,掸下路旁正开得茂盛的玉兰,饱满的花瓣犹如一叶叶小船儿,飘飘摇摇,涌向大地。太阳洒下黄澄澄的光,安静而温柔,荀羽感觉自己的脸开始微微发烫,不知是因为被晒的还是别的什么。

她细细吸了口气,觉得实在不能继续再和他待下去了:"不说这个了,我还有很多事要做,还要给王医生打电话。既然采访的事告一段落,我就先走了。今天的事,谢谢你,但你千万……"她顿了顿,咬唇,"不要再跟过来了!"

话说完,荀羽便一溜烟地钻进了一辆经过的出租车里。

还真是清新自然、毫不生硬的转折啊。肖曳不禁翘起了嘴角。不过,今天到这里就可以了。考虑到荀羽的说法,接下来他还需要去确认一件事。

看了看表,差不多得做准备了。目送荀羽上了出租车,肖曳记下车牌后,拨通了贾世豪的电话:"富贵,有件事想拜托你帮个忙,嗯,帮我弄一样东西,虽然不一定用得上。时间比较赶,最迟天黑前就得拿到……"

差不多晚上九点,荀羽从衣柜中取出临时改好的白大褂和铭牌,还有在巷口买的平光眼镜,下楼出发了。护士上夜班的时间是从晚上十点开始,直到早上八点结束。交接班的时段是护士们注意力最容易分散的时候,她打算赶在这段时间里潜入蒋老先生所在的急诊监护室,查探一下他的"死期"。

虽然她自认为这个想法荒谬而讽刺,但从昨天开始到现在发生的一切,没有一样不比这个想法来得更加荒谬,更加讽刺。如果她此番看不到老先生的死期,是否就意味着他醒来的概率极高?

这样的反推虽不够严谨,但眼下似乎没有更好的选择了。不论如何,掌握多一点儿信息,不论是好是坏，她都能有所准备，总比被动等待来得强。

和其他科的监护室一样，急诊科监护室的探视时间有限，只有下午的半个钟头，所以现在蒋春华和她的两个兄弟一定不在那里。

她需要瞒过的是二十四小时轮换当值的护士和随时可能出现的医生。乐观一点儿的话，只要在换班护士问及时表现得足够专业和镇定，几分钟的时间也许还是可以争取到的。

下了车，荀羽立即穿戴好全部装备，疾步朝急诊科走去。正是交班时间，护士站的轮值护士正埋首填写着交接的书面报告，荀羽昂首阔步经过时，她没有抬头。

走廊尽头就是监护室了，荀羽深呼吸，轻手轻脚推开了监护室的门。

里头果然守着两位护士，其中一个第一时间注意到了她："你是？"

手心依稀渗出细密的冷汗，荀羽镇定地与她对视："吴医生叫我过来查看一下患者的情况，做下记录。"吴医生就是昨天给蒋老先生做手术的医生，还好她记下了名字。

"实习的？"护士打量了她几眼，"怎么我对你没什么印象啊。"

"因为我刚来报到。"

"是吗？我怎么不知道……"护士犀利的目光仍在荀羽身上打转，荀羽的一颗心顿时提到了嗓子眼，难道这么快就要穿帮了？

正在这时，最里面的4号床上的患者心率出现波动，护士的注意力一时被吸引了过去。

就是现在！荀羽迅速走到1号病床前，伸手握住了蒋老先生的掌心——面部、颈部无数字显示！荀羽立刻改掀起了他的衣袖和裤腿，仍然没有数字的痕迹！

糟糕！荀羽拧眉，剩下的部位就真的很难在不被护士觉察到异常的情况下检查到了。

犹豫之际，蒋涛的眼皮忽然动了动。

以为自己出现了幻觉，荀羽揉了揉眼睛，定睛再看，没错，他的眼皮真的在动！

"能抬起你的左手吗？"她颤声指示道。

只见蒋涛的左手微微往上扬了一点点，复又重新落了回去。

能听懂并执行指令是即将苏醒的征兆！荀羽喜出望外。就在这时，刚才的那个护士又发话了："不对啊，我怎么就想不起来医院最近有来实习医生呢……"

不好！要被识破了！荀羽深吸口气，感觉冷汗自脊背深处噌噌冒出来："我真的是刚来的实习医生，不信你可以去跟吴医生确认。刚才我已经确认了，病人眼皮有颤动，能听懂并小幅度执行我的动作指令，有苏醒征兆，我这就回去通知吴医生……"

"你等一下！我们一起去吧！正好我也可以确认一下，到底是我记错了，还是……"

不等护士说完，荀羽已推开门，大步离去。

"欸，你等等！没听见我说话吗？"监护室内传出护士的声音，荀羽咬牙，加快了脚步。

经过护士站，刚才做记录的护士抬头看了她一眼，似有所思，荀羽勉强地回以了她一个笑容。这种时候，绝对不能跑，一跑就完蛋了……她一遍遍默念着，疾步继续向前。

忽然间，一只强有力的臂膀毫无预兆地从旁死死揽住了她的肩。一霎间，荀羽僵住了，她眼角的余光瞥见那截手臂上护士服的袖子。她浑身一个激灵，完了，还是被抓住了！

五花八门的说辞在脑海中飞速过了一遍，荀羽埋着头，艰难舔了舔发涩的嘴唇："你准备把我……"话没说完，那人突然一个拐弯，直接把她挟进了逃生楼梯间。大门被他用脚顺势给顶上了。

荀羽此时背对着墙，那人就站在她跟前，距离挺近，但因为她没抬头，就只能看见他胸部以下的轮廓和衣服。

护士，还是个男护士，所幸体形看上去不算魁梧，真要跑路大概还是有些可能的。

对方没说话，人却不紧不慢地靠近，侵略感随之扑面而来。荀羽心中顿时拉响了警报，下意识往后退了一步，背刚好抵上墙，没路可退了。

然而对方却没有止步的意思。

荀羽终于恼了，噌一下抬起头："你直接把我送保安那儿得了！别怪我没提醒你，你要敢打别的主意，姑奶奶我非揍死你不可！"

"扑哧"一声，那人居然笑了！听见他的笑声，荀羽心神晃了晃，再晃了晃，然后整个人都呆住了。怎么是肖曳？他打扮成这个鬼样子跑这儿来干什么？

仿佛看穿了她的心思，肖曳倾下身来，注视着她，低声缓缓说："来抓姑奶奶您啊。"

"你跟踪我！"荀羽震惊地瞪着他。

肖曳顿了顿，没回答，倒是顺手解了颗纽扣，贾世豪弄的这套护士服尺码不对，领子太紧，穿着别提有多难受了："是我抓到你的，要问也该由我来问你吧？"

荀羽愣了愣，难道……他已经知道了些什么？不，不可能！这么违背常理的事情，就算她一五一十全说了，也不一定会有人相信，何况仅凭猜测。

意识到这点，荀羽冷静了下来。但渐渐地，她却感受到了另一种异样——现在他们之间的距离实在是太近了，近到她已经脑子发麻，几乎产生了他要吻自己的错觉。

"有什么你就快问！我要赶紧离开这里！"慌乱中，荀羽决定快刀斩乱麻。

肖曳却好像一点儿也不急，慢悠悠垂眸，好整以暇地打量了她一会儿，这才慢慢把唇凑到她耳边："来，说说看吧——你打扮成这样混进监护室，不单单只是为了玩'医生护士'的角色扮演游戏吧？所以，你到底是去干什么的？"

第八章

蝴蝶的效应

一片寂静。头顶的灯泡似乎出了故障，白色的灯光闪烁了几下，发出"滋滋"的电流声。

荀羽整颗心顿时揪紧了，这人怎么这么难缠！

见她神情闪躲，肖曳干脆长腿一屈，直接把人圈在了跟前。这通操作行云流水，荀羽还没回过神，他便一手抵上了墙，另一只手则拈了她一边的眼镜架，语气居然挺真诚："刚买的？不适合你，这么好看的眼睛遮住太浪费了。"

他指尖蹭过她皮肤的地方先是有些凉，而后开始发烫……荀羽猛一下扭开脸，这简直是欺人太甚！她"哧"一声吹出口气，眯了眯眼睛，挑高眉毛，字里行间都是戏谑："那如果我说，我就是想进去玩角色扮演呢？"

话音落，两人都顿了一下。过两秒，肖曳竟然一把摘下了她的眼镜！没了平光镜的阻挡，荀羽可以清清楚楚看到他此刻上扬的唇线："那就是你不太够意思了，怎么能只想着自己玩呢？你看，我可是连衣服都配合地换好了！"

这人是撞了什么邪吗？怪她，学什么不好，非学他鬼扯，能扯赢他才有鬼了。荀羽扯了扯嘴角，面无表情："那实在不好意思了，今天已经玩完了。你让让，我要走了。"

她自以为表达得很清楚了，但面前的人却岿然如钟。

虽然心头憋火，但她还是耐心地重复了一遍："你让让，我要走了。"

这回肖曳总算有了些反应，他偏头，垂眸看她，右手还虚虚掂着她的那副眼镜，脚下仍纹丝不动："嗯？"

荀羽蹙眉，再不走，搞不好一会儿护士就真找过来了！懒得跟他再费口舌，她直接照着他的胸口推了一把，让他闪开。这一下力气不小，肖曳毫无防备，人晃了晃，才稳住重心。荀羽趁势想走，没想到肖曳的动作更快，立刻攥住了她的手腕。她甩了两下没甩开，肖曳的力道反而更大了。虽然已经习惯了他时不时与自己的肢体接触，但现在绝对不是让人舒心的情况，荀羽扬起脸，一双眼凉凉地觑着他。

肖曳亦看着她，眼光波澜不兴，没说话，但也没撒手。

气氛逐渐变得胶着，荀羽终于沉不住气，作势要踹他。肖曳第一时间洞悉了她的想法，终于挪动了一下自己高贵的腿，不过不是让路，而是径直压到了她的腿上。

从没有被人如此靠近过，荀羽既惊又臊，不由切齿："你！"

肖曳连忙倾身捂住了她的嘴："嘘，别说话，外面有人！"

此时两人正面对面严丝合缝地贴在一起——意识到这个姿势，荀羽全身都僵住了。

门外果然传来了一阵急促的脚步声，听上去有不少人。

"监护室1号床的病人蒋涛刚才睁眼了，体温正常，生命体征平稳，不过暂时还无法说话……"

"呼吸？"

"每分钟18次。"

"心率？"

"七十。"

"血压？"

"收缩压120mmHg，舒张压80mmHg。"

说话声伴随着脚步声越来越远，直到彻底听不清了，荀羽人还是恍惚的。

"走了。"肖曳松开手，往后退了两步。

然而荀羽还靠在墙上。半晌，她的睫毛颤动了两下，声音似乎也在跟着发抖："刚才，我没听错吧……是蒋涛，对吗？"

肖曳低头看了她一会儿，郑重点了点头："是。他已经没事了，你可以放心了。"

有一瞬间，荀羽的眼神呈放空状态，然后渐渐地，重新聚焦的眼睛开始泛红。她抬起手捂住自己的脸，终于，一丝哽咽自鼻腔深处溢了出来。

肖曳怔住了。这是他第一次看见荀羽哭，一想到过去她可能一个人这么躲着哭过无数次，他胸口就像是被什么严严实实给堵住了，心疼得一塌糊涂。

"要不要纸巾？"他轻声开口。除了想止住她的眼泪，完全没别的想法。

"嗯……"

他故意夸张地掏了掏口袋："换衣服的时候给忘了。"

苟羽被他这通无用功弄得有点儿蒙，自指缝中抬起雾蒙蒙的眼睛："啊？"

只见眼前的人微笑着朝她张开了双臂："那作为补偿，我给你一个拥抱吧。"

不等苟羽出声，肖曳先抱住了她。他的动作很轻很轻，仿佛怕弄疼她。苟羽的身体先是一僵，然后感觉心底最柔软的地方轻轻抽动了一下。身体的每一根神经都紧绷到了极限，尤其当她发现自己的视野完全被男性胸膛占满后，一双眼甚至不知该往哪儿放了，只好局促地低着头，睫毛颤啊颤的……还是头一回这么紧张，紧张到竟然忘了上一秒自己在流泪。

将她这副模样尽收眼底，肖曳无奈地轻叹一声，这人怎么可以这么可爱。他忍不住将她的脑袋往自己胸前按了按。

苟羽立刻不满地皱起眉："我不喜欢……"

"我知道。"他笑着。

"但是……"苟羽舔了舔嘴唇，声音似乎有点儿哑，"也不算很讨厌。"

她的话像一簇小小的火苗，燎过他心脏，肖曳顿了顿，一时没了声音。

冷淡的人坦率起来，真是要命。就在那一刻，他决定不问了。既然她不想说，那就不说吧。如果她愿意，就一定会主动来到自己跟前，坦白说明一切。因为她是苟羽。

"我真的……要走了。"怀中的人扬起脸，却没看他的眼睛。

他佯装不知她的害羞，只微微颔首，淡淡道："好。"虽没得到答案，但他得到了更珍贵的东西——止住她眼泪的机会。如果从今以后都能这样就好了。

有惊无险地离开医院，苟羽在街角与肖曳道别。朦胧的夜色中，两道影子并在脚下，明明没有靠近，却仿若依偎在一起，就好像两个影子的主人……苟羽被自己的联想吓了一跳，急匆匆转身道："拜拜！"

她步子飞快，仿佛身后有什么在追赶。

肖曳的声音撵上来："苟苟，等一下！"

她迟疑着回首："还有事吗？"

男人颀长的身影隐匿在树影之下，看不清表情，只有明媚而促狭的嗓音，挟着温暖的晚风扑面而来："你要什么时候想做我的女朋友，记得跟我说一声啊！当然，要哪天还想玩角色扮演游戏，也可以……"

这人！苟羽唇角一弯，面无表情地转身。

脸上的温热犹在，夜风柔柔擦过她的脸颊，她由是明白那不是风的温度。

第二天一大清早，荀羽接到了王医生的电话："小荀呀！"

荀羽关上水阀，挂好毛巾："王医生？"

"今早的新闻看了吗？蒋老爷子醒了啊！虽然记者说他暂时无法接受采访，但人好歹醒了，这下应该不会有人再追着你跑了，真是造孽啊……"王医生虽有些唏嘘，语气却是喜悦的，荀羽终于不用再受罪了。

荀羽愣了愣，应声："那太好了。"这事昨晚她就知道了。可很奇怪，她现在既没有沉冤得雪的痛快，也没有平白受累的委屈，只希望这件事能就此平息下去，这样对老人的康复来说才是最好的。

"你这也太冷静了。"王医生叹道。

"您在夸我吗？"

"话是这么说……"可年纪轻轻就要承受如此高压，总让人感到心疼，好歹她把她当半个女儿来着，但她偏偏连心疼的机会都不给别人。

"我知道您的心意，王医生。谢谢您。"荀羽笑了笑，语调温柔。

王医生一怔，欣慰道："那我给你放几天假吧。"

"怎么？"

"不是要准备搬家的事吗？这两天一定没休息好吧，照我说，你就安心休息一周，顺便把新家整理好，再来上班也不迟。放心，我忙得过来。年轻人真是的，看不起谁呢！"王医生故意嗔道。

"我没那个意思……"荀羽无奈，想了想，"那好吧，我休息。"

"这就对了！"王医生高高兴兴挂了电话。

走出卫生间，荀羽环视房间一周，虽然东西不多，但搬家和整理的确需要些时间，还是王医生想得周到。她不禁弯了弯嘴角，至少她还是遇到了不少对她真心相待的好人。

东西收到半途，荀羽的电话又响了。本以为是肖曳，她没好气地放下纸箱，走过去拿起手机一看，是程骁打来的，赶紧接了起来。

"蒋涛老先生昨晚醒过来了，现在已转入了住院部……"程骁说着挠了挠头，似乎有些尴尬，"我猜这事你已经知道了吧？"

"是的，这两天让你担心了。"

"哪有的事，是我没能帮上你什么……"

他语气有些懊丧，荀羽忙不迭否认："没有，你能相信我就足够我感激了。"

"真的吗？"男孩子眼光一亮，顿时振奋起来，"对了，其实我还有个好消息要分享给你！我大学的好朋友在做公众号，他也很关注这次事件，昨天下午他联系到我，说想联系你做一期人物采访。"

"抱歉，我不想接受任何采访了。"这件事停在这里就好。

程骁却好像完全没被打击到："我猜你会拒绝，所以我已经拒绝他了。不过……"他停住，话锋忽转，"他去采访那些你帮助过的人，应该没关系吧？放心，他这人很有分寸的，只想做一期'无名英雄'的选题，不会透露你的隐私，也不会把焦点放在这次的事件上，更不会违背受访者的意愿。大家都凭自愿接受采访。"

荀羽一时不知说什么才好，她好像的确没资格干预别人的选择。程骁见她不说话，知道她内心纠结，赶紧换了话题："对了，你知道吗？蒋家三兄妹那边竟然变天了！"

荀羽的神经骤一下绷紧："什么意思？"

"他们刚才在医院又闹起来了，大哥蒋国光动手打了蒋春华，三人因此都进了警局，现在还在里头做笔录呢。杨哥过去跟了，我呢，被他打发出来跟昨晚的一条举报线索……"程骁说罢顿了顿，语气变得有些神秘，"举报人是蒋国光的邻居，他说蒋国光最近换了新车又出去旅游了好几趟，整个人春风满面的。邻居本以为是他家老房子拆迁拿到钱了，没想到看了新闻发现这事还没落地，就觉得有些蹊跷，刚好前些天撞见有陌生人来敲他的门，说是单位的审计，他就觉得这里头更有文章了，想跟我们记者聊聊。"

荀羽缓缓吸了口气，这件事竟如雪球般越滚越大，已经完全超出她能想象的范畴了。不知为何，她隐隐感觉到不安。思忖片刻，她打住他："那你快去忙吧。"

"好！"程骁精气十足，"对了，既然蒋老先生已经醒了，后续我还想联系蒋春华，希望促成她向你公开致歉。"

荀羽一惊，断然摇头："不用了。"

如果有非做不可的事，就要有承担所有误解、诋毁和后果的觉悟。

程骁以为她不相信自己，有点儿急了："虽然我能力有限，但我是认真的！我想成为一个有能力捍卫真相更能够伸张正义的记者。"

荀羽微微一愣，展眉道："那你就更不能把精力浪费在这样的小事上了。心心念念一句'对不起'往往是因为意难平，但我没有那种执着，所以这事就算了吧。倒是你，不还要去见举报人吗？快去吧，别迟到了，加油！"

她说完，又郑重道了声"再见"，才挂上电话。

手机里传来"嘟嘟"的忙音，程骁怔怔地望着界面出神，她刚刚是对他说"加油"吗？他没听错吧！男孩子的掌心渗出薄薄的热汗，心跳怦怦加快，怎么办……他好像喜欢上这个酷酷的女医生了。

　　临近傍晚，荀羽去阳台取晾干的衣服和被单。天气很好，彩霞从天那边浩浩汤汤地涌过来，余晖洒了一地。空气中飘浮着阳光的香味，虽摸不着，却感觉松松软软的，让人联想到面包房刚出炉的面包。荀羽仰着头，深深嗅了嗅，脸上露出满足而轻快的笑容。

　　已经很久没有享受过这样的悠闲了。

　　客厅忽然传出了音乐声，是手机响了。她怀中塞满了衣物，一路小跑过去，顾不上放下东西，先拿起了手机。然而当她看见那个名字，心中反而产生了一霎的迟疑——

　　她现在这个样子怎么好像等这通电话很久了？她明明没有在等他。

　　"有事？"她用缓缓的、平静的语调接通了电话，还是平时的那个她。

　　电话那边的声音懒懒的，洋溢着淡淡的笑意："听王医生说，她给你放了个长假？"

　　"你怎么知道？"不，不对，她应该问，你什么时候跟王医生这么熟了？

　　那边却没了回音。空气安静了一会儿，忽然，肖曳再开了口："荀荀，今天夕阳真好。"

　　一句没头没脑的话令荀羽不由自主地将脸转向了窗外。

　　城市的天空耀眼如广袤的金色湍流，风起云动，风停云静，这样的光芒，这样的盛大，几乎令人恍惚自己是否是置身永昼之中。荀羽蓦地想起夏目漱石那个经典的表白故事。

　　他做英语老师时，曾让学生翻译一篇短文，要把文中男女主角在月下散步时男主角情不自禁说出的"I love you"译成成日文。夏目漱石说："你不要说我爱你，你要说，今晚月色真美。"

　　难道他……被自己的脑内剧场吓得喉咙一紧，荀羽剧烈地咳嗽了起来。

　　电话那头的人像在憋笑，但偏偏吐出的每个字都十分正经："我是想说，趁着夕阳这么好，你要不要把桥大安全讲座的文件拿出来看一看？差不多得给对方答复了。"

　　这是荀羽第一次衷心地觉得他正经的样子很欠扁。不过这事她还真给忘了，张哥最近虽联络过她，但也只是关心蒋家这件事的进展，其余什么都没提，大概不忍让她分心。

　　荀羽稳了稳气息："我这就看。那我先挂了？"

　　"等等，"肖曳将脸慢慢转向窗外，烈焰般的阳光无声烧过每一寸地板，他微微扬起眉角，"我刚才发现，今天的夕阳是真的很美。"

　　哼，她才不会再上当！荀羽捏着手机，抑扬顿挫道："嗯，那你一定要好好地、慢慢地欣赏！"

　　那之后几日，一天夜里，程骁给荀羽转发了一条推送，是之前提到的公众号发文了。

当荀羽看到"后窗"这个名字时，她不由倒吸了口气。之前程骁只说这是他朋友创业做的公众号，并没有提及具体名字，她便以为大概只是个新号，不会有太多关注和流量。

但"后窗"才不是什么新号，这个号已经做了好几年，不仅在桥城，在全国同类型自媒体中都排得上号，有自己独立的团队和工作室。

荀羽斟酌了半天，才含蓄地回过去："你朋友什么时候开始创业的？"

"大一。"

她怎么就漏算了这茬。程骁个性活泼，一腔热血，甚至有时稍显稚嫩，于是她想当然地以为他的朋友也是和他一样初出茅庐的小年轻。不料现实却令她措手不及。

不想被关注——除了个性使然，她内心深处的确是存有私心的，她不想再被舆论搅动埋藏的记忆，再次被架上同情的十字架，向世人展示自己曾经的不幸。

然而对此一无所知的程骁却很兴奋："你知道吗？我朋友说，这篇文章发出来才三个小时阅读量就达到十万多了，读者反响很热烈，都说特别敬佩你，也对救援队这样的组织有了更加深入的了解。"

"是吗……"荀羽发现自己无论如何都提不起劲儿来。

嗅到她的冷淡，程骁以为她还顾忌着蒋家，迟疑道："难道……是蒋家的人又来找你麻烦了吗？杨哥今天说，蒋老先生已经能说话了，他请求媒体公开他的遗嘱，还跟律师提出要彻底与蒋国光兄弟二人断绝关系。再加上蒋国光工作的单位最近站出来指控蒋国光亏空公款，这件事的热度大概还会持续一段时间……不过你放心，这些已经不关你的事了，大家都明白，你是个好人，更是个英雄！"

知道他在想方设法安慰自己，荀羽多少有些动容："我没事，可能就是最近太累了吧。"

"那你要早点儿休息啊！"男孩子的善意笨拙又直接。

"我知道了。"

手机暂时消停了一会儿，突然，一条新消息跳了出来："对了，荀医生，上次那个人……是你男朋友吗？"

荀羽怔住。良久，她谨慎地回复："不是，一个朋友而已。"虽然肖曳强调不做她的朋友，但她总不能跟程骁说他是个陌生人吧，那也太奇怪了。

"噢，这样啊！"屏幕那边的人瞬间雀跃起来，"那……荀医生，下次有机会，我能不能请你吃饭？"

怎么突然提吃饭？不过他这么一说，她发现自己的确该请对方吃顿饭，不论结果是不是她想要的，至少程骁是真心真意想帮她。

"好啊，不过饭钱还是由我来付吧。"放下手机，荀羽拿了换洗衣服准备去洗澡。

浴室就在玄关进门右手边，距离大门不过一米开外的距离，荀羽进去换了鞋，拧开水龙头，温暖的热水哗啦啦地浇下来，她感觉心中的阴霾似乎被冲走了大半。

洗到一半，她才发现护发素用完了。这种事很少发生在她身上，实在是最近烦心的事太多了。冲掉头上剩余的泡沫，荀羽匆匆裹上浴巾，准备去客厅拿瓶新的。

走出浴室，刚来到玄关，她便隐约听见门外似乎传来了脚步声。不确定是不是自己听错了，她驻足，又仔细分辨了一会儿，外面果真有人的呼吸声！

荀羽浑身汗毛登时竖了起来，感觉后背冷汗直冒，下意识攥紧了身上的浴巾。

是真的有人吗？还是只是自己的幻觉？

她就那样站了好久，久到头发上的水都淌干了，门外已然没了任何响动。屋内静得只听得到她自己的心跳，就好像刚才什么都没发生过一样……

荀羽蓦地感觉眼前一黑，连忙扶住墙，才没有一下子跌在地上。

桥城大学安全讲座当日，荀羽出门后先去了一趟附近的花店。

"你好，能麻烦帮我参考一下，送给康复期老人什么花比较好吗？"

店员是个热情洋溢的女孩，当即推荐了好几种搭配，荀羽选了最素净那种，付好钱："麻烦帮我送去这里。"说着她写下了从程骁那儿打探来的住院部病房号。

店员拿起便签，有些纳闷："不好意思，您是不是漏写了电话号码呀？"

"我没有号码。"

"那落款呢？"

"也不用了。"

店员更加费解了："那如果我们找不到人的话，怎么办？"

"那就送给你觉得收到花会感觉幸福的人吧。"

好奇怪的女人，好奇怪的要求！店员错愕地看了她一会儿，强调："那如果没有送到收货人手中，我们是不负责的哦！还有，需要你简单写一个声明，避免事后纠纷。"

"没问题。"荀羽爽快答应，写完递了过去，"那就麻烦你了。"

推开玻璃门，门外是午后灿烂的阳光，室内的花香蔓延开来，在升温的空气中打滚嬉戏，让人恍惚以为下一秒便是夏天。荀羽伸手挡住眼前刺眼的光线，脸上少有地绽放出了明朗的笑容，这件事到这里总算是彻底结束了。

桥城大学的新校区坐落在西边的大学城，周遭还有好几所高等学府，车一开进去，道旁的景色立刻焕然一新，到处都是三三两两走在一起的学生。娇俏的女孩子们早已迫不及待换上新衫，鹅黄、雪白、艳红、靛青……与道旁怒放的樱花树交相辉映，一派明媚盎然。

年少春衫薄的日子，都是好日子。荀羽不禁弯起嘴角。

今天的讲座设在桥城大学主教学楼的阶梯教室，荀羽拿出手机又确认了一遍地址，才让司机在校门口停了车。时间尚早，这次的活动只有她和肖曳参加，眼下肖曳还没到，难得来一趟校园，荀羽琢磨着先四处转一转，等跟他会合，再一起跟校方碰头。

经过中心广场，喷泉池旁有音乐声流淌，荀羽张望了一眼，发现有人在自弹自唱。她正准备过去听，耳畔忽然响起了一个活力满满的声音："小荀姐姐！"

她愣了愣，一偏头，就看见一身雪白正拼命朝自己招手的江雨熙。漂亮的女孩果然穿什么都耀眼。

她笑了一下："怎么这么巧？"

"才不巧，小姐姐你忘了吗？之前我说过这是我学校呢！我正准备去阶梯教室占个好位置，干脆我们一起吧？"

江雨熙说罢屁颠颠颠跑了过来，一把挽住了荀羽的胳膊。隔着衣服，荀羽感觉到她皮肤的温度，她内心挣扎了一下，没躲开。她并不讨厌她身上的这份热情，相反还有点儿羡慕。

"可是安全讲座应该不需要提前占座的吧？"之前她也受邀参与过其他学校的讲座，学生们大都兴致寥寥，有时甚至需要校方强制要求学生参加才能坐满。

对于小概率的不幸，淡漠是众生常态，荀羽已习以为常。

"那就是你毕业太久不懂行了……"江雨熙露出了高深莫测的表情，"这种活动占座很需要技巧的，如果你坐在前排中心，搞不好会被大家当成马屁精或者书呆子；坐到最后，老师又会对你的印象大打折扣；中间呢，视野一般，出入还不方便，所以最好的其实是左右两边靠前的位置，低调、方便、看得清！"没错，眼下最重要的是找到一个看得清肖曳，还能让肖曳看得见她，并且不会因为彼此距离太近而被认为自己在"性骚扰"的位置！

热情有分寸，高贵无距离——追男人是真的很需要技巧了。

还好她机灵，自学也能领悟真谛。

荀羽对于江雨熙的小心思一无所知，只随意附和着点了下头。见自己的理论得到认可，江雨熙的尾巴再一次快乐地翘上了天："走吧！小荀姐姐，我请你喝奶茶！"

肖曳进门时，荀羽正捧着一杯巨无霸奶茶坐在会客室的沙发上休息。

"咳！"看见他，荀羽吸了一腮帮子的珍珠，脸上的肌肉不觉抽动了一下，<u>一丝丝诡</u>

异在空气中蔓延。

"你慢点儿喝……"肖曳明显在憋笑。荀羽在心里翻了个白眼，装没听见。

"要喝点儿水吗？"肖曳问她。

荀羽愣了愣，摇头："不用了。"

肖曳颔首，径自朝饮水机走去。荀羽三下五除二喝完奶茶，把杯子丢进垃圾桶，下意识回头瞄了他一眼，目光却一下滞住了。刚才没注意，原来肖曳今天打扮得格外少年气。干干净净的白衬衫，搭配略带一点儿运动元素的休闲裤，头发仍然短短的，挺拔而窄的鼻梁上架着一副金属框眼镜。既充满书卷气，又洋溢着时髦感。

眼下他正专注地看着饮水机出水，似乎对她偷看他的事一无所觉。

荀羽默默吸了口气，学校还真是个有魔力的地方，不仅让她接受了江雨熙的亲密，让从不喝奶茶的她喝了奶茶，甚至还令她的视线完全无法从眼前这个人的身上移开。

还好校办的工作人员及时进来了："二位久等了，我们再核对一遍流程就可以过去了。"

荀羽如蒙大赦："没问题！"再一回头，肖曳正端着纸杯喝水。他的下半脸被杯子挡住了，只露出一双在平光镜下笑得志得意满的眼睛。

想到刚才那一幕，荀羽心里一慌，立刻装作若无其事地别开了脸。

阶梯教室已经坐满了人，荀羽一推开门，便被眼前的景象深深地震撼了，这么热闹的场面是头一回见。本以为是校方的安排，谁知同行的工作人员看上去也相当惊讶，随即欣喜地看着她："果然还是名人有效应啊！你能来真是太好了。"

荀羽怔了怔，苦笑一声，大概是之前公众号报道的缘故。

把准备好的U盘插进电脑，荀羽站在讲台上，扫了眼在第一排落座的肖曳。和上次培训不同，今天的宣讲部分需要由她独自完成，肖曳只负责引导宣讲后的提问互动环节。

毫无疑问，这也是荀羽最不擅长的部分。调整了一下心情，荀羽微笑着凑近话筒："大家好，我是荀羽，桥城蓝海救援队的急救员兼潜水医师。"

教室里当即掀起一大波声浪，其中大部分是掌声，小部分则是交头接耳的声音。所有人都在看着她，好奇的，敬仰的，还有……嬉笑的。

突然，一个男生高高扬起了手，夸张地挥舞了几下："美女，在讲座开始之前，你能不能先跟我们说说你最近遇到的那桩大新闻啊？"

场内有一秒的安静，旋即爆发出口哨声和附和声："对嘛！对嘛！和我们说说看嘛！"

荀羽抬眸，环视全场，目光最后落在了那个男生身上，语气平静而缓慢："可以。不过请等到讲座结束。"

那男生明显不乐意，"嗤"一声，撇嘴道："切，摆什么架子！"

教室里又是一阵嘘声，肖曳顿时捏紧了拳头。校方也意识到情况不对，立即安排人整顿秩序。几个带头起哄的学生被呵斥了几句，心里格外不舒坦，又不敢造次，只好偷偷嘟囔。

肖曳没说话，既然校方出面了，他再站出来可能有些不妥，但他怎么就这么不爽呢。

场面混乱之际，教室的门忽然被人给推开了。

一颗鲜艳饱满的西红柿从外面探出个头："不好意思啊各位，来晚了！"

荀羽偏头，眼皮蓦地跳了跳，怎么是他？打扮得一身喜气的贾世豪一路小跑着进门，无视周围人的白眼，挤啊挤的，终于挤到了肖曳旁边的空位，一屁股坐下了。

"什么情况啊这是？"他小声问。见肖曳不理自己，贾世豪拽了拽他，"喂喂……"

肖曳偏头觑他一眼："该我问你吧，什么情况？你怎么来了？"

"嘿，原本是想来陶冶情操的，"贾世豪嘀咕着，视线满场飞，像在找寻什么，"不过这地方看上去好像并没有我想得那么高雅啊！"

因为学生们的突发状况，讲座被迫推迟了十五分钟。校方的老师开始逐排跟学生沟通，大部分都很配合，但最后几排是"重灾区"，其中一个正在打游戏的男生听完，不服地扬起眉，戏谑笑了："老师，说句真话，如果不是想来听故事，谁会来听这个无聊的讲座啊？"

他声音洪亮，大半个教室的人都听到了，教室里顿时窃窃声四起，不少人摆出了看戏的表情。那老师气得脸通红，正要说话，一个傲气十足的女声蹦了出来："你这么喜欢听故事，怎么不回家找你妈给你讲啊！"

空气静了两秒，旋即爆发出一阵哄笑，所有人的目光都移向了声音的来源。

有人第一时间认出了江雨熙："诶，那不是金融系大二的高岭之花吗？"

"校花今天午睡没醒吗，起床气这么大的？"

"可能是美女之间的惺惺相惜吧，刚才我就想说了，其实台上那个也算个高冷范儿的美女啊。"

"哈哈哈，那又怎么样？反正这俩你一辈子都追不到！"

循着声音，贾世豪自然也看到了江雨熙。他的目光在她身上定格，不动声色地打量了一阵后，露出了欣慰的笑容。很好，今天的江雨熙也很丑，他安心了。

换来校花的一通奚落，男生的面子挂不住了，迅速收起手机，抬腿就走。

门阖上，阶梯教室总算恢复了秩序。荀羽仍在台上，仿佛未受任何影响，镇定地打开了U盘里的PPT："没想到大家这么关注之前的新闻，既然如此，我就跟大家聊一聊吧。有人知道蒋涛老人为什么休克吗？"

"张力性气胸！"有人抢答。

荀羽轻轻颔首："那么，大家知道是什么造成了张力性气胸吗？"

众人纷纷摇头，这是新闻中没有涉及的内容。

荀羽缓了缓，语气依然自若："是因为他在不清楚自己身体状况的前提下，搬运了一袋大米。用力过度导致肺部气肿破裂，气体无法顺利排出，胸腔内气体增加，压力增大，肺脏萎陷，从而引发了呼吸功能障碍，出现休克。"

台下一片感叹，荀羽抬头看着全场的人："生活中任何一件小事都可能导致难以想象的后果。我当然希望意外永远不要发生，所有的急救技能都没有用武之地，但如果真有意外降临的那天，我希望今天的讲座能给大家提供多一些挽救生命的可能。"

有一刹的寂静，而后掌声雷动。

肖曳看着荀羽，唇角不由上扬。是他多虑了，竟以为她会非常抗拒与这些人分享那段见证人性的至暗时刻，但这个女人远比他想象的更勇敢、更坚定。

他怎么能不喜欢她呢？未来，他也一定还会喜欢她更多更多。

讲座散场后，肖曳过去帮荀羽整理台面。讲台附近除了他们，还有不少学生在流连。女学生都围着肖曳，叽叽喳喳地发问："小哥哥，刚才你说你是潜水员，那你潜水是不是很厉害，可以教我吗？"

"你身材这么好，平时是不是在健身啊？"

"你有八块腹肌吗？可以摸摸吗？"

瞧瞧这群女的说的都是什么话，一个个如狼似虎的，一看就没见过大世面！江雨熙捏起小拳头，飞快收好包，雄赳赳气昂昂地冲了过去往人堆中一横，江雨熙一只手肘支在讲台上，作风情万种状："让让，都让让！这个人我已经预订了！"

校花一出马，大多数女生都怂了，还有个别不甘心的目光死死地拴在肖曳身上，发问："那个，你们……认识吗？"

肖曳的注意力都在电脑屏幕上，百忙中抽空瞄了江雨熙一眼，又看了看不远处的红番茄，语气平淡："算是吧。"

女生们的少女心登时碎了一地，她们很快散开了，衬得剩下的几个男生格外扎眼。

"荀医生，你今年多大啊？"

"你们蓝海招大学生志愿者吗？"

"你有男朋友吗？"

肖曳动了动眼皮，慢条斯理关掉了投影仪："不好意思，这个人我已经预订了。"

荀羽一愣，狠狠瞪了他一眼。

敢情是段荡气回肠的三角恋啊！男生们看了看肖曳，又掂量了下自己，一边痛彻心扉，一边大彻大悟，根本没留意荀羽的表情。

众人作鸟兽散，贾世豪却坐不住了。在这个故事里，他这个靓仔怎么可以没有姓名呢？就算刚才没有，现在他也要立刻、马上把自己写上去，大写加粗的那种。

他风风火火冲过去："哈喽，丑八怪！好久不见。"

江雨熙猛一下抬起下巴，水汪汪的眼睛瞪得滚圆："你说什么，你给我再说一遍！"

场面十分尴尬，荀羽犹豫着该不该劝架。

正在这时，肖曳从桌下轻轻拉了她一下："走了。还是你打算给他们做裁判直到天黑？"

"那……"还是算了吧。荀羽收好U盘，默默退开。肖曳紧跟着出去。

后面的两人显然没注意到周遭的变化，还在叽里呱啦地吵着架。

走出教学楼，天边透着一抹淡淡的绯色。

夜晚与白昼刚打了个照面，世界仍是亮堂堂的，云丝如缎，风一搅，如湖水般向四面八方散开。那一刻，什么都像是远的，只有花香最近，近得犹如暮春在耳畔的叹息。肖曳摘下眼镜，顺手揣进兜里，偏头看她："听校办的人说，学校行知园的樱花都开了，要去看吗？"

想起他刚在阶梯教室里说的话，荀羽的耳根泛起了淡淡的粉，伸手别好随风散落在脸颊边的碎发，她清了清嗓子："那……就去看看吧。"

没想到行知园比想象中还热闹，年轻的学子们忙着拍照的拍照，看书的看书，还有小情侣在树下铺了野餐垫，你一口我一口，分享蛋糕和水果。

荀羽默默听着他们交谈，有人说花，有人说下周的考试，还有人许愿一定要在夏天到来之前找到一个男朋友……每一种声音都那么陌生，却又让人倍感亲切。

校园好像时光机，送她的思绪回到过去。是什么时候开始失去的呢？家人、朋友，还有……爱与被爱的渴望。荀羽踮起脚，努力伸出手臂，想去够头顶那簇斜斜垂下的花枝。风忽起，枝摇蔓曳，不过弹指间，天地间便席卷起一场浩瀚的樱花雪。周遭的人开始惊叹欢呼，荀羽被这声音吓到，慌忙收回手，一回头，却撞上肖曳的目光。

他在看着自己。他总是在看着自己。他究竟在自己的眼中看见了什么呢？

这是无法开口诉说的问题，她只能静静看着他一步步朝自己走来。

樱花几无香味，或者说香味极其清淡，淡到哪怕置身花海，也实在难以察觉。但此刻，她却偏偏嗅到了香气。若有似无的恬淡气息萦绕着她，吐纳之间，她眼睁睁看着瞳孔中的人越来越清晰，越来越近，近到失去了她在心中圈定好的安全距离。

肖曳微微低下头，视线刚好与她齐平，嘴角扬起一抹满怀深意的笑："你……"

只这么一个字，后半句被他故意拖延着，没了声。又一阵风吹过，树冠掸落的花瓣擦过荀羽的脸颊，冰凉的，痒痒的。她不由紧张地往后一缩，骤一下闭上了眼睛。有温热的气息擦过她的耳畔，下一秒，一个低沉、促狭的声音钻进了她的耳蜗："饿不饿？"

怎么会有这么欠揍的人！荀羽唰一下睁开眼，耳根烧得滚烫："不饿！不吃！"

肖曳终于将彼此的距离拉远了些，正努力憋着笑："真不吃？"

"真——不——"最后一个"吃"字，被她肚子里发出的"咕噜"声生生扼杀。

荀羽尴尬得说不出话，耳根的那一团火飞快蔓延至面颊。面前的人轻咳了声，迅速敛色，一手拉过她的手腕，怎么听怎么像诱哄的语气："走吧，难得来一趟大学食堂。"

荀羽一进食堂，就看见江雨熙在指挥贾世豪往正对大门那张餐桌上搬餐盘。她微微一愣，视线不由移向桌上满满当当的食物——这小姑娘可真能吃啊！

江雨熙自然也看见了他们，脸上顿时堆起灿烂的笑容："你们刚去哪儿了啊？我们吵完才发现你们人不见了，该不会是去行知园看樱花了吧？"

轻易被猜中，荀羽哑然，目光闪烁。倒是肖曳一脸坦然："对啊。"

"哦，我们学校别的不怎样，樱花倒是拿得出手！"江雨熙仍旧笑嘻嘻的，看不出有任何不悦，说完又转头命令贾世豪："快！讨厌鬼！再去打两碗饭！我们一起吃。"

好不容易四人都坐定了，荀羽面对堆积如山的餐盘，反而感觉无从下手。

江雨熙见了，热情地给她夹了一大筷子菜："小荀姐姐你别惊讶，我就是吵架吵累了，需要补充点儿体力！"

荀羽想说点儿什么，又不知道该说什么，偷看了肖曳一眼，发现他竟然已经吃上了。心态真好，服了。

她还是觉得这三个人都怪怪的。一个喜欢对方却只会吵架，一个扬言追人却只是说说，还有一个总是做出些让人误会的举动，却偏偏总可以游刃有余地一带而过。刚才在行知园，她其实一度以为肖曳要吻自己。一想到自己竟然产生过这样的错觉，荀羽就想挖个地洞把自己埋了。在此之前，她从没有对谁产生过这样的错觉！是以，还是她自己最奇怪。

饭吃到一半，贾世豪和江雨熙又吵起来了，起因是贾世豪拒绝吃西兰花。

两人就这么硬生生地吵了一顿饭，毫无疑问，江雨熙又吵饿了，指挥贾世豪收好餐盘，她不客气地命令道："去，再给我买两个鸡腿！"

"吃吃吃，就知道吃，你是猪吗？"

"你见过这么好看的猪吗?"

"你今天出门照过镜子吗?"

不想再接受他们的精神污染,肖曳果断站起来:"我送荀羽回家。"

"我……"想要拒绝,脑海却忽然闪过了那天洗澡时的画面,当时的恐惧历历在目,她感觉背脊再次腾起了一阵凉意。

这个人说过的吧,感到害怕的时候,需要被陪伴不是一件丢人的事。

她迟疑着扬起脸,明亮的灯光刚好在鼻翼处打下一道暗影:"好。"

车一路朝荀羽家的方向疾驰,然而距离家越近,荀羽的脸色越冷。

肖曳悄悄打量她,只见她望着窗外面孔紧绷,眼神似有些飘忽,像因为什么而困扰,充满了不安和忐忑,刚才看樱花时有过的那种笑容也已经彻底消遁无形了。没错,荀羽当时是笑着的,尽管那笑容很淡,和樱花的香气一样难以捕捉,但他还是精准地发现了。因为那个笑容,有一瞬间他甚至产生过想要亲吻她的冲动。

但他努力克制住了,并以一句恶趣味的调侃,成功掩盖了自己真实的想法。不想过分惊动她,因为她值得更慎重、更尊重的对待。可他要如何做,才能真正走进那双冷淡的眼睛呢?他忽然有些不确定了。

出租车终于在荀羽家附近停下了,再往里,路边停满了车,倒车不方便,司机不肯走了。

肖曳付过钱,替荀羽拉开了车门。掐指算来,这应该是她住在这里的最后几天了。

夜如墨般漆黑,只稀稀拉拉散着三两颗暗淡的星子,明朝也许有雨。两人摸黑一前一后走着,肖曳突然驻足:"怎么路灯没亮?"

荀羽停住:"前几天坏了。"这也是她害怕的原因之一,那天之后,这栋楼下的所有路灯,包括一楼的廊灯,一夜之间都巧合地坏掉了。因为这个,她连着几天没出门,搬家的事也一拖再拖。如果不是今天有活动,她大概还会留在家里,伺机求证前两天准备的那个实验。

"看得见吗?"肖曳打开了手机手电筒。荀羽点点头。

见她走得慢,他停下来等她:"你要不要……牵着我?"

荀羽没说话,一只手却轻轻地、悄悄地拽住了他的衣角。他的姑娘终于学会示弱了啊。受到鼓舞,他一时冲动,哑声开口:"其实那个时候,我是想吻你的。"

"啊……"她慌乱地看着他,不自觉出声。所以那并不是错觉。

黑暗中,荀羽的十只手指都僵住了,心脏咚咚跳着,偏偏脚下一动也不能动。

就在这时,一道黑色的身影于无声中与他们匆匆错身而过——

当蝴蝶扇动翅膀,尚无人觉察,那是命运改变的开始。

第九章 雪落的声音

"你个臭丫头！不好好学习，就知道学人偷偷摸摸搞对象！今天终于被我逮住了吧！"

微妙的沉默中，一个中气十足的女声忽然在黑暗中炸开。荀羽愕然，抬起头，赫然发现二楼的窗口站着个人。她正要开口，"哗啦"一声，一盆冷水兜头浇了下来。

大脑有一霎的空白，她不敢置信，愣愣地抹了把脸，再仰头，二楼的窗口亮起了灯。一个中年女人自窗口探出头，和荀羽对视片刻，蓦地发出一声惊悚的哀号："天呐！对不起！我以为是我家那个不争气的女儿！"

荀羽实在不知自己能说什么了。一切发生得太快，肖曳也被溅了一身水花，他揉干眼睛，定睛看荀羽，才发现她浑身都湿透了："你没事吧？"

"没事。"她轻声答。不过这么浇一浇，她算彻底冷静下来了。楼上的女人还在拼命道歉，她不得不反过来安慰她："算了，没事了。要怪就怪路灯坏了吧。"

女人涨红了脸，讷讷附和："是啊是啊，真对不起了……那些灯也真是的，不知怎的都坏了，也没见社区找人来修一修……"

荀羽冲她笑了笑，收回视线，目光重新落到身旁同样狼狈的肖曳身上："上楼擦擦吧。"

她看他的眼神冷静而沉着，完全没有了刚才的慌乱，肖曳不禁一愣。又错过了呢，探询她内心的绝佳机会。真不知该夸楼上那个女人眼神好，看他们像对情侣，还是该怪她瞎，连自己的女儿也认不出。肖曳微不可闻地叹了口气，抬手将贴在她脸上的湿发轻轻撩开："嗯，走吧。"

上了二楼，楼道里的感应灯终于亮了。有光的地方总让人感觉安全，荀羽心里踏实了些许。这是肖曳第三次光临这里，却是头一次仔细打量这个地方。和那些新兴的商品房社区相比，这栋楼应该是20世纪末的建筑，共七层，无电梯，也没监控。

墙面已十分陈旧，上头既有小孩子恶作剧的涂鸦，也有墙皮经年累月受潮剥落的痕迹。楼道并不宽敞，荀羽在前面带路，肖曳想了想，问她："东西收拾好了吗？搬家的时间定了跟我说一声，我来帮忙。"

"不……"话音在这里戛然而止，荀羽忽然噤了声，肖曳困惑地抬起头。

荀羽正盯着房门外的那张脚垫出神。渐渐地，她眼底透出了惊惧。

他当即把目光转向那张脚垫。很普通的一张浅色脚垫，虽不是新的，却格外干净，想必刚更换过，因此上头那些脚印才显得格外刺眼，想必那人在这里站了好一阵子。

他默默以眼光丈量着脚印的大小，很快得出了结论——这些同样大小的脚印属于男性。

荀羽仍杵在楼梯上没动。湿透的衣服吸附在皮肤上，仿佛天罗地网，兜住她的呼吸。她艰难地吐了口气，没想到结果会是这样。前两天她思虑再三，特意在门口换了张干净的脚垫，本是为了让自己安心，以证明那天的一切是幻觉，但眼前赤裸裸的脚印却犹如当头一棒，敲得她浑身战栗。并不是幻觉，真的有人盯上了自己。

无法继续直视那些脚印，她默默将脸转开了些，神色戚戚。

身后响起了肖曳的声音："荀荀。"

她踟蹰着，没有回身，握成拳的手指紧紧贴着裤缝。一只手从身后轻轻搭上她的肩。沉稳而温暖的力量透过肩膀传递到她的身体，她恍惚感觉背脊深处的凉意渐渐褪去了一些。

"告诉我，你是不是还有什么重要的事没说？"

把那晚的经历一五一十地跟肖曳叙述了一遍，荀羽坐在楼梯上，再度陷入了沉默。

这些天气温明显上升了不少，她浑身透湿竟也没觉得多冷，只有些胸闷。从刚才到现在，她不是没有过任何猜测，但正因为是猜测，所以才不能随便说出口。

肖曳人半倚着墙，眼睑低垂，像在沉思。

四周有一刹的寂静。声控灯感应不到声源，倏地熄灭，世界顷刻陷入黑暗。荀羽口干舌燥，有冷汗顺着额头淌下来，滑入眼角，她只感觉酸痛，却全然忘了眨眼。

良久，肖曳斩钉截铁道："别的等到了地方再说吧。至少这里，今晚是不能住了。"

荀羽的神情蓦一滞："什么地方？"

"我家。"伴随着他更加笃定的答案，头顶的灯重新亮了起来。昏暗的光线照着荀羽的脸，她发丝上的水渍犹如钻石般闪耀着冷冷的光辉。

肖曳走近，主动向她伸出了手："走吧。"

荀羽皱着眉，像在犹豫什么。半晌，她不动声色地挪开了自己的视线。脚下的水泥地面朦朦胧胧映出两道靠近的人影，然后是她和他手臂的影子，以及缓缓叠在一起的手。

不要去看他的脸，不要去看他的脸。荀羽一遍遍告诫自己。

如果不看到那个代表他生命终止的时间的话，她的心就不会被拉扯，她就可以暂时麻痹自己，接受他给予的这份善意，而不必努力回避。

贾世豪来开门时，完全被眼前的画面震住了："你们怎么搞成这副鬼样子？"

"不好意思，打扰了。"被淋成落汤鸡的荀羽一如既往的冷淡而彬彬有礼。

贾世豪怔了怔，努嘴："呃，客气了。"自知从荀羽嘴里问不出什么，他决定把目标转移回肖曳身上。

肖曳的答案言简意赅："没，被人泼的。"他躬身取了双拖鞋递给荀羽："只有男士的，凑合一下。"

一旁的贾世豪顿时眼都直了。道理他都明白，既然曳爷对这只落汤鸡有心，那么请落汤鸡来家里做客也就合情合理，可第一次来做客就要人家去洗澡，还是当着他的面，这信息量是否大了些？他决定好心提点一下自己的救命恩人，追女孩子要循序渐进，不可操之过急。于是他特别克制、特别委婉地咳嗽了一声："咳！"

肖曳莫名地觑了他一眼："怎么了？"

"没什么……"这人怎么就读不懂自己的良苦用心呢？贾世豪痛心疾首，不得已又使劲朝他眨了几下眼睛。

这回肖曳寻思了片刻，终于懂了。

"不是你想的那样。"他微微挑眉，"这事说来有点儿复杂，我原本打算等荀荀洗完澡再跟你们细说的。不管怎样，总不能让她一直这样穿着湿衣服吧。"

贾世豪听得一愣一愣的，他怎么就没想到这茬儿呢？这显得自己多没风度啊，不行！不可以！他明明就是一个体贴绅士！

为了维护自己的高尚形象，他忙不迭转头，冲着荀羽热情地嚷道："荀医生，刚不好意思啊！你快进来洗澡吧，我这就去给你找条新毛巾！沐浴露要什么味儿的，甜橙怎么样？要不要给你个小鸭子，顺便在这儿泡泡澡啊，我家浴缸带按摩的！"

"浴室有三间，我们一般各用一间，今天你就用我常用的那间吧。至于衣服，也只能穿我的凑合一晚了。"肖曳引着荀羽往里去，一路不忘细细交代。

这是荀羽第一次被邀请来异性家里留宿，她踟蹰了一会儿，小声推却："我想了一下，还是觉得不太好，要不洗完澡我就……"她话音未落，便感觉两人之间的气氛变了。

冷空气在走廊中蔓延，荀羽好不容易鼓起勇气抬眸，刚好撞上肖曳的目光。

"在把这件事彻底搞清楚之前，你哪儿都不许去！"他定定看着她，面色明明还算平静，一双瞳孔却漆黑幽深，令人不敢直视。

这人好像……真的生气了。荀羽突然心虚得不行。大脑有一瞬的停转，但她很快意识过来，不怪他生气，问题的确出在自己。是她太敏感，太介意与他人之间的距离，但事实上，刚才明明是她主动接受了他伸出来的手。她根本没那么坚定。

荀羽缓了缓情绪，轻声道歉："对不起，我不是故意的，我就是……"她蓦地停住，剩下的字音含糊到几乎被自己的呼吸淹没，"习惯了。"

习惯了一个人，习惯了隔绝周遭的一切人际关系。

肖曳没出声，看她的眼神却在逐渐软化。

荀羽怔怔地与他对视了一阵，不好意思地垂头："我用你的浴室……你要怎么洗澡？"

肖曳不禁一愣，这是什么傻问题？但唇边却明显多出了几分笑意："当然是用富贵的。"说罢他指了指浴室，"就这间。我去给你拿衣服，稍等我一下。"大约是不希望她久等，肖曳步伐飞快。经过贾世豪的卧室的时候，门忽然被推开了，里头钻出个人，一脸惊喜地看着他们："哇哦！小荀姐姐，好巧啊，你也是来借厕所的吗？"

"我今晚吃多了嘛，本打算回家拿点儿衣服，结果路上突然肚子疼，就说上来借个厕所……"江雨熙一边解释一边往客厅走，大剌剌地往沙发上一坐，拿起茶几上的苹果端详了半天，撇嘴道："讨厌鬼，你家这么寒酸，招待客人只有苹果吗？"

贾世豪一听就炸毛了，风风火火从杂物间跑出来，怀中除了新毛巾，竟然还真的塞了只黄澄澄的小鸭子："你厕所都用完了，怎么还不走？"

江雨熙无辜地眨眼："因为我又饿了啊！"饿了的江雨熙嫌弃地拿起苹果啃了几口，不死心地继续嘟囔，"除了这玩意儿，真没别的可以吃了吗？"

"有火锅吃。"走廊尽头的门开了，一道清越的男声自荀羽身后飘过来。

这声音……荀羽回头，表情骤然凝固，她怎么就忘了，这里还住着条"神龙"？

"神龙"明显刚出穴，身上还穿着睡衣，蓬松的卷发在发顶随意扎了个揪。看见荀羽，他微笑着点了下头，脸上却没有丝毫讶色。

全屋最激动的当数江雨熙："竟然有火锅？"她二话不说把苹果抛到了一边。难怪贾世豪最近看起来面色红润，原来是在家里偷偷藏了个"家庭煮夫"！

"我要吃！我最喜欢火锅了！"江雨熙屁颠屁颠地追着卫修进了厨房。

杵在一旁的贾世豪眼睁睁看着，脸色越发难看，这烦人精怎么回事？下午追着肖曳，晚上缠着卫修，心这么大，里面是住了个饕餮吗？

把东西往荀羽怀里一塞，他火速追进去："都十点半了，你寝室不关门吗？"

"那就住这里好了啊，"江雨熙乐呵呵答，"我看小荀姐姐今晚不也要住这里吗？我和她一起睡好了。"

厨房里明明闹得不可开交，气氛却完全不紧张，甚至和谐得不可思议。荀羽站在门外，静静看着卫修洗菜、贾世豪和江雨熙斗嘴，心中竟不由生出几许歆羡。

这样热热闹闹的画面很久没见过了啊。

她出神地看着他们，压根没意识到肖曳看自己的眼神起了变化。他的目光在她发顶的小旋涡上停留了好一会儿，怜爱而疼惜。良久，他抬手轻轻按了按她的头："想帮忙？"

荀羽错愕地扬起脸。

"要想帮忙，就先去洗澡。"

荀羽沉默了一会儿，讷讷答："可我不太会做饭。"

"切菜总会吧？"他把找好的衣服顺势往她怀里一放，微微笑道，"好了，抓紧时间。"

浴室的水声很快淹没了门外的吵闹声，甜橙的香味在水汽中弥漫，荀羽小心翼翼地把小鸭子放在置物架上，用手指轻轻戳了一下它红扑扑的小脸蛋——

你可真幸福啊，拥有这么多朋友。

洗完澡出来，荀羽换上了肖曳的衣服。想必他已经尽力挑过了，上衣还好，但裤子还是长了不少，哪怕卷了三折，穿在她身上依然过分松垮。荀羽对着镜子端详了自己一会儿，有点儿陌生，也有点儿新鲜，她忐忑地推开了浴室门。餐厅内，肖曳正忙着摆碗筷。桌正中的电磁炉上，火锅咕噜咕噜冒着热气，辣味混杂着香味扑面而来。

"怎么办，他们速度太快已经把菜弄好了，我也只能帮着打打杂，你还是等下次有机会再帮忙吧。"他抬头看她，语气稀松平常，就好像他们日后真的会有很多这样的机会似的。

荀羽愣了愣，不知说什么才好。忽然，她后知后觉感觉到他徘徊在自己身上的目光。准确说，是她的衣服上。

"比我想象中适合你。"肖曳摆好最后一副碗筷，微微翘起嘴角。荀羽垂眸打量着自己卷高的裤脚，耳根开始微微发烫。还好肖曳及时转移了话题："富贵，帮忙拿瓶醋过来！"

咕噜——肚子突兀地叫了一声，荀羽不禁把脸埋低。

肖曳忍俊不禁，状若无事地主动替她拉开了一把椅子："坐吧，马上就可以吃了。"

不出片刻，菜便上齐了，众人纷纷落座。望着桌上丰盛的饭菜，荀羽暗自咂舌，卫修这条神龙，说自己没厨师证一定是骗人的吧？

她还在惊叹，旁边的江雨熙已急不可耐地把手伸向了盛肉的盘子。见她要下菜，贾世豪一蹙眉，抢先帮她把肉倒进了锅里："就你这么猴急，我还真怕你溅我一脸油呢！"

江雨熙"哼"一声，转头笑盈盈地给荀羽递装着香菜的作料碗："小荀姐姐，你要吃这个吗？"

荀羽尴尬地点了下头。

江雨熙脸上的笑容顿时更灿烂了："对嘛，只有小朋友才挑三拣四，这不吃那不吃呢！"

眼看又一场幼儿园战争一触即发，肖曳当机立断打断道："对了，关于荀荀，我有些话想跟大家聊聊。"此言一出，大家纷纷好奇地看着他。肖曳垂眸，斟酌了一阵，"刚才我送荀荀回家，发现她的房间门外有人长时间逗留过的痕迹，我怀疑她被人跟踪了。"

"什么？跟踪！"贾世豪激动道。

江雨熙则小鸡啄米似的附和着点头："被谁跟踪了啊？"

只有卫修最淡定："具体是什么情况？先说来听听。"

肖曳蹙眉，详细描述了一遍今晚的遭遇。

荀羽犹豫了一会儿，沉声补充："其实之前有一次我洗澡出来，也曾经感觉到门外有人。"

卫修听罢像在思考，片刻后，转头看肖曳："其实你们心里已经有考量了对吧？"

"嗯。"肖曳点头，和荀羽交换了一个眼神，发现彼此的脸色都凝重了不少。

卫修抿了抿唇："我理解你们不喜欢以恶意揣度他人，也认为现有的证据不足以支撑被跟踪的推论，所以最好还是静观其变。"他说完又意味深长地看了荀羽一眼，"不过，也永远不要低估人性的荒唐。你要是有任何需要，记得告诉肖曳。当然，有用得着我的地方，也尽管开口。"

"我我，还有我！我也愿意的！"江雨熙自告奋勇挥舞着手。

"虽然我不知道你们在叽叽歪歪个什么劲儿，但要真遇上事，也别忘算我一个，我门路到底比较多。"

荀羽默默听着他们的话，感觉从指尖到身体都开始僵硬。与其说震惊，不如说迷惘。她完全没想到他们会是这个反应，明明她与他们每个人都有过不愉快的经历。

见她一副灵魂出窍的模样，肖曳偏头，将嘴唇凑近她耳畔，温热的气息登时呼在她的耳垂上："老实说，是不是感动得要哭了？"

荀羽的双唇不受控制地嗫嚅着，一时发不出声音。

肖曳依然是那个慢条斯理的语调："还记得我们刚认识那会儿，我跟你说过的话吗？"

荀羽眼皮颤了颤，她当然记得。那时他说，世上没有天生不合群的人，喜欢一个人待着，也许只是因为还没找到适合自己的群体。

真是个自以为是的家伙！她不止一次偷偷腹诽过。但也是这个家伙让她感受到久违的来自朋友的关怀与温度。

"我记得。"她喃喃道，声音中隐约有了鼻音。

肖曳神色一肃，继而露出了满意的笑容："好了好了，我们继续吃火锅吧。"

温热的白雾在灯光下弥漫开，荀羽埋头，夹起碗里的菜默默塞进嘴里。渐渐地，她感觉眼角滋生出些许温热。原来在她没注意的时候，他们已经给自己夹了这么多菜啊。

其实在发觉自己拥有这种残忍的能力后，她已经很久不做假设了。假设她从不曾发现这种能力，假设她不必担心随时会面临在乎的人的死亡，又或者……假设自己从没看见过身边这个人的死期。

如果这样的话，她是否能更坦率地去笑，去敞开胸怀接纳他人，也被他人接纳？

吃过消夜，江雨熙揉着肚皮和贾世豪打电动去了，两人相约鏖战到天亮，谁输了谁就叫对方一声"爸爸"。荀羽无法理解他们对"喜当爹"的执着，默默将目光转向沙发上的肖曳，从刚才吃完火锅起，他就拿着手机坐在那里一动没动过了。荀羽不确定他在联系谁，又在聊些什么，但从他不甚明朗的表情可以推断，一定跟今晚的事有关。

她莫名有些惴惴。想了想，她小声问一旁收拾餐桌的卫修："我可以帮你吗？"

卫修将将收拾好碗碟，看她一眼，莞尔道："当然。"

厨房内，卫修拧开水龙头，将餐具依次放进水槽："你其实是想单独听听我这个局外人的看法吧？毕竟你和肖曳涉事其中，你大概会觉得自己的思维方式不够客观。"

被轻易说中想法，荀羽沉默不语。卫修的声音依然和煦："你不用这么拘谨，就我个人的好奇心而言，的确也有私下跟你聊聊的想法。"

荀羽诧异，总感觉这人的行事作风跟上次比正常了不少。不过也好，省去了他们弯弯绕绕打太极的时间。她清了清嗓子，正色道："之前蒋涛老人的那件事，你应该大致知道吧？"

"自然。不过仅限于新闻报道的部分，肖曳对你的隐私维护得比你想象中还要严密。"

提及肖曳，卫修似刻意对她笑了一下。

不知为何，荀羽有点儿心虚，下意识避开了他的视线："那你知道这件事的后续吗？"

卫修拿起洗碗巾，擦着盘子："不清楚。不过我的确不认为仅仅因为蒋涛醒过来了，蒋家的两兄弟就会做出跟踪你的偏执行为。"

荀羽微微出神。片刻，她才说："我认识《桥城都市报》的一位记者，前几天他跟我说蒋家两兄弟里的大哥蒋国光涉嫌挪用公款，事件正在调查，具体情况我也不太清楚。"

"原来如此。"卫修把一部分洗干净的盘子放在料理台上，指了指厨房纸，"喏，用这个擦干。"荀羽愣了愣，照做。

卫修再次拧开了水龙头。他像在思考什么，很久都没说话。再出声，话语被流水冲得很淡："如果真是目前这种情况，那么跟踪就有一定的可能性了。"

空气突然变得很静，荀羽感觉自五脏深处蹿起一簇心火，明明火星四溅，却越烧越冷。最坏的推论到底还是被与此事无关的第三者认可了。

"对了，关于上次见面……"卫修忽又开口，厨房的门却蓦一下被人推开了。

荀羽回头，发现来人是肖曳。

"蒋国光失踪了。"肖曳扬了扬手中的手机。他的面上好似结着一层坚冰，眼中则凝聚着沉郁的云，荀羽从没见过他这样的神情，不由蹙紧眉心，屏息等他说下去。

"蒋国光的公司在发现他亏空公款后报了警，警方介入调查后，蒋国光的妻子却表示，蒋国光本人已失踪好几天了，没人知道他去了哪里。"

荀羽感觉头皮一阵发麻，缓缓开口："确定吗？"

"《桥城都市报》明天就会对外报道。"

气氛沉闷，卫修关掉水龙头，回身看他们："报社方面，有提到具体挪用的数额吗？"

"只提了一句，没记错的话，大概是八十万。"

"刚好是顺利继承遗产就可以完美解决的数字。"卫修沉默了几秒，再看荀羽，眼神已变得严肃，"荀医生，我想给你一个建议，从明天开始，务必避免在天黑后只身行动。我想，蒋国光是在东窗事发后，把无法顺利得到遗产的愤怒转嫁到了你身上。之前他可能还没想好接下来要怎么做，但明天新闻发出后，一切就变得不可预测了。你务必多加小心。"

荀羽辗转了一夜，第二日去诊所上班的时候都有些心不在焉。当意识到王医生在叫自己，荀羽忙不迭抬起头："怎么了？"

"有病人来了，去看看。"

"好！"她倏地起身，腿骨刚好撞在椅子的边角上，"砰"一声闷响，听着就疼。这么冒失，完全不是平日的那个她。王医生也觉得纳罕，好好一个假休回来，怎么人没恢复精神，反倒是更恍惚了？她琢磨着得跟荀羽好好说说，里边输着液的老太太却"啊呜啊呜"地呻吟了起来，王医生急忙进去看情况，这事儿便给耽搁了。

一转眼到了下午，荀羽刚收起听诊器，桌上的手机响了。她瞥了一眼屏幕上的名字，发现是房屋中介。她接起来，还没说话，对方就开始一个劲儿道歉："对不起啊，荀小姐，我是之前跟你签约的小杨，因为这个月忙着跑医院，稀里糊涂把之前一部分签订好的租赁合同弄丢了，其中也包括你的那份，我想问问你今天可以抽空跟我重新签一下吗？"

"可以是可以，不过必须今天吗？"想到卫修之前的说法，荀羽有些犹豫。昨天事发突然，今天也是肖曳直接把她送来上班的，衣服都没换，所有重要的证件自然也都还在家里。

"真是对不起啊，其实我之前也试着联系过你，但电话没打通，再加上还有别的合同需要重签，一时给耽误了。因为我们马上就要统计业绩，如果公司发现我捅出了这么大的篓子，一定会扣不少工资的，我还有房贷，我妈已经住院几个月了……"

那人说着隐约有了鼻音，荀羽心软了。沉默片刻，她看了看表，四点十分，天还没黑。想了想，她又问："证件是不是也需要重新复印？"

"是的，真对不起，给你添麻烦了。"

荀羽微微叹了口气："这样吧，我现在回去拿身份证，来回大概二十分钟，半小时后你直接到我工作的地方来？可以吗？"

"好的好的，我这就把东西准备好！"

"那先这样，一会儿见。"挂断电话，荀羽简单跟王医生说明了情况，出门了。

走出巷口，她犹豫了一阵，还是给肖曳拨了通电话。电话响了很长一段时间都没人接听，荀羽盯着屏幕看了一会儿，收了手机。肖曳大概正在忙吧，虽然他总表现出一副很闲的样子，但到底还是有自己的事要做，有自己的生活要过的。

她只要速战速决就好。更何况现在还是白天，就算卫修的话应验了，蒋国光真存有报复的心思，应该也会有所顾忌，不会贸然行事。想到这儿，荀羽加快了脚步。还没到下班时间，除了偶尔有放学的孩子路过，周遭十分安静。阳光洒下一地金黄，葱葱茏茏的树影摇曳着，不时有凉风拂过。荀羽被吹得一个哆嗦，深呼吸，强迫自己打起万分的精神。

单元口就在前面，她默默观察着四周的环境，还好，一切如常，没有人在附近徘徊。

她屏息，提足一口气，闷声冲进了单元楼。一层层往上，荀羽每走一步，心跳得就越快，仿佛下一秒就要从嗓子眼里蹦出来。

完全没顾虑是假的，不害怕也是假的。她不是个莽撞的人，会做出这个决定，一方面的确是心软于中介的说辞，另一方面，在内心深处，她依然悲观地认为她能依靠的仍然只有自己。毕竟不论肖曳怎么想，他都没办法长久地陪伴她，因为……他就要死了。

荀羽苦笑，原来就算刻意不去看他的脸，她也没办法欺骗自己那个数字是不存在的。

尤其当她走进那间公寓，看着那几个人在一起热热闹闹的画面，这种念头就变得越发清晰。这些日子里，他带给自己的所有令人贪恋的温情注定不能长久，那么与其放任自己沉湎在这种短暂的美好里，倒不如……不如早一点儿打消自己的贪恋，这样就算未来真的失去的时候，也一定不会太痛苦。

从昨天深夜起，这个念头便和蒋国光失踪的事情一起不断在她脑海里反复，以至于她今天一整天都心神恍惚。意识到自己又开始胡思乱想，荀羽努力调整呼吸，继续往上。还有一层就到了，她抬起头，赫然发现，迎面的台阶上竟走下一个人。

那人阴鸷的视线刚好撞上她，彼此都足足愣了两秒。

荀羽心口猛然一悸，陡一下反应过来，他就是蒋国光！其实她已经完全不记得他的脸了，唯一一次碰面，他们兄弟二人都忙着与蒋春华厮打，那时她在他心中还是个不重要的存在。然而今非昔比，如今她这个不重要的角色在一波三折后却成为撬动他命运的祸首。

肢体先大脑一步做出了反应，荀羽转身就跑。见她逃跑，蒋国光立刻倾身追上。两人的距离很快拉近到只有半米，蒋国光伸手一推，荀羽直接从剩余的台阶上骨碌碌滚了下去。没有任何缓冲，她整个人直接撞到水泥地面上，瞬间头晕目眩，眼冒金星。

蒋国光几步跨下台阶，用力摁住她的头，又往地上撞："你这个疯女人，怎么就这么爱管闲事？那么多人都没站出来，就你事多！老头子真死了又关你什么事？你认识他吗？认识吗！蒋春华弄不死你是吧，那我来弄死你！都是你的错，听清楚了吗？都是你的错！"

头疼得仿佛要裂开，荀羽努力掀开眼皮，却看不清头顶的那张面孔，只有他下巴的棱角在逆光的黑暗中深刻得如同斧凿。她拼尽全身力气，使劲用脚蹬着旁边的那扇防盗门，竭力嘶吼："救命！有人要杀人了，救命！"

听见她呼救，蒋国光一下子慌了神，急忙想要捂住她的嘴，荀羽见状，当即狠狠地反咬上去。蒋国光痛得"嗷呜"一声撒手，怒极攻心，对准她就是一顿乱踢。

荀羽弓起膝盖，趁势往他胯下一顶，蒋国光的脸顿时扭成一团，混乱中，他一手死死揪住了荀羽的头发。两人都喘着粗气，就在这时，防盗门里传出了焦急的声音——

"跟你说了，不要急着出去！先看清楚情况！万一自己受伤了怎么办？"

"不是叫你报警吗！听到了吗，快报警！"

"报了报了，说人已经在路上了……"

听清门内的对话，蒋国光揪着荀羽头发的手蓦地停了下来。他狠狠抹了把脸上的冷汗，像在思考。两秒后，他重重地将荀羽的头抡回了地上："今天算你走运，但你给我记住，这事还没完呢！知道吗？没完！"他说罢，一脚踹开试图抱住他腿的荀羽，转身奔下了楼梯。

门内的人观察到蒋国光离开,这才拧开了门锁。荀羽见到他,忙拽住了他的裤脚:"我没事,你不要管我,拜托你一定要追到他!他是警察在找的犯罪嫌疑人!"

那人听罢,神情闪烁。半晌,他蹲下身,上下打量着满身灰尘的荀羽,却唯独不愿意直视她的眼睛,嗫嚅地说:"这个……抓犯人的事,我们普通老百姓可做不了,我看你被打成这样了,还是先给你叫救护车吧……"

肖曳一行人得知消息赶到医院时,荀羽正躺在急诊科的病床上留院观察。

撞击造成了轻微脑震荡,入院后,她已经吐过两次了。好在照片结果显示没有颅内淤血,算是不幸中的万幸。身体上的软组织挫伤虽痛,但都没有伤及要害。荀羽作为一个医生,在紧要关头有意识地保护了自己的重要器官,也做出了最明智的反击。

警察刚才已经来过了,但考虑到她目前的身体状况,约定等她身体好转些再做笔录。

肖曳一进门,整个房间的气压突然变了。他一言不发地走到她床边,微微侧目,下巴的棱角在光线下犹如一柄锐利的刀刃。荀羽羞愧地埋下了头。

这回不是好像,他是真的生气了。好一阵没人说话,场面十分尴尬。

贾世豪左看看肖曳,右看看卫修,发现他俩都没有先开口的意思,想了想,索性不怕死地说话了:"荀医生,你知道曳爷今天去干什么了吗?"

荀羽小心翼翼地把目光转向了他,却不敢直视他的眼睛。

贾世豪干脆豁出去了:"他去给你选床了!我们三个人今天又合计了一下,准备把我平时不用的那间书房收拾收拾,整理出来给你做卧室,到蒋国光落网前,想让你先跟我们一起住,保证你的安全。但是你……"

后面那半句贾世豪实在说不出口,于是偷偷给肖曳递了个眼色,意思是你自己的人还是你自己来教育吧。

"你家钥匙给我。"肖曳似乎根本不想深入这个话题,言简意赅道。

"不用了……你们真的不用替我操心住的地方,我已经租好新的房子了,合同出了点儿问题,我才回去拿身份证的,但之后我可以……"荀羽说着说着,声音越来越小,一阵苍白和无力涌上心间,他现在一定被自己惹得更生气了吧。想到这儿,她不由噤声,渐渐地,声音中的歉疚再也掩饰不住,"我……我其实有给你打电话……"

"荀羽,"肖曳的目光悄无声息地落在她的脸上,"我现在不是在跟你商量。重要的证件物品放哪里告诉我,衣服我先看着拿一些,后面再正式叫搬家公司。"

知道他是认真的,荀羽不说话了。停顿片刻,她伸手在裤袋里翻了翻,掏出钥匙,递过去。

肖曳仍保持着来时的那个充满距离的姿势，以眼角的余光确认过她手中的物件后，才伸手接过："那我走了。"他转身，一句告别的话都没有。

这场面看得贾世豪眼都直了，后知后觉才想着追上去："等等我呀，怄气不能开车，不安全！我给你做免费司机！"其实他是受够了这里的沉闷，卫修喜欢就继续待吧，反正他是受不了的。

肖曳和贾世豪的身影很快消失在了病房门口，荀羽收回视线，死死盯着胸前白色的被单出神。歉疚和无措之后，是堵在胸口的焦躁和卷土重来的头痛。

一旁的卫修轻轻咳了一声："其实在进来看你之前，他已经跟医生反复确认过好几遍你的情况了。"卫修说着从旁搬了把椅子，在她跟前坐下，看样子是准备暂时留在这里。

荀羽皱了皱眉："如果你……"

"如果你有事的话，可以先离开？"卫修脸上挂着淡淡的笑容，打断了她的话。

荀羽哑然。

"擅自行动的事，等他回来，好好跟他道个歉吧，你知道的，他是我们之中最担心你的那一个。"

荀羽的眼皮动了动："我知道。"正因为知道得太多，包括不想知道的，她才会在面对他时更加觉得难以启齿。

卫修看她的眼神似起了一些变化："上次就想问你了，你独来独往多久了？"

荀羽没明白他为何会问这个，但寻思片刻还是回答了："一年多……也许更久，记不清了。"

卫修沉吟着："那之前的朋友呢？"

荀羽安静了好一会儿，才断断续续道："我爷爷的事，就你从张哥那儿听到的那件事之后，起初和一些朋友还有联系，但渐渐地，就没有人再主动找我了。我自己不是个主动的人，尝试过一两次，大家好像都很忙的样子，久而久之，就失去联系了。后来想了想，大概因为清楚我的一切经历，觉得我这人太沉重了吧。哪怕什么都不说，什么都不做，我的存在本身就意味着不幸。他们也许只是不知道该如何面对我的那份不幸吧，毕竟总想着要去安慰我，考虑我的心情的话，会有很多顾忌，交往起来很累吧。"

荀羽说完，虚虚地合上眼，不像难过，倒像是真的累了。

卫修静静打量着她苍白的脸，年轻的友情大都脆弱，大家更擅长分享快乐，却难以理解和分担痛苦，虽有些残忍，但也情有可原。卫修走回椅子前坐下："人类总的来说大都是趋利避害的生物，不过，总还是有些特别笨的家伙，不懂，又或者说，不在乎这个。"

荀羽仍闭着眼，脸上总算有了一丝浅浅的笑容："你是在说贾世豪吗？"

"不，我是说你。"

荀羽猛一下睁开了眼。两人对视了片刻，卫修忽然微笑伸出了自己的手："我们重新认识一下吧，我是卫修，最近因为个人兴趣，正在研究情感创伤对心理和行为的影响，所以之前忍不住把你当作了观察对象，对此我很抱歉。"

"原来如此。"荀羽微微一愣，说道，"我就说第一次见面的时候你怎么表现得那么奇怪。"

"那我们这算正式讲和了？"卫修眉宇间满是雾色。

荀羽怔了怔，点头。忽然，一阵音乐声打破了房间的沉寂。卫修的手机响了，他拿出来，看了看名字："抱歉，我先出去接个电话。"

差不多五分钟后，卫修回来了。

"抱歉啊，荀医生，我有些工作上的事需要立刻回去处理。本来想陪着你等他们一起回来的。"

"没关系，我一个人可以的。"荀羽理解地看着他。

卫修思忖片刻："那这样吧，我发个消息，让他们尽快回来。"

"真的没关系……"

"荀医生，"卫修无奈地笑了，"你知道吗？有的时候，适当地给人添麻烦是件必要的事，那些从不给人添麻烦的人偶尔反倒会让人感觉更麻烦呢。"

荀羽怔住。良久，她垂下头："我明白了。"

卫修的笑容更明朗了些："这才对嘛，既然大家即将成为室友了，偶尔麻烦一下彼此是再平常不过的事情。对了，消息我已经发过去了，肖曳说十分钟内就能到。那我先走了，晚点儿家里见吧。"

一句"家里见"听得荀羽心中百感交集，她愣了愣，好不容易鼓起了勇气，学着他的口吻，迟疑地回应："嗯，那晚点儿……家里见。"

哪知还没到十分钟，荀羽便听见走廊传来了一阵急促的跑步声。她目不转睛地望着门口，很快，肖曳的脸出现在她的视野里。短暂的视线交汇后，肖曳不动声色地错开了眼神。

荀羽的目光在他衣服上的水渍上定格，瞳孔缓缓放大——外面下雨了？

"你们……这么快回来了？"

"嗯。"肖曳平静地回答，仿佛刚才在走廊奔跑的人不是自己。

荀羽语塞："那……贾世豪呢？"

"在门口等江雨熙。她听说了你的事，也过来了。"

荀羽呆住，她没想到江雨熙也会来。"我要跟她说谢谢……"她喃喃。

"嗯。"肖曳还是惜字如金。荀羽心里清楚，他这是还在生自己的气。

留观区其他的病人也感觉到了两人之间冰冷的气氛，时不时好奇地看过来，又假装若无其事地收回视线。如此几回，肖曳觉察到了不妥，走过去唰一下把隔断的帘子拉上了。

临时隔出的狭小空间此刻只剩下他们两个人，他终于转过身，却还是不肯看她。荀羽的心惴惴的，呼吸越发沉重："外面下雨了吗？"

虽是明知故问，但她也不知道还能说些别的什么了。

"嗯，暴雨。"肖曳不去看她。

"那……你是准备一直站在那里吗？"荀羽终于按捺不住嗓子里的震动。

"嗯，我身上湿了，坐下来不太方便。"

啊，他原来是在顾忌这个！荀羽恍然，下一秒，眼睛却陡然红了，他怎么还有心思顾忌这个？情绪在溃堤边缘，荀羽苍白的嘴唇翕动着："对不起。"

四周忽然一片安静，紧接着，肖曳听见一声啜泣。他呆住了。

那哭声微弱而破碎，像极力在克制着什么，又根本无力克制。那一瞬，他感觉就像有只手，一下一下，用力挤压着他的心脏。"你说什么？"他竭力控制着。

"对……不起。"她又哽咽了一声。

肖曳一下子冲过去抱住了她。他的衣服弥漫着雨水的味道，荀羽顿了顿，垂眸，小心翼翼地抬起手，轻轻碰了碰他的背，陌生的触感令她心中一紧，她吓得一动不动了。

缓了缓，她才断续地说："我不是……不想继续给你打电话，我只是害怕你在忙，不想给你添更多的麻烦……"她说着深深吸了口气，"对不起，真的对不起……让你担心了。"

肖曳抿着唇，半晌，低低的声音钻进她的耳朵："是我顾着给你选床，没能接到你的电话，对不起。头还疼吗？"他摸摸她的额头。

荀羽的眼眸垂得更低了："有一点儿。"

他的脸上终于有了欣慰的表情："那饿吗？"

"没什么胃口。"

"那不行，多少得吃一点儿。"

荀羽乖乖地点头。见她答应，肖曳微微弯起嘴角，轻声笑了。

听见他的笑声，荀羽渐渐安下了心。既然笑了，应该是不生她的气了吧。她默了默，鼓起勇气问："对了，你为什么不打伞？贾世豪的车里没有伞吗？"

"没空，"抱着她的人微微掀了掀眼皮，不以为意道，"去后备厢找伞的时间，已经够我从停车坪到这里跑个往返了。"

荀羽张了张嘴，发不出声了，只感觉耳根温热，不知是不是幻觉。刚好医生进来查看各床留观病人的情况，见他们抱在一起，轻咳了声，荀羽听见了，立刻不好意思地弹开，整张脸都缩回了被子里。

贾世豪领着江雨熙姗姗来迟，刚到门口，就看见肖曳一手撑着床沿，倾身往荀羽身上够，不偏不倚，刚好留给他一个潇洒的后脑勺。这个姿势、这个气氛……难道！贾世豪揉揉眼，再揉揉眼，嘴巴张得老大了。干吗啊这人，公共场合能不能有点儿素质啊！

还好有素质的荀羽先看到他，从旁边探出半个脑袋："你怎么杵在门口不进来啊？"

这不是场面不允许第三人加入吗！贾世豪撇撇嘴："不，你看错了，门口站的不是我！我没有来！打扰了，我去散个步！"

他转身要走，顺便还拦住了落在后面正准备进门的江雨熙。

江雨熙一脸莫名："干吗啊这是？我大老远过来探望小荀姐姐的！"

里头的荀羽听见她的声音，心里一热，脱口道："熙熙……谢谢你！"

她还是第一次这么叫她，不仅江雨熙，连贾世豪都听呆了。江雨熙听见荀羽叫自己，一个激动，矮身就要从贾世豪的胳膊底下往里钻，还好贾世豪眼疾手快，一把把她拽了出去，低声道："别，你先跟我出去走两步！"

"你是狗吗？下雨都惦记着要出去遛一圈？"

"汪！"情急之下，贾世豪还真对着她压低嗓子叫了声。

江雨熙的嘴角僵硬地扯了一下："行……我就当遛狗了吧！"

两人在门外磨叽的工夫，肖曳回过了身："富贵，既然你要出去遛遛，能不能顺便帮荀荀带点儿吃的？"

贾世豪脸顿时垮了一半，你还真当我想做狗呢！这不是怕打扰你们吗！他强颜欢笑："哦对！荀医生没吃东西！曳爷你也没吃吧？干脆我给你也带一份。"他说完想了想，又语重心长地说，"曳爷，有句话是哥们我才说的，我们是文明人，还是要多注意场合！"

荀羽压根不知道他在说什么，不可置信地看着门口："你们都要去吗？"

"嗯，我去遛个狗，待会儿给你带好吃的回来！"江雨熙探出个脑袋，甜丝丝地答。

贾世豪瞪了她一眼，磨着牙干笑："对，我们要耽误一会儿，所以你们放心继续吧……"

继续什么？她一呆，贾世豪也愣了，两秒后，他悟了，可能这就是传说中的害羞吧。不过他又不是杠精，说多了就没意思了。

贾世豪脚底抹油，不管三七二十一，拉起江雨熙火速开溜了。很快，两人都跑得没了影，荀羽却还沉浸在思索中。半响，她抬起头："你刚不是在给我扯被子吗？所以他……"

要他们继续什么？

瞎了的狗子贾世豪打包好粥，眼下正蹲在水果店里认真挑着水果，一会儿的工夫，江雨熙已经端了个果盒坐在老板的小凳子上吃开了，他眉心蓦地跳了跳："你猪精变的吗！"

江雨熙塞了块菠萝到嘴里，满腹委屈："我今晚什么都没吃啊……"

贾世豪这才反应过来，原来她为了早点儿过来，都没顾上吃晚饭。

小公主嘴噘得老高，腮帮子鼓鼓的，一副受了天大委屈的样子。他愣了愣，声调不禁软了下来："那我待会儿带你去吃消夜。"

"这还差不多！"江雨熙一下子又高兴了。

烦人精还真是好哄，贾世豪得意地哼了一声。

哪知江雨熙听见了，眉毛一挑："你在哼什么？你这条狗是不是在心里骂我呢！"

贾世豪实在懒得理她，但想到病房里那对男女，还是忍不住说："得了，有本事别只跟我横。我是好心才提点你一下，换个追求对象，曳爷不适合你。"

"凭什么啊？"江雨熙就不服了，他刚才果然在心里骂自己！

"你是蠢货吗？没看他们打得火热？"

"我不管，反正我没看出小荀姐姐对他有意思，而且只要没确定关系，就什么都不算！"

贾世豪被她的逻辑气得直翻白眼："那你的意思是，之前那些妖魔鬼怪也都算你的前男友了？"

"你还好意思提？"江雨熙气得呼哧呼哧的，猛一下站了起来，"话可说清楚了，我绝对不会再让你坏我好事了！"

"得了吧，"贾世豪睨了她一眼，"不是我坏你好事，是那些傻子不够坚持，他们爱的根本不是你的灵魂！"贾世豪说完喘了口气，顿了顿，加重语气，"因为你根本没有灵魂！"

此言一出，江羽熙直接把手里的水果盒一摔，扭头就走。她上辈子一定是做了什么丧心病狂的事，这辈子才要被这种狗气到七窍生烟！

高跟鞋啪嗒啪嗒踩在马路上，江雨熙脚下生风，除了不争气的肚子咕咕直叫外，一切看上去都很有气势，很有排面。可是……后面竟然没有脚步声跟来？搞错没有？这可是大晚上啊！贾世豪怎么就放心她一个人在深夜的马路上徘徊！

她越想越气，狠狠跺了一脚，只听"咔嚓"一声，脚上的高跟鞋就这么嵌进了排水口的井盖上，断了。作为一朵高岭之花，小公主这辈子哪儿受过这样的委屈，愣了两秒，嘴一咧，"啊呜"一声，蹲在地上抱着膝盖哭了。

夜深了，雨虽然暂时停了，风却依然裹挟着潮湿的气息，她刚才走得急，也没注意走的哪条路，此刻才发现没有路灯，漆黑的树影投下来，四周更显得空旷，来去只有她的哭声在回荡。这感觉就好像下一秒就有人冲出来把她掳走了似的。

突然，一片比树影更深的阴影笼住了她。江雨熙心里一慌，"哇"一声惨叫了出来。

"哈哈哈哈哈！"那黑影竟然笑了。江雨熙不可置信地抬起头，贾世豪一手拎着食物，一手伸向她，"看你这么惨，要不要我背你？"

换平时，江雨熙一定会用力地、毫不留情地打掉他的手，并坚称要自己回家，毕竟她是一个非常有骨气的人。但今晚不太一样，今晚她的鞋跟断了，肚子还很饿，最重要的是，这里真的很黑，她害怕。怎么才能表现得输人不输阵呢？江雨熙深刻地思考了一会儿。终于，她"啪"一下握住了贾世豪的手："废话，难道还要我自己走啊！"

江雨熙挺轻，背着一点儿都不费力，意识到这点，贾世豪挺吃惊的，毕竟在他的记忆中，最后一次背江雨熙还是在小学。她那时喜欢吃巧克力，一张脸圆圆的，跟奶糖球似的，总喜欢跟在他屁股后面跑，又偏偏跑不快，扭了脚还会哭，他就得被迫背她回家。

"你可真重啊，烦都烦死了！"他当时还在上初中，又不是体格强壮的类型，很快就渗了一背的汗，当然没好话。江雨熙就开始笑，好像根本不知道生气是什么意思，也不知道后来怎么就变成了现在这个脾气。

终于走到有路灯的地方，贾世豪才发现自己想远了，赶紧把思绪拉回来："曳爷的事，你要不要再考虑一下？要是真喜欢，我也不拦着你，因为曳爷人好，和那些来路不明的牛鬼蛇神不一样。虽然我觉你一定没戏……反正到时不要跑我跟前哭鼻子就行！"

江雨熙伏在他的背上"嗤"了一声，不客气地拧了一下他的肩膀："贾世豪，你果然是狗，就知道咬我！"

贾世豪缓了好一会儿，抬头看路灯："不过，为什么是曳爷啊？"他实在找不到任何江雨熙喜欢上他的蛛丝马迹，难道是一见钟情吗？如果真是的话……

"你才不用知道！"江雨熙不屑道，似乎是好奇他在看什么，也循着他的视线看过去，发现不过是一盏路灯。盈盈的黄色像一捧萤火，在黑夜中淬成光。贾世豪静静看着那束光，什么都没说了。

第十章 温暖的陷阱

贾世豪带着食物回到病房时，荀羽刚好又睡着了。肖曳起身走过去，接过他手中的食物，比了个噤声的动作："让她睡一会儿吧，你们先吃。"

"你不吃吗？"贾世豪问，"你也半天没吃东西了，知道你担心她，但多少还是吃一点儿啊，我可是辛辛苦苦拎回来的……"贾世豪说着，目光滑过他湿漉漉的衣服，"而且我真不懂了，这个刺头到底多大的魅力啊？能让你三分钟都等不了，非得淋雨跑回来。"

江雨熙听贾世豪这么一说，开心吃水果的动作突然停住了，目光倏地转向了肖曳。大概她的反射弧比较长吧，贾世豪刚才说那些话的时候，她是真的一点儿都不在乎。还有什么比跟贾世豪吵架并且吵赢更重要的事吗？当然没有！

可现在，当她看着肖曳，再听贾世豪在耳旁念叨，她心里忽然觉得有点儿不是滋味，倒不是嫉妒，就是特别不服气。贾世豪的乌鸦嘴难道开过光吗？好事不灵，坏事全中！

她信了他的邪了！见两人都在看自己，尤其江雨熙的表情还很幽怨，肖曳虽感觉莫名，但斟酌后还是让步了："那我吃点儿水果吧。"

"这还差不多！"贾世豪的脸色好歹好看了些。三人默默吃着东西，贾世豪忍不住偏头看了床上的荀羽一眼，哪怕吃饱了，有力气思考了，他还是理解不了这样的感情，世界上能让自己跑得这么快的女人，大概还没出生吧？江雨熙不算，他那是倒霉催的！

"不过，接下来到底怎么办？那人渣现在是个什么情况，警察那边一直也没个信儿……"贾世豪撇嘴。

下午他们才把床安置好就接到了警方的电话，急匆匆赶过来了。

负责这案子的警察说明了情况，大家联想到之前发生的事，很快理清了来龙去脉。可问题在于，蒋国光竟然真的跑掉了。截至下午，警方都没找到他的人，所以十分希望荀羽在好转之后尽快去一趟警局，配合做笔录，希望能从中找到更多线索，尽快破案。

"既然没消息，那就是还没抓到。这件事，至少今天就不要在她面前提了。等她身体好些了，我先陪她去把笔录做了，剩下的以后再说。"

贾世豪默默点头，又看了一眼床上的荀羽，她眼下这个憔悴的样子，哪儿还有平时凶神恶煞的刺人风范？他虽然谈不上喜欢她，但看她受伤，还是觉得很心疼。

江雨熙差不多也是同样的心情，尤其荀羽今天还叫了她一声"熙熙"，她之前一直觉得荀羽很酷很冷淡，她这么叫自己的名字，她真的很意外，也很感动。虽然和荀羽算得上名义上的"情敌"，但她天生就不知道敌人的概念，轻轻放下果盒，她走过去拉了拉荀羽的手："小荀姐姐，你要快点儿康复啊……"

荀羽醒过来的时候，时间已过去了差不多一个钟头。看见窝在椅子上打着瞌睡的贾世豪和江雨熙，她怔住了。只有肖曳保持着清醒，见她睁眼，立刻走过来："你醒了？"

荀羽挣扎着要坐起来，却被肖曳一把摁住："你动作轻一点儿，否则头疼还要加重。"

荀羽定住，良久，她讷声问："你为什么……不早点儿把我叫醒？"

"你好不容易睡着了，我为什么要把你叫醒。"

"我……"她想说又给大家添麻烦了，但想起了卫修之前说的话，荀羽有一瞬间的迷惘，她不确定这是否是"适当"的麻烦。

见她走神，肖曳伸手在她眼前晃了晃："又在想什么？"

荀羽立刻调整心情："没什么，只是觉得不太好意思。"她说话的声音很轻，一双清凌凌的眼睛仿佛蒙了雾。

肖曳端详了她片刻，唇角缓缓上扬："不错嘛，有进步，起码不再说'麻烦'了。"他说罢，轻轻按了按她的头，"不过，我倒挺期待你变成我的麻烦。"

感觉心跳漏了一拍，荀羽咬着嘴唇，不吱声了。

等医生做过检查，被允许出院后，一行人终于得以离开医院。

雨彻底停了，深夜雨后的空气沁着一股淡淡的甜，走到急诊部门口，肖曳给贾世豪使了个眼色，贾世豪立刻拽着江雨熙先去停车场了。突然落了单，荀羽顿时紧张了起来。

夜那样静，只有风的喧嚣声，肖曳刚才的话犹在耳畔，荀羽可以感觉到自己还没有完全平息的心跳。她以为他还会深入刚才的话题，可他却突然正经了起来。

"我今天大概收拾了一些你的日常用品,要有什么漏掉的,我再去拿,你不许再去了。"

荀羽微微一愣,顿感松了口气。再回味,又隐约感觉不对:"等一下,你开了我的衣柜?"

"对啊,不开衣柜怎么拿衣服。"

"可是……我……"她的内衣啊,岂不是都被看光了!荀羽的脸颊微微发烫,头疼在这一刻完全被羞恼的情绪淹没了,她抬头,不可置信地瞪着肖曳,他却满脸无辜地笑着。

这人根本是故意装蒜!

肖曳轻松地耸肩,两手一摊:"我还记得,上回在富贵的游艇上救人,你可是二话不说就当着一群人的面开始脱衣服了,那时你可没计较这么多,还不冷不热地教育了我一顿。说什么来着?哦,'看不出,你还挺封建'。从那以后,我就小心谨记你的话,再也没有过任何封建的想法。可是小荀医生,看不出来,原来你做人也这么双标的啊?"

荀羽想反驳,可搜肠刮肚也没找到合适的说辞,倒是贾世豪的车一溜烟地开到了他们的面前:"走了,回家!"

为了让荀羽舒适些,一路上,贾世豪特意将车开得很慢。觉察到他的这份细致,荀羽心中渐渐升起一阵暖意。想要说"谢谢",一旁的江雨熙却突然抓住了她的手:"小荀姐姐,以后你就要住在讨厌鬼的家里了,要是他敢欺负你,你记得跟我说,我一定帮你报仇!"

她的"豪言壮语"听得荀羽一时哑巴了,不给她说话的机会,贾世豪已经挑了眉:"你以为谁都跟你一样无聊吗?"

江雨熙斜他一眼:"你说谁无聊?"贾世豪撇撇嘴,懒得理她了。江雨熙感觉占了上风,心花怒放,叽叽喳喳了一路。直到车开进小区,荀羽都没能找到开口道谢的机会。

贾世豪在单元门口停下车,肖曳先下车打开后座的门,将荀羽扶了下来。

见贾世豪没有下车的意思,荀羽犹豫地问:"你……不回去的吗?"

贾世豪当即拉下一张脸:"当然要回啊,但我得送后面这个麻烦精回家!"

江雨熙听见,笑眯眯探出半个头:"小荀姐姐早日康复喔!我们回见啦!"

荀羽愣了愣,默默点头:"那好,我们回见。"

夜已经很深了,整栋楼只有少部分灯还亮着。荀羽之前来过这里一次,对楼层还有印象,循着记忆仰头,便看见了黑暗中那盏明亮的灯火,就好像在等她一样。

她心神一晃。已经好几年没有回到过亮着灯的房间,漫长的时间里,她再没有了可以等待的人,也再没人会等她。酸涩的情绪充满心间,荀羽的手轻轻颤抖着。

似发现她的情绪变化,肖曳从旁不动声色地捉住了她的手腕:"好了,走吧,卫修应该在等我们了。"

推开门，卫修果然等候在门口："医生怎么说？"

"没什么问题，卧床静养几天应该就会慢慢好转。"肖曳答。

卫修面上明显松了口气："那太好了，我也刚结束工作，觉得你们差不多该回来了。想来今天大家都很累了，就早点儿洗漱休息吧。"他说完，又偏头看着荀羽，轻轻弯起唇角："对了，荀医生，回来的路上，我给你买了一份小小的礼物，已经放在你的新房间了。今天太晚了，没办法为你准备欢迎宴，只有等改日补上了。希望这个房子能变成对你来说比避难所更重要一点儿、更特别一点儿的存在。"

没想到卫修会这么说，荀羽呆住了。那盏黑暗中亮着的灯在她脑海中静静摇曳着，良久，她终于鼓起勇气，将车上一直没机会说的那句话说出了口："谢谢，真的谢谢你们。"

因为经历过许多不幸，她才更清楚地知道，自己有多么的幸运。她不爱哭，但不代表她不会哭，荀羽一手捂着脸，很努力才没有让哽咽声溢出喉咙。

见她这个样子，旁边的两个男人对视一眼，双双善解人意地移开了视线。

换好鞋子，肖曳第一时间带她去看自己的新房间。推开门，桌上那束插在瓶中的马蹄莲赫然映入眼帘，纯白的花瓣上还有露水在滚动。这应该就是卫修所说的欢迎礼物了。

"下午我们只来得及摆好床，就出发去医院了，床单什么的都是卫修整理铺好的。你的东西都在行李箱，没来得及摆出来。床品是我选的，如果你不喜欢的话只能回头再换了。"

荀羽的目光循声落在床上那套米色床品上，立刻摇头："没有，我很喜欢！"

肖曳见她又露出了刚才在门口那种手足无措的神情，不禁无奈地笑了，他的姑娘啊，看起来那么坚硬，内心其实柔软得不行，一点儿小事就能把她感动得一塌糊涂。

"早点儿睡吧。半夜要是觉得不舒服，就打我电话，敲门也行。"他敛神，嘱咐她，见她答应，替她打开了床边的台灯，暖黄的光线顷刻洒了一地，"那明早见了。做个好梦。"

做个好梦，他的姑娘。愿新的梦里，没有恐惧，也没有孤独。

新生活以这样猝不及防的方式展开，荀羽躺在全然陌生的空间，没悬念地失眠了。头还在痛，思维却格外清晰。一开始觉得搬进这里对他们是天大的打扰和麻烦，那现在，除了浓浓的感激，她已经产生了一些隐约的期待。

心中那道尘封太久的窄门被一双双充满热情与善意的手相继轻叩，经年累月的灰尘剥落了一地，她隐约看见一缕光，遥遥地就要照进来。她的心情随着那缕光起起伏伏，渐渐地，疲惫终于打败了不安，荀羽迷迷糊糊地睡着了。

再睁开眼，窗外是一隅放晴的蓝。海水色的天空像轻轻铺开的薄纱，风乍起，搅动上头的白色云纹。桌上的那束花在晨光中恣意舒展,荀羽嗅到了花的香气。凝视了花朵好久,她的唇角不由扬起一抹笑容,良久,才记起要去洗漱。

从行李箱中找出洗漱用品,荀羽推开门,准备去浴室。时间是上午八点,走廊没有亮灯,偌大的屋子似乎还沉浸在香甜的睡眠中。这份静谧令荀羽松了口气,手搭上门把,正准备开门,就听见里头传来"啪嗒"一声,锁竟然从里面开了!

充斥着沐浴露香味的水汽一瞬间扑面而来,荀羽不由自主地眨了眨眼睛。

再定神,面前赫然站着一个半身赤裸的男人。怪她,光顾着感动,竟然忘了和三个男人一起生活究竟意味着什么!想来眼前的画面正是这种生活的一部分吧……

肖曳正拿毛巾随意地擦着头发,一双眼看着她,头发上飞溅的水滴一部分顺着他的脖颈滑至锁骨,另一部分则溅到了荀羽的手臂上。

那冰冷的触感令荀羽浑身一个哆嗦,脑子轰一下炸了。

感觉自己的脸开始发烫,荀羽连忙回避他的视线,哪知肖曳不依不饶,她的眼神躲到哪儿,他的目光就追到哪儿,就像无声的追击游戏。她越发困窘,牙关不觉紧咬。

等把头发擦得差不多,肖曳才停止了这场追逐战,顺手把毛巾搭在肩上,伸手拨弄了几下快干的头发,声音哑哑的:"小荀医生不是特别专业吗?怎么看一眼就红成这样了?"

荀羽觉得自己现在想掐死他的心都有了,这人到底什么毛病?她扬起脸,正要发作,却见肖曳忽然抬起脚,轻巧地从她身旁挪开了。不仅挪开了,他还特别绅士、特别友好地做了个请的动作:"小荀医生可以用浴室了。"

这是什么以退为进的新套路?愣怔片刻,她不甘心地咬牙"嗯"了一声,然而当她走进浴室,门外的人却丝毫没有想离开的意思,反而将一双手环抱在胸前,闲闲地打量起她。

刷牙就这么好看吗?荀羽偏头睨他。肖曳却只是浅浅地笑。荀羽被他笑得没来由地心慌了一下,拿牙刷的手停住,眼光不受控制地擦过他白花花的胸膛,还让不让人刷牙了?

刚才按捺下去的羞愤卷土重来,她放下牙刷,快步折回门边要赶人,眼角的余光却刚好瞥到了门边的置物架。那上面的某样东西一瞬间击中了她——向这个男人证明自己不封建的时刻到了!她迅速捞起那团东西,荀羽面无表情地朝肖曳递过去:"你的内裤!"

空气有几秒的凝滞,肖曳愣了一会儿,才接过去,眼中竟然多出了一丝惆怅。

荀羽不太懂他这个峰回路转的眼神,也不是很想懂:"我要关门了!"

"等等!我话还没说完呢。"他的一双眼直勾勾地盯着她,荀羽被看得心里发虚。或许是装束,或许是场合,肖曳的笑容似乎比平时散发出更多暧昧的气息,"我考虑了一下,觉得你还是封建一点儿比较好。封建的时候比较可爱。"

足足被肖曳关在家里休养了三天，肖曳才终于松口，答应陪荀羽去警察局做笔录。

接待他们的是之前来医院的民警，和肖曳有过一面之缘，民警见到二人，亲切地表示了感谢。

做笔录的过程中，荀羽搜肠刮肚，把自己能回忆起来的所有细节都事无巨细地告诉了对方。然而遗憾的是，她能提供的信息仅止于受伤送医前。她难免觉得不甘心："除了我，那天的那对夫妻呢？是他们替我报的警，他们有提供有价值的线索吗？"

警察遗憾地摇头："没什么特别的，他们说当时的注意力都在你身上，没太留心蒋国光这个人。不过现在我们可以确定的是，蒋国光在亏空公款的时候，就已经为事迹败露做过相关的准备，我们怀疑他已经使用提前准备的其他身份证离开桥城了。关于你，相信他暂时不会有机会展开什么新动作。我们警方保证，这个案子有任何新进展，都会立刻联系你们跟进，必要时会为你提供二十四小时的人身保护。在此之前，还是希望你能尽量和亲人朋友一起行动，避免落单。"

按照警方的说法，考虑到可能造成的社会影响，事情的后续他们会尽量低调处理。

前一天，程骁其实也打来过电话，一方面是慰问荀羽的伤势，另一方面则表示最近报社为了这件恶性事件专门开了会，确认不会再进行过度报道。

从警察局出来，两人的情绪都有些低落。肖曳第一时间说："以后你上下班，都必须由我接送。我也会在你手机上安装定位软件，你去任何地方，都要记得告诉我。"

有了前车之鉴，对"麻烦"也有了新的认知，荀羽斟酌了没多久就同意了："好，那就这样吧。"这大概是眼下最好的解决方案吧。想必短时间内她都没办法搬出709，虽然和三个男人同住偶有不便，尤其肖曳，时不时就得看一回他出浴的画面……但不得不承认，现在那个被叫作"家"的地方是最令她感觉安心的存在。

荀羽微微仰头，偷看了一眼身旁的男人，唇边不禁闪过一抹悲伤的笑容。说了不可以，却还是不由自主地陷进去了呢，此刻有多美好，往后也许就会有多残酷。

这些日子里，她越发频繁地想到肖曳的死期——每当想起，她的心就会像针扎一般的刺痛。不能再放任自己了，做朋友、做室友就很好了，足够了。不能是别的，也不会是别的。她必须跟他保持最后的距离。只要自己能做到的话，哪怕那一天真的来了，哪怕自己再一次失败了，她也不会像失去爷爷时那样，觉得自己失去了整个世界……

荀羽脸上的笑容渐渐消散，默默攥紧了自己的手心。既然决定住下来，那么有些原则问题，荀羽觉得还是必须明确一下。找了个贾世豪落单的时间，荀羽单刀直入："关于房租的事，我们可以聊一聊吗？我没有租过这样的房子，所以没有经验，如果你不介意的话，我想参照市面上差不多水平房子的租金付给你，押一付三，你看可以吗？"

贾世豪正忙着打游戏，听完荀羽的话，不由自主"啊"了声，摸了老半天耳朵，才说："呃，我其实不怎么缺钱。"

荀羽态度坚决："我很感激你们肯让我住在这里，但房租你一定得收。"

贾世豪不禁犯了愁："要不，我回头先跟曳爷单独聊聊再说？"

"不行，这是你的房子，应该由你来决定。"

刺头认真起来真是气势夺人，贾世豪怕自己不同意，她能跟自己没完，这样他的游戏就别想继续打了。权衡了一阵，他松口："那好，就按你说的来吧。不过在你说的价格基础上打八折，你最近不是一直在帮我们打扫卫生吗？就当劳务抵扣了。放心，他们也是这么跟我算房租的。我这人喜欢一视同仁，既然大家都是这个家的一分子，所以就算是你，也没得商量！"贾世豪说完心里有点儿发虚，偷瞄了荀羽一眼，发现她正看着自己，吓得赶紧移开了视线。

片刻后，荀羽开口了："那好，以后打扫的事就都交给我吧。"

"我不是这个意思……"贾世豪盯着她，有些傻眼。荀羽仍望着他，脸上竟漾起了一抹柔和的笑容，贾世豪简直看呆了，这还是他认识的那大冰块吗？现在还没到夏天吧？

"不是说一视同仁吗？那就劳务抵扣吧，一言为定。对了，之前有句话我一直没机会跟你说……"荀羽顿了顿，郑重地看着他，"谢谢你，富贵。"

"啪"一声，贾世豪手中的游戏手柄掉地上了。冰块不仅笑了，还跟自己说了"谢谢"！他是不是产生幻觉了，是不是需要看医生了？怕暴露内心活动，他赶紧躬下身去捡游戏手柄，想了想，干脆闭上眼心一横："呃，你别跟我客气。那，我们就说定了吧！"算了，只希望曳爷知道自己莫名其妙把荀羽当家政征用了的时候，不会当场杀了他就好。

房租的事情有了结论，荀羽总算放下了悬在心里的一桩大事。这次受伤，王医生主动给她放了一周的长假，虽然觉得又给王医生添了工作量，但她已没有过去那么不安了。虽还不足够笃定，但她愿意相信，王医生没有把自己当作麻烦来看待，也不会埋怨她。

假期最后一天，荀羽打扫完房间后，决定趁众人外出的时候把709空荡荡的阳台收拾收拾，添几盆绿植。忙碌到下午，门铃忽然响了。她以为是订购的绿植到了，急忙跑去开门。打开门，她被眼前的画面惊呆了，荀羽微张着嘴："你不是去工作了吗？"

你先让一让。"肖曳没正面回答，转过身开始往屋里搬身后的那一摞纸箱。

荀羽微微发怔，小声嘟囔："你为什么不提前跟我说一声啊？"这样她也好去搭把手。

"你的东西本来就没多少，而且……"肖曳顿了顿，指了指自己的脑袋，"你不怕折腾多了，头又开始疼吗？"荀羽不吱声了。对于她的这份沉默，肖曳十分满意，牵了牵嘴角，"对了，因为你没能及时补上合同，之前你租的那套房子已经被租给别人了。"

这个结果虽合理，但话从他嘴里说出来，怎么就感觉有点儿欠？她觉得，从她那天在医院主动跟他道歉后，这个人似乎越发得寸进尺了。不能再给他机会顺杆往上爬，荀羽清了清嗓子："那我回房间整理东西了。"

下午三点，阳光透过玻璃照进房间，荀羽蹲在地上，一点一点把自己的东西从纸箱里拿出来。她东西不多，留下的物件都格外珍贵。肖曳瞥见地上摊着本赭石色硬纸壳封面的册子，走过去拾了起来，顺势坐在了地板上："这个是？"

荀羽回头，停顿了一会儿，才说："相册。我小时候的。"

"有你的爷爷？"见荀羽点头，肖曳又道，"我可以看看吗？"事发那天，因为遗体被挤压得变形，他甚至没办法看清荀羽爷爷的容貌。

"你看吧。"荀羽转头看了眼窗外。也许有些悲伤永远无法消逝，但人类却是坚强到可以完全接纳身体中的这份悲伤，走过漫长岁月的存在。

肖曳慎重地点头，手指翻动纸页。他动作很轻："你小时候也扎这么可爱的麻花辫啊？"

荀羽淡淡睨他一眼："难道要跟你们男人一样剃个光头？"

肖曳被说得愣了两秒，旋即爽朗地笑起来。荀羽困惑地看着他："被骂还能这么开心？"

"是被你骂开心。"

这是什么变态的爱好？荀羽不动声色地往远处挪开了一寸。

肖曳弯着嘴角，继续看怀中的相册。里头大都是二十世纪九十年代的生活照，有的边角已微微泛黄，画面上来来回回只出现过荀羽、爷爷、奶奶三个人：小荀羽跟着爷爷奶奶逛公园，小荀羽六一文艺会演，小荀羽八岁生日留影……肖曳翻完全部，都没有找着荀羽父母的身影。他沉默着不知该不该打开话匣。

还是荀羽先说："我爸爸是个船员，在我出生前就去世了，海难。"

"那……你妈妈呢？"

"生我之后没两年就消失了，那之后爷爷奶奶就把她所有照片都撕掉了，所以我也不记得她长什么样子了。"说话间，荀羽轻轻垂下眼睫毛，"小学的时候，我每天都趴在窗口，悄悄盼着她能回来。那时我觉得，自己一定能够第一眼认出她。可她一次都没有回来过。所以等我长大一点儿之后，我就告诉自己，再也不要去想她了。"

荀羽说罢扫了一眼相册上自己和爷爷奶奶的合照，自嘲地笑了："这么说来，搞不好我还真是传说中的天煞孤星。你看，爸爸在我出生前就遭遇了意外，然后妈妈离开了我，奶奶则在我念大学的时候病逝了，就连唯一的爷爷，爷爷他……"

荀羽的目光缓缓从照片上移开，没再说下去。钝痛自胸腔深处蔓延，意识到自己有要哭的预感，荀羽急忙扯过肖曳怀中的相册："好了，我要收起来了！"

起身走到衣柜前，她踮脚，打算把相册放在平时不会看到的最高层。

"荀荀。"就在这时，肖曳放缓的呼吸喷在了她的后颈上。荀羽的脊柱一僵。明明隔着几厘米的距离，他身体的温热却将她紧紧环绕着，就好像一个来自背后的拥抱。

"啊……"她嗓子里发出无意义的破碎音节。

"你不是……"他压着声音说，"你绝对不是。"

荀羽拿相册的手一抖，册子"啪"一声落在了地上。恰好翻出的那页，年幼的她正天真无邪地笑着。她低头、张嘴，细微的哽咽自喉咙深处缓缓溢出来。在那一瞬间，荀羽模糊地感觉自己的内心深处涌动着一股冲动——转身抱住这个人，狠狠大哭一场的冲动。

但她更清楚的是，她不可以。努力止住哽咽，她轻巧地从他臂下闪开，拉出一点儿距离。

"不好意思，我失态了。"她擦干眼泪，对他绽出一个笑容，"我们还是继续收拾吧，再晚的话，得吃晚饭了。"

有片刻的沉默。肖曳缓缓收回手，眸光微闪。又过了一会儿，他轻轻应声："嗯。"

傍晚，预计下午就该送达的绿植姗姗来迟。荀羽本在为自己的擅作主张忐忑，哪知贾世豪见了植物特别兴奋，送货员一走，立刻走到阳台起劲地摆弄了起来："啧，居然都是真的！我到现在还没认真养过绿植呢，我得好好研究一下怎么养……"

听见他欢快的大嗓门，肖曳也从荀羽身后探过头，懒声说："你倒是给他找了个除了游戏外的新乐子。"

荀羽被他突然凑近的脸吓到，下意识地往旁边一缩。不知为何，她又想起了下午的场景。荀羽的目光开始闪烁："你们喜欢就好了。"

"为什么会不喜欢？"肖曳缓缓扫过她的脸，确认她哭过的眼睛无碍，才稍稍往后退开。

恢复安全距离，荀羽顿感松了口气，垂下头："我是怕你们觉得很麻烦……"

其实下午送货员还没到，她就开始后悔了。她很久没有装饰过房间了，过去租的房子也根本没有打理过，对她来说，那只不过是个暂时栖身的地方。所以当她真的动了装饰房间的念头时，她难免有些慌了，不确定自己的想法合不合适。她只是模糊地觉得，屋子里要是能多一抹绿色，应该会更赏心悦目，也更有"家"的感觉。

"偶尔浇个水，谈不上麻烦。"肖曳缓声说。

荀羽点头，终于安心，想了想，又说："其实里面有一盆是小番茄，喏，就那株，已经开始打花骨朵了，以后说不定能吃上小番茄呢！"

肖曳没说话，安静地看着她。他喜欢她这个表情，舒展而飞扬的眉眼像被风托起的羽毛，仿佛要飞向深邃的夜空。如果可以，他真希望她能常笑，就像现在一样。

门外忽然响起一阵门铃声，肖曳的思绪被拉回来，看了眼时间："应该是卫修回来了。"

他走向玄关打开门，门外竟然站着三个人，除了卫修，张哥和张宁也来了。

荀羽惊讶得合不拢嘴："你们怎么来了？"

"卫修说今天是你搬新家的欢迎宴，邀我过来凑个热闹。"

"欢迎宴？"荀羽呆呆地望向卫修，原来他那天的话不是随便说说的吗？

卫修但笑不语，扬了扬手中的购物袋。一旁张哥见荀羽一脸错愕，忍不住笑了："怎么，原来主角完全不知道的吗？不过正好，算是个惊喜了。"他说完，目光转回了身旁的女儿身上，有些不好意思地解释，"对了，这丫头非要跟来，你们千万别介意啊！"

"没，不、不介意。"荀羽一时感动得语无伦次。

"我爸胡说呢，明明我也是被邀请的！"张宁不乐意地插嘴道。说完一双眼巴巴地瞅着卫修，似乎想得到他的肯定。

卫修温和地笑了："是啊，宁宁也是我邀请来的，既然是欢迎宴，当然人越多越热闹了。"

"你看，我就说吧！"张宁脸偷偷一红，"哼"了一声。张哥无奈地瞪了她一眼。

"我看大家还是进来聊吧，站着多累啊。"肖曳笑道，总算把人都迎了进来。

张哥和张宁到了没多久，江雨熙也风风火火地来了："嘿，这种聚餐的好事怎么能少了我啊！"一进门，江雨熙就开始往茶几上堆自己买来的各种零食和饮料。

"我只是让你来吃饭，不是让你来送礼的啊。"荀羽为难地看着她。

"来而不往非礼也！"江雨熙得意答道。

贾世豪听完笑得"花枝乱颤"："你可真有文化！不愧是在读大学生！"

江雨熙喉咙一哽，立即护小鸡似的捂住了桌上的吃的："讨厌鬼，你去死吧！一口都别想吃我的东西！"

"切，我才不稀罕！"贾世豪不屑地翻了个白眼，起身往阳台的方向去了。

"你家新养植物了啊？"江雨熙立刻注意到了阳台上的变化，屁颠屁颠地跟了过去。贾世豪见她跟过来，马上有样学样，伸手挡住身后的绿植："呸！我跟你说，你别想碰它们！"

两小只在阳台上吵得沸反盈天，厨房里的卫修和肖曳只回头扫了一眼，又见怪不怪地继续准备今天的晚餐了。张宁很想跟进去帮忙，张哥见了，立马喝住了她："你又不会做饭，跑去厨房给人家添乱？都要高考的人了，就不能老实点儿！"

张宁撇撇嘴，人乖乖坐下了，目光却不由自主地飘到了厨房料理台前的卫修的身上。

唔，他的肩线可真好看。她喜欢的人可不就是天下第一好看嘛！少女想到这儿，突然开心了起来，偷偷捂着嘴笑了。张宁知道，一见钟情这种话如果讲出来，肯定会显得自己很肤浅很没品，可她才十八岁啊，难道喜欢一个人，还必须先搞清楚他的祖宗十八代？

见色起意，才是人类最真诚的反应。而且吧，卫修这个人其实挺有意思的。张宁还记得，遇见卫修的那个早上，她其实刚和张哥吵了一架，起因是张宁的妈妈蒋芷薇。

自从蒋芷薇和张哥离婚后，她就独自一个人搬出了他们在学校的家属楼，但即便如此，蒋芷薇一直都是个称职的母亲，每月都会专程来探望张宁，陪她出去玩，买她喜欢的东西，或者带她去看感兴趣的展览。

可最近她很久没来看过张宁了。每次张宁主动找她，她也是以自己忙，而张宁马上要高考了应该专心学习推托。张宁越想越不对劲儿，觉得一定是张哥对蒋芷薇说了不准她打扰自己的话，蒋芷薇才不肯来了。她几次三番追问张哥，张哥都不承认。

那天早上张宁又打电话给蒋芷薇，蒋芷薇却没接，张宁终于委屈得沉不住气了，跟张哥发了通脾气。两人从家一路怄着气下楼，张宁刚上张哥的车，就听见不远处有人在叫张哥。

是两个从没见过的年轻男人，个头都挺高，超过一米八了。张宁只纳闷了一会儿，就反应过来，应该是蓝海救援队的人。那两人走近，其中一个手中果然拿着文件袋。

"张哥好，我就是电话联系你的肖曳，这位是卫修，我们还有个朋友，就是我跟你提过的贾世豪，他不习惯早起，所以今天申请表我就替他交了。"开口的那个丹凤眼，黑短发，挺利索也挺酷的样子。另一个则是卷发，居然还染了色，身上完全没有张宁见过的那些救援队员的稳重感，眼下人正站在车边，脸上挂着和煦的笑："张哥好，我是卫修。"

肖曳的声音低沉些，卫修的声音则清亮些，张宁只偷偷瞥了他们一眼，没好意思多看，低下头继续玩手机了。张哥看自家女儿不懂事，不知道主动跟人打招呼，不无尴尬地赔笑："辛苦你们了，专程跑一趟。面试时间我会在看过报名表后再通知你们的。"

张宁见他对别人态度这么好，联想到他提起妈妈时的态度，脸色立刻就不好看了。肖曳似乎特别有眼色，见她不高兴了，立刻说："不辛苦。那没别的事的话，我们就先回去了。"

哪知张哥居然叫住了他们："等一下，我家正好有几份培训资料，你们要不先拿去看看？如果有心加入，面试也过了的话，也好提前有个准备。"

"我要迟到了。"张宁有点儿沉不住气了。

但张哥这人吧，实在是太实诚："怎么会迟到？今早为了这事儿，我特地早起了半小时呢。"他说完，不等张宁回话，已经开门下了车。肖曳和张哥一起上楼，卫修则留了下来。

清晨的阳光分外温柔,这个时间附近已有不少人活动。张宁住的这栋楼旁边刚好就是张哥任教学校的操场,眼下篮球队早训的学生正忙着跑圈,口号声一声比一声响亮。

这一切张宁看了十八年,太熟悉了,完全没心思在意,仍然低着头玩手机。她漆黑的长发松松地扎了个马尾,晨风拂过,几缕碎发垂了下来。

她感觉到脸上痒痒的,伸手把头发拨开,后知后觉意识到旁边过于安静,忍不住有些好奇地朝车窗外看了一眼,没想到刚好撞上卫修的视线。

"你干吗看我?"偷看被抓包,她急忙错开眼神,想要先发制人。

可卫修的神态太自在了,自在得让她心里有点儿不爽:"你和张哥吵架了?"

张宁本想反驳说"你管得真宽",但转念一想,这样显得自己多没礼貌啊,还很丢她爸的脸。想到这里,张宁瞬间被自己气笑了,他们都吵得那么厉害了,她居然还惦记着会丢他的脸。少女冷不丁的笑声从车里传出来,显得有点儿突兀。张宁也觉察到了,窘迫地瞪着眼前人。卫修还在看她,似乎有话想说。张宁猜测这人估计误解了自己笑声的含义,要端出大人的架势跟自己讲理了,结果卫修沉吟地一会儿,居然轻轻叹了声:"吵架挺好的。"

张宁错愕地看着他,他仍是懒洋洋地笑:"吵架也是一种有效沟通。"

张宁完全被他的思路打蒙了,这人怎么这么奇怪啊?

忽然间,操场那边传来一阵惨叫,张宁吓得连忙回头,发现是一群低年级的混蛋不知发了什么癫,正一起架着另一个男孩往天上抛,尖叫声就是被抛的那个发出来的。

她最讨厌这种欺负人的行径了,愤愤"哼"了一声,转开了头。这一转,她的眼神又跟卫修对上了,原来他也在看那群讨人厌的家伙。熹微的晨光里,男人的皮肤白得仿佛山尖尖上即将融化的残雪,又如青春电影里出现过的男主角,尤其是那双漂亮的眼睛,在阳光里泛着棕色的光泽,几乎将人淹没。可当她定睛再看,他之前那种慵懒温柔的气息却已经全部消失了,看那群混蛋的眼神变得毫无温度,和刚化的雪一样冷清。

张宁承认,她被他无缝转换的表情震撼了。震撼了,也心动了。这个人也太对她的审美了吧。她活了十八年,周围就没见过这个类型的,既温柔,又冷清。

心脏咚咚直跳,张宁手一滑,手机直接掉在了地上。

张宁的思绪还在天际漫游,忽然听到荀羽在叫自己的名字,连忙转过头,朝荀羽不好意思地笑了笑,应道:"小荀姐姐。"

"好久不见了,"荀羽说,"我刚听张哥说,你马上要高考了?"

张宁被她问得愣住,她觉得荀羽跟上次见面的时候感觉不太一样了。荀羽上次也跟自己打招呼了,但完全没有"我想跟你多聊几句"的意思,就是单纯的社交礼仪。虽然她也没有一定要和她聊天，但一顿饭吃下来，她暗暗觉得，这个人其实还挺冷淡的，没想到这次见面，荀羽居然会主动找自己说话，而且看得出来，不是那种出于礼貌的客套。

张宁是个外向的性格，见荀羽真心想跟自己聊天，回答得也爽快："嗯，六月高考嘛，不过我现在比较担心明天出的模拟考的成绩，听说那个还挺重要的。"

张宁正说着话，忽然感觉荀羽的目光落到了自己的校服裙子上。

糟糕！还是被看见了。她顿时发窘，捂着裙摆的污渍，支支吾吾地说："啊，这个啊，我今天体育课摔了一跤，不小心弄脏了。我一下课就急着过来了，没来得及换。"

刚成年的少女最忌讳被人审视外表了。

觉察到她的尴尬，荀羽体贴地移开了视线："没有，我就是想说，要不要我帮你擦一擦？"

"呃，可以吗？要不还是我自己来吧。"张宁的耳根微微红了。

"没事，我来帮你擦吧，很快的。"荀羽说着站起来，指了指浴室的方向，"我们走吧。"

打湿毛巾，蘸上肥皂，荀羽蹲下身，轻轻替张宁擦拭着裙摆上的污渍。

站着的张宁低下头，刚好看见她乌漆漆的发顶，那一瞬间，她突然想起了好久没能见到的妈妈。妈妈还在家的时候，也对自己这么好。渐渐地，她心中充满了委屈，忍不住说："其实我今天没摔，我是被人给推的……"

"推的？"荀羽惊讶地仰起了头。

"嗯。"张宁说完，陡一下回了神，她怎么忘了，荀羽根本不是妈妈啊。

可话说了一半，不讲清楚，荀羽应该会担心的吧。想了想，她还是继续说了："嗯，今天有体育课，下课的时候，需要收拾一下器材，这种事一般都是大家轮流来做的，今天没轮到郝遥，就是推我那个女生。但该负责的那个女生却跑过去笑嘻嘻跟她说：'亲爱的，你帮帮我嘛！'问题是，这不是第一次了，我们班好多女生都这么干过，一学期得有接近半个学期的时间都是郝遥在收器材。而且今天上体育课她还因为例假请假休息了。虽然我和她不熟，基本没说过话，但我实在看不惯那个女的的做派，就走过去说了句'多大人了，自己的事自己不会做吗'，结果，你猜怎么的？哈！"张宁一回想起当时那个场景，就气笑了，"还没等那女的跟我开口呢，郝遥居然先急匆匆把我推开了，还赔着笑对我说，这都是她自愿的！她其个头挺矮，也没用什么力，但我完全没防备，就一下子摔了。"

张宁说完，撇了撇嘴："我就纳闷了，她难道一点儿感觉都没有吗？怎么可以笑得那么开心！那些人表面上叫她'亲爱的'，实际上都是在欺负她啊！"

张宁的声音回荡在狭小的空间，荀羽擦着裙子的手一顿，半晌，垂眸："她不是没有感觉。"荀羽脸色微微一黯，"她只是没有表达自己感受的勇气。"

第十一章 雨夜的星光

欢迎宴结束的时候差不多晚上十点。

张宁明天还要考试，张哥没到九点就先带着她走了。倒是喝得半醉的江雨熙满屋子乱跑，贾世豪被她气得不轻，直接把人扛肩上，带下楼塞车里送回学校了。

卫修系上围裙，打量完乱糟糟的厨房和餐桌，朝身后的二人拱手："荀荀不是还要早起工作吗？你们都早点儿休息吧，我去收拾。"

偌大的客厅一时只剩下肖曳和荀羽两个人。

"荀荀，你有心事吧。"沙发上坐着的人微微抬起了下巴。

荀羽立刻否认，下午房间里的一幕更坚定了她的意志，她不能再随便把自己的心事袒露给这个人了。肖曳的眼光缓缓滑过她的脸："那为什么吃饭的时候你一副心不在焉的样子？"明明张哥他们来的时候，她还特别开心的。

他不确定她是否又在为下午那个虚虚的拥抱苦恼，只好这么迂回地确认。

荀羽还是摇头。肖曳顿了顿，闷闷笑了一声："那就当我看错了吧。"

荀羽"嗯"了声，肖曳没继续问，她如蒙大赦："那我去洗澡睡觉了。"

"嗯，早点儿休息，明天还要上班。"他居然从善如流地答。

荀羽有点儿意外，正犹豫要不要说一声"晚安"，又听见他淡淡道："别忘了，我送你去。"

她往前的脚步一滞，想要不被察觉地跟这个人保持距离，怎么就这么难呢？

当天晚上，荀羽做了个梦。梦里，她回到了小学，一个人坐在教室临窗的座位上。

窗外阳光灿烂，宽阔的操场上，除了她以外的所有人都围在一起玩游戏。喧闹的笑声越过洞开的窗户，落进她的耳朵里，荀羽闭上眼睛，听到了更多更多嘈杂的声音——

"你成绩那么好，作业就帮我们随便写一下吧。"

"你打扫卫生做得很好啊，我怎么扫都扫不干净，你最好了，帮帮我们吧！"

"可是，我们已经分好组了，不能带你玩了诶。"

……

一觉醒来是早上七点，荀羽走出房间，发现没拉开窗帘的昏沉沉的客厅里竟然坐着个人。她愣了两秒，失笑道："你怎么这么早？"

"我最近都醒得比较早。"

"是吗？"她一时不知该不该拆穿他的谎言，顿了顿，说，"不好意思，我起晚了，麻烦你等我十五分钟吧，我尽快。"

"你慢慢来吧。"肖曳慢悠悠地点着手机的屏幕，"我不赶时间。"

倒是演得很逼真。荀羽决定不在意了："那好，我去洗漱。"

"好。"肖曳微微笑了。

荀羽也冲他笑了笑，顺手关上了浴室的门。听见门上锁的声音，肖曳脸上的笑容逐渐消失了。明明最近她脸上的笑容比过去多多了，但为什么唯独对自己笑得那么僵硬？

去上班的一路上，荀羽话有点儿多。

"今天竟然下雨了啊，我起床的时候都没注意。"

"你看见了吗？阳台小番茄的花谢了，就要结果子了。"

"听王医生说，她女儿怀上二胎了，她很快又要抱孙子了。"

起初肖曳还觉得惊喜，渐渐地，他的眸色冷下去。以进为退这招，怕是她花了一晚上想出来的吧。他脸色一沉："荀荀，你不用刻意跟我聊这么多。"

"可我们是朋友啊，朋友之间不该多聊聊天吗？"荀羽一脸无辜地看着他。

他蓦地有些恼意："我不是你的朋友。"他横着眉，冷冷的目光落在她脸上，"我之前说过，我就没打算做你的朋友。"

荀羽的身体下意识往后缩了一点儿。心脏被他的话语狠狠揪着，苦涩一丝丝渗入五脏六腑，她的视线滑过他的脸，什么都没有的、光洁的脸，那瞬间，她竟然产生了幻觉，又看见了那闪耀着红色的、冰冷的数字。她陡一下清醒了过来："我知道了，那我们就做好室友吧！"荀羽说完，才发现车已经到诊所外边了。

不再看肖曳的表情，她急忙下车头也没回地冲进了诊所。那之后的一整天，荀羽都觉得有点儿恍惚。眼看着和肖曳做朋友的计划破产了,也不知做室友这条路能不能行得通……她叹了声,隐约听见淅淅沥沥的水声,才发觉下午停了没多会儿的雨又下了起来。这个时间,这个天气,诊所里除了她和王医生一个人都没有。这时手机响了,她拿起来,是张哥。

"小荀,可能要出事了。"张哥也不啰唆,直入正题,"刚才宁宁打电话给我,说她班上的一个同学放学后没回教室上晚自习,而是在朋友圈里发了一条今晚八点自杀的预告,说十分钟后会在一号桥开始视频直播。"

"同学?"荀羽心中蓦地浮起昨夜与张宁的对话,不会是那个孩子吧。

"嗯,叫郝遥。"张哥很快肯定了她的猜测,声音里透着焦急,"现在距离八点只有不到半个小时了,郝遥目前还处于失联状态。因为无法百分百确定其内容的真实性,校方虽进行了报警处理,但还是希望我们蓝海的人能帮着在1号桥附近找找人。我已经向队内发过通知,一线队员们会直接在1号桥南桥头集合,虽然我希望这只是一个恶作剧,但我们还是要做好最坏的打算。肖曳和卫修在去接你的路上了,赶紧准备一下,你们一起过来!"

荀羽和肖曳他们会合之后,一行人赶往1号桥。

拉开出租车的门,荀羽抬头望天,一大片乌云严严实实笼罩着黑色的天幕,雨势虽不大,却水量充足,犹如蜘蛛缓慢织好的丝网,只等待着沉默倾覆。

早上的微妙还没有散去,荀羽坐进车时,不自觉地朝门边靠了靠。肖曳瞥了她一眼,没说话。前排的卫修嗅到了他们反常的沉默,回头打量他们:"我们出发了?"

"好。"异口同声的二人对视了一眼,荀羽很快错开视线,低头开始给张宁打电话。

电话几乎立刻被接起,少女往日充满活力的声音眼下充满了惶然:"你是?"

"宁宁,我是荀羽。"荀羽开了免提,"想问问你了解的情况,你现在方便接电话吗?"

张宁怔了一下:"方便!"

"那能说说班上的情况吗?"肖曳问。

张宁压低了声音:"因为那条朋友圈,老师已经取消了今天晚上的试卷评讲,改成了自习,可整个班都人心惶惶的,没人看得下去书。班长提议说,可以找几个平时跟她走得近的同学,看谁愿意一起出去帮忙找找她,如果她真的想不开,也好劝劝她,"张宁说着一顿,愤愤地说,"可是根本没人举手!"

荀羽可以清晰听见教室里闹哄哄的背景音,还有少女压抑的鼻音:"小荀姐姐,我其实后悔了,要是昨天我多坚持一下就好了,说不定……"

荀羽赶紧安慰她:"这不是你的错,你不要这么想。现在的当务之急是确定郝遥是否真的打算自杀,以及及时制止她的这种行为。"荀羽严肃道,"所以你必须打起精神来,等妥善解决了这件事后，再按照你希望的方式对待她吧。"

"我明白了。"张宁吸了吸鼻子，轻声答。

"好，那么你先跟我说说，郝遥平时是个什么样的人吧。"

"我真的跟她不熟，我们基本没说过话，除了上次体育课……"

那信息就很有限了，荀羽不禁皱了皱眉。就在这时，副驾驶座上的卫修开口了："宁宁，你可以发一张郝遥的照片到荀荀的手机吗？班级合照的那种。"

听见卫修的声音，张宁有点儿吃惊："你也在吗？"

"我们都在去一号桥的路上。"肖曳说，"这样吧，你先去找找她的照片，别的事交给我们，不要胡思乱想了。"

"嗯，好。"张宁点点头，挂上了电话。五分钟后，张宁把照片发过来了，还提供了最新的消息。作为班委之一，她接到了班主任的通知，会和其他两个班委一起出发去1号桥附近，帮老师一起寻找郝遥。

荀羽虽不太明白卫修为什么一定要郝遥的合照，但还是将手机递了过去："这是他们刚刚提前拍好的毕业照，暂时只拿到电子版。"

卫修点点头，低头点开了照片。

合照中，瘦小的郝遥站在第一排角落的位置，正对着镜头微笑。

卫修仔细端详着照片上的少女，虽然五官没什么缺陷，但也绝非人群中抢眼的存在。在这张照片中，郝遥的嘴角牵着一个拘谨而温柔的弧度，然而当卫修尝试用手指挡住她的下半张脸，照片中的少女一瞬间变了，那双窄窄的眼中，没有一星半点笑容，只有冰冷和漠然。

正因为还没有成为大人，所以才没能学会百分百伪装自己真实的心情。

卫修收起手机，轻轻阖上眼，一个越来越具体的形象正在他的脑海中急速成型。

毫无疑问，她被彻底剥夺了发出内心真正的声音的机会。

问题也许不仅仅在校园里，更可能在家庭里，她也许是被迫放弃了表达自己的能力，才会选择如此激进的方式预告自己决定自杀的。卫修缓缓捏紧拳头——所以，这不再是一场单纯的恶作剧，而是真正大声对她所生存的世界的控诉。

车在1号桥南桥头停下了。

车门一开，张哥便迎面冲了过来："宁宁那边的情况你们了解得怎么样了？"

"比较棘手。"荀羽开门见山道，"宁宁和当事人不熟悉，能提供的信息量有限，但可以确定的是，她正在遭受隐形霸凌。"

"这么严重吗……"张哥本以为郝遥是因为高考的压力太大了。

肖曳的视线越过他们，观察着桥上的车流，眉头微锁："警方那边是没办法封路对吧？"

张哥回头看了一眼，为难地点头："桥上车流大，不能因为这种不确定事件封路的，只有逐个排查。现在最棘手的问题是，警方和我们掌握的线索完全不一样，郝遥的父母表示，他们的女儿不可能做出这种事，也不愿意配合提供清晰的照片寻人。他们一再跟警方说，应该是郝遥手机弄丢了，被拿去恶作剧。校方因此也很被动，因为他们不断强调，郝遥一直是个听话的乖乖女，性格温顺开朗，成绩优异，和周围的同学相处得都很融洽。"

荀羽听罢，脸色顿时黯了下去，原来郝遥的父母根本不清楚自己的女儿正在经历什么。

没有原则的讨好根本不是融洽，只是压抑罢了。

"我想她表现出来的不是开朗，只是彻底封闭了自己的内心，放弃了表达自己的感受而已。"一直没说话的卫修终于开口了。

荀羽愣了愣，转头看他。卫修继续说："她应该是个沉着冷静，但内心敏感的人，因为表达受挫而选择封闭自我，决定什么都不表现出来。这种人一旦崩溃就会失控。"

"所以确定不是恶作剧？"张哥担忧道。

"不能确定，但更可能是经过深思熟虑后的选择。之所以在他人眼中看起来突然，是因为没人注意到她内心真实的想法罢了。"

"竟然是这样，明明只和宁宁一样大……"张哥痛惜的声音被雨冲刷得有了回音。

就在这时，众人身后忽然传来一个惊惧的哭音："爸、爸！直播真的开始了，不是恶作剧！郝遥真的想死！"

所有人顷刻回头，只见淋得通透的张宁手中正紧攥着自己的手机，屏幕上的直播画面像是被手掌挡住了，没有人像，只有一个冷静的声音传出来："虽然我知道很多人都以为这只是一场恶作剧，但很遗憾，不是的。在离开这个世界之前，我想跟大家好好聊聊天。如果不是做出了这个决定，我想我永远不会说出自己内心真实的想法，也永远不会有人在乎我说的话。但至少现在，你们愿意听我说了吧？"

少女最后的问句不是质问，倒像是真诚的疑问。旧日的记忆席卷而来，荀羽感觉背脊深处升起一股深深的寒意。她低头，看了眼被雨水模糊的手机屏幕——八点了。

"桥栏杆外站了个女孩子，好像是要自杀！"不知谁先发出的惊呼，仿佛燎原之火般迅速点燃了四周的路人。人潮一时间结成一张密实的网，聚拢在桥栏附近，也许是害怕刺激到桥栏杆外抓着栏杆站立的郝遥，众人自发往后，与桥栏隔开了两米左右的距离。

意识到情况紧急，张哥立刻发布命令，让肖曳带领蓝海队员提前下到桥下，寻找附近码头可租用的船艇，尽快开到桥下对应水域待命。

"我先带人下去了，上面就交给你们了。"整好队伍，肖曳走过来，迟疑地按了按荀羽的肩膀。他以为她会躲开的，但她竟然没有动。没有动，也没有出声，眼神仿佛沉浸在某种哀切的情绪里。

她的大脑中盘旋着郝遥的声音。那么冷静的声音，她听到的却只有绝望。

原来她们是不一样的啊。至少那个时候，她还有爷爷奶奶安慰她，听她说话，替她擦眼泪。而她却什么都没有。

"荀荀？"肖曳犹豫地看着她。

荀羽终于回了神："我没事，你的话我都听到了。你就放心去吧，上面就交给我们。我一定，"她狠狠吸了口气，"一定不会让她有事的。"

警方疏散了围观的人群，然而桥另一面驻足的人却在不断增多。

一些人甚至拿出手机开始直播这场直播。张宁原本还沉浸在郝遥要自杀的巨大恐惧中，但当她回神，却发现周围举着的全是砖头一样的手机，她一瞬间怒极攻心，走上去"啪"一下打掉了其中一个："你们是不是有病？什么都拍！"

那人见自己的手机落了地，脸唰地黑了，捡起手机后破口大骂："你才有病呢！她自己都在自拍，我凭什么不能拍！"

张宁气得浑身发抖，眼眶顿时红了，冲上去就要再夺手机，一只手却从身后死死地拉住了她。她错愕地回头，发现是卫修。"没关系的。"他说。

"怎么会没关系！"张宁涨红了脸，泪水疯狂涌了出来，"他们都在拍她啊！万一她受了刺激，真这么跳下去了怎么办！"

"不会的。"卫修轻轻按了按张宁的头，安抚道，"在她说完自己想说的话之前，她不会跳下去的。"

"那她最后还是可能跳下去啊！"

"我不会让她跳下去的。"

"真的吗？"

"嗯。"

虽然只有短短一个音节，但当张宁看向他的脸时，还是不由自主地说："好，我相信你。"

她看着他的眼神，那炽热的、无比坚定的眼神。她愿意相信他。

作为长期与110有联动的公益组织，张哥很快被放入了封锁的现场。和警方快速沟通后，考虑到卫修拥有专业技巧，他被批准和一位民警一起对郝遥进行心理疏导。

"等一下。"荀羽追上他们,"我也要去。心理辅导的资质我的确不够,但郝遥的感受我比谁都明白。因为,"荀羽顿了顿,抬头看着张哥,"我也被隐形霸凌过。"

荀羽声音不大,但在场的每个人都听清了。

荀羽微微扬眉,声音仍然镇定:"所以我希望郝遥知道,世界上是有感同身受这回事的。说不定她会因此愿意跟我对话,以相同的立场。"

雨越下越大,民警还在斟酌,这个时候,郝遥突然又开始说话了。她两手抓着栏杆,将脸对准放在栏杆上的屏幕,被镜头拉得有些畸形的脸上既没有恐惧,也没有愤怒,甚至有一丝丝欣慰。她自顾自地宣布:"事先声明,如果有人靠近我一米之内,我就立刻回头跳下去,这是不是威胁,你们一定要考虑清楚。"

她说罢,满意地环视一周:"终于有了说点儿什么的机会,反倒不知道说什么呢。不如大家来玩个猜谜游戏吧,我来提问,你们负责在弹幕里回答1、2或者3,答对的人多的话,我就告诉大家一个我的秘密。准备好了吗?我提问了哦,猜猜我讨厌以下哪种食物? 1.牛奶 2.鸡蛋 3.芒果。"

全场顿时一片哗然,不知道她到底在做什么。

见郝遥说话了,民警不敢继续犹豫:"进来吧!这种时候什么都没有救人要紧!"

民警也算遇险无数,但从未见过郝遥这样年轻又冷静的轻生者。面对这场直播,他内心也有些无措,但还是尽量镇定地和荀羽、卫修沟通。

卫修打了个手势,意思是让他先来回答。

直播的屏幕上开始不断涌现出数字,1、2、3都有。张宁握着手机的手指微微颤抖,一双眼死死地盯着屏幕上不断划过的数字,眼泪又开始在眼眶里打转。

"是牛奶对吗?"卫修说。

那一瞬,郝遥竟然抬起了头。但很快的,她移开了自己的视线。良久,她开口:"理由呢?"

卫修注意到,郝遥的食指正一下一下抠着栏杆的石料表面,那是情绪波动的证明。

"喝牛奶可以长高,而你的身高相对同龄女孩子来说比较娇小。"卫修一字一顿,末了,他又说,"不过,这是没有科学依据的。"

郝遥再度抬起了头,脸上露出了戏谑的笑容:"所以说,相信这个的大人真的很蠢吧?明知道我很讨厌,每次喝完都会吐,但还是会每天要求我喝一盒牛奶,又因为我无法长高而抱怨我白喝了牛奶。其实我明明一点儿也不想喝,他们却从来不肯听。所以我的秘密是——我讨厌他们,一对合格的父母才不会这样枉顾孩子的意愿。"

不知为何,在郝遥说完这一席话后,原本看热闹的人纷纷安静了下来。

他们在此刻都想到什么了呢？郝遥抽出一只手，托腮凝思，认为自己是个因为不想喝牛奶就闹着要自杀的神经病？

也许是吧。

但事实才不是那样，只有她自己知道，牛奶不过是一根小小的稻草，压垮她的却是父母一次次的蛮横与专断。

她已经下定决心绝对不要成为他们那样的大人。

啊，爸爸、妈妈，郝遥的目光缓缓扫过围观的人群，那里头果然没有他们的身影。他们一定觉得很丢人，甚至无法相信吧。他们想要的只是一个可爱顺从的、令人骄傲的孩子。她本以为自己可以忍耐，可以做到，但还是失败了。

还记得她最后一次尝试向他们倾诉自己被欺负的境况时，他们是这样回答自己的——

"为什么你的目光这么短浅呢？不要在意这群人就好了，等你考上好的大学，未来会一片光明，而这群只会抄你作业、指使你做事的废物们只会一事无成，你和他们有什么好计较的？"

那一刻，郝遥终于意识到，他们只希望她成为一个了不起的大人，却根本不曾在意在成为大人的路上她所受到的那些伤害。

她讨厌他们，超过讨厌那些伤害自己的同学。

啊，想得有些远了。意识到这点，郝遥说服自己重新把注意力放在直播这件事上。

"那么，我们开始下一题吧——作为一个被同学们欺负的存在，大家觉得我知道自己被欺负的理由吗？1.知道。2.不知道。别担心，这只是第二个问题，还有一个问题在等着大家呢，直播不会这么快结束的。"

听见郝遥声音的张宁将视线转向手机，和刚才不同，眼下在线的人数明显上升了不少，弹幕的数量一下子增加，而答案几乎清一色是1，只有极少数的答案是2。

郝遥专心致志看着屏幕上飘过的答案，忽然"扑哧"一声笑出来："怎么大家都错得这么离谱啊！你们是误会了什么吗？难道被伤害的本人就必须知道自己做错了什么吗？我呀，其实根本……"

"不知道。"荀羽抢白道，说罢，她又郑重地重复了一遍，"你其实什么都不知道，对吧？"

郝遥缓缓皱起眉，抬头看她，眼中似有愠怒："你不要一副很了解我的样子！"

感觉到郝遥的情绪波动，民警连忙给荀羽使了个眼色，压低声音道："你千万不要激怒她，我们要安抚她的情绪才是！"

荀羽没有回答。片刻，她转头继续看郝遥："没错，我一点儿也不了解你，我相信你身边的同学、你的家人，他们也都不了解你。但我了解我自己，所以当我在承受这些的时候，我也很想知道，到底是为了什么。可我发现自己根本想不出来，所以我直接问他们了。"

"你问他们了？"郝遥脸上露出了震惊的神色，"你问他们什么了？"

"我问他们，为什么要这么对待我。"

"那他们说什么了？"

"他们说，没想到我会问这个问题，他们其实也不知道为什么，但就是那么做了。"

郝遥渐渐埋下了头。

民警看得呆住了，须臾，他们压低声音问卫修："真是这样吗？现在的孩子去做一些伤害人的事，却可以完全没有任何理由？"

卫修顿了顿，淡声说："有些恶意就只是恶意而已，恶意本身就足够成为理由。"他说着，看向浑身被淋湿的郝遥，目光疼惜，"虽然这个答案很残忍，但的确是她现在最需要的。"

不是安抚，不是欺哄，而是一个为什么被伤害的答案。

"你很痛苦是吧？明明放弃自己的所有想法和感受，努力迎合了每个人，却还是沦为一个不被尊重、在意的工具。"

被戳穿心思，郝遥的脸一瞬间白了，上齿咬住下唇，不说话了。

荀羽还在说："那你就去大声质问他们啊！"她直视着她溢满了悲愤的双眼，语气渐渐放缓，"答应我，不要放弃表达自己，如果觉得痛苦，就大声说出来，就反抗。当你以后能鼓起勇气表达自己的想法的时候，你会发现，你可能还是会继续受伤害，你也许得不到想要的答案，但你不会再像现在这么绝望和痛苦，因为你还会有下次机会、下下次机会……只要你愿意给自己，多少次机会都会有。"

郝遥愣怔了很久，终于，她露出了一个悲伤的笑容："不会再有以后了，我根本没打算活过今天。当然，现在你们每个人大概都以为我在开玩笑，但没关系，我知道我是认真的就可以了。"

"我信你。"

"你说什么？"郝遥和民警异口同声道。

民警说着就要去拉荀羽，卫修却一把拽住了他。看上去文弱白净的男人力气却远比想象中要大。民警错愕地瞪着他，卫修清了清嗓："拜托了，让她说完吧。"

"我信你现在说的每一句话，"荀羽说，"所以，我们也来玩个游戏吧。如果我猜对你的第三个问题和答案，你能不能答应我，从栏杆那边过来，再一次鼓起勇气，尝试向所有人表达真实的自己？"

一语激起千层浪，荀羽话毕，现场的人几乎沸腾了。

张哥也没想到两人会默契地用这样的险招，急忙奔过去阻止："你们疯了吗？怎么能对孩子用激将法？"

"我没有把她当成一个小孩，"荀羽坚定注视着栏杆外的少女，继续对她道："这也不是什么激将法。我喜欢公平，我认真听了你说话，也认真陪你玩了游戏，希望你能回报我同样的机会。"

时间一分一秒过去，直播还在继续，郝遥却没有说话。面前这个瘦削的女人，明明看上去没有任何威慑力，但不知道为什么，她竟然跟她废话了这么久。

也许就像她说的那样，她认真回答了她的每个问题，没有敷衍，也不是欺哄。她倾听了她的声音，不仅是喉咙深处发出来的，更是心脏深处嘶鸣着的。

"好，我答应你。"郝遥伸出一只手，将手机翻过来倒扣在了石栏上，"但你只有一次机会，如果猜错了，我就会提前结束这场直播，从这里跳下去！"

1号桥高114米，如果真从桥面坠落到水中，无异于从高楼摔落平地，虽然桥下也有110和蓝海的人待命，但成功的可能性显然不会比在桥上施救来得更高。

在荀羽与郝遥博弈的紧要关头，警方也确定好了最终的营救方案——在荀羽说出答案那刻，不论正确与否，民警都会以包夹的方式从桥的两头突击上去控制住郝遥。

雨仍在下着，直播屏幕却已经持续两分钟没有了画面。

意识到情况有变，张宁连忙收起手机，奋力拨开人群，朝封锁区的前方靠近。她刚推开一个围观的人，探出头，便听见了荀羽的声音——

"你的第三个，也是最后一个问题是，你为什么会决定进行这次直播？而你心中真正的答案是，你还想反抗，还想要活下去。也许我这么说也是一种傲慢，但大人的世界，并不仅仅是你现在所看到的那样。会有在真正成熟之前，先学会了自大和残暴的大人，但还有更多的大人，他们学会了理解、包容、爱这些更重要的品质。如果只是因为看见了不想成为的那种大人，就放弃成为一个大人的话，你就会连去修正他们、打败他们的机会都没有。所以郝遥，先努力长大吧！只有长大，成为一个和他们所有人不一样的大人，才是对你所遭遇的一切最好的反抗。"

荀羽话音刚落，郝遥便自喉咙深处爆发出一阵悲恸的嘶吼。泪水顺着她的脸颊疯狂淌下，就好像封闭的泪堤一瞬间被摧垮，山洪顷刻开了闸。

就是现在！

四个民警如同利剑般冲过去，从两边分别架住了郝遥两只胳膊，她本就瘦小，一下子被四个人牢牢束缚住，就这么直挺挺地被拎过了栏杆。

在场围观的人群纷纷鼓起了掌声，仿佛完全忘了刚经历了什么。张宁亦彻底被眼前的画面震慑住了，良久，才记得越过人群飞奔过去。

她深呼吸，蹲下身，朝脱力躺在地上流泪的郝遥小心翼翼伸出了自己的手："虽然你可能会拒绝我，也有可能今后我们并不会合拍，但现在，我们能试着做朋友吗？那种可以说自己真实的想法、不虚伪相待的朋友。"

地上的郝遥一动也没动，她的目光似乎停留在头顶那一隅漆黑的天幕。

没有星星，只有乌云，什么都看不到。但如果再耐心等一等，就一定会亮起来。

天亮的话就会很美吗？她不知道。但若不去看一看的话，好像还是有点儿不甘心。

郝遥的手指终于微微动了动。刚才抓着栏杆太久，每一个关节都麻木了，现在不过是尝试着抬抬手指，就已经耗尽了她全部的力气。

她垂手，深深叹了口气，把目光转向面前这个并不亲密的同班同学，有句话她很早很早之前就想对她说了："你的腿真的很漂亮，体育课的时候，我不止一次这么想过。"

张宁的嘴渐渐变成了"O"形。良久，两个少女相视一笑，有漂亮的水花从眼眶中飞溅出来，那或许是这个夜里最亮的两颗星星。

围观的人群渐渐都散了，只剩下留下善后的警方和赶来的救护车。

荀羽站在原地踟蹰了很久，终于下定决心朝郝遥走了过去。张宁正扶着郝遥，准备送她上救护车，看见了荀羽后暂时停了下来。

荀羽几步迎上去，不等她们说话，一把握住了郝遥的手。眼前的女孩全身都淋湿了，白衬衫校服里隐隐透着内衣的痕迹。荀羽的目光不动声色地扫过她身上所有自己能看见的地方，最后脱下了自己T恤外面的衬衣，披在了她的身上。

"虽然我的衣服也湿透了，但多一件，总可以挡挡风。"

她说完，笑了起来，眼圈渐渐泛红。长久以来，她第一次觉得，拥有这样的能力可能是一件幸运的事情。虽然更多时候看见的是不想看到的悲伤绝望的部分，但这一次，她至少看见了充满希望、令人喜悦的部分。这个孩子未来一年内应该不会再动这么傻的念头了。一年说长不长，说短不短，应该可以令她做出许多改变的吧。

郝遥不明白荀羽为什么笑着笑着哭了，但她知道自己很想感谢她。她舔了舔嘴唇，鼓起全部勇气，颤声说："谢谢你，姐姐。谢谢你愿意听我说话，也谢谢你说那些话给我听，更谢谢你，给了我希望。"

也许今晚她回家，明天去学校，都会面对比刚才、比之前每一天更可怕的境况，但她决定不再沉默了。一次不行，就再一次，总有一天，她要他们再也做不到无动于衷。等她长大之后，她还想去守护那些跟自己一样，不被听见、不被在意的人。郝遥说罢，眼睛也红了。张宁看见了，连忙伸手给她去擦。擦着擦着，两个女孩又开始抽噎起来。

"快上去吧，医生在等你们。"荀羽无奈地笑了，轻轻拍了拍她们的肩膀。

郝遥怔了怔，重重点头。两人正要上车，张宁的目光掠过荀羽的身后，忽然一愣，低头和郝遥咬起了耳朵。不知张宁说了什么，郝遥顿了顿，欣然点了点头，张宁便一股脑地朝荀羽身后冲了过去，边跑边回头大声喊："拜托，小荀姐姐，求医生再等我一分钟！"

一鼓作气跑到卫修跟前，张宁扬起脸，一双眼笑得弯弯："郝遥说，也想来谢谢你！但怕医生看我们都跑了而担心，就只好让我代劳了！"

少女脸上还残留着泪痕，眼底却忽闪过一抹狡黠的光。

卫修微微一愣："你们的关系要好得还挺快。"

"那当然！"少女不无得意地说，雨水顺着她摇晃的马尾洒下来，仿佛琳琅的星辰。

卫修愣怔了一秒，笑了："知道了，你赶紧陪她去医院吧。"

"那我走啦！"张宁说着要走。

"等一下！"他忽然叫住她，"帮我带句话给那个小姑娘。"路灯下，男人抱臂打量着眼前的少女，若有所思。片刻，他淡声说，"做大人的感觉还挺好的，她不妨一试。"

"呃……好！"虽有些摸不着头脑，张宁还是郑重地点了点头。

"去吧。"卫修说。

"嗯！"张宁扭头，再次冲向了救护车的方向。

望着她奔跑的背影，卫修摸了摸鼻子，嘴角渐渐扬起了一抹不易觉察的弧度。

小孩儿。善良的、莽撞的、明朗的小孩儿，和过去的自己完全不一样的小孩儿。雨终于停了，卫修抬头，抱臂望向头顶那奋力冲破了乌云的皎月，明天应该是个晴天。

处理完一切回到家，三人做的第一件事都是去洗澡。

卫修动作最快，一收拾妥当，就回自己的房间了。荀羽洗完澡出来，望着明晃晃空荡荡的客厅，忽然感觉到一阵冷清。她这才记起，昨晚贾世豪说今天是每月一度回家尽孝的日子，他爸说了，只要自己还有一口气，贾世豪就必须滚回去。

荀羽擦着头发，顺手关了全部的灯，准备回房。转过身，她感觉自己撞在一堵软墙上。

刚洗过澡的男人身上还笼着一股温热的水蒸气，沐浴露的香味扑面而来，荀羽发现他没跟之前一样裸着，身上套了件白色的薄T恤，露出的手臂肌肉的线条十分流畅。

走廊的灯刚被她一起关掉了，眼下只剩肖曳刚用过的浴室的那盏还亮着，借着那逆着的暖黄光线，她清楚地看见晶莹的水珠顺着他的发丝淌下，落在他与自己相贴的胸口上。

她的喉咙动了动，往后退了一步："你让让，我要去睡了。"

抵在面前的人却岿然不动。荀羽一瞬间警觉，他应该是想跟自己说点儿什么。毕竟早上的那场对峙她临阵跑了，中途郝遥又出了事，为他们之间按了个超长时间的暂停。

可不管他想说的是什么，她都不太想听："让让好吗？我真的很累，想睡觉了。"她故意把态度放软一些。可肖曳还是没有反应。

这就有点儿烦了。焦躁的情绪涌上来，荀羽绷着脸，主动往旁边错开了点儿，打算就此绕过去，可不想人才跨出一步，手臂就被肖曳给抓住了。和那时在医院一样，他长腿一屈，直接把她挡住，手上使力，轻轻松松就将她拽到了墙边，倾身靠了上去。

两人贴得极近，几乎鼻尖对鼻尖，从他漆黑的眼中，荀羽看见了自己那张窘迫而慌乱的脸。内心的火苗越蹿越高，她的耳根也开始发烫。

"你被霸凌过？"他低头，眼神晦涩。

"嗯，是小时候的事了。"荀羽淡然地说，"既然大家都在看，你应该也听到了，我和郝遥的情况不一样，我当时反抗了，爷爷奶奶也很努力地保护着我，我没有受太大的影响。"她没撒谎，被霸凌的那段时间里，她虽然偷偷哭过很多次，但那之后她也相应变得强大了，再没有给过别人欺负自己的机会。

这两年之所以活得像一座孤岛，不是出于对他人的不信任，只是因为她那份特殊的能力。但今晚一切又似乎变得有些不同了，她第一次感觉到，那种能力也有给她带来慰藉与快乐的时候。如今的她因祸得福地拥有了新的朋友、新的家，虽然一切也许是短暂的，但至少这一刻她是幸福的，只要不去想眼前这个人的话。荀羽的心中忽然泛起一阵苦涩。

肖曳还垂眸看着她，像在揣摩她话的真假。荀羽缓缓转开脸，故作轻松地笑了："原来你就想问这个？你一开始直接问，我一定知无不言，言无不尽。"

肖曳沉默，半晌，他哑声说："你知道我想问的不只这个。"

"我不知道啊。"她抬头看着他，眼角微翘，声音温软得有些刻意。

明知是做戏，肖曳却还是有一刹的失神。

荀羽看准空当，成功从他臂下抽出身："没别的事的话，我先去睡觉。"

"荀荀……做个好梦。"看情况，今天再坚持，也只会无功而返了。

"你也是。"荀羽微微一笑。回房间关上门，闭了闭眼，长长地叹了口气。

第十二章

看不见的纪念品

日子风平浪静，除却蒋国光尚未落网，生活渐渐回归正轨。眼看端午假期快到了，贾世豪最近没事儿就鬼哭狼嚎，非要大家陪他去附近的锦云山玩两天。

他表面姿态放得低，心里的算盘却打得啪啪响，作为一家之主，他自觉有义务承担起维系家庭良好氛围的艰巨责任。考虑到曳爷最近的脸色比较臭，应该是情路坎坷所致，他迫不及待想赶紧给他和荀羽创造一个培养感情的空间。不都说山清水秀的地方比较容易看对眼吗？他觉得能行！最好他俩去这一趟真成了，他还能顺便挫挫江雨熙的锐气，所谓一箭双雕。一想到这儿，他一哭二闹三上吊起来就更有劲儿了。

面对贾世豪排山倒海的攻势，大家都陆续投了降。出乎他意料的是，荀羽竟是最爽快的那个，甚至爽快得有点儿过头了，搞得贾世豪心中惴惴不安的，总觉得这个事不简单。

果然，假期第一天，他的预感应验了，江雨熙趾高气扬地登门了。小公主一袭吊带裙，手里还推着个小行李箱，一进门便中气十足地嚷："先说好，明天那么早出发我可起不来，所以今晚就在这儿和小荀姐姐睡了啊！"

荀羽笑眯眯地比了个好的手势："没问题！"

江雨熙心满意足地抱着她蹭了两下，把行李箱往旁边一丢，一屁股坐到了沙发上。

贾世豪正打游戏，偏头看见她，脸都绿了："你怎么来了！"这和计划的不一样啊！

"你没看是小荀姐姐邀请我的啊！"

贾世豪苦着脸看了荀羽一眼，荀羽装没看见。贾世豪直咬牙，只有自己解决这烦人精了。

首先，要用气势把对方打蒙：“你是天太热，脑子被烧坏了吗？”

"你说什么？"莫名被骂，江雨熙瞪圆了眼睛。

贾世豪嫌弃地打量她："我们是打算去爬山的，爬山——你懂吗？难道你以为是去海边晒太阳？穿这样！"

江雨熙哪儿听得了这样的嘲讽，一下子从沙发上站了起来，张牙舞爪地就要往他身上扑，眼看战火一触即发，荀羽不得不过去拉架："熙熙，要吃冰激凌吗？"

荀羽当然不吃零食，不过在这里住得久了，她发现贾世豪爱吃，所以会特地买一些。

江雨熙一听，恶狠狠地磨牙："吃！"就这么一口气把贾世豪的库存全吃光了。

糖分令人愉悦，江雨熙心满意足地揉着肚皮："算了，本仙女不跟你计较，一会儿让阿姨给我重新送衣服过来好了。"贾世豪张了张嘴，不说话了。见大获全胜，江雨熙心中美得冒泡，视线开始满屋子打转。荀羽以为她要找东西，正要问，贾世豪的声音再度冷不丁地响起来："别看来看去了，曳爷不在，有事出去了。"

被拆穿心思，江雨熙坚决嘴硬："谁说我要找他了，我是在找空调遥控器，谁让你家温度这么低！"

"你穿个破吊带当然冷！"贾世豪没好气道，还是捞过沙发缝隙里的遥控器，把温度调高了两度。江雨熙听他骂自己，当即跳了起来，两人一如既往地争了起来。

荀羽却忽然一个字都听不进去了。明明她一口答应贾世豪的邀请，还专门叫上江雨熙，就是为了继续早前的计划，撮合她和肖曳。可当江雨熙真的流露出对肖曳的兴趣时，她发现心中竟生了一种被蚂蚁啃噬的感觉。

荀羽缓了缓，生硬开口道："我先回房间了，还有一点儿行李没整理好。"

"那要不要我帮你啊？"江雨熙殷切问。

"没事的，东西不多。"荀羽急忙起身，几乎落荒而逃。

当晚，江雨熙借宿在荀羽的房间。小公主舒舒服服地在床上滚了一圈，好奇地打量起屋内的陈设。荀羽无奈拿起梳子梳头发，目光却不知为何扫过桌上手机屏幕上的时间。

已经十一点了，肖曳还没回来。她知道，他们最近的关系比较僵，但应该不至于为了这个就不回家吧。心头一阵焦躁，她迟疑地回过头："对了，你还想追肖曳吗？"

江雨熙一听，瞬间精神地从床上坐起来："当然想啊！"但很快她的脑袋又耷拉回去，"不过，他想追的是小荀姐姐你。"

"我不会谈恋爱的。"

"真的吗？"江雨熙惊讶地看着她，"那肖曳哥哥岂不是很可怜？你想啊，他人帅，还很有绅士风度的。"

"我知道。"荀羽垂眸，片刻，目光再次转向她，眼神有些闪烁，"那我也能问你一个问题吗？你为什么想追他？"

江雨熙的眼睛骨碌碌转了一圈，忍不住笑了："嘿嘿，因为讨厌鬼特别崇拜他啊！我估摸着我要追到了讨厌鬼的偶像，我也得变成他的偶像，那身份地位可不就完全不一样了？他看见我还不得乖乖叫一声姑奶奶？哎，不行，这画面光想想就爽得不要不要的！"江雨熙的笑声回荡在房间里，整个人乐得抱成了一团。荀羽怔怔地望着她，眸光渐渐暗了下去。如果江雨熙不是真的喜欢肖曳，她不想再继续帮江雨熙是不是就不会显得那么不合理了？

肖曳独自一人去了荀羽所在的诊所，敲了敲门。

王医生听见门外的响动，下意识抬起了头。发现来人是肖曳，她露出了惊喜的笑容："怎么小肖突然来了？小荀今天不是休息吗？"

肖曳也笑，递过手中的袋子："专程来给您送粽子的。"

"你太客气了，"王医生接过粽子，目光还在他的身后打转，"怎么小荀没跟你一起啊？"

"她不知道我要来。"

"是又有想跟我聊的事了吧？"老人家一脸"我都明白"的表情。

肖曳颔首："不过也不是什么特别的事。就想问问您，荀荀她最近有没有过头疼或哪里不舒服的时候？"置气归置气，这件事他还是放心不下。

"你这是还在担心她脑震荡会不会有后遗症？放心，没事了。"王医生说完顿了顿，又认真打量了他一遍，"我反而比较担心你。"王医生语重心长道，"就你这愁人的速度，可怎么追得上我们小荀呀！大过节的，也不知道带小荀出去玩，跑我这里送什么粽子！"

肖曳的声音闷闷的："她不想跟我一起玩。"

王医生乐了："她那个性格，难道不是跟谁都不想一起玩吗？"

肖曳干干笑了一声："但我们一起住的朋友约她爬山，她立刻就答应了。"

"真的吗？"没想到荀羽搬了个家，人也搬得积极主动了不少，王医生还挺高兴的。想了想，她宽慰地拍拍肖曳的肩，"你也会去是吧？那就没问题了啊！反正赶紧的，找个机会速战速决！再拖下去，可别怪老太太我继续埋汰你！"

两人正热络地聊着，门口忽然响起了一阵敲门声，肖曳与王医生相继回了头。只见一个年轻人迟疑地从门外探出了半个头："请问……荀羽荀医生是在这里工作吗？"

肖曳的目光在他局促的面孔上定格，他从没见过这个人，从他看自己的眼神中可以确定,这个人同样没见过自己。甚至他闪烁的眼神告诉他,他就连自己要找的人是不是荀羽都不确定。怔了一会儿,肖曳开口:"我是荀医生的……朋友,荀医生今天不在,不介意的话,你有什么想说的,我可以代为转达她。"

"我想和她说一下……关于她爷爷的事情……"

第二日一大早,五人开着车朝锦云山出发了。

六月多雨水,昨夜就刚下过一场阵雨,温度骤降。好在天亮时雨已经停了,路面虽潮湿,但不影响驾驶。没一会儿,车开进了山区。外头起了大雾,茫茫的白色覆下来。

江雨熙百无聊赖地在窗户上呵了口气,照着贾世豪的样子画了好几个大猪头,画完用手轻轻拽荀羽的袖子,可怜巴巴道:"我好无聊。"是真的无聊,除了贾世豪外的两个男人都在打盹,荀羽也好像有心事的样子,她一个人想找点儿事做,都不知道能做什么。

看着她期期艾艾的眼神,荀羽无奈地笑了:"那我陪你聊天吧。"

"好啊好啊!其实我昨天的问题还没问完呢!"见荀羽颔首,江雨熙继续问道,"你说你不会谈恋爱,是为什么啊?"

这一句让荀羽始料未及,她下意识偷瞥了肖曳一眼,确定他闭着眼,面上的表情也没变化,这才终于安心下来,说:"就是不想谈恋爱而已。"

"是没遇到让自己心动的人,还是之前受过伤害,或者说害怕谈恋爱会受到伤害?"江雨熙连珠炮似的抛出了一堆假设。

荀羽哑然。还好贾世豪及时给了个刹车,转头对江雨熙凶神恶煞道:"你问题怎么这么多!到地儿了,还不赶紧下车拿行李!"

一大早被吼,江雨熙的脸色糟糕极了,顾不上继续追问答案,气呼呼地跳下车,顺手摔上了车门。

"你不追吗?"荀羽为难地看着贾世豪。

贾世豪脸色一沉:"追什么追,谁爱追谁追!"凭什么她来追曳爷,他还得追她啊!

就在这时,后面的肖曳睁开了眼:"到了?"

听到他的声音,荀羽迅速抓起背包,拍了拍贾世豪的肩:"那我去追她了!"

到底今天是谁来追谁的啊?

锦云山海拔不高,但地势险峻,风景优美,吸引了不少本地和外地的登山发烧友。但也因为这样的地理特征,让周边的开发难度较大,最近两年才在山下起了小有规模的度假酒店。楼群都是新盖的，设施还在开发中，尽管是假期，入住的客人却不算多。江雨熙气还没消，前脚刚办好入住，后脚直接抽了一张房卡，说今天起太早，要去补个觉，不吃早饭，也不爬山了。荀羽本想拦她，但贾世豪一句斩钉截铁的"随便你"让气温瞬间降至了冰点。

肖曳从身后偷偷拉了她一把，荀羽被拽得浑身一僵，突然就没什么心情多管闲事了。

一群人放好行李，约定回房间换个衣服到大堂集合。荀羽来到大堂，才发现自己是到得最早的一个。既然没事做，她干脆找了个沙发坐下，百无聊赖地打量起酒店的装潢。忽然间，旁边服务员和经理压低声音的对话传进了她的耳朵。

"你确认吗？305 的客人真的还没回来？"

"对，已经三天了……所以我们要不要报警啊？"

"那……"经理刚要说话，荀羽已迅速起身走过去："不好意思，我刚才一不小心听到了你们的谈话内容，难道有客人在山里失踪了吗？"

经理一愣，如蒙大赦："您是他的朋友吧，知道他的去向吗？"

荀羽怔住，摇头，身后传来了肖曳声音："不，我们是蓝海救援队的人，看样子是有人在山里失踪了？"

经理左看看荀羽，右看看肖曳，一脸遇上了救星的表情："太好了，我正愁这事该怎么处理呢，既然你们是救援队的，肯定有经验，方便的话，能帮忙找找吗？实不相瞒，我们酒店还没遇到过这样的事呢，可千万别有什么事啊！"

报警之后，警察很快赶来了酒店，调取了失踪男子的身份信息——

杨朝远，男，三十九岁，本地人，多年徒步爱好者。

第一时间联系过他的父母后，警方得到了杨朝远没有回家的答复。男子的房间警察已经勘查过了，一切正常，摊开的行李并没有收拾整理过的痕迹。而按照家人的说法，他带来的登山包并没有出现在房间遗留物品之内，所以应该是携带外出后没有回来。根据现有线索，最大的可能性是他在山中遭遇了什么意外，不幸与外界失去了联系。

检查过酒店的出入录像和山下周边马路的摄像头记录后，警方的设想初步得到了证实，男子的确是于两天前的清晨六点入山的，到今天上午为止，没有任何一个摄像头拍摄到他下山和回到酒店的记录。

事发突然，警方即刻请求调动消防警力寻人，蓝海救援队也接到了配合协助开展搜救的请求。肖曳一方面与张哥积极联系调配搜救设施和人手，另一方面也让卫修帮忙向酒店打探附近是否有对山中地形比较了解、身体素质相对过硬的本地人，可以请来做向导。

假设失踪者在出发当天就已遭遇意外，现在已经到了第三天中午，根据视频中他背包的大小和酒店预订的退房时间推测，他很有可能只准备了当天份的食物和饮水，那么这就意味着这一天半时间内，他极有可能处于完全无能量摄入的状态。考虑到昨夜还下了一场雨，不确定山上是否有合适的遮蔽物，他的身体状况着实难以预估。

尽快进山搜救是当务之急。差不多上午十一点，蓝海救援队的设施运车和第一批志愿者赶到了，其他救援队的人也在陆续赶来的路上。时间紧迫，消防即刻协调人手，按制定的救援方案把现有人手编为了三组，组成第一梯队，着手入山搜救。

肖曳和贾世豪都被安排在了第一梯队里，而荀羽则和卫修留下负责整理装备车上卸下的物资、调适无线电设备。像锦云山这样开发不够的山区，手机几乎没有信号，因此所有搜救人员都需要随身携带一部对讲机，方便沟通和了解搜救情况，以及遇险者的身体状况，便于更快实现营救目的。

一切准备工作就绪，第一梯队的搜救人员朝锦云山内出发了。

贾世豪开来的越野车被当成了临时指挥车，敞开的后备厢除了架设的无线电设备，还整齐码放着备用的制服、医疗包、食物、水等等。

荀羽清点完物资，抬头看了看雾蒙蒙、阴沉沉的天，眉头渐渐深锁。

昨夜的雨没下透，还有随时继续的可能。山林搜救最怕遇到的就是这样的天气，山路本就陡峭崎岖，若遇上阴雨，便会变得湿滑。如果再起雾，能见度就会大幅度降低，哪怕使用强光电筒，光线也会变得模糊，可视范围会大大缩减。更别说山上本就荆棘密布，搜救人员免不了要吃皮肉之苦。

如此之苦，大家还能坚持下去，无非是因为拥有共同的信念——尽己所能帮助他人。

虽然朴素，却是最值得敬重的信念。

下午三点，第一梯队的搜救人员回撤了。

大雨亦如同荀羽预料的那般兜头浇了下来，搜救队伍还没走回集合点，全身就已经被淋了个通透。不仅如此，天黑的速度也很快，照这样下去，不到下午六点半，天就会完全黑下去，而天黑则意味着搜救难度会再度加大。

顾不上自己，荀羽忙不迭把饮水、食物和雨披分发给其他人。虽然她是个医疗救护人员，但遇到这种节假日出任务，大部分队员外出旅游探亲、人手明显不足的时候，哪儿需要就得把自己往哪儿搬。所有人都接了东西，喝水的喝水，吃东西的吃东西，往身上披雨披的披雨披，大家都很安静，因为这一趟实在太累了。

肖曳也接了荀羽的水和食物，却不肯接她的雨披："你自己留着用。"

荀羽摇头："我没关系，这是最后一件了。"蓝海物资准备还算充足，但现场还有别的搜救人员没有雨披，这种时候必然要互相帮衬，不分你我。

肖曳低头看着被淋得浑身湿透的苟羽，语气不容置喙："那你要自己披，还是我给你披，你自己选吧。"

旁边喝水的消防员听到他们的对话，投来一个意味深长的笑容，苟羽被笑得心神一晃，闷声把雨披穿上了。平整好心情，苟羽微微转开脸："警方那边不是说用了无人机吗？也没有发现？"

"没有。"山中地势复杂，失踪者也可能刚好被草木遮挡，面对各种不可控因素，无人机也不能保证可以百分百发挥作用。

"那，手机定位呢？"

"尝试了，但山里没信号，实在没办法进行具体定位。"

所以除了排除了部分区域，这一趟几乎算无功而返，苟羽无声地在心中叹了口气。好在大家都理解山林搜救的困难，没有因此泄气。休整结束，尚有体力的人被安排稍后再度进山搜索，而体力透支的则被安排回酒店方提供的房间内休息，做好明天继续搜救的准备。

三点半，第二梯队的人出发了。

雨短暂地停了一阵子，黛青色的天空冒着丝丝的凉气，丝毫寻不见夏日的气息。四点过后，气温开始急速下降，直到天彻底黑下去，对讲机那边都没能传来令人振奋的消息。

六点，送餐车开上来了，所有人都累得够呛，也顾不上交谈，只管闷头扒饭。几个救援队的领队则趁着吃饭的时间跟警方讨论起下一步的搜救计划，也交流了一下各自的看法。

排除掉已搜索过的区域，众人一致认为，失踪者最有可能遇险的地方是在锦云山南边的断崖附近。那一带悬崖陡峭，考虑到雨水天气，崖顶的石块结构容易松动，失踪者极有可能因为踩滑跌落崖下。

但断崖下方十分陡峭，没有绳索根本无法实施救援，再加上天已完全黑了，众人讨论后决定精简第三次进山的队伍，集中搜索断崖附近。如还没有收获，明早再扩大搜索范围，增派搜救人手。做出这样的决定后，各领队纷纷回到队中安排工作。

苟羽默默听完肖曳的话，坚定地扬起了脸："这次让我上去吧。"如果失踪者真如他们推断的那样不幸坠崖，那么她极有可能会派上用场。

一听苟羽说要上山，旁边的救援队们纷纷露出了震惊的神色。不怪他们大惊小怪，而是救援队这种公益性质的组织原本女性队员就不多，刚才大家见她分发物资，都理所当然把她当成后勤了。面对其他人的诧异，苟羽仍然镇定："你是今天蓝海的领队，你来决定吧。"

众人本以为肖曳会拒绝，没想到他竟然爽快地一口答应了："那就去吧。"

"那我去准备医疗包。"

"好。"荀羽麻利地放下饭盒，一路小跑回了越野车那边。见她走远了，刚才看戏的消防员才轻轻咳嗽了一声："那是你女朋友吧？"

肖曳眸光一沉，不置可否。消防小哥当他默认了："你怎么想的啊，让一个后勤姑娘上山？就算真有心顶上，也该选下午天亮着的时候啊，大家也好有个照应。"

肖曳沉吟了一会儿："她是医生，而且最讨厌谁特意关照她了，我也不行。"

消防小哥听罢，酸溜溜撇嘴："啧，跟单身狗秀什么恩爱呢。"

肖曳干巴巴地笑了一下。恰好荀羽背着包回来了，两人赶紧心领神会地岔开了话题。

吃过饭，稍事休息后，重新精简编排过的队伍准备出发了。贾世豪因为体力透支无法继续进山搜救，临走前，荀羽特意给他塞了一袋葡萄糖，再三嘱咐他回去兑水喝。

她关切的眼神令贾世豪吓得直打哆嗦："荀荀，说真的，你对我像对曳爷那么冷酷无情就行了，我吃得消的！我什么都不怕，就怕曳爷看了吃醋，把给我的生命又收回去，我还想多活几年，多花我爸一点儿钱。"

荀羽被他清奇的脑回路哽住了，但还是抓住了重点："肖曳吃什么醋？"

贾世豪服了："你最近对他太冷淡，他心情不太好，难道你看不出来吗？"贾世豪正要继续，就听见背后传来一声熟悉的呼喊："讨厌鬼！你怎么就趴下了？这么逊的吗？"

原来是江雨熙睡醒了。她一睡醒，发现其他人的手机都打不通，到楼下前台一问，果然是附近出事了，于是问了具体地点，连睡衣都没换，就急匆匆地赶过来了。

睡了一整天，她现在即使素面朝天也显得容光焕发，相较之下，满身泥泞的贾世豪则灰头土脸。见她来了，贾世豪哪儿还有心情关心别人的感情，稳住自己的尊严才是关键，他开口道："你真是猪变的吧？这么能睡的！"

江雨熙愣了愣："我好心关心你，你说我是猪？"

"有你这么关心人的吗？"

见两人吵得如此有精神，荀羽终于安心，转身和众人一起出发了。

雨又开始淅淅沥沥地下，尽管有照明，但可视范围仍然有限，再加上山上植被茂盛，一不留心就会被锋利的叶片割伤。想要去往断崖没有现成的路可走，只能由打头阵的队员逐步摸索，生生劈开一条窄道，后续的人需要手拉手依次跟上。

这样虽然耗时久一些，但起码可以保证队员自身的安全。

就这样，救援人员赶到断崖附近时，已差不多快夜里十点了。四周除了喑哑的风声，就只有彼此粗重的呼吸声。因为尚无法确定失踪者的位置，不能立刻架设救援绳索，大家只能用最原始的方法呼喊寻人。如崖下真的有人，且还保有意识，能第一时间给予声音反馈，那么接下来的救援会顺利很多。怕的就是差不多快两天了，他坠崖受了伤，又因为断水断粮而陷入昏迷，那样就只能依靠救援人员利用绳索下滑至断崖下进行探索搜寻。

雨势越发大起来，手电的光线交织在一起，像黄色的蛛网。就在这时，一位队员突然大喊起来："崖壁下方树丛发现红色衣物，怀疑是被困者所着衣物！"

众人循声纷纷将手电照向崖下。崖壁下近十米的树丛中，的确有一截红色织物，状似衣服的袖子。虽看不清全貌，但颜色和监控视频中男子离开酒店时穿的那件上衣完全吻合。

"大家试着一起喊，说不定他能听见！"消防队长号召。

不间断的雨声与人声顿时拧成一股无形的绳，牵动着所有人的心。然而喊了好一阵，崖下却没有任何回应。大家难免开始失望，就在这时，崖下忽然传来了一声痛苦的呻吟。

众人喜极，忙不迭确认："是杨朝远先生吗？听到请回应！"

然而这一句过后，崖下却又久久没了回音。所有人面面相觑，不确定是否发生了新的意外，立刻开始商量接下来的计划。就在消防和领队讨论是否利用绳索下去查看情况的时候，那个虚弱的声音竟又奇迹般地从树丛中溢了出来："啊……"

确认崖下有人！队员们情不自禁击掌，一旁的荀羽高兴过后，却不由默默皱起了眉。从做出反应的速度和语言表达的含糊度来看，被困者的身体极大可能已处于昏迷前的临界点。考虑到他坠落的地点，他随身的背包很可能在出事时就已脱离身体，也就是说，他已两天没有摄入过任何能量，身体大概率处于脱水状态。普通的脱水无非是感到口渴，即时补水即可，但当人体进入中度缺水状态后，身体不适的状况就会加重，会感觉浑身乏力。而如果身体高度缺水，精神又高度紧张，则可能出现幻觉，甚至是昏厥。

肖曳轻轻拽了拽荀羽的衣袖："你又在想什么？"

荀羽没看他，只问："你要下去吧？"

"应该会。不过具体的救援方案还有待商榷。"毕竟崖顶到崖底有百米的距离，再加上这是雨夜，如果行动，必须做到万无一失。

荀羽沉吟了片刻，说："那我先准备一瓶葡萄糖水，你们下去后，根据被困者的身体情况让他适量补充，我有些担心他的体力不足以支撑到升至山顶。"

夜漆黑，只有崖顶的岩石上拢着一束束耀眼的照明光线，众人正忙碌地架设着绳索。考虑到崖壁高度、陡峭度和雨天的可视度，救援人员在二次分析现场地形后，最终决定使用绳索从断崖上方进行救援。今晚被安排执行任务的人除了肖曳外，还有两名是消防队员，另一名则是其他救援队的领队。四个人被分为两组，其中两人降至树丛上方十米左右处守候，以防遇上突发状况，另两人则下降至树丛附近，对被困者施以救援。

将主绳挂上重力提升系统，依次确认好安全带、止坠器、快挂等各种装备，肖曳握住手柄，开始下降。为保证安全，所有人都紧贴着粗粝的崖壁一寸寸往下移动。耳畔间或有碎石掉落的声音，但不消一瞬，那声音便消弭在脚下无尽的黑暗中。

一位消防队员率先滑到了崖壁上一处凸起的位置，按照计划，他会在这里与被困的杨朝远保持沟通，确保他能保持相对平静的心态等待救援。

"杨朝远先生，我们是市消防和救援队的人，能听见我的声音吗？请不要担心，我们马上就来救你了！杨先生，你现在能看清周围的环境吗？可以的话，请抓紧身边可以帮助稳定住你身体的东西，比如树干，尽量保持住身体平衡，不要晃动……"

作为回应，树丛里又传来几声破碎的"嗯啊"声。

肖曳顿时意识到，荀羽的忧虑果然没错，被困者目前可能已到达体力的极限，濒临丧失意识的边缘，已无法完整地用语言表达自身的情况。他和下滑至一半的其他三人迅速交换了意见，大家一致决定，在保证自身安全的前提下，加快下降速度，尽快救起被困者！

十五分钟后，肖曳滑到了树丛附近。但他很快发现，树根生在崖壁的缝隙中，茂密的枝丫四散开，几乎遮挡住了大半的视线。

他定神，稳好自己的重心，借着头顶照明灯的光线搜寻了好一阵，才终于确定了被困者的位置。不幸中的万幸，他此刻所处的位置在树的主干上，树干刚好能承载他的体重。

据肖曳观察，杨朝远受到的应该都是不致命的外伤，想必是从崖顶以非直线的方式滑落后受了伤，无力再往上攀登，只好想方设法下滑到树的位置暂避，以等待可能的救援。

肖曳的想法很快得到了证实。面朝下的人此刻正努力抬起自己的双眼，他一手抱着树干，另一只手则紧捂着自己的胸口，不知是在保护什么，还是在虔诚祈祷。他的声音浸润过夜雨后变得喑哑而失真，连话都没办法完整讲出来："左、左腿……断……了……"

肖曳心中咯噔一声，比想象中还棘手。和一同下降的消防队员讨论后，两人决定先用手去除部分树叶，再接近他。杨朝远虽无力再说话，但意识尚清醒。他们忙着去除障碍物的时候，他那双布满血丝的眼睛一直目不转睛地盯着树丛外的两双手，有什么亮晶晶的东西在漆黑中闪动，肖曳定睛才发现，那是沿着杨朝远沾满泥土的脸颊淌下的热泪。

顺利清除完障碍，肖曳和消防队员终于得以靠近被困者。将绳索套在他胸部附近后，消防队员开始为其穿戴装备，检查身上各处连接用的快挂和止坠器。

肖曳则拿出了荀羽事先准备的葡萄糖水，慢慢喂了一些到他的嘴里，边喂边不断轻声安慰:"一口一口来,不要急,这是为了给你补充体力,让你能顺利上去。"

杨朝远每啜一口便会停一停,大概是因为力气不够。

但不知为何,哪怕他中途停止喝水,那干燥到几乎龟裂的嘴唇都在拼命翕动着。肖曳原本以为他是渴坏了的下意识动作,后知后觉才意识到,原来那是他用唇语在说"谢谢"。

他不禁一愣:"不用谢,这是我们应该做的,也是我们想做的。"

只见杨朝远的眼眶又红了,双手再一次下意识地捂住了胸口。

肖曳看他的眼光不由一滞,这才发现他不是在祈祷,而是握着胸口的那条项链。

这种时候竟然还能如此宝贝自己的项链?肖曳无奈,牵了牵嘴角,主动错开了话题:"来,节约一点儿力气,我们还得攀上去呢。"

一切准备就绪,消防人员开始沿着下降路线的反方向向上拉。

众人各自握紧手中的上升器握把,用另一只脚配合着上蹬,在漆黑的崖壁上缓慢上行。这看上去并不复杂的操作,因为既要保持攀登绳顺畅滑动,又要保证被救者不被两侧的岩壁刮伤,执行起来其实需要消耗巨大的体力。眼看众人升到距离崖顶接近十米的距离,杨朝远的呼吸却蓦地急促了起来。上面的指挥人员见状,立刻紧急下达了停止拉升的指令。

荀羽整个人趴在崖顶边缘的岩石上,拢着手大声朝崖下喊:"调整呼吸节奏,慢慢吸气,吐气。不要急,也不要怕,马上就可以到上面了!"

听见崖上传来的模糊声音,杨朝远浑身一僵,似得到了某种安慰,呼吸竟逐渐放缓了下来。他尝试按照荀羽的说法将呼吸调整得更加平稳均匀了一些,五分钟后,终于没有了窒息的感觉。收到下面传来的最新情况,救援继续进行——八米、五米、三米、两米、一米……当被救者顺利攀上崖顶边的岩石,成功获救后,现场不禁爆发出一阵热烈的欢呼。

无人在意自己是不是已被雨冲了个通透,重要的是,他们又挽救了一个可能消殒的生命。和生命相比,一切都不值一提。替杨朝远检查过生命体征后,荀羽为他注射了盐水和葡萄糖水,也帮他固定好了受伤骨折的左腿。一番折腾下来,皮肉之苦在所难免,但杨朝远却始终咬着唇,一声呻吟都没有,一看就是努力在忍着。

"痛的话,叫出来也没关系。"荀羽看向他。

他却摇头,目光坚定,但看气色,明显还虚弱得很。不仅如此,他煞白的脸上还沾满了泥浆和沙土,不仔细看,根本分辨不出长什么模样。

荀羽见状,愣了愣,连忙低头从医疗包中翻出棉纱替他擦脸。

这份沉默的体贴令他再次情不自禁热了眼眶:"谢谢……真的谢谢你们……"

嘶哑的嗓音明明已竭尽全力,却怎么都还是觉得不够。

荀羽收起棉纱，宽慰地按了按他的手背："别说话了，省点儿力气，待会儿下山在担架上还会有一阵子的颠簸呢。"

杨朝远怔怔地点头。

荀羽淡淡笑了："马上就能见到你的家人了，他们都在山下和救护车一起等你呢！"

本是一句稀松平常的鼓励，不知为何，杨朝远听了，眼光却蓦地黯了下去，刚才还垂着的右手也缓缓移到了自己胸口，就像某种条件反射一样。

荀羽定睛，这才发现他脖子上拴着一条细细的银色项链，但吊坠被他用手挡住了，一时看不见是什么款式。应该是很重要的东西吧，荀羽迟疑片刻，理解地错开了目光。

在荀羽为杨朝远实施治疗的时候，消防队长已跟大家沟通完毕，做出了原路运送被救者返回山下的决定。杨朝远将由两名消防队员转移到折叠担架上，然后由消防队和救援队的人一起轮换着抬下山。

一切就绪，即刻出发。听见肖曳整队的命令，荀羽收拾好背包，麻利地从地上直起了身。雨还在飘着，万籁俱寂，无星天月，只有浩瀚的夜幕，如同漆黑的江水般无声滚动。

下山其实不比上山容易，雨水浸润过的泥土湿滑，一路又都是下坡，脚下但凡踩不稳当，就会重心失衡摔倒，尤其队员们还需要平稳地抬着伤患，因此大家都走得格外缓慢。

好不容易行程过半，荀羽抬手看了看时间，快一点了。此时队伍的气氛明显比上山时沉寂了许多，荀羽心里清楚，其实大家都已经筋疲力尽，完全是靠意志力在支撑。

消防队长也看出了端倪，示意所有人原地休息五分钟。

就这样一路走走停停，差不多凌晨两点，救援队伍终于回到了山脚。留守的队员看见微弱的灯光，老远便起身飞奔过去接应。直到杨朝远被顺利地移送到救护人员的手中，大家才终于敢松掉憋在胸口的那口气，两手一撒，不管不顾地瘫倒在地。有人在下山过程中滑倒了，膝盖摔得铁青；有人在开路途中被荆棘划破了手臂，血珠来不及清理，早已经凝固；有人的衣服被刮得稀烂，活脱脱像刚逃出生天的难民……但没有一个人觉得不值。

顾不上休息，荀羽一回到集合点便放下背包，朝救护车的方向奔过去。

医生是个中年女人，正在给杨朝远上监护仪，转头瞥了她一眼，神情略有些吃惊："怎么还有小姑娘一起上山了吗？"

荀羽微微一愣："我是医疗组的。"

那医生也愣了愣，旋即微微笑了："我就说怎么他的腿固定得这么好，原来如此。"

"我过来是想跟您沟通一下伤者病情的，不会给您添麻烦吧？"

"怎么会？你的应急处理可给我省了不少事呢，也让他少吃了好一阵的苦头。"医生看她的眼神却多出了一分责备，"小姑娘家家的，怎么能这么不爱惜自己呢？"

荀羽心下一惊："怎么了？"

医生指了指她的脸颊："应该是被山上的树枝划伤了吧，差不多得有一寸长了，我让人给你简单处理一下吧。"

"不用，我一会儿可以自己处理，谢谢您。还是让救护车早点儿出发去医院吧。"荀羽连忙推托，她的确没注意到自己受伤了，但更不想耽误伤者送医的时间。

"那好，你记得尽快处理。"医生是个爽快人，没坚持。说罢她偏头看了闭目躺着的杨朝远一眼，感叹道，"不过，想想他的确挺幸运的，摊上这样的事，竟然只断了腿。大概是有什么在保佑他吧。"

杨朝远听完这话，轻轻动了动眼皮，手不由自主又挪向了自己胸口的方向。

下一秒，寂静的空气中骤然爆发出一声喑哑的嘶吼："我的项链！"

不等周围的人做出反应，杨朝远已扯下了自己手背上的输液器，不管不顾就要往车下跳。这场面吓得一众医护人员短暂地失了神，谁也没能及时拦住他。

等所有人意识到发生了什么时，杨朝远已狼狈地摔倒在了车外。

回过神的荀羽当即冲过去，伸手拉他，却不想被他一手挥开。

男人浑身绷紧，失神地呢喃："对不起、对不起……"荀羽正要开口，他却陡然话锋一转，语气坚决，"可我必须回山上一趟！我的项链丢了，我必须得找到它！"

"什么项链？"追来的医生眼中满是责备。工作这么多年，她头一次遇上这样的疯子！

杨朝远错愕地张了张嘴，仰头看她，又看了看荀羽，突然不作声了。救护车这边异常的动静很快吸引了不远处集合点救援人员的注意，好些队员跑过来看情况。

当大家看见杨朝远趴在泥泞地上的样子时，全都倒抽了一口凉气，面面相觑。

正忙着跟救援人员致谢的杨朝远父母听见声响也匆匆跑了回来。一双六十多岁的老人面对周围困惑甚至责备的眼神一时不知该如何自处，只能不断说"抱歉"。

"刚我听见在说项链？什么项链？"有人沉不住气发问。

"对啊，项链金贵还是人命珍贵？好不容易把人救回来，怎么还这么拎不清！钻钱眼儿里了吗？"

"现在怎么办？不立刻送医院吗？"

"这腿才固定好，怕是又要来一遍吧！"

大家又气又急，七嘴八舌地讨论着。杨朝远的父母完全没勇气插话，只能局促地听。中途杨朝远母亲的嘴唇嗫嚅了好几次，似乎是想解释什么，又不晓得怎么说，反而更加窘迫了。两夫妻你看看我，我看看你，都急红了眼。

肖曳亦闻声走了过来，一只手从身后轻拍了下荀羽的肩："他怎么突然失控了？刚才不还好好的吗？"

荀羽浑身僵硬了一下，压低声音："东西丢了。"

"项链？"

荀羽淡淡瞥他一眼："你不都听见了吗？"

肖曳摇头："拉他上来的时候，我看他挺宝贝那玩意儿的。但也没想到他会因为项链丢了失控。"

一般人遇上这样性命攸关的事，成功获救后，哪怕这一路上真丢了价值连城的东西，也只当是身外之物了。即便打心眼里觉得心疼，也都会克制，不至于冲动到立刻跳车说要去寻回来。他成功获救的背后可是几十上百个人付出的汗水和辛劳啊，就现在，集合点也还倒着好几个没缓过劲儿的队员呢！想必杨朝远也意识到了这点，才突然停止动作的。

但他始终不说话，大家也不知道拿他怎么办才好。

最后还是消防队长过来下了死命令，人立刻送医，大家整队收工。

消防队长一声令下，众人纷纷散了。杨朝远的父母手忙脚乱地想要帮急救员把儿子抬回车上，消防队长见状，轻咳了一声，将杨母喊到一边："杨妈妈。"

杨朝远母亲的神色倏地黯淡下来："对不起，真的对不起，今天给大家添太多麻烦了，大家那么辛苦，我儿子还这样，真是对不住你们……"

消防队长轻叹一声，摆手："没事，都是我们应该做的。"

"不，是我儿子不好，但他真不是什么贪财的人……"杨朝远的母亲说到这儿，情绪骤一下溃了堤，泪水滔滔往下淌，"队长，拜托你们，千万不要误会他啊！他那么宝贝那条项链不是因为钱，是因为那个坠子是我小孙女出车祸夭折前，在手工活动课上亲手给他用软陶捏的一颗心……"

收拾好装备，整理完现场后，已经是后半夜了。回酒店的路上，荀羽一直很沉默。

一旁江雨熙热情地挨个询问大家要不要吃夜宵，问到荀羽时，她意兴阑珊地摆了摆手："我不饿，想洗个澡先睡了。"她说完要走，肖曳却一把拉住了她。

他的手绕过她的耳畔，轻轻探上额头，声音轻得仿佛呢喃："感冒了？"

荀羽浑身的毛孔都竖了起来，迅速拨开他的手，假装若无其事地说："没，我只是困了。"

短暂的对视后，肖曳目光逐渐冷下来："好，你去睡吧。"

荀羽低头，转身把房卡插进取电器，房间一下明亮起来。浑身都是雨水泥泞，按理说该立刻去洗干净，但荀羽却偏偏提不起那口气。因为杨朝远妈妈的话让她再次想起了爷爷。这两年来，虽然她没有跟任何人提过，但对爷爷，她始终是抱着一丝幽怨的。

因为爷爷什么纪念都没有留给她。哪怕是患了绝症的病人，弥留之际，都会给最亲近的人留下一句嘱托、一个拥抱。但爷爷连跟自己说一句告别的话的机会都没有。

命运对爷爷、对她，都太吝啬了。

她打心眼里羡慕杨朝远，至少他的女儿给他留下了那条项链。哪怕人不在了，只要项链在，他就可以说服自己，她没有真正离开，因为她留下的一部分还陪在自己的身边。

她比谁都懂杨朝远的失控。怎么能不失控呢？生命中最重要的纪念品消失了，就好像那个最重要的人也跟着彻底消失了一样。

荀羽当然清楚消防队和救援队的原则和立场，他们不能为了一条不知能不能找到的项链调动人力物力再一次搜山，因为这根本就是在浪费宝贵的资源。但有一瞬间，她觉得自己的灵魂也想跟着他一起冲上山。想到这儿，荀羽起身，拉开了窗帘。

凌晨四点的天，犹如漆黑的幕布兜头罩下来，一时间让人难辨身在何处。雨水擦过镜面，掀起薄薄的雾，荀羽凝视着玻璃上密密匝匝发光的水点，右手不由自主地虚握成拳。

外面忽然响起了敲门声，荀羽开门，诧异道："你怎么在这儿？"

"我看你今天不太正常，来看看你。他让你想到了爷爷？"肖曳担忧道。

没人比她更明白，被意外夺走亲人的无措与不甘。所以他们才更加拼命地想抓住什么，想以此证明，那个生命中至关重要的人是真实地存在着，并没有随着生命的终结从这个世界彻底消失。肖曳停顿了片刻，面色逐渐起了变化。

荀羽敏锐地捕捉到了："你是不是突然想到了什么关于爷爷的事要跟我说？"

肖曳微怔，他确实有些话要和她说，但很明显，现在不是合适的时候。

"没什么。"他否认，忙转开了话题，"荀荀，我记得，之前在医院的问题，你还没有正面回答过我是吧？那一天，你到底是去干什么的？"

气氛在这一刻陡然凝固。荀羽用力推开了他："我只是去看蒋涛老人醒过来没有罢了！"

"荀荀，"肖曳讥诮地笑了，"去看蒋先生是不需要打扮成那样的。"

荀羽的脸一下白了："你就当是我的恶趣味好了。"

肖曳沉默了两秒。"那我换个问题吧，"他重新开口，"一号桥自杀直播那天，事后你也专门去握了郝遥的手，对吗？一般来说，拥抱不是更直接的安慰方式吗？"

他竟然看到了那一幕，荀羽感觉太阳穴突突直跳："我喜欢迂回的感情表达方式，不可以吗？"

"噢？"肖曳调侃地笑了，"就像对我这样，一直迂回地推开我，也是因为喜欢我？"

荀羽僵住了。有好几秒，她内心翻滚着一种强烈的冲动，把所有最残酷、最绝望的答案都告诉他吧！那样的话，她是不是就彻底解脱了？

不、不可能的。她很快就清醒过来，只要她的心仍然为他牵动，她的痛苦就不会减轻半分，甚至会早早地将他也拉入那个被死亡阴影笼罩的悲伤地狱。

荀羽缓缓吐出一口气，朝肖曳微笑："我从来就没有喜欢你，你不要自作多情。"

"既然你不肯给我答案，那我只能自己去找了。"肖曳忽然开口。

荀羽愣了愣，冷冷看着他："我不知道你是怎么想的，但我能肯定的是，那都是你的臆想……不过你要真喜欢的话，就尽情去找吧，但别怪我没提醒你，小心受伤。"

"受伤的话，也会愈合吧。"肖曳无所谓地说。

荀羽听得心中一痛，脸上不禁堆起讽刺的微笑："那如果是死呢？"

"每个人都会死，也可能明天我就……"

"你闭嘴！"虽知道这只是他的玩笑话，但她偏偏没办法沉住气。在这个话题面前，她可能一辈子都没法沉住气。

见她真的恼了，肖曳慢悠悠回头，面无表情地看着她："看不出，你还很担心我？你不是不喜欢我吗？"

荀羽哽了哽，努力遏住自己的情绪："我当然担心你。"

"哦？"肖曳眼中隐约闪过一道光亮。

荀羽慢条斯理地说下去："谁让你是我的好室友呢？"

眼中那道光渐渐熄灭，肖曳自嘲地勾了勾嘴角："算了。"他说完，想了半秒，"不过，我的确还有话想跟你说。"

"你说吧。"荀羽说。今天既然已经聊到这个份上，应该不会再有更棘手的话题了。

"当蝴蝶飞走时，会留下孕育它的茧。但人类离去的话，却会留下爱。所以，荀荀，虽然爷爷离开了你，但他留给你的爱却从来没有消失。这一点，每当我看见你思念他的样子，我都能确定。我知道，杨朝远的经历让你想到了自己，所以你懂他对那条项链的执着。但即使没有那条项链，离开的人也会永远爱着你们。这样的爱本身就已经是纪念品了。"

肖曳的声音在荀羽耳边回荡着，渐渐地，泪水模糊了她的视野。

原来还真的有比刚才更棘手的话题啊。

"我其实……"荀羽擦擦眼泪，"对爷爷是有过抱怨的。因为那天他走得太匆忙了，一句话、一个拥抱都没能留给我。我觉得爷爷实在是太吝啬了……所以每次难过的时候，都会忍不住这么想，包括昨天也是。"

"但以后，"荀羽顿了顿，"以后不会了。因为我知道爷爷是爱我的，过去是，现在是，未来也是……"肖曳伸手拍了拍荀羽的手背，想要安慰。他的手潮湿而温热，指腹有茧的触感，应该是长年累月工作留下的。

荀羽的心神晃了晃，忽然意识到不对，这个温度不对："你发烧了？"

肖曳高烧三十八度七，第二天被荀羽强制送去医院输液。荀羽缴费后去了留观室，发现陪在一边的贾世豪和卫修都睡着了。

不时有香甜的鼾声自贾世豪鼻腔中溢出来，荀羽听得一愣，忍不住笑了。

出去找护士借了两条薄毯给贾世豪和卫修披上，她这才蹑手蹑脚地走到肖曳跟前。

连着两天的折腾，床上的人看上去没什么精神，眉心紧紧皱成个川字，稀稀拉拉的胡茬也沿着唇周冒了一圈。

见惯了他平日里整洁的样子，看着他如今这憔悴的模样，很难不让她感到心酸。

检查了一下输液器的输液速度，再给他仔细掖了一遍被角，实在想不到还有什么可以做，她才默默端了个凳子在他身旁坐下了。好像是第一次这么近距离端详他的睡颜，荀羽一手支着下巴，另一只手伸出去，轻轻抚过他的眉心，试图熨平那道深深的褶皱。

床上的人依稀是感知到了她的动作，五官跟着动了动，忽然人一个翻身完完全全转向了她。以为他被自己吵醒了，荀羽慌忙收回手。

然而屏息等待了半天，床上的人却始终没有睁眼。

原来那只是他在睡梦中无意识的动作。怔了好一会儿，荀羽笑了。

室内极静，静到可以听见输液器里药水滴落的声音，滴答、滴答。

她的目光重新移回他的脸上，半响，情不自禁又伸出了手。指腹摩挲过他的脸颊，胡茬的触感硬硬的、刺刺的，就好像有什么一并扎在了她的心脏上，裹挟着刺痛。

她小心翼翼抚摸着他的脸，最后轻轻俯身，吻住了他的唇。

是从什么时候开始动摇的呢？从他在医院里伸出手，告诉自己没有失败，也没有做错的时候？还是更早，当她第一次发现他即将面临的命运的时候？不，也许从他认出自己那刻起，一切就已经不一样了……那些压抑的感情就像洪水，汹涌而出。

她终于觉察到自己在做什么。大脑霎时间空白一片，她感觉自己的身体仿佛变成了一只摇摇欲坠的沙漏，震动着、下坠着，几乎要堕地粉碎。

第十三章 残忍的真相

从锦云山回来后，家里的气氛就很微妙。贾世豪明显感觉到荀羽对肖曳的冷淡与疏远更胜从前。

　　中午，门铃声如暴雨降临般忽然响起。贾世豪慌慌忙忙地穿上衣服，冲出去一打开门，就看见江雨熙抱着一大堆不知道是什么玩意儿的东西杵在门口。

　　不等他发话，江雨熙麻利地将他挤到了一边，把怀中的东西撂在了地上。

　　贾世豪定睛一看，目瞪口呆："你干吗呢？来拜年吗？"

　　"说什么傻话呢！当然给大家补补啊！"江雨熙没好气地朝他抛了个白眼，一蹦一跳地走进了客厅，"小荀姐姐？小荀姐姐，我来啦！"

　　昨晚大家都没休息好，荀羽也是被这通铃声吵醒的，人迷迷糊糊走到客厅，就看见江雨熙整个人悠闲地瘫在沙发上，笑眯眯地朝她挥了挥手："小荀姐姐！你终于出来了！"

　　看她睡眼惺忪，江雨熙有点儿稀奇："怎么，小荀姐姐今天也睡懒觉啦？"毕竟在小公主眼中，荀羽一看就是个早睡早起积极养生的人。

　　荀羽被问得一愣，斟酌道："因为昨天回来比较晚了。"

　　"诶？讨厌鬼不是说你们有事先回来了吗？他和卫修哥哥也要赶紧过去，才让我帮忙退房的。"

　　"嗯，我们是先回来了，因为肖曳发烧了。"

　　"什么！"江雨熙顿时从沙发上跳了起来，"怎么发烧了？是不是之前去山上救人累到了啊？"

"大概是吧。"苟羽含糊道。

"啊啊啊！我就说你们真是太辛苦了，今天才特地给你们送好吃的和补品来的。肖曳哥哥怎么样，退烧了吗？我得去看看！"江雨熙说着就往卧室冲。

大概是听见了外头的声音，肖曳也起来了，他走出卧室，刚好碰上江雨熙。

见了本尊，江雨熙刚才的气势全没了，半响才鼓起勇气问："肖曳哥哥，听说你发烧了？"

肖曳低头打量了她一会儿，不明白她为什么在这里："嗯。"

有点儿高冷，但没关系，为了气死贾世豪，她忍："那现在好点儿了吗？"

"好些了。"

"可你声音还是不太对诶？"江雨熙敏锐道。

肖曳皱了皱眉："因为还没好彻底吧。"说着他给不远处的苟羽递了个眼色，希望她过来给自己解围，然而苟羽在看了他一眼后，却若其事地转开了脸。肖曳心里一沉，她突然怎么了？就算之前每次都在刻意保持距离，但起码不会像现在这样直接把自己当空气。

"你的脸色好差啊。"江雨熙说。

"因为我心情很差。"肖曳依然看着苟羽，他确定苟羽一定知道自己在看她。

"为什么啊？"江雨熙纳闷。

"没什么，我要先去洗个澡，你过去和富贵他们坐坐吧。"这是明明白白赶人了。

江雨熙努努嘴，好不容易才没让表情垮下来，挤出了个"好"字。

追人实在是太难了！她到底是为什么想不开非要来受这份闲气啊！

没多会儿，卫修也出来了。不过他是来通知大家噩耗的，因为临时有事，今天的午饭需要大家自行解决。他说完又回了卧室。

江雨熙久久沉浸在没有午饭吃的悲伤里无法自拔。要知道，她想念卫大厨的厨艺已经很久了，今天还特地买了菜过来。因为这个小算盘，早上她特地没吃多少东西，早已经饿得前胸贴后背了："讨厌鬼，你说卫修哥哥到底要忙什么啊？我看他明明不上班的。"

"不知道。"贾世豪没睡够，还在打呵欠，"我们入住的时候就约好了，不过问私生活，你也别管这么宽！"

"不会吧！"江雨熙哑然，"你们都住在一起这么久了，也不知道他做什么的吗？"

"会做饭就好嘛，"贾世豪没好气地瞪了她一眼，"你就是想吃人家做的饭。"贾世豪撇撇嘴，拿起手机，"说吧，要吃什么，我给你点外卖。"

"可我买了菜……"江雨熙嘟囔。

"哦？那你会做吗？"贾世豪睨她。

见江雨熙语塞，一旁的荀羽插道："要不我试试吧？"

贾世豪和江雨熙双双震惊地转过头："真的啊？"

"嗯，不过我也不太会，最近才开始跟卫修学。"荀羽实话实说，"但菜买来不做太浪费了，还是……"

"呃，我觉得要不咱们还是叫外卖吧？"贾世豪是个实在人，虽然这么说很打击荀羽的积极性，但他嘴巴太挑，对她做的菜实在没什么信心。

"没事，我来做吧。"肖曳一出声，大家顷刻回过了头。

他正在擦头发，眼光落在荀羽的脸上："你来帮忙怎么样？"

不等荀羽发话，贾世豪先抢白道："曳爷的手艺我尝过，放心！"

肖曳淡淡瞥了他一眼。贾世豪赶紧收声。

江雨熙见状，立刻站起来："那我也来帮忙！我会洗菜！"

"不用了。"肖曳将毛巾往肩上一搭，再次看向荀羽，"有她帮我就可以。"

气氛有些微妙，贾世豪偷偷跟江雨熙使了个眼色，江雨熙委屈地瘪了瘪嘴，不说话了。一直没说话的荀羽终于看了肖曳一眼，语气冷淡："你不是病了吗，还做什么饭，还是叫外卖吧。"

"烧已经退了。"

荀羽一愣："但感冒还没好彻底吧。"

"嗯，所以我还算是半个病人。既然病人没胃口吃外卖，那就麻烦你陪我去做顿饭了。"

荀羽没办法，只能去厨房给肖曳帮忙。去皮用的水还没烧开，荀羽安静摆弄着手边的番茄。料理台另一边，肖曳正在切葱蒜，她用余光偷瞥了一眼，刀工流畅，动作麻利，难怪贾世豪对他放心。这顿饭要换她来做，大概切菜这一项就得耽误半小时不止。

"你在发呆吗？水已经开了。"肖曳忽然偏过头。

经他一提醒，荀羽才听见电热水壶跳闸的声音。她"唔"了声，去拿水壶。把番茄放进盆里，她闷声往上头开始浇水，飞溅的水花刚好蹦到她的手背上，烫得她下意识一缩手，水壶险些摔在地上。

肖曳顿了顿："要不你放那儿吧，我一会儿弄。"

"不用了，我只是没注意力度。"她仍垂着头，眼光死死拴在那几个番茄上，就是不肯看他。肖曳蹙了蹙眉，不说话了。

烫好了番茄，荀羽开始剥皮。就像肖曳说的那样，烫过皮的番茄会变得非常好剥，轻轻一撕，整块皮就脱落了下来，全程不到三分钟。她把剥好的番茄递到他跟前："给你。"

肖曳终于找到机会与她对视："其实让你进来帮忙，是因为我有话想跟你单独说。"

"下次吧。"荀羽的睫毛颤了颤，最终却没有扬起来，"接下来需要我做什么？"

肖曳静了一会儿，重复道："我有话要跟你说。"

"我听见了，所以才说下次。"

"荀荀。"他叫她。荀羽终于抬起了眼，眸中似有克制的不耐。

"昨晚我输液的时候是发生了什么事吗？"他想来想去，实在找不到荀羽对他敬而远之的理由。

"什么也没有发生。"荀羽说完，顺手整理好台面上的垃圾，丢进垃圾桶，"如果你没有别的需要帮忙，那我还是先出去吧。刚想起来，昨天的衣服还没来得及洗。"

再合理不过的理由，除了应允，肖曳束手无策。目送荀羽的背影消失在了客厅的拐角，肖曳回头捏起一只番茄，不觉间，红色的汁水溢了满手。

一顿饭吃得气氛压抑，就连贾世豪也感觉到了肖曳与荀羽之间诡异涌动的暗流。他攒了一肚子问号，又不好意思发问，只好闷头疯狂扒菜，一不小心把自己给噎住了。

小公主见状，幸灾乐祸："你饿死鬼投胎啊！"

贾世豪烦躁地说："老实吃你的饭，别管我！"

小公主冷哼一声，不理他了。

饭毕，荀羽请缨去厨房洗碗。这种要求平时她也常提，但每一次肖曳都会制止她，换自己去洗。但今天不知为何，肖曳竟然没吭声。他不吭声，贾世豪越发如坐针毡，最后实在看不下去了，决定硬着头皮自己上："我看今天还是我来洗吧。"

江雨熙比较迟钝，对眼下的氛围一无所察，只管拍手称快："懒死鬼早就该给大家做点儿贡献了！"

贾世豪转头瞪她："你也一起来！"

大概是他的表情太凶了，江雨熙哽了哽，竟然破天荒地没抬杠，乖乖照做了。洗完碗，贾世豪以送江雨熙回学校为由，终于暂时得以从这令人窒息的空间中脱身。

荀羽送走二人，猛然记起之前洗的衣服忘了晾，即刻起身去晾。

等她再回客厅，被眼前的场景吓了一跳。肖曳居然还坐在那里。他双腿交叠，整个人完全陷在沙发中，外头灿烂的阳光照进来，明明妥帖地熨过了他的每一寸皮肤，却偏偏让人感觉不到任何温度，他冰冷得宛如一尊毫无生气的雕塑。房间里实在太安静了，静得好像一片一望无际的荒原。荀羽静静望着他，感觉自己一瞬间跌进了时间旋涡，被卷回了昨天。

昨天，当她俯身吻向他的时候，一个恐怖的念头骤然钻入了她的心间。

因为太恐怖，她甚至没有勇气再去求证。她唯一能确定的是，绝不能再纵容自己靠近这个人了，半寸都不行。"你不回房间休息吗？"藏好每一寸情绪，她沉声开口。

沙发上的人却恍若未闻。

她微微一愣："那我先回房间休息了，突然有点儿困。"荀羽说完转身。

直到她的房门彻底关上了，肖曳才终于缓缓偏过了头。他的双眸似镀了一层暖光，定定望着她消失的方向，像突然想到了什么，因病而略显苍白的嘴唇微微上扬，又慢慢垂下。最后，他攥紧了拳头。

一觉醒来，荀羽发现窗外的天已经黑了。她赶紧摁亮手机，结果被上面的时间吓了一跳——怎么自己睡了这么久？她急忙下床出门，却惊讶地发现，走廊的灯竟然是熄着的。她怔了怔，这才意识到贾世豪还没回来。

想到肖曳白天说过不吃外卖的话，她猜测他的晚饭应该还没着落，急匆匆便要往厨房走，准备张罗晚饭。然而人还没走到客厅，便看见了厨房里照出来的那道光。

一抬头，肖曳果然站在灶前。她不禁脱口而出："你在做什么？"

那背影没回头，声音亦疏淡："在厨房里，当然是做饭了。"

气氛有些尴尬，荀羽轻咳一声，默默走过去。探头看了看锅中的内容，她说："是煮粥吗？我来吧。"

"没事，我来吧。"

荀羽充耳不闻，伸手就要拿他手中的勺子，没想到肖曳反应更快，不等她得逞，已飞快挪开，她只稍稍碰到了他的手背。就这一下，荀羽终于没办法再镇定："怎么还在发烫？"

"因为又发烧了。"肖曳答得轻巧。

他也是醒来发现的，大概是在沙发上正对着空调给吹的。肖曳扬扬手，继续搅动着锅里的粥，眉目低垂："没事，我已经吃过药了，要不了多久就能退烧了。"

荀羽发现自己竟发出不声了。良久，她硬生生从嗓子深处挤出四个字，却明显带了颤音："你去休息。"

觉察到她声音中的异样，他终于扭头看她。片刻，他哑然失笑："你这是在担心我吗？"

"是！"荀羽仍死死盯着锅，"所以求求你去休息好吗？"

她的声音中有了鼻音，肖曳一下子不说话了。半晌，他把勺子塞到她手里："那你来吧。"

"你去休息。"她又重复了一遍。

"哈。"肖曳干干笑了一声,眼中翻滚的都是隐忍,"既然你这么担心我,我是不是还可以提别的要求?"

荀羽顿了顿:"只要合理。"

"那好,等粥煮好,送到我的房间。"

"就这个?"她反问。

她本以为依照他的性格,一定会借题发挥提更过分的要求。

肖曳颔首:"没错,就这个。"

荀羽微微一愣,点头应允:"好。"

粥煮好,荀羽关了火,把粥盛进碗里。想起冰箱里还有之前买的榨菜,她又拆了一包出来,切碎装进碟子。最后,她用勺子细细把粥翻搅了好几遍,到能立即入口的温度,才端起碗碟,朝肖曳的卧室走去。匀了匀气息,她轻轻敲门。

里头很快回应道:"门没锁,直接进来吧。"

荀羽犹豫了一下,还是推开了门。出乎她意料的是,肖曳竟然没躺在床上休息,而是坐在书桌前的椅子上,一回头,便对上她的视线:"谢了,坐吧。"

荀羽不满地皱了皱眉:"你为什么不睡一会儿?"

"睡不着。"他仍看着她,直白的眼神就好像在说,你明明知道理由。

荀羽顿时不作声了。把粥放在书桌上,她后退了两步:"那我先回房间了。"

"等等。"他叫住她。

荀羽扬起脸:"还有事吗?"

"不是说照顾病人吗?"说话间,肖曳已经将椅子转到了面朝她的方向。

荀羽有些疑惑:"所以我不是把粥给你送过来了吗?"

"我头很晕。"肖曳又说。

荀羽的脸终于垮了下来:"所以我才让你去床上休息。"

"你真这么想的?"他竟然跟她确认。

荀羽更加费解了:"当然。"

"那好。"肖曳说罢,即刻起身走到了床边,翻身躺了上去。

荀羽看得呆怔,不禁问道:"那,你的晚饭打算在哪里吃?"她以为他会指挥自己再把粥端去他手边,没想到他气定神闲地看着自己:"你喂我吃不就好了。"

荀羽这才意识到这是他新下的套,说:"你是发烧,不是骨折。"她定定看着他,心中是压抑后的苦涩,蜷起的指尖亦不觉嵌进了手心。

"嗯，我知道。但我不仅发烧，还烧得非常厉害，现在既饿又晕，根本端不动碗。你既然要承担责任，那就承担到底。"肖曳面不改色说。

这个样子摆明是在跟她要赖了。荀羽告诉自己，生气或恼怒都不行，她要表现得不被他牵动任何有关情感的神经，要表现得比过去哪一次都镇定。

半晌，她侧过身，端起碗："好，没问题，我喂你。"

这下换肖曳呆住。他微微抬着下巴，上下打量她一番，苦笑着眨了眨眼，声音中显露出了挫败的情绪："我以为你会摔碗走人。"

"恭喜你猜错了。"她垂眸，淡淡道，说罢蹲下了身，舀起一勺粥，送到他嘴边，"来，吃吧。"

明明是极温馨的一件事，可因为做的人情绪对不上，两人之间气氛反而显得越发冰冷。

半碗粥下肚，肖曳终于放弃了抵抗，主动接过她手中的碗："我觉得舒服一些了，剩下的我自己来吧。"

他原以为自己的偃旗息鼓会换来她的冷嘲热讽，然而荀羽却只是配合地看了他一眼，说了句"好吧"。

就在这一刻，肖曳骤然意识到一个残酷的事实——

荀羽真的已经下定决心要远离自己了，他知道荀羽是个一旦做了决定就会不惜一切代价去做到的人。

肖曳自嘲地笑了笑，看着碗中那慢慢变凉的粥："其实我中午的确有些话想单独跟你说，只是还没能彻底下定决心。我本来想挑个你心情还不错的时间告诉你，那样的话，你可能会更好接受。可现在，我忽然觉得，以后应该也很难有那样的机会了吧。所以，我还是现在就告诉你吧。"

荀羽没立刻出声。她攥着手，望向窗外对面的大楼。一盏盏飘浮在蒙昧黑暗中的灯火像银河割裂后洒落的粒粒星辰，如此闪耀，又如此寂寞。

良久，她终于将视线移回他身上。四目相对，肖曳深吸了口气："有人想见你。"

"谁？"

"两年前，你爷爷遭遇意外时的目击者——关于你爷爷去世的真相，他说有些话想亲口告诉你。"房间的空气冷得像冰窖。

不知过了多久，荀羽才在一片寂静中再次搜索到肖曳的声音："他叫吴全，两年前是事故发生地点附近餐饮趸船上的服务员，发生意外的时候，他正在上班的途中。"

"你是怎么找到他的？"荀羽怔怔地看着他。

目光与她交错的一瞬，肖曳匆匆移开了视线："我没有找他，是他在端午节前夕找到了诊所。那天我去给王医生送粽子，没想到正巧碰上他，他是要找你的，但你恰好不在，我就自作主张了。是我的私心。"肖曳苦笑一声，看着她，诚恳道，"对不起，没能立刻告诉你。当时你脑震荡刚恢复没多久，我希望你能先安心去山里玩两天散散心，等回来再处理这件事。"只是他没料到一场来之不易的旅行竟遇到那么多波折。

荀羽没答话，心脏却不由自主地缩紧了。按理说，爷爷已去世两年，她实在想不明白，有什么事能重要到值得对方在沉默这么久后再费尽心机找到自己？

她不敢往深去想，只本能觉得怕，怕到无心计较肖曳隐瞒自己。

"如果不愿意，也可以不见。"仿佛看穿她的惶恐，肖曳缓声道。替她将吴全拦下来也有这方面的考量，他希望她成为做选择的那个人，而不是仅仅被告知。

"我……想见见。"荀羽吸着气，抿紧嘴唇。

肖曳垂眸打量了她一会儿，颔首："那好，我把他的联系方式给你，你们来沟通具体的见面时间和地点。"他说完，迅速发了一串号码给她。

手机提示音震得她浑身一个激灵，原来他没打算继续插手。

她莫名松了口气。然而很快，另一种说不清道不明的怅然情绪席卷了她的周身，她渐渐感觉到了一丝幽微的失落。一个沉重的声音萦绕在她的心底，不断发出无声的诘问：为什么他不过问了呢？为什么他不插手了呢，就好像过去每次那样？

觉察到自己内心深处的那份动荡和焦躁，荀羽决定快刀斩断这恼人的情绪："那就这么决定吧。"她说完，站起身，快步走出了肖曳的房间。

和吴全见面的地方是荀羽自己挑的，离工作的诊所很近的一家小咖啡馆。工作日的下午这里几乎没什么生意，她是这个时间段唯一的客人。点好的咖啡眼下已经彻底冷掉了，她却碰都没碰杯子，只是机械地重复着向门口张望的动作，虽然每一次门口都没有人。

她这才后知后觉地记起，原来还没到彼此约定的时间。

一霎的恍惚后，她又想起了肖曳。他已经知道吴全想对自己说的话了吗？还是跟她一样，对自己即将听到的一切一无所知？

如果他知道，为什么没有直接告诉自己？如果他不知道，难道他就没有过好奇？荀羽不知道为什么在这种时候自己还能不停揣测着这个人的想法，更加心乱如麻。

就在这时，咖啡馆的门被人推开了。荀羽骤一下坐直了身体，抬起头。来人穿了件洗得有些变形的白T恤、松垮的牛仔裤，个头不高，背却有点儿驼，精神似乎不大爽利。

荀羽看不清他的五官，也看不清他的表情，但她几乎立刻就确定了，这是要见她的人。无关外貌体态，他浑身散发着一种拘谨而恐慌的气息。

"你好，我是荀羽。"她起身示意，颤抖的声音却泄了底。

听见她说话，那人猛一下转过了头，一双眼出神地盯着她。荀羽起初还只觉得不自在，但渐渐地，当她读懂他眼神中的内容，她的背脊开始不由自主地发冷。

她竟然在他眼中读到了愧疚。什么都好，好奇、同情、幸灾乐祸。但唯独，唯独不要是愧疚，她在心中默默哀求着。因为如果是愧疚的话，她过去所相信的事实就有了被推翻的可能——桥上失控的巴士冲向桥下，从车窗滚落的几个遇难者压死了在江边垂钓的老人和在附近玩耍的孩子，车子则直直堕入江中。

这是两年来桥城发生的最大的一起交通事故。

吴全落座后，迟迟没说话。荀羽先沉不住气："听说，你有很重要的话想跟我说。"

"是。"吴全小心翼翼地盯着桌布上的格子，根本没看她的脸。

他过分逃避的举动像石头一样沉甸甸地砸在她的心上，荀羽的呼吸倏地变重了："那在你开口之前，我能先问你个问题吗？"

"你问。"

"是什么让你决定来找我？不在当时，而是现在。"

吴全捏着水杯的手蓦地晃了晃，矿泉水洒了一手。他惶惶地抬起头，青黑的眼圈暴露在午后灿烂得近乎刺眼的阳光里："因为……我想睡个安稳觉。"

荀羽的瞳孔蓦地放大了。

对面的人匆忙地收回了视线，手指一下下抠着玻璃杯上凹凸的纹路："对不起，真的对不起。"

周遭很静，荀羽听见他起伏无序的呼吸。平心而论，他的声音就跟本人一样，恹恹的，没什么精神。但偏偏就是这样无精打采的字眼，却仿佛最尖锐的刀子笔直地剜进她的心间。

明明千疮百孔，却因为事隔经年，伤口已干涸得渗不出一滴血。只是痛，清晰的痛。

"那天，我是说两年前的那天，我记得我要上下午的班，所以我午睡一醒来，就往工作的地方赶过去了……"吴全说着舔了舔自己干涩的嘴唇，却忘了要喝水，"我看见你爷爷在江边钓鱼，也不知道钓上来没有，但他好像一点儿都不急，我觉得这个老人好无聊，就忍不住多看了几眼。因为是工作日，那块儿除了我工作的餐饮趸船，其余都是荒地，所以他附近也没别的人，只有再远一点儿的沙地上有个小孩在堆沙，大概是住在附近，身边也没跟个大人。"

他絮絮叨叨地说着，声音却渐渐降下去。要怎么向她描述呢？那个恐怖电影一样的画面。吴全紧咬着唇，缓缓闭上眼，就感觉黑暗顷刻如潮水般死死裹住了自己。

在窒息的幻觉中，他再一次回到了那个静谧的下午，霞光温柔地铺满江面，岸边的老人和孩童各自悠闲地垂钓与玩耍，风吹过他困倦的脸颊，他打了个长长的呵欠。

一切是那么美好，美好到当旁边大桥上的巴士冲出侧边的围栏时，他第一时间以为是在拍什么动作电影。但很快，桥上持续发出的尖叫声打碎了他的错觉。硕大的车厢仿佛失控的兽，在空中摇晃着、扭动着，黑漆漆的人影陆续从车窗跌落而出。吴全惊恐地看着这一切，张大了嘴巴，却发现自己根本发不出声音。

"吴先生！"荀羽竭力克制的声音打断了他的回忆。

吴全猛一下回过神，一双眼怔怔看着她，仿佛惊魂未定。

荀羽亦回看着他，神色难辨："如果你想说的是这些，我都已经知道了。"

"不，不是。"吴全拼命摇头，双唇嗫嚅着，"我想跟你说的不是这个，我想说的是……"

就在这一刻，他意识到，自己好像真的又回到了那个下午，回到了那部纯黑的、噩梦般的电影中。那一天，他是被巫婆夺去声音的人鱼，什么都无法思考，什么也无法判断，只有逃跑的本能。他根本不记得什么时候跑的，又跑了多久，直到听见身后"哐"一声巨响，他才意识到是那辆巴士坠进了江里。

耳膜几乎要被巴士落水的巨响震碎，他惊恐地回头，就看见了那个一生都无法忘怀的残忍画面——那个垂钓的老人被巴士抛出的遇难者砸中了！

"那不是原来的位置，他原本不在那个地方的。"吴全狠吸了口气，整个人如同散架般，深陷在座椅里。

荀羽的呼吸停住了。她蓦地想起了那些旧邻居说过的话——

"你还记得吧，荀家那个老爷子……"

"我老公他堂弟不是做警察的吗？前几天跟我们聊天，说起之前巴士坠江那事，说当时荀老爷子遇难的地方没钓具，钓具是在旁边十来米的地方找到的，你说，他没事儿挪什么地方啊？"

"应该是坐久了，想起来走动走动吧……"

"是啊，可哪知道走两步，人就给走没了呢？人倒霉起来啊，还真没法说……"

难道……难道……荀羽猛地抬头，逼视着他无神的双眼："你说什么！"

"他原本不在那个地方！"吴全双手捂着脸，崩溃出声，"他是自己跑过去的啊！"

事到如今，吴全还是想不明白，为什么荀羽的爷爷会在事故发生的一瞬间选择转身去救那个根本不认识的孩子。难道他不该跟他一样第一反应是逃走吗？逃得远远的。

他想不明白，只好逼迫自己不再去想，也下定决心一定要尽快忘记这个不幸的秘密。为此他不惜辞掉了趸船上的工作，即使出行也会刻意规避经过那座大桥的公交线路，甚至不再跟过去的同事来往，但他绝望地发现他控制不了自己做梦。

每夜每夜，他都会梦见那个老人，梦见最后那凄惨的一幕。

终于，在得到医生"神经衰弱"的诊断书后，他想到了亡羊补牢。去做点儿什么吧，在他从那个下午、那个可怕的现场远远地逃开以后。

大概只有做点儿什么，他才有可能终结这个安静却可怕的梦。

循着网络上的事件报道和小道八卦，吴全摸索到荀羽爷爷生前居住的小区。让他意外的是，哪怕时隔一年，那里的居民竟然还能对当时的事情记忆犹新。他们绘声绘色地讲述着这个猎奇的故事，居委会的人甚至从过去登记的居民信息中找到了荀羽的照片，递给他看："喏，他家孙女生得好看吧，不过面相太寡淡了，一看命就很硬。我们之前组织上门慰问，她就表现得不冷不热的，一点儿都不愿承情的样子。"

吴全战战兢兢地听着他们的对话，渐渐打消了去找荀羽的念头。

反正她卖掉房子去了广城，他在惴惴不安的同时也松了口气——

你看，不是我不想做点儿什么弥补，只是来不及了。

那之后，他做梦的频率果然降低了。到最近，他已经差不多一个多月没梦到荀羽的爷爷。

然而当他以为自己终于要从那个噩梦中逃离的时候，他却在医疗事故的新闻中看到了荀羽的脸。虽然只是模糊的网传视频，但有些人，你知道的——哪怕你从没真正见过她，哪怕只有一张照片作为依据，但只一眼，他便会刻在你的心上、你的脑海中、你的呼吸里。

吴全幡然醒悟，他无穷无尽的噩梦再一次开始了。

寂寥的午后，阳光犹如剥落的碎片，裂在地面，裂在杯中，裂在心里。

荀羽用力掐着自己的掌心："你是说……爷爷不是因为倒霉才死掉的，对吗？"

她的声音很轻，像喃喃自语，而不像跟谁对话。

吴全不确定她是否是在问自己，只好局促地盯着她。

只听荀羽又重复了一遍："你是说，爷爷不是因为倒霉才死掉的，对吗？"

这一次，吴全终于确定她是在跟自己说话，他喉咙翻滚了一下，最后重重地点了点头："是……"

"他是为了救人才死掉的。"荀羽忽然就笑了。

她在笑，眼角却没有弧度，也没有声音，只有吊高的唇角，和利刃般的视线。

吴全错愕地看着她，发现她的眼睛竟然是血红的，不由得慌了神："对不起！对不起！真的对不起！"他的嗓子全哑了。

荀羽仿若未闻，还在笑。

吴全终于承受不住，像压抑到极限的困兽，自喉咙深处爆发出一声痛苦的呻吟："对不起，真的对不起！但我那时很怕，我没办法站到公众面前……"

他没有撒谎。

一想到可能卷入舆论的浩劫，被更多人追问关于当时的点点滴滴，他就感觉自己怕得发抖，路都走不动了。

他更怕的是那些人开口质问他——

为什么你没有拉住老人呢？

为什么荀羽的爷爷冲上去了，你却逃跑了呢？

为什么……

这些问题他统统回答不了。

他还记得，十多年前那场轰动全国的地震中，一个正在课堂讲课的老师先于学生逃生了，那人因此被全国人民讥讽为"范跑跑"。他不知道，如果坦白一切，自己会不会背着"吴跑跑"的名字度过下半生。

他不想被质疑本就不够高尚的人格，他只是个普通人，很普通的人，没什么钱，也没什么胆，很怕死——

更害怕被人一次次提醒，自己不过是这样的一个人。

这两年来，他已经千百次地反省过，也觉得自己错了，否则今天他不会鼓起全部勇气走到这里。

可是在他内心深处却始终有个声音悄悄在问，自己就真的那么十恶不赦吗？他已经被这段记忆折磨得够久了，他只是没有那么伟大罢了，他没有做过任何一件坏事，也不是一个真正的坏人啊。

越想越不甘心，他咬牙，试图为自己辩解："谁都有犯错的时候吧，谁也不是任何时候都勇敢的啊，我只是……只是在那种时候，做错了一次选择而已……"

似乎没听他说话，荀羽摇摇晃晃地站了起来。她垂下眼凝视着他的脸："嗯。"

没想到会轻易得到荀羽的肯定，吴全微微一愣，如释重负："所以……你会原谅我的，是吗？"

他仰起脸，祈求般地看着她。

过了好久，荀羽再次弇下了唇角。她的目光一寸一寸地审视着他的脸，犹如一台冰冷的仪器。

吴全的大脑轰一声炸了，原来她不笑的时候更可怕。

荀羽淡淡看着他，就像看一个毫不相干的陌生人："你知道吗？你刚才所说的一切我都能理解——能理解，但无法接受。我无法接受爷爷背上'倒霉鬼'的名号，如果你能早一点儿澄清事实，爷爷也不会沦落成别人茶余饭后拿来消遣的谈资。我可以，但爷爷不行，因为他是个英雄。谢谢你今天跑这一趟，但你弄错了一件事，你从不需要得到我的原谅，你需要得到的是爷爷的原谅。可他已经不在了，所以你的忏悔已经没有意义了。"

而没有意义便是这世界上最悲伤的事了。

回到住处，打开 709 的门，映入眼帘的是一片漆黑。

荀羽微微一愣，是没人吗？还是都已经睡下了。

昏暗中，她有些恍惚，但很快打消了确认时间的念头，她实在是累了，此刻只想好好地、沉沉地睡上一觉。

手摸到灯的开关，她犹豫了片刻，最后没摁下去。循着往常的习惯摸到拖鞋换上，她一点一点往前挪动着，沿着墙壁，摸过拐角，来到客厅，再通过走廊。

正当她准备开门，一个声音从身后叫住了她："为什么不开灯？"她蓦地一愣，回过头，冥冥中感觉到黑暗中那道注视着自己的目光。

心脏开始被一股力量疯狂撕扯着，她扶着门把，半晌没动。

不知过了多久，她听见自己喑哑的声音："其实你已经知道了，对吗？"

肖曳从没听过她用这样的语气说话，那么尖锐，又那么脆弱，好像下一秒随时会从这个空间消失。他一下子后悔极了，不该放手让她一个人去的。

心口一阵痛，他沉沉吸了一口气："我不知道。但我等在这里，是希望能亲口听你告诉我两年前究竟发生了什么，如果你愿意的话。"

"是吗？"荀羽喃喃，像自语，又像在认真咀嚼他的话。

肖曳屏息，静静等待着。

良久，荀羽终于说下去："我本来以为你会跟我去的。"

所以她才会坐在那个位置上不断地想，不断地想，想他究竟知不知道，想他为什么不来，想他在想什么，以及想他。

"你是——哭了吗？"

"我哭了吗？"荀羽吓了一跳，伸出手指摸了摸自己的脸颊，还真是，她竟然毫无知觉。她只是觉得委屈。他此刻的声音、他的每个字眼，都令她觉得比在吴全面前委屈成千上万倍。

"荀荀。"感觉到她的异样，肖曳匆忙自沙发上起身。因为心急，他的腿"砰"的一声撞上了沙发的拐角。

没想到这响动彻底震醒了荀羽，她猛然意识到自己刚说了什么。对这个软弱的自己感到陌生，她忽然崩溃："你不要过来！"

肖曳却已稳稳抓住她的胳膊道："荀荀！"

他的声音钻进她的耳里、她的心里、她的每个毛孔里，她感觉自己身体的每块骨骼都在颤动，一霎间，身体先大脑做出了反应，她用力将他推开，转过身去。

胸口在剧烈起伏着，她知道那意味着什么，所以更加不敢出声，只是低着头，抬起细细的手臂，将拳头塞到嘴里。

窗外，月光像融化的糖裹住她布满泪痕的脸。肖曳心中又一阵痛，不禁放低了声音："荀荀，和我说说爷爷吧。"

听见"爷爷"二字，荀羽突然愣住了，好不容易稳住的表情顷刻间粉碎。她松开咬住的拳头，两手捧住自己的脸，缓缓蹲下了身。将脸埋在膝间，她断断续续抽噎着："爷爷、爷爷……根本不是因为倒霉死掉的，爷爷……他是想救那个孩子才……才会遇上意外的……爷爷……我好想爷爷……"

她的声音如梅雨般，湿漉漉的，浇透了他的心脏，有比酸涩更苦涩的情绪从心头溢出来，他明白那是后悔的滋味。

细数自己过往的人生，后悔的事不过那么一件。但今夜之后，他自知又多了一桩。他蹲下身，小心翼翼地扳过她的脸："对不起。"

恍惚中，荀羽微微扬起了下巴。泪珠还挂在她的睫毛上，她怔怔望着他，一双眸如同雾中的皎月，泛着莹莹的柔光。

那一瞬，肖曳感觉自己的思维断了档。

他垂下头。

微温的薄唇轻轻贴着她的唇，在一阵僵硬后，荀羽后知后觉地明白过来，他在吻自己。

肖曳手指轻抚过她的鬓角，眉眼在她的视线中越拉越近，她感觉整颗心都提到了嗓子眼。

这可能是个天大的错误。她模糊地想着，却仍然闭上了眼睛。

一吻结束，房间内静到不可思议。

感觉自己的心脏随时有蹦出来的可能，荀羽哑声道："我……想睡了。"

肖曳怔了两秒："我送你。"

不过几步的距离，有什么好送？荀羽腹诽，但奇妙的是，话明明到了嘴边她却一个字都说不出来，反倒任由着他拉着自己站起来。

腿有些麻，她活动着四肢。

"能看清路吗？"他突然问。

荀羽被问得一愣，半晌，硬生生答："没关系，能看见。"她实在不想被他看见自己红透的脸。

仿佛读懂了她的心思，他颔首："那好，我们就这么摸瞎吧。"

走到门口，他替她打开门，语调始终温柔："早点儿休息。"说着，宽阔的手掌还轻轻按了按她的发顶。那种微温的触感令荀羽的身体再度变得僵硬，她下意识瑟缩了一下，含糊应了声"好"，连忙低头钻进了房间。

门关上，荀羽靠着门，开始大口喘气。脸颊的余热还在，甚至烧得越发滚烫。在今夜之前，她从不知道肖曳的触碰竟会有这样的魔力，哪怕只是指尖擦过她的发丝，也足以点燃一簇火燎痛她的心脏。

她不知所措地站在那儿，呆呆望向窗外。透明的玻璃外面，万家灯火摇曳，或许还有蝉鸣，又或许只是风，一切都是那么模糊，她分辨不清，却逐渐清晰地意识到了另一件事，那就是她又错了。

一次错，她还可以说服自己是情不自禁，可再次错，她就没办法再骗自己了。所以她是真的喜欢上了肖曳，喜欢上了一个将死之人。

理智缓缓回归到她的大脑，回归到她身体的每个细胞，她环抱着自己，一动不动地仰望着天花板那一方模糊的轮廓。

泪水无声地擦过她的脸颊，她知道自己再也犯不起任何错误了。

因为在烈火燃尽后，等待自己的只会是无尽的黑暗和寒冷。

自那天之后，肖曳好几天都不见荀羽的人影。

"曳爷！我已经好几天没看到荀荀了，你们之间出什么事儿吗？"正是早饭时间，贾世豪拿起筷子，突然想起了这事儿，抬头问询地看着肖曳。

肖曳喝着粥，手上的动作忽然停住，微微挑了挑眉："没有。"

"啊？那我怎么一次都没见到她？"往常荀羽都会跟大家一起吃了早饭才去诊所，可这几天别说早饭了，他澡都洗完准备睡了，还是见不到她半个人影。可每天他起床，就会发现昨晚被自己弄乱的客厅已经被收拾得整整齐齐的，还有阳台上的植物也已经浇过水了。

贾世豪一度怀疑，荀羽每天半夜回来，天没亮就走掉了。

"都说了没有。"肖曳又重复了一遍，放下了碗。

贾世豪的思绪被这凌厉的声音打断，意识到他的语气不大对，心里虽犯嘀咕，嘴上还是配合地噤声了。

肖曳垂眸，继续喝碗里的粥，却尝不出任何滋味了。他当然知道，从那夜之后，荀羽就在躲着自己。和回避不同，这一次荀羽直接斩断了两人见面的可能。他私下里给王医生打了个电话，得知荀羽如今算是半住在诊所的休息室里。

"我看她休息时在闷声找房子呢，我问过她了，但也问不出什么。"王医生长吁短叹，"你们之前不都还好好的吗，怎么就突然……"

肖曳也不知该如何解释彼此之间的这种局面，难道要说因为他们接吻了吗？他想了想，最后只说是自己做了不该做的事，默默挂上电话。

吃完早饭，肖曳挣扎再三终于下定决心给荀羽发了条消息——

"我们能坐下聊聊吗？"

看到荀羽手机上肖曳发来的消息时，王医生忙不迭将手机递给刚从输液室中出来的荀羽，偷偷观察她的表情。

荀羽摁亮屏幕，皱眉读完肖曳发来的消息，顺手将手机放回了原位。

"你不回复吗？"看她的表情，王医生已猜出消息来自谁，又不好意思多问，只好委婉地提示。

荀羽斩钉截铁道："不用了，不是重要的事。"

"可……"

"对了，王医生，之前你提过的相亲——"荀羽转过身，刚好对上她欲言又止的眼神，"我最近都有时间，您看方便的话，还能安排吗？"

"啊？"王医生一愣，这事儿她倒没忘，可过去的这段时间说长不长说短不短，她一时也不知道对方目前是个什么情况。更何况，眼下最重要的是弄清楚她和肖曳之间究竟怎么了。

"小荀啊，"王医生神情复杂地打量了她一会儿，最后拍拍她的肩，"趁现在没病人，我们进休息室聊几句吧？"

荀羽听罢，脸色一白。安静半响，她点头道："那好吧。"

休息室内两人沉默对坐了半响，王医生沉不住气了，说道："小荀啊，你在我这儿也工作这么久了，我一直是把你当女儿看待的。你是什么性格，我心里当然有数，可在小肖这个事上，我是真有点儿糊涂了，所以我有什么就直接问了啊，要是不中听，你千万别往心里去。作为长辈，我没别的愿望，只希望你能遇到个不错的人，能理解你，照顾你，对你好，你又心里觉得喜欢乐意。"

"嗯，王医生，您问吧。"荀羽轻声答。她既然同意进来，就做好了准备。

王医生被她突然转变的态度镇住，许久，才讷讷道："你和小肖是真没可能吗？"

这段时间看下来，她总觉得这两个年轻人不是一般地般配。所以除了不解，她更多是惋惜："你们是不是闹什么别扭了，对彼此有误会？我听他说，前几天是他做了不该做的事，惹你生气了。"

回想起那夜的那个吻，荀羽心中一痛，良久，她摇头："我们之间没有误会，他也没有做惹我生气的事。是我做错了事，我不能再错下去了。"

这俩愁人的孩子到底怎么回事？都说是自己做错了，一通心里话聊下来，王医生感觉自己更迷糊了。

"你先让我理理啊。还有相亲这事儿，你想清楚了吗？要真觉得小肖不适合，也不是不可以。但我怕你是一时冲动，这样吧，先别急着答复我，搁两天，想清楚再跟我说吧。"

王医生说完无奈地拱拱手，踱出了房间。

和王医生聊过之后，荀羽又忙碌了一整天，等她得闲坐下来，距离肖曳发来那条消息已过去了十个钟头。

其间没有新的信息，也没有未接来电。

荀羽怔怔望着明晃晃的手机屏幕，一时说不清自己心里的感觉，眼神渐渐变得飘忽。

"都下班了，你怎么还坐这发呆呢？"王医生换好衣服出来，见她还拿着手机不动，忍不住问。

荀羽一下子回过神："我收拾收拾再走，您先回吧。"

王医生眉一揪："你最近都是天没亮就来了吧？"

荀羽傻眼："您知道啊。"

"你还真当我不知道呢，"王医生走过去，怜爱地摸了摸她的头，"听我一句劝，不管你们之间谁对谁错，至少回去面对面地说清楚，逃避不是办法。而且之前那案子不还没破吗，虽然警察说蒋国光逃出桥城了，但万一哪天他回来又想伤害你怎么办？"

"我……"荀羽当然没有忘记这件事，这几天，她心里也惴惴的，随身不忘携带着防身喷雾。

"我喜欢的小荀可不是喜欢拖泥带水的怯懦之辈。要真不喜欢，也没关系，直接告诉他好了。我看人还算准，小肖这人的人品不错，你俩没缘分是可惜了，但他一定不会为难你。"

"我知道。"

越听她声音越不对劲儿，王医生一抬头，发现荀羽的眼圈红了。

活了几十年，她一下子就明白了，连忙走过去抱住她："你呀，真是个傻姑娘。好了好了，我不问了，你自己好好想，想清楚就行，我之前说的都别在乎，只要你自己不后悔就好！"

荀羽听罢愣了愣，努力将眼泪憋了回去，克制地点了点头。

把荀羽送到巷口，王医生还不放心："要不我还是叫小肖来接你吧？"

"没关系，我叫过车了。"荀羽扬了扬手机，宽慰她，"司机会把我直接送到楼下的，那边安保很好，不会出现之前的情况，您不要担心。"

王医生还在犹豫，荀羽又是道："真没事，挺晚了，您也早点儿回家休息吧。"她一边答，一边核对着正朝这边驶近的车的车牌号，确认无误后，她挥了挥手。

车在她面前缓缓停了下来。

"您看，就是这辆了，您就放心吧。"

"我看着你走。"

"那好吧。"荀羽颔首，一刻不敢耽搁，立刻上了车。

车从巷口离开，往前开一段就到了这一片最热闹的街区。琳琅的店铺掩映在街边葱茏的树荫中，璀璨的装饰灯光洒了一地，整条街道此刻都沐浴在人间烟火里，看上去市井而温馨。荀羽隔着车窗看着外头的街景发呆，忽然感觉包里的手机震了一下。

她急忙拿出来看。亮起的屏幕上是弹出的广告推送，她失神地看着那一行字，嘴角慢慢泛起了一丝苦笑——明明决心斩断与肖曳联系的人是她，为什么心存幻想的人还是她？

她不是一向很理智的吗？

心脏仿佛失了重一般上下起伏着，荀羽仰起头，努力让自己平静下来。

就在这时，她忽然听见一声尖叫，紧接着，身体感觉到一阵剧烈的晃动。伴随着无法控制的前倾，荀羽的头径直撞上了车了的前座。她被撞得眼前一黑，好不容易挣扎着坐起身，还来不及弄清状况，就听见了前座司机惊慌的声音："我这是撞到人了吗？"

荀羽眼前一黑："你说什么？"

司机手忙脚乱地在解安全带，但手软得按了好几次都没能按开，崩溃地抱着头："我不知道,我正常在开车,也没走神,是那人自己突然尖叫了一声,从街边冲了下来,就好像疯了一样,我已经立刻踩刹车了!拜托了,千万不要有事啊!有事的话,我可怎么办啊!"

听完她的话,荀羽一下回过神,二话不说直接下了车。

车子跟前,疑似被撞昏迷的伤者边上已站了不少路人,大概见司机老半天没下车,脸上都有了谴责的神色,好些人在交头接耳商量着由谁来报警。

荀羽皱了皱眉,拨开人群走过去:"麻烦先打120!"

"你谁啊,指挥我们?"那人不屑地瞪了她一眼。

荀羽表情淡定:"医生。"

她说完,在那人震惊而尴尬的注视中快步走向了昏迷的伤者。

蹲下身,荀羽先打开手机手电筒进行简单的照明,再轻轻将面朝下的伤者翻至正面,翻开他的眼皮,开始替他检查:瞳孔呈散大状,伤者处于昏迷状态。他身体的肌肉正在有规律地进行收缩,呼吸时偶有细小白沫喷出。综合以上症状,荀羽初步判定他为癫痫发作。为避免他的呼吸道阻塞,荀羽立刻替他解开了衣领和裤带,使他保持呼吸通畅。

确认他的生命体征平稳后,她才去检查他身上的外伤。

除膝盖和手肘的擦伤之外,他的身体上并没有找到车辆撞击造成的外伤痕迹,基本可以排除车祸撞击的可能。

不涉及车祸,只是单纯的疾病突发,病人身体的情况比想象中要好,荀羽松了口气。从包里抽出纸巾,仔细替他擦拭起嘴角的吐出物。

感觉他的身体逐渐停止了抽搐,荀羽知道这是癫痫发作后进入昏睡期的征兆。接下来只要将他的头转向一侧,使他的肌肉放松,注意防止口水引起窒息,再等待救护车的到来就可以了。

做完这一切后,荀羽为了以防万一,握住了他的手。

裸露的肌肤上没有任何数字的痕迹,她再三确认后,又掀起了他的衣摆,检查被衣物遮挡的部分。碍于街道是公共场所,她只能检查大部分部位,这些地方都没有数字显示,她觉得大概率是不会有生命危险了。

她吁了口气,坐在地上,感觉有些恍惚。现在的她竟然已经开始有意识地用她的能力作为确认生命状态的工具了。只是她仍然不确定,如果哪天再次看见数字,她能怎么做,又会怎么做?真的能改变吗?她未来所可能看见的命运,还有肖曳的命运……

就在荀羽出神的时候,人群中忽然爆发了一阵嘘声,她当即回神,顺着声源看过去,发现司机竟然下车了。

她一下车，现场便爆发出一阵更大的嘘声。

"什么啊，原来是个女司机啊！"

"难怪这么宽敞的路都可以撞到人呢。"

"啧……"

荀羽愕然，连忙站起来，想要尽快解开众人的误会："大家不要着急，车子并没有撞到人，我已经检查过了，患者身上没有撞击造成的外伤，昏迷是因为他癫痫发作，失控闯入行车道也是这个原因，请大家保持冷静，等待救护车的到来，不要给司机继续施压了！"

"你有什么证据啊？"立刻有人反驳。

"对啊，我刚听你说自己是医生呢，怎么我看你半天也没做什么事呀，不就是解人家衣服吗，电视里都这么拍，我也会！我看啊，搞不好就是你们俩女的撞了人家，人家才会发病的，你们可能早就商量好出来唱双簧，想要撇清关系！"

"就是！我说刚才有人报警了吗？怎么警察还不来啊！"

"对啊对啊，我一会儿可得好好建议警察同志，好好查查这两人的底……"

陌生而嘈杂的声音如潮水般从四面八方涌过来，荀羽孤立地站在原地，不明白为何性别会在一瞬间成为导火索，而自己的行为又为何忽然变成了原罪。她不放心，再次蹲下身，仔细检查了一遍病人的体征，确认呼吸的确无碍后，这才重新站了起来。

环视一周，她淡淡地开口："在你们心里，阴谋论就这么有趣吗？还是你们觉得，偏见能及时地拯救一个人？现在病人就躺在你们眼前，但你们只关心肇事的是不是女司机，我有没有串通司机来欺骗你们，你们有哪怕一分钟在乎过救护车什么时候能到吗？又或者真正担心过这个人是否会有生命危险。如果你们心中的正义只能通过揣测、指责这样的方式来捍卫的话——"荀羽倏地握紧拳头，长吸一口气，犀利的眼风扫过刚才说过话的每一张脸，"那你们可真让我觉得恶心！"

她说完，走过去轻轻拉了拉被骂得呆住了的司机："你别害怕，我真的是医生，也会为刚才说的每句话负责。等交警来了，他们自然会还你公道的。"

知道此刻有无数手机正对着自己拍摄，荀羽一一回视过去。

与其说她对这一切感到厌恶，不如说她觉得厌倦。当她与生死接触得越久，就越觉得，这世上最可怕的也许不是死亡，而是人类永远无法斩断的、毫无来由的恶意。

差不多五分钟后，救护车到了。

病人被送上车，和救护人员完成简单的交接后，荀羽陪同司机去派出所做了笔录。等众人拿到医院确认的病情鉴定时，门外的天已经蒙蒙亮了。

连续几天没休息好，又加上一夜没睡，荀羽感觉自己的大脑像被冻住了，哪怕是盛夏，脑子里也冒着冷气，思维变得很慢。她慢慢走到派出所门外，拿出手机看了眼，这才发现一夜过去，她竟然一直没有关手机电筒，手机眼下早没电了。

扫了眼手表的时间，凌晨四点半，天就快要亮了。

她原本是想回去和肖曳谈谈的，可她现在这个脏兮兮的狼狈样子一定又会惹他担心吧，既然不能回应他的感情，她也不希望这个人继续在自己身上浪费任何的感情。

打定主意后，她沿路往诊所的方向慢慢走回去。

清晨四点半的天，黑里透着蓝，蓝中又埋着浅浅的粉，仿佛随时都会亮起来。走在几乎无人的黯淡街头，晚香玉的香味不知从何处飘来，荀羽恍惚地深吸了一口，眼角渐渐开始发热。好累。不是没这么累过，但从不曾在这么累的时候还可以不间断地想着别人。

她模模糊糊想到了与肖曳的相遇，和他的种种交集，还有他过早被揭示的残酷命运……想着想着，竟感觉自己看见了那个人。她默默揉了揉眼睛，发现那人竟然还站在那儿。

她怔了怔，不可置信地偏了偏头："肖曳？"

那人便真的回过了头。

青黑色的夜幕中，男人的声音温柔得仿佛一声长长的叹息："荀荀。"

糟糕，逃不掉了。

荀羽闭上眼睛，感觉自己的一颗心扑通一下沉下去。再睁眼，她大步朝他走过去。

颤抖着紧紧扣住他的手，荀羽望向他的脸。清晨的露水在他的睫毛上结了一层霜，他一定在这里等了很久很久了。她戚戚地看着他，看着那串耀眼的红色数字，终于"呜"一声哽咽起来——

上帝始终还是将骰子又一次郑重其事地交到了她的手中，带着残忍而慈悲的笑意。

第十四章 叵测的命运

"什么都不要问,让我静一静。"不敢继续看他,荀羽狼狈地别开脸,声音自喉咙深处一点一滴挤压出来,喑哑而破碎。

漫长的沉默后,她终于得到他更加低沉的回答:"嗯。"

凌晨五点的夏日天空,仿佛一摊被冻住的可乐,有白色的冷气噜噜冒出来,隐约汇成云的轮廓。荀羽仰着头,努力将沸腾的泪意憋了回去,却不知为何,感觉自己的灵魂自躯壳中抽出了一部分,此刻那缕幽魂正沿着死寂的街道往前飘,不知要飘去何方。

她这才后知后觉地发现,自己还握着肖曳的手,而那是此时此刻她全身上下唯一能感知到温度的部位。仿佛受了惊,她急不可耐地想抽出自己的手,却被他强有力地阻止了:"作为我答应你不过问发生了什么的交换条件,你现在不可以松开我的手。拜托了。"最后那句"拜托"的语气软得一塌糊涂,荀羽浑身一颤,一瞬间失去了挣脱的力量。不敢正视他的眼,她只能用眼角的余光描摹他的脸。

清晰的轮廓,明亮的眼睛,坚毅的侧影,只是神情温柔得近乎悲伤。荀羽静静偷看着他,泪水再度涌了出来。

凭什么!凭什么他要死?情绪汹涌而上,荀羽咬紧牙关,不敢发出任何声响,怕一松懈就会脱口而出,就会再无法守住这狰狞而荒谬的秘密。

看着她隐忍到极致的表情,肖曳吸着气,咬紧了下颌:"五分钟够吗?"

荀羽呼吸一滞,眼神顿时失了焦。

他怅然一笑，眸光粼粼闪动："别误会，我只是怕你这样超过五分钟，我会忍不住食言。"他说罢怜爱而悲伤地转头看她，"今晚是又遇上什么事了吧？"

荀羽摇头，眼角有了泪水："我……"

肖曳努力扯了一下嘴角："放心，我不会问。"他说着也仰起脸，顺着她的视线眺望着那一隅正慢慢变白变亮的天空，"我只是觉得，怎么你总是在我不在的时候遇到各种各样的事。"

这样的话，他就不能好好保护她了。明明越是坚强的人越需要被好好保护。

因为他们总是以为，自己可以坚强到不会受任何伤害。

"跟我回家，好吗？"他转头，颤声问她。

荀羽捂住嘴。肖曳的眼眶骤一下红了，一字一顿重复道："跟我回家，好吗？我答应你，不会再追问你不想回答的问题，我也可以当什么都没有发生过。"

荀羽这才惊觉自己脸上全是泪水，她用力吸了口气："对不起……"

对不起，我不能喜欢你，也不能不喜欢你，所以才那么拼命地远离你。

"好了，你不用说了，我都明白。"肖曳低头，一手轻揽过她颤抖的肩，将额头抵在她发间，又一遍道，"我都明白。"

就当是个误会，就当从未发生——因为喜欢你，所以才更舍不得你勉强自己。

两人回到家，窗外的天已然亮了。薄薄的、透明的蓝，就好像被泪水洗过一样清透。飒飒的晨风吹拂着葳郁的树影，一切看上去与过去的每个夏日似乎没什么不同，但荀羽心中明白，一切已经不一样了。

肖曳替她拿出拖鞋："你去洗澡吧。"

荀羽点头。

见她要走，他又不舍地叫住她："对了，今天真的不需要请半天假在家休息吗？如果有需要的话，我可以……"

"没关系，我不困的。"荀羽抬起头看他，微笑。

看她缩着鼻子，竭力克制的模样，肖曳心头猛一酸。明朗的光线中，她瘦削的肩膀在发抖，他看得几近出神，有好几次想伸手抱一抱她，最终却只能说："那好，你快去洗澡吧，距离上班没几个钟头了。"

"嗯。"她重重点头，脚步声逐渐消失在房间的转角。

浴室的水声响起，他寂然抬头，望向窗外。白花花的光线在一瞬间引爆了他的瞳孔，就好像突然坍塌的楼宇，肖曳一下靠到了墙上，用一只手缓缓、缓缓掩住了自己的眼睛。

你有没有喜欢过一个人——喜欢到为她甘愿放弃所有疑问。

清晨，贾世豪终于在餐桌上见到了荀羽。努力按捺住自己八卦的心情，他特别克制、特别委婉地咳嗽了一声："荀荀，你最近是不是很忙啊？"

荀羽被问得呆住，老半天生硬回答："算是吧。"

贾世豪同情地打量着她布满了血丝的双眼："难怪你天天饭都顾不上吃，最近社区里热感冒的人挺多吧？"

"还行。"荀羽的嘴角已经僵住了。

默默将一切收入眼底，肖曳不动声色地在桌下踩了贾世豪一脚。

贾世豪痛得龇牙，这下真够狠的！等一下，他忽然灵光一闪，难道这就是传说中的护短？所以曳爷在历经九九八十一难后终于融化了绝世大冰山？

贾世豪顿时激动得坐不住了："你们……难道！"

"我们？"肖曳扬起眉，淡淡的视线扫过他的脸。

发现肖曳也红着眼，贾世豪似领悟了什么，赶紧将到嘴边的话努力憋了回去："饿了？"

笑话太冷，在场没人出声。

肖曳看着荀羽，荀羽则低头翻搅着碗里的白粥，却压根不往嘴边送。

饭桌上的气氛越发微妙，好在这时，厨房的门开了，卫修端着最后一道煎饼走出来。

空气中凝固的气流被他的出现搅动，贾世豪如看救星一样看着他。

卫修一霎间明白了一切，主动给肖曳递了个眼色："我们吃饭？"

肖曳微微一愣，立刻会意，若无其事地将视线从荀羽身上挪开："嗯，吃饭吧。"

这两人一定是发生了什么。一顿早饭吃下来，贾世豪对此坚信不疑。他搜肠刮肚，想找个合适的词来形容两人之间的气氛，但捉襟见肘的文学造诣局限了他，一时间，他陷入了沉思。感觉心情有些忧郁，他悻悻地打开了手机，决定看小说解闷。翻到第三页，页面上"粉饰太平"四个大字刚好跳入他的眼帘，贾世豪一拍大腿，脸上露出了豁然开朗的笑容——没错，就是这个词！这两人就是在粉饰太平！

可他们到底在粉饰什么？贾世豪错愕地张了张嘴，挠头，发现自己再一次陷入了沉思。

吃过早饭，荀羽来到诊所。王医生正准备送一位来拿药的婆婆出去，两人说笑着走到门口，刚巧碰上。荀羽微笑着打了声招呼："早上好！"

王医生也应了声"好"，一抬头，就看见荀羽苍白的脸色和微微泛红的眼睛。她心里咯噔一声，忙不迭送走了婆婆，转身将她拉进了休息室。

"我看你终于肯回家了,还偷偷松了口气。可你这模样是怎么回事?回去也睡不着?"

荀羽才套上褂子,听她这样问,系扣子的手忽停住:"不是的,只是昨晚突然发生了些事,没睡好。"

"就知道哄我,你看你憔悴的样子,像是哪怕睡了半个钟头吗?"

荀羽不吭声了。

过了会儿,王医生才说:"那你和小肖之间的事……"

荀羽一怔,垂眸:"我们之间没什么的。"

"没什么……是什么意思?"

"不会有任何改变,一切都会和过去一样。他是我的朋友,"荀羽顿了顿,"很重要的朋友。"她说完微微抿了抿唇,转头看王医生,脸上挂着很温柔的笑容。

室内的灯光洒在她脸上,白皙得几近透明。

王医生默默地看了她一会儿,忍住叹气的冲动:"既然你已经想明白了,我也就不多事了。"

"谢谢您。"荀羽感激地笑了。

王医生无奈地看着她:"那相亲的事你还考虑吗?"

"不了。"昨天她是心乱一时冲动,今早静下来想想,这怎么看都是个不负责的想法。

没想到王医生张了张嘴,反倒为难了起来:"可是昨天阿婆刚好给我打电话了……"

两人本来只是拉拉家常,但不知怎么的,话题就聊到了荀羽。原来早前阿婆提到的女儿的同事也知道蒋春华那件事,对荀羽暗地里钦佩得不行。几个月下来,一直在耐心等着王医生这边的答复,到现在也没去见别的姑娘。

听阿婆这么一讲,王医生顿时心软了,念及荀羽突然提出想要相亲,忍不住就答应了阿婆再帮忙问问看,看两人能不能见上一面。

"小伙子照片我看过了,仪表堂堂,学历家世也都不错,最重要的是,他可以理解你,也会尊重你。"王医生说着期许地看着荀羽,"虽然你已经决定不考虑小肖,但今后总不可能一辈子一个人吧。"

王医生的话在荀羽耳畔幽幽回荡着,荀羽失神地低下了头。良久,她抬起脸,神情寂寥:"如果我说想拒绝,你会因此为难吗?"

王医生斟酌了一下,诚恳地说:"会有一些吧,不过也……"

荀羽打断她:"那我去吧。"继而抱歉地笑了,"这件事是我一时草率提出的,就算真的要拒绝对方,也应该由我自己出面,不应该让您难做的。"

相亲当天，荀羽被王医生早早赶回了家。

"快回去洗个澡，化个漂亮的妆，收拾妥当了再出门。记得啊，要穿裙子！哪怕你真对人家没意思，也不许丢了我的面子！"王医生朝她挤眼。

知道她是为了哄自己放下负担，荀羽配合地点了点头。

约了七点半吃晚饭，时间尚早。荀羽洗完澡，从压箱底的行头中翻出了一条毕业那年买的连衣裙。这是她唯一还没扔掉的裙子，大概因为是白色的，款式又简洁，看着不至于过时，就没舍得。平日里她虽然不太化妆，但也没到一窍不通的程度，考虑到今天场合特殊，她特地化了底妆和眉毛，再涂上口红，这才确认了一下时间，觉得差不多可以出门了。

走到门口，她一只脚刚踩进鞋里，就听见门外响起了按密码锁的声音。

肖曳推开门，映入眼帘的是陌生的荀羽，彼此明显都愣了一下。

荀羽没想到他今天会回来得这么早。自从进入暑假，肖曳的活儿就接得很多，虽然还是坚持接送她上下班，但总是只送到门口就匆匆离开了。荀羽明白，他们都在很努力地恪守着那个当作无事发生的约定，所以她今天早退的事也压根没跟他提过一句。

没想到会撞个正着。她心情有些复杂，说不上是否是心虚，也想不明白自己为何要心虚，但就是不敢看他的眼睛。人杵在那儿，一脚踩着拖鞋，一脚踩进帆布鞋，模样实在滑稽。

更滑稽的是，肖曳竟然也没动。他看她的表情有些恍惚，又有些陌生，好像从没见过这个人。荀羽被他看得更不自在，忙不迭转开了脸。

"你这是请假了？"他开口。

荀羽呆呆地抬起头，发现他人靠在进门的鞋柜边上，似乎没有要进来的意思。

见她不说话，他皱了皱眉，表情更冷了一些："要出门？"

荀羽怔了一阵，才记得要点头。

他低沉的嗓音还回荡在耳畔："我送你吧。"

"不用。"她干巴巴答，简直恨不得立刻穿过那道门，从这里消失。

可他守在门口，她也没有任意门，根本无处逃走。

"真的不用，"她重复一遍，像下了很大决心，"我约了人吃饭。"说着匆匆踩进另一只鞋里就要往门外走。

他不偏不倚挡住她的去路："相亲？"

肖曳比刚才更沉重的声音拽着她的心脏也一起堕下去，她竭尽全力，脸上的表情才没垮掉："嗯。"

"那人……会送你回来吧？"

"会的。"她感觉再多一分钟，强牵着的嘴角就要耷下来。

好在他放过了她："那好，你去吧。"

荀羽如蒙大赦，当即从他身边绕过，一分钟都不想久留。

"等等。"他突然说。不等荀羽反应，他蹲下身，"就算要走，也记得把鞋穿好了。"

他的声音仿佛一团潮湿的雾气，就要打湿她的眼睛，意识到鼻尖开始发酸，荀羽急忙捂住了自己的嘴，埋下头。

帮她系好鞋带，肖曳起身，朝她笑了笑，让开道路。

荀羽低着头，一路开门出去，快步走过拐角。不够快，她想，还得走得快一点儿，再快一点儿……只有这样，她背后的那种灼痛感才能稍微减轻一些。

相亲时候的荀羽吃饭吃得很认真，认真到几乎没空说一句废话。虽然对于对方的问题有问必答，但只要说完，她便会立刻拿起筷子。终于，能吃光的都被吃光了，面对着眼前的空盘，她发现自己再也没有掩饰的道具。场面说不上尴尬，只是有些冷清。

好在眼前的人的确如王医生所言，不仅相貌清秀，谈吐修养也极好，哪怕她表现得不够热络，他面上也未曾有过半丝不悦，总是能适当地抛出新话题，不让气氛冷场。

"我大学时曾经参加过一些公益救援项目，当然，比不上你们蓝海专业，但或多或少也有些了解，知道救援的艰难，也明白大众的不理解。但那毕竟是学生时期的事，工作后我再也没有这样的精力和热情了，所以听说你两者都在努力兼顾时，忍不住觉得有些羡慕，又有些敬佩。当然，我对你本人也很有好感。"对方说罢，坦率地看向荀羽的眼睛，笑容真诚，"那么，容我冒昧地问一句荀小姐，你呢，关于我，你是什么样的印象？"

一记利落的直球抛过来，荀羽被砸得有些晕眩。良久，她犹豫地抬起头："你为什么会对我有好感？"

她不明白。就像早些时候，她也不明白肖曳为什么会对自己产生兴趣。

她更不懂的是，在明知一切的前提下，为什么她的心还能在万般抵抗后脱离大脑的控制，陷入挣扎的地狱——爱情原本就是这样没有道理，又残酷至此的事吗？

大概没料到她会这么问，对方原本还算淡然的脸上渐渐浮起了浅浅的红晕："也许，是一种感觉吧。我看过你的照片，外形是我喜欢的类型，你的职业也很不错，再加上还从事我向往的救援工作，就实在不想错过见面的机会。"他说罢，下意识抿了抿唇，眼神微微闪烁着，似乎是不好意思。也许是为了摆脱这份羞涩，也许是真的好奇，他顿了顿，问，

"那荀小姐呢，喜欢什么样的男人呢？"

思维像突然短路的灯泡，大脑跌入了无尽的黑暗旋涡。荀羽的眼皮轻颤着，手指无意识地抓紧桌布的边角，在大片大片的混沌中，她看见了肖曳的脸——

狭长的轮廓，微微上扬的丹凤眼，晶莹的水珠顺着他的脸颊淌下，他自波光粼粼的水面抬起下巴，就那样静静、静静地凝视着她。

那是他们相遇后最美好的一瞬，死亡的阴影还没有投下，而她亦对彼此急转直下的命运一无所知。他们就那样遥遥对望着，任由冰冷的春风掀动潋滟的波心。

许久，荀羽长长吐出一口气："我喜欢一脸死相的男人。"

对面的人顿时露出了诧异而疑惑的表情："那是什么意思，高冷吗？抱歉，我对新兴的网络用语不怎么熟悉……"

荀羽的嘴角缓缓勾出一个自嘲的弧度："不是，就是一脸死相而已。"

将死之人若不是一脸死相，又能是什么呢？她意味不明的话语无可避免地为这顿晚餐蒙上了一层阴影，即便有再好的修养，对方也词穷了。

意识到自己的失态，荀羽连忙挤出一个笑容："抱歉，我是胡说的。其实我也不知道我喜欢什么样的异性，今天我之所以会来这里……"她努力在脑内组织话语，试图找到一种更为委婉的表达。

对方却率先打断了她："你不用担心，我明白你的意思。"

这下换荀羽语塞。她无措地看着他，他的笑容依然温和："放心吧，这点儿眼色我还是有的，你也不必觉得抱歉，毕竟眼缘的事勉强不来。不过，能面对面听你说救援的事迹，我倒也听得很尽兴，谢谢。"

他的宽容令荀羽更加愧疚："抱歉。"

"为什么要觉得抱歉呢？只是两个人见了一面，没能产生火花，你不必觉得抱歉，荀医生。"他说着，目光不时瞥过桌上荀羽的手机，终于忍不住指了指闪着光的屏幕，"那个，虽然现在的气氛不太适合，但你的手机响了一阵了，我想你应该是没发现。你要不要先接一下电话？"

经他提醒，荀羽才回过神。电话已被挂断，她的视线扫过屏幕上未接来电的名字，心里顿时一紧："抱歉，我先接个电话！"

来到餐厅的露台，荀羽焦急地把电话给江雨熙回拨过去。还没听见提示音，那边已经接了起来："小荀姐姐，怎么回事啊？你怎么突然就上热门了？"

荀羽一头雾水："你说什么？"

"就你骂人的视频啊！"觉察到自己的说法欠妥，江雨熙赶紧改口，"呸呸！我说的不对，是你教训那些无知路人的视频，怎么就变成社交软件的热门了？这是什么时候发生的事啊？我居然完全没听讨厌鬼提起过诶！"

荀羽更加莫名，还好江雨熙及时发来一条链接，标题是"女医生发飙现场"。

她打开，逐字看完，心登时凉了一片。视频下什么样的声音都有——

"哇，这个女的好酷！我也很讨厌那些只围观说风凉话的人！"

"呵呵，说酷的你是不是有病？这不是传说中的道德优越狗是什么？大家什么时候说不关心伤患了，我看她是心虚才会叫嚣得这么厉害！"

"哈喽？有人在现场吗？知道是怎么回事吗？到底是不是女司机撞人啊？"

"哈哈，要我说，女的没事就不要出来开车了，你看，出了事儿就知道躲在车里不出来，一点儿担当都没有。"

荀羽的手指在屏幕上定格，光照亮她的脸，她恍惚记起那个混乱的夜晚，和她因为愤怒而脱口而出的每一个字："现在有病人就躺在你们眼前，但你们只关心肇事的是不是女司机，我有没有串通司机来欺骗你们，你们有哪怕一分钟在乎过救护车什么时候能到吗？又或者真正担心过这个人是否会有生命危险。如果你们心中的正义只能通过揣测、指责这样的方式来捍卫的话——那你们可真令我觉得恶心！"

视频下方的评论还在不断刷新着，最新一条赫然写着："难道没人认出这个女的吗？就是之前大巴车急救搞出医疗纠纷闹得沸沸扬扬的那个女的啊！我看她可能是个倒霉体质？咋又摊上事儿了？"

一句话引来无数人的"哈哈哈"，荀羽也觉得可笑，就真的扑哧一下冷笑了出来。

网络是多么奇妙的东西啊，你永远不知道一件发生过的事会在什么时候被翻出来，被扒皮、剔骨、示众。互联网其实并没有大家所说的那样善忘，它是有记忆的，但互联网的记忆不问因，不计果，只在于能不能一瞬点燃看客的情绪。

当大火燃烧起来，无人知晓会蔓延向何处，也无人在意谁会被灼伤。

大家都忙着狂欢，啊，这是多么壮观的一场火！

手机再一次响了，荀羽看了眼号码，正要接，相亲对象刚好走过来，关怀地打量她："你还好吗？是发生了什么事吗？"

荀羽愣了愣，摇头。

对方体恤地笑了："没事就好。对了，单我已经买过了，特地跟你说一声是因为我不接受AA制，就当跟朋友吃个饭，你不要有负担。"

荀羽颔首，小声说：“那谢谢了。”

"方便的话，我现在可以送你回去，还是你打算去别的地方？"

"不用了，"荀羽瞥了眼仍然在震动的手机，"我们就在这里分别吧，我想一个人散散步。"她说完，沉吟了一会儿，抬起脸，真诚道，"我现在要说的这些虽然可能像在客套，但我是真心的。感谢你今晚的这顿饭，我不太会说场面话，也觉得没那样的必要，我是发自内心地认为你是一个很绅士也有魅力的人。但可能就像你说的那样吧，眼缘是不能勉强的。"

男人呆了呆，片刻，欣慰地弯了弯嘴角。

荀羽又朝他点头："那我就先走了。"

手机还在震。走出餐厅，荀羽抬起头，望着天边挂着的那轮月亮。又大又圆的盘子孤零零地悬在天上，周遭没有半颗星陪衬。越是明亮，越是让人感觉触目惊心。

荀羽吸了口气，接起电话。

"你在哪里？"

"餐厅门口。"

电话那头安静了两秒，像在判断她的情绪。

明白他的心意，她细声说："我已经知道了。"

"你在哪里？"他又问了一遍。

"回来的路上，"荀羽伸手拦下一辆空车，钻进去，"你要实在觉得不放心，就到小区门口等我吧。"

天早已完全暗下去，车窗外，璀璨的光像一朵朵漂浮在水中的花灯，静静摇曳着。

到了家门口，车还没有停稳，荀羽就看见了路灯下站着的肖曳。他一双手抱在胸前，低头，微微皱着眉，像在思索什么。她下车走过去，声线平和："放心，我没事。"

他略略抬起下巴："你确定？"

她无奈地笑了："是真的，毕竟现在也没人知道舆论会朝什么方向发展。所以就算急也没用，因为我既没有那个司机的联系方式，也根本不认识那天的病人。"

路灯照着她的脸，四下静谧无声。

"我没有逞强，反正更大的恶意我也不是没有经历过。放心吧，我没那么脆弱。"

她眼中有一闪而过的笑容，反倒像在宽慰他。

那一刻，他真的很想牵住她的手。路灯闪了一下，他的心也跟着动摇，幽暗的光影中，他的手下意识地往上抬了一寸。

荀羽忽然看向他，一双眼明亮而安静："我们回去吧？"

他愣住，心脏一瞬间跌入漆黑的水底。四周没有声，也没有光，只有一圈圈的气泡缓缓浮出水面。良久，他不动声色地收回了手。

似乎是觉得他的反应有些奇怪，荀羽默默看了他一会儿，才说："走吗？"听到答复后荀羽转过身。

望着她离去的背影，肖曳忍不住苦笑，突然就想起了很早前她说过的那句话，"我不喜欢跟人握手"。明明他曾是那样我行我素的人啊。原来越喜欢一个人，就会变得越胆怯，你不想她为难，更无法忍受自己令她感到为难。

回到家里，荀羽顺手关上了手机。她决定了，如果明天注定将迎来一场无法预测的风暴，那么她不如在今夜睡个好觉。

一夜无梦。第二天，她醒得很早。洗漱完，来到客厅，肖曳已收拾妥当等在那里。

对视一眼，他开口："去诊所？"

她展眉："好啊。"

她是不会逃跑的。过去不会，现在更不会。

手机从半路就开始响，清一色的陌生号码，荀羽逐一挂断。直到她在屏幕上看到那个有段时间没联络的名字。犹豫片刻，她接起来："程骁？"

"是我！"程骁急着答，"荀医生，你什么时候能到诊所啊？"

清晨的阳光在脚下投下斑驳的光影，她低头盯着自己的脚尖："马上就到了。怎么，你找我有事吗？"

"不、不是……"他不知道这算不算事，今天他刚好调休，看到网上视频发酵的方向不对，就忍不住为她担心，想来看看她。

"我以为你是来找我采访的。"荀羽无奈地笑了笑，"不过关于网上的那个视频，我真没什么好说的，也许采访当事人会更直接。"

"可当事人已经出面了啊，事情也解释得很清楚了，无关车祸，是他自己突然发病了。"程骁下意识接话，说罢才意识到荀羽还不知道这事，"难道你不知道吗？"

荀羽怔了怔："不知道。"她本以为，大众会继续借题发挥，没想到问题这么快就解决了。

"嗯，而且那人是从事艺术方面工作的，在桥城还算出名，这事儿一出来，当晚很多他认识的朋友媒体都帮着转发澄清了，他也公开表示了对你的感谢。"

"那你为什么会来找我？"荀羽的脚步顿住，突然嗅到一丝不对。

程骁静了一秒，半晌，才说："要不，荀医生，今天你还是别去诊所了吧！"

"你说什么?"

荀羽抬起头,就看见不远处诊所门口围着一群人。

她也看见了程骁。年轻的男孩子孤立于人群外,一手捏着手机,一手不时擦着脸上的汗,局促地在树荫下打转:"就……"

他说不出口。

就在这时,不知谁发现了荀羽,一声招呼,众人纷纷转过身,眼中迸发着热情的光芒,一股脑朝她涌过去——

"荀医生,我们是桥城电台的,想邀请你做一档人物专访。我们深入了解了你过去的经历后,发现你的亲人是因为大巴车坠桥的意外被碾压身亡的,而你在经历不幸后才加入了蓝海救援队。我想问,你是因为受这件事的影响才选择加入公益救援组织,想要去帮助更多的人吗?"

"听你过去的邻居说,你在爷爷离世后,对众人的慰问和帮助一度表现得十分抵触,请问你是为什么不愿意接受大家的好意呢?不会觉得自己这么做会伤害这些好心人的感情吗?"

"一些看过视频的人说你清高,也有很多人赞扬你高尚,真实生活中你觉得自己是什么样的人呢?你对这些不同的声音又是怎么看待的呢?"

"我们是在线心理辅导平台,想邀请你付费分享关于亲人去世后的心理重建和自我疗愈的经验。"

人群的声音好像看不见的黑洞,将荀羽的体温一点一滴吸收,她冷着脸,眉头微皱,像一棵树一样站得笔挺。

这些人明白吗?善良偶尔也会成为利刃。当人们选择用善良作为工具,撬动别人伤痛的记忆的时候,其实也可能是在那些好不容易痊愈的伤口上撒盐。

善良明明不该这么用。很多人不懂,善意如果不是遵循得到者的意愿去施与,那得到的人并不会真的感觉慰藉。

"这些问题,我都不想回答。"荀羽毅然抬起头。

知道等待自己的将会是一张张错愕的、感觉被怠慢的面孔,她仍然决定坦白自己真实的想法:"没错,你们目前所了解到的关于我的经历都是真的,但我不想也没有任何义务把自己的过去展示给所有人看。对我来说,伤痕只是伤痕,既不是荣耀,也不是耻辱,我不渴望别人的同情,也不希望被给予特别的善意。你们大可不必把焦点放在我身上,如果有那个时间和精力,不如把注意力放在事情本身,不论是为司机平反也好,为对女司机的歧视发声也好，为癫痫病人的急救进行科普都好，这些远远比关注我的过去来得更有价值。"

现场极静，而后突然爆发出一阵嘘声："你知不知道，你现在这个高贵冷艳不领情的冷漠态度是在给你们救援队招黑吗？"

"对啊！"人群里开始有人附和，"大家还不是因为关心你才会对你的经历感到好奇，既然像你说的，事情都过去了，就不能坦然地面对吗？"

"都说性格造就命运，我看你这么惨不是没有原因的，是因为性格太别扭了。"

荀羽冷冷地看着他们，始终不为所动。

"人世间的罪恶几乎总是由愚昧无知造成，如果缺乏理解，好心能造成和恶意同样大的危害。"七嘴八舌的人群外，程骁努力拨开身边的人，朗声道。

他突兀的话语吸引了所有人的视线。被目不转睛地盯着看，程骁的脸蓦地红了："这话不是我说的，是加缪说的。"

大家脸上渐渐露出了茫然而失去兴趣的表情。

肖曳看了看程骁尴尬而愤怒的脸，忽然笑出了声："你跟他们说那么复杂干什么？"

他说着转过头，谴责的目光冷冷扫过所有人："直接告诉这群家伙，立刻从这里滚开不就够了吗？"他说罢，拉起荀羽的手腕，拨开人群走出去。

像过去的每一次一样，温柔而坚定。

网络上关于荀羽隐私的讨论还在继续，甚至八卦已追溯到她的小学时期，有小学同学站出来意味不明地表示，记忆中的荀羽是没有妈妈也没有爸爸的。

言论好似潮水一浪盖过一浪，这渐渐不再是一场关于苦难的体恤与共情，而变成了一场窥探隐私的游戏。

对此，荀羽始终一笑置之。

好几天过去，肖曳找到在阳台给植物浇水的荀羽，害怕她把情绪压在心里出现问题。

她拿着喷壶，想了想："我是真的不在意了。当然，我的确非常在意过，当初程骁的朋友采访我，我一再确定会不会暴露个人信息，担心的就是会有这一天。因为那个时候我只有自己一个人，我不确定能不能扛过各种嘈杂的声音，我害怕，非常害怕。但现在不一样了，我知道，我不再是一个人，我有了朋友，也有王医生，哪怕世界上大部分的人都不能理解我，但我知道，你们一定会明白。这对我来说已经足够了。"

荀羽说罢转头望着窗外那一片蓝天，忽然没头没脑地问了句："对了，今天是不是就到九月了啊？"

肖曳愣住，颔首。

她忽然淡淡地笑了一下:"太好了!"九月到了的话,她等待了一年的约会也就要到了。

九月三号,周四,清晨刚下了一场小雨。荀羽醒来,谁也没知会,只身悄悄离开了家。

一年才来一次的江边,清早出奇地安静,再加上才下过一场雨,空气充满淡淡的泥沙腥气。三两个垂钓的人坐在岸边架杆,无一不是精神抖擞,跃跃欲试。荀羽不想走太近打扰到他们,只远远地蹲在江滩上,眺望着雾蒙蒙的江面,细声自语:"爷爷,今天天气不太好,您觉得能钓到鱼吗?"

她说完,想了想,撇嘴:"诶,还是算了,别跟我说,反正我也不懂。"

有运沙船从江上经过,噪音中,荀羽将手搭成喇叭的形状:"诶,爷爷我来看你啦!"她说完,嘴角不觉弯了弯,慢慢垂下了眼帘。

差不多坐到中午,她起身离开。简单吃过饭,她去了以前离家最近的那家超市,买了爷爷爱吃的卤菜、白酒。又转到旁边的花店去买了一捧白菊,才坐上了开往墓园的公交。

抵达时,天刚刚开始转黑。灰蓝的夜空为整个墓园笼上了一层阴霾,她轻车熟路地穿梭在石碑间,曲折地走了一阵,终于在爷爷的墓碑前站定。

初秋的空气中已有了清浅的凉意,风拂过她的发,短暂挡住了她的视野,她发现自己还是需要酝酿一点儿勇气,才能直视墓碑上的那张脸。

照片上的爷爷笑得很温柔,布满褶皱的眉目爽朗地舒展开,一点儿都不像是去了另一个世界,而像是去哪里郊游了。

然而他去的那个地方,她暂时到不了。

荀羽放下花束和食物,伸手摸了摸爷爷的脸。黑白的照片被早些时候的雨水浸得湿漉漉的,荀羽发现,面对面凝视爷爷的眼睛,自己的心脏还是会有被割裂的痛觉。

手指一下下抚过那张脸,冰冷的大理石壁因此沾染上了她的体温。

不知摩挲了多久,身后的天慢慢黑了下去,荀羽终于肯收手,缓缓蹲下了身:"爷爷,我给你带好吃的来了,要我陪你喝一杯吗?"

空寂寂的墓园里,回应她的只有风声,那风吹得她身心一阵冰凉。

忽然间,她听见身后飘来一道熟悉的声音:"我也陪你一起吧。"

她愣住,感觉大脑有些晕眩,努力思考为什么他会出现在这里,但没有任何头绪。

那声音越靠越近:"我们吃什么啊?"

她终于缓过劲儿:"你为什么在这里?"

肖曳不答,只凑过身子,低头端详着袋子里的内容:"卤菜啊,还有酒?原来你要喝酒吗?"

荀羽鼻尖一酸："不是我喝，是爷爷喜欢喝。"不过也不是什么好酒，只是路边小饭馆随处可见的歪嘴郎。

肖曳微笑："那好，今晚我们就陪爷爷好好喝一杯吧。"

荀羽轻吸着气，努力平复着内心的情绪："你还没回答我你为什么会在这里呢。"

他蹲下身，平视她的眼睛，面色肃穆而慈悲："荀荀，不要以为只有你记得这天。我相信那天在场的每一个人都不会忘记今天。"

雨欲下未下，天空飘过几团棉絮般的乌云，遮住了月亮大半的脸。

肖曳拧开瓶盖，喝了一口："能说说爷爷是个什么样的人吗？"

荀羽捧着酒瓶晃了晃，骄傲地扬起下巴："当然是个好人，是个英雄！"

她脸上极少出现这样天真稚气的神态，他看得入了迷，许久，哑声问："还有呢？"

"我想想啊，他是个很温柔、很宽厚的人，也是个特别谨慎，喜欢唠叨的老人家，每次我出门，都会嘱咐我小心危险，注意安全，早些回家。"

荀羽说话的声音越来越轻，越来越轻，肖曳回过神，发觉她手中的瓶子已空了一半。

"你喝得太快了。"他微微皱眉。

"一年三百六十五天，也就今天……"她的话音停在这儿，又拿起瓶子，灌了一口。

没跟荀羽喝过酒，肖曳不知她酒量的深浅，只好时刻盯着她。

他这副紧张而拘谨的模样有些可爱，荀羽歪着头看了他一会儿，唇边勾起一个浅浅的弧度："你以为我这么容易喝醉的吗？"

"那可说不好。"肖曳闷声回答，又喝了一口。

雨不知何时飘了起来，荀羽仰起脸，孩子气地伸出手去接雨点，口中念念有词："一滴、两滴、三滴……"

她反常的幼稚举动看得他心神一恍，那好不容易埋藏起来的感情好像也浸了一遍雨水般，汹涌得就要破土而出。他情不自禁伸出手，想去碰碰她的脸。

那一霎，他后知后觉地领悟，也许醉的人是自己。

附近村子倏然传来三两声狗吠，肖曳的动作被这突兀的声音打断，手一时悬在半空。猛一下觉察到自己的失态，他赶紧收手起身："下雨了，我们回去吧。"

"还没到十二点呢，我要陪爷爷过完今天。"荀羽还看着雨。

肖曳握紧拳头："会淋湿的。"

"我不怕。"

"可我怕。"

荀羽抬起头："哦，你怕什么？"

她的眼睛亮晶晶的，像闪烁的星星，他因而确定她的酒量是真的不行。又或者，是他的酒量不行，所以才会把她的眼睛当成星星。

他叹气，颤声说："我怕，我不能遵守那天和你的约定。"

"噢，原来你怕这个。"她喃喃，端起瓶子，将剩下的酒一饮而尽，嘴角忽然浮起一抹戏谑的笑意，"我跟你就不一样了，我怕的事有很多很多，你不会比我更怕的。"

雨点噼啪砸下来，月亮最后的边角也被乌云遮住了，消失了。耳畔死一般寂静，肖曳听见了自己胸腔中的心跳，和荀羽加速的呼吸。

"你怕什么？"

"我怕什么？"她复述一遍，感觉眼睛进了雨水，"我什么都怕。"

"荀羽！"他好久没这样连名带姓叫她。

她被喊得发怔，良久，抬起被泪水沾湿的脸："我最怕……"

最怕我喜欢你，却无法改变你的命运。

如果一段爱情还没开始便已经看见了消亡，怎么还会有女人选择开始呢？但如果一段爱情它就在你身边，好像你赖以生存的空气，你要如何才能做到不呼吸。

他不该出现在墓园的，荀羽哀伤地想。或许不是墓园，在一开始，他就不该出现在她的世界的，她孤独的、封闭的、只看得见死亡的世界。

是他打破了她身上坚硬的壁垒，将她拽进了一个全新的、温暖的、开放的，能够看见人间美好的世界。

他让自己相信自己不再是一个人，他让她释怀了那么多悲伤的往事，他明明让自己改变了那么多，而她却连擦掉他脸颊上的死期都做不到。

她不甘心。岂止不甘心，她简直恨！

或是醉意攻心，又或忍耐到极限，荀羽苦笑了两声，泪水呛进了喉咙："你还记得你不断追问我的那个问题吗？我去医院干什么，我究竟在寻找什么？我想，我现在可以回答你了。虽然这个答案听上去会很荒谬，但它的确是真实的——那天，我是去确认蒋涛的死期。我拥有只要握住手就能看见一年之内将死之人死期的能力，所以我不仅能看见蒋涛不会死，我还能看见……"荀羽捧住脸，身体不断颤抖着，"你就要死了。就在明年的二月十三号。"

第十五章 消失的名字

说出来了。一刹的痛楚后，荀羽胸中盛满了巨大的空茫。

她空洞的双眼看向肖曳，黑暗中，他眼中轮番闪过震惊、疑惑、荒诞、可笑、恐惧，最后那些情绪全部糅杂在了一起，变成了纯粹的苦涩。荀羽胸中的痛觉忽然反刍。她凄惶地看着他，声音充满了无措："你是不是……觉得我疯了？"

那声音被风撕扯着，好像破布，随时可能碎掉。肖曳一怔，点头，又摇头。很长的一声苦笑后，他艰难地别开脸："你知道……我现在的感受吗？"

空气安静了两秒。

"最初只觉得，啊，这算哪门子拙劣的谎？如果仅仅是为了拒绝我，你不需要做到这样的。可是想到你有过的那些举动，我又不确定了，就像我说的那样，如果仅仅是为了拒绝我，你大可以撒别的谎，更容易让我相信的谎。因为这个谎实在太荒诞了，荒诞到我已经开始害怕它要不是个谎，我该怎么办。"

听着他压抑的独白，荀羽的嘴唇翕动了两下，面上一阵惨白。嘴里很苦，太苦了，苦得连发声的力气都没有。她脱力地坐到了地上。肖曳低头看她，眼神却没有焦点。她不知道他此刻在想什么，因而更怕，下意识地伸手，犹疑着拉了拉他的衣角。

他的目光终于在她的脸上聚焦，嗓音苦涩而低沉："你说，你能看见是吧？"

"唔。"她含糊地答，感觉恍惚。

他却骤一下捉住了她的手："那么告诉我吧，你看见了什么？"

他突然的使力令她掌心一痛，受惊般想要挣脱，可他抓得实在太紧了，紧到贴着的那块皮肤像着了火一般地痛。雨水顺着交叠的指缝淌开，他的声音晦涩："你看见了什么？既然是我的命运，我想，我有了解的资格。"

泪水自荀羽脸上滑落，她嘶嘶抽着气："数字，红色的数字。"

"在哪里？"

"眼角那颗痣下面。"

肖曳面上有一阵空茫，握着她的手缓缓垂下去，良久，嘴角勾起一个浅浅的弧度："噢，那好看吗？看着不会很奇怪吧？"他这么一笑，她心都碎了。

"你不要这样！"荀羽捂住脸，"不要把这种重要的事说得那么轻率！"

因为这比指责、比崩溃，会更令她难受千倍万倍。

"为什么又决定告诉我？"他喑哑的声音在夜色中回荡。

荀羽呆住了。为什么？她到现在都没能好好想过这个问题。

是酒后一时间的冲动，还是深思熟虑后的选择，又或者只是单纯地因为自己要窒息了——他就在自己的身边，无所不在，她却必须竭力隐忍，一次次逃避他。

她已经无法呼吸了。可告诉他后，她又要怎么做？选择他，还是更用力地推开他？

她想不明白，但她不想再撒谎了："因为我喜欢你。我发现和害怕相比，我更不能忍受这样拼命地远离你，我已经难受得快不能呼吸了。我曾经也努力过，寄望于自己能做些什么。但迄今为止，我什么都没能做到，我看见过死期的人，他们都死去了，我从没能改变过谁的命运。"她哽咽着，肩在颤抖，"我不知道，也不确定，除了看见之外，确认之外，我还能做什么，能做到什么程度，能不能改变。我没有信心，我觉得……对不起。"

肖曳垂眸看着她，眼睛是红的，她以为他就要哭了，他却笑了："又不是你要我死，为什么要说对不起？"他摸摸她的头，"而且，你刚才说喜欢我，是不是？"

是她说的，可……

"怎么办，我好高兴！"他眼中闪耀着幸福的光，就像个手足无措的青涩少年。

荀羽从没有见他这个样子过，因此更加心酸，忍不住伸出手，紧紧抱住了他。

肖曳猛地一怔，笑容僵在了脸上。刚才还努力压抑着的情绪，因为她突然的举动顷刻被引得溃了堤。

"你啊，是第一次主动抱着我呢。所以是我要死了的安慰奖吗？"他叹息着，有什么顺着眼角淌下来，落在她的肩膀上，和雨水混淆在一起。

"你是什么时候发现自己有这种能力的？"他问。

"爷爷去世之后。"她寂然答,"殡仪馆为爷爷下葬的人死在了我在他身上看见的日子。还有,后来,一个来诊所的小姑娘也死在了我看见的日子,我亲眼看到她……"

话音断在这里,她说不下去了。呜咽声响彻耳畔,像是某种濒临极限后的释放。

他情不自禁将她抱得更紧:"我明白了,你不用再回忆下去了,我都明白。所以你也给我一点儿时间吧,让我来想想,如果我相信了你所说的一切,接下来要怎么做。"

雨下了一夜,一直绵延到隔天的清晨。

荀羽整宿没合眼,天蒙蒙亮便猛一下坐了起来。昨夜的记忆尚在脑海,肖曳的每个动作、每个眼神、每句话。然而当她细细去想,却越发觉得不够真实。

她冲出了房间,迫切想确认这一切都是真的。客厅里还拉着窗帘,室内一片黯淡,荀羽怔怔站在原地,身后忽听传来一道熟悉的声音,像没睡醒,有些疲倦:"你怎么这么早就起来了?"

她鼻子一涩,又想到了那该死的日期,过去她明明不会这样的。

这样脆弱,又这样无措。

"我送你去上班吧。"肖曳说。

她连忙擦擦眼角,转过身,却发现他脸上竟挂着和平时一样的笑容,心里的难受顿时又不受控制地涌了回来。

"因为爷爷的忌日,我调了两天休,所以今天不上班。"听出她字里行间的鼻音,肖曳愣了愣,不说话了。

气氛变得有些僵硬,还好肖曳兜里的手机适时响了。他随手摸出来,视线却仍定格在荀羽的脸上,空出一只手,替她拭干刚涌出的眼泪:"喂?"

那边是张哥的声音:"肖曳吗?队里刚接到公安指挥中心的搜救指令,有人在3号桥江边失踪了,据称失踪者的情况有些特殊。"他说着停顿了一下,"你今天有时间参与搜救吗?"

"有的。"他答。与其这样把时间浪费在这没有结论的伤感中,他选择去做更有意义的事。

"我也去!"荀羽擦干眼泪,坚决道。

张哥愣了一下:"小荀今天不用上班吗?"

"我今天休息。"

张哥想了想,说:"那行吧。对了,之前视频的事队里的人都知道,因为我清楚你的性格,所以特地吩咐大家不要来打扰你。你呢，也千万别把这件事放在心上。我们蓝海没受到什么影响，那些骂你的人不会对我们这样的公益组织真正感兴趣，反之，感兴趣的人就一定能理解你。"

"我知道。"荀羽知道张哥是在给自己做心理建设。

果然，他接下来话锋一转："不过今天你要去打捞现场的话，也要有点儿心理准备，可能会有围观的人认出你，跟你搭话，但如果你不想回应，也没关系。我们都是去做正事的，不是去聊天的，只要你自己不往心里去就行。"

"我明白的，"荀羽笑了一下，"张哥你就放心吧。"

"那我就——"张哥话未说完，手机却忽然没了音，荀羽以为是雨天信号不好，示意肖曳换个地方，但手机那头还是没声音。

关于搜救任务的信息还没有交换完毕，两人对视一眼，正准备挂上电话重新拨过去，那边又突然有了声音，只是张哥的声音听上去比刚才低沉了许多："不好意思，刚接了个电话。"

荀羽觉察到他情绪不对，却不好多问。

张哥继续说："那先这样，我正往集合地点去，搜救相关信息后勤的人会整理好转发给你们，你们路上再细看吧，先收拾收拾，去集合点。"

雨还在下着，到了地方，荀羽老远就看见了蓝海的车。车窗没关，里头的队员们聊着天，看见他们后从车窗探出头打招呼："到了啊？快上来吧！"

上了车，荀羽发现其他人都在看她，全都一脸欲言又止的样子。知道大家担心自己，荀羽笑了："放心，我真没事，你们就别担心了！"

"没人骚扰你吧？"有人迟疑片刻后问。

荀羽摇头，脸上的笑容还在："可能看我不好惹吧，随时会揍人的那种！"

她过往不怎么说笑，今天竟说出这样的话，大家纷纷畅快地笑了起来。

"荀医生，你好像变开朗了不少。"有队员感叹。

旁边的人跟着附和："对啊，我以前都很少看你笑的，尤其这回遇上这样的事，你竟然一点儿没受影响，太厉害了！"

荀羽偷看了肖曳一眼："是啊，我也觉得我特别厉害！"

车上的气氛一下子轻松了不少，荀羽和他们说了会儿话，偏头发现张哥正在专注地清点着今天可能会用到的设备，她想跟他打声招呼，结果张哥的手机响了。

不等她开口，张哥已经拿出手机，把电话挂断了。"出发吧！"他转头看向众人。

刚才还热闹的车内忽然安静，所有人郑重地点了点头。一路上，张哥的手机铃声依然不断，他掐的次数越多，平日里温和的脸上阴霾便越发沉重。

蓝海气氛一向融洽，可关于别人的私生活，彼此都还是会恪守一定的距离。

荀羽想了想，决定暂时将这件事放到一边。

没多久，蓝海的车在3号桥附近停下了。大家下了车，走到桥栏边往下张望，此时桥下已经围了不少的人，有水上公安，有海事局，还有消防，更有围观的路人。

因为桥太高，没法立刻判断桥下的情况，张哥命令道："大家先把装备搬下车，运到江边，我和肖曳先下去跟相关工作人员进行沟通。"顿了顿，他又补了句，"小荀也一块儿来吧……这次的失踪者是个年纪跟你差不多大的女性。"

荀羽愣了愣，点头，一下子懂了。从事救援工作的女性寥寥无几，有她在，在跟家属沟通的时候，也许能更好地起到安抚作用。三人快步朝桥下走去。荀羽边走边问："对了，我想起你刚才在电话里说过她的情况有点儿特殊。"

"嗯，因为她脱鞋了，不仅脱鞋了，还留下了挎包。她的身份之所以能这么快就确定，是因为包里不仅找到了她的身份证，还有家庭所住小区的门卡，只要有人报警，就能立刻调取到身份信息，联系到她的家人。"

"特地脱鞋这种情况比较少见，但也不算特殊。"荀羽谨慎说道。

"特殊是因为，"张哥顿了顿，偏头看她，"她是个十一个月大婴儿的母亲。"

"哺乳期？"荀羽心中咯噔一声。

"放心，失踪的只有母亲，孩子没事，现在正在家里。失踪者是凌晨从家里偷偷离开的，小区的监控有留下记录。我担心这个案子很快会引起媒体的注意，所以希望能尽快把人找到，让一家人得到安宁。"

三人抵达现场，在已经事先沟通的情况下，很快有警察过来交流搜救进展。

"现在什么情况？"张哥问道。

警察看了一眼雨后浑浊的江水："我们的人都还在江面搜索，目前没有发现，也可能是雨天水流湍急，被冲远了，可能需要扩大搜索范围。"

"我们的人马上就位，会加入搜索中来，有需要的话请尽管开口，我们一定尽力配合，争取尽快找到失踪者。"

"每次都能得到你们的支援，我们警方十分感谢。"

"这是大家共同的志愿，不存在的。"

警察欣慰地点点头，和三人分别握了握手："那好，下一步的搜救方案，我们稍后再沟通。

我得再去看看家属那边现在是个什么情况。"

"家属那边的情况还是很糟糕吗？"荀羽问。

"是啊，之前一直处于失控状态，刚冷静下来没多久。你知道我们现场到处都是男人，大老爷们吃苦受累不会眨一下眼，但安慰人就真的……"

荀羽想了想："我能一起去吗？"

"也不是不行。"警察沉吟，"要不咱们先一起去看看情况吧。"

刚好一部分装备运到了，肖曳准备去接应，听荀羽这么说，轻轻拍了拍她的肩："那我们就先分开行动？"

"嗯！"

"那你得答应我，今天无论再发生什么都不准哭鼻子。你最近哭太多了，再哭的话，小心变丑。"他开玩笑的声音很轻，几乎被风吹散。

荀羽安静了一阵，扬眉："胡说八道，熙熙都说我好看！你再污蔑我，我可就要揍人了啊！"

肖曳笑了："没错，就是这个样子！好了，你去吧，我们争取努努力，今天之内把人找到。"

荀羽和警察来到一小块隔绝于人群之外的空地上，野草随风摇曳着。失踪者的丈夫就坐在那儿，身旁是两位长辈，所有人都呆怔地眺望着雾蒙蒙的江岸，空气安静得仿佛凝滞了一般。

警察小声向荀羽解释："那就是失踪者的家属，还有他的母亲和老丈人。"

荀羽颔首，默默跟着警察走近。本以为最初的失控已经过去，但他们的出现却似乎再次挑动了家属的神经，失踪者的丈夫一下子从地上弹了起来。

他拨开身边的亲人，大步上前，对警察嚷道："警官，我想了很久，还是接受不了！我不信，我不信我老婆会自己跳到江里去！大家不都说自杀是因为日子过得不好吗？可你看，我们一家人和和美美的，我和我老婆感情也没有一点儿问题，平日里她要什么，我都尽量满足她，孩子一生下来，我怕她一边带孩子一边上班太辛苦，还鼓励她辞了职，现在就专门在家带孩子，别的事都不用操心。你说，这样的生活，她为什么会平白无故去投江？她有什么自杀理由？是不是你们把人搞错了？要是她的身份证被人偷了，刚好丢在这附近呢？你说啊，是不是这样？不然我真的想不明白，我想不明白！"

冰冷的雨点拍在他的脸上，男人双眼通红，五官因痛苦而显得扭曲。

听完他的话，跟在他身后的母亲也崩溃了。她一把扯开自己儿子的手臂，也挤到警察跟前："警官，你听到了吧，你听到我儿子说的了吧？我儿媳妇没理由要寻死啊！"

几近嘶吼的声音，让全场人战栗。

她的胸口剧烈起伏着，一手死死拽着警察的手臂不放："别人看不到不敢乱说，但我跟他们住在一起，我有资格讲，他们两口子的感情一直很好，我儿媳妇平时不用操心赚钱，就只在家里带个孩子，怎么好端端就自杀了呢？我看啊，这事儿搞不好都不是小偷，就是有人嫉妒她，想害她！想害得我家家破人亡！害我家小孙子从小就没了妈！我的小孙子啊……真是太惨了……太惨了……"她说着，捂着脸号啕大哭起来。

警察体恤她的这份心情，安抚地握着她的手，郑重承诺道："目前虽然还不确定事情究竟是怎样的，但我答应你，我们警察一定会把整件事弄清楚，给你们一个交代。"

可惜任何安慰在此刻都显得无济于事，失踪者的婆婆仍止不住啼哭，嘶哑的声音回荡在每个人的耳畔，仿佛置身于人间地狱。

气氛格外压抑，荀羽默默吸了口气，一抬眼，刚好看见失踪者的父亲。和丈夫婆婆不一样，他是在场唯一一个没有哭的亲属。

雨还在下着，他的视线既不在女婿身上，也不在亲家身上，而是一动不动地盯着江面。

荀羽感觉自己的心脏骤然揪紧了。只有经历过的人才明白，这样无法释放的悲伤有多难受。她走过去，默默递过一张纸巾。

失踪者的父亲愣了愣，诧异地看了她一会儿，忽然就淌了泪。

他哭得极克制，一边哭一边急于拭去刚涌出来的泪水，喃喃着："我真是，哭什么啊哭，不能哭！得好好看清楚我女儿在哪儿呢……"他说罢，转头望向江上搜救的船只，声音渐渐又有了鼻音，"我就觉得特别对不起我女儿，不知道她是不是真的过得好，有没有受了什么我不知道的委屈，才会这么想不开，一想到这儿，我就连哭都没脸哭了……"

没多久，蓝海的装备就绪了，队员们很快也划着皮划艇加入搜寻失踪者的队伍。

但天下着雨，江上的能见度和平时比明显变差了不少，给搜救工作增加了不少难度。

救援队能用上的工具都用上了，水下摄像头、自制的钩子、大网，但始终毫无发现。

"这就怪了啊，按理说，搜救力度这么大，怎么都应该能找到一点儿线索的，好歹衣服什么的。"

"还是说，人已经完全沉下去了，卡在礁石缝里了？可咱们将摄像头放下去，不也什么都没拍到吗？"

"所以还是得人潜下去？"

"警方不是说了吗，暂不采取下潜的方式，下着雨乱流比较多，流速超过1.5米每秒，不适合下潜，优先考虑潜水员的安全。"

"我说万一，就是万一啊——要是人其实没事儿呢？"

"你说什么傻话呢！在这水里泡着，三分钟就断气了！"

从上午搜到下午，所有人都筋疲力尽，休息的时候，忍不住悄声议论起来。

肖曳也听见了，想了想，去找张哥商量："我们要不要扩大搜索范围？"

张哥颔首："警方的人也是这么打算的，这次我们会把搜索的重点放在岸边的礁石和草丛中，考虑天气对水流的影响，也可能人已经被冲上了岸。"

搜救工作不同于其他，虽然目标明确，但实际操作起来有很大变数，有时只需要几个小时，而有时却会耗费几十个钟头甚至更久都一无所获。

经历过一整天的失望后，傍晚，加入搜救的社会力量变得越来越多了。

有附近的渔船晚饭都顾不上吃，就开始帮着一起打捞，灯光在无情的水面上交织，冰冷的夜晚似乎也因此变得温暖了一些。

时间一点点流逝，入夜，岸上的人依然没等到期望的消息。

雨势开始逐渐变大，按照气象台的说法，今夜的降水量还会上升。

3号桥不同于1号桥，附近照明设施没有那么完善，算是桥城相对偏僻的一座跨江大桥。考虑到搜救难度以及搜救员自身的安全，各单位共同做出了决策，等雨停后再继续作业，目前先暂停搜救。

救援队的人也开始准备回撤。荀羽一从皮划艇上下来，便急匆匆奔向了失踪者的父亲："抱歉，今天不能再找下去了，不过明天雨一停，大家就会继续的。"

"谢谢你们所有人。"他转头感激地朝荀羽鞠了一躬，一滴泪落在泥泞的地面上，"今天真是太辛苦你们了！"

深夜十一点。卫修收拾好为大家做完消夜后的厨余，拉开门正准备出去倒垃圾，就发现门边的角落赫然坐着个女孩。无人的走廊里安静得没有一点儿声音，少女紧靠着墙，蜷缩成一团，一张脸埋在膝盖之间，只露给他一个黑漆漆的发顶。

卫修怔了两秒，矮身把垃圾袋放到一边。"你怎么在这里？"他抿了抿唇。

不得不说，看她出现在这里，一向很少受惊的他也吓了一跳。她应该已经上大学了吧？之前有听张哥提起过，说是顺利考上了桥大，和郝遥同一所学校。他听到这个消息的时候很为两人高兴，少女们的人生终于跨出了崭新的一步。

蹲在角落的人不说话，气氛有些沉闷。

他眼眸一垂，跨出门去。蹲下身，他歪着头，试图从下往上对上她的视线："宁宁？"

张宁终于抬起了脸，一双兔子眼红红的："我跟我爸吵架了。"

她鼻音很重，声音压得很低，听上去伤心得厉害。

卫修听得一愣："他现在应该还在3号桥那边搜救吧。"今天他有事，所以没能及时参与，打算明早雨停了再一起过去的。

"早上吵的，吵完他就不肯接我电话了。"张宁说着垂下头，手指无意识地抠着牛仔裤上的破洞。

卫修这才注意到，她只穿了一件T恤。这个天气不下雨一件T恤勉强足够，但下雨的话，还是有些冷了。他起身："这样吧，你先进去坐一会儿，我找件衬衫给你穿上。今晚他们已经收工了，我做了消夜，你也吃一点儿吧。晚点儿我再给张哥打电话，让他来接你回去。"

张宁却一动不动。卫修以为她是坐太久，腿麻了，主动伸出手："我拉你起来？"

没想到小姑娘往旁边一缩："我不回去！你不用管我，我就在这里坐一会儿就走！"

这个回答在卫修意料之外，思索了一下，他问："可以先给我一个你不想回家的理由吗？"

张宁又不说话了。知道不能急着要答案，卫修不慌不忙地在她面前重新蹲下："那你总可以告诉我，你冷不冷吧？"

张宁望着他的脸，眼中盛满了慌张。她以为他会生气，可他的笑容却那么温柔，一双眼被灯光染成了漂亮的琥珀色，好像图片上看到过的朗姆酒的颜色。她还没喝过那么烈的酒，却隐约嗅到了那种醇厚的香气，突然就感觉特别不甘心——到底是大人啊，大人就是游刃有余。

她安静了一会儿，瓮声瓮气答："冷。"

"我去给你拿件衣服？"卫修的声音里藏着笑意。

"拿了衣服就赶我走吗？"她顿时紧张起来。

"不啊，"他终于笑出来，眼睛弯成两弦月亮，"我打算陪你在这坐一会儿。"

坐这？张宁的嘴缓缓张成了"O"形，她怎么好意思让他真的陪自己在走廊里坐着呢？"不了不了！"小姑娘像被火燎到屁股似的，一下子跳起来，"我还是跟你进去吧！"

计谋得逞，卫修满意地勾了勾唇角："进去吧，记得先洗手，一会儿帮我摆下碗筷。"

荀羽和肖曳一进门，就看见在餐厅里摆筷子的张宁。

荀羽怔了一下："宁宁，你怎么在这儿？"

张宁和她对视一眼，迅速低下头不说话了。

一旁沙发上的贾世豪听见荀羽的话，忍不住抢白："我知道！就青少年的叛逆期呗！不想回家，只想出去找朋友玩，呃，找哥哥姐姐玩也行。反正我最有经验了！"

张宁听得脸色微变，肖曳见状，不动声色插嘴道："宁宁是不是叛逆期不好说，你倒挺像叛逆期的。"

贾世豪一听，脸瞬间垮了："我说曳爷啊，你可别埋汰我了，我可连青春痘都长不出了。而且今天我爸才把我抓去寺里吃了一天斋，念了一天经，我哪儿还能叛逆啊，我都快立地成佛了我！"

肖曳原本只是为了缓解尴尬，哪知张宁听完两人的话，还是急了："我不是叛逆期，我是跟我爸吵架了！"

"吵架？"荀羽诧异。

张宁涨红了脸："可我跟他吵架是有理由的。我不是乱发脾气，而且他先挂了我的电话！之后再打还一直不肯接！"

荀羽恍然，原来今天张哥一直挂的电话是宁宁打来的啊。

"那你们是为了什么吵架呢？"荀羽缓了两秒，谨慎问她。

张宁却不说话了。

荀羽感到了棘手。张宁虽说年纪还小，但也成年了，自然不能拿哄孩子那套方式去对待她。可单亲父女的矛盾她没经历过，也不确定该用什么样的方式去劝导她，只能凭着自己的理解去尝试："张哥今天的确很忙，可能没来得及跟你说，早上蓝海接到了搜救任务，我们一直折腾到现在才回来。我想，他那时急着去救人，一定不是故意不接你电话的。"

"我当然明白他是为了救人！"张宁愤愤道，却是委屈的哭腔，"可我更知道，他就是故意不接我电话的！因为他明知道今天是我妈的生日！"

场面顿时无声。

"宁宁。"卫修端着餐盘从厨房走了出来。

听见他叫自己，张宁惶惶地转过了身。他眼中明明没有责备，她却不知怎的突然感到羞愧："对不起，我不该这么大声的，我跑来这里打扰你们，还跟小荀姐姐乱发脾气。"

虽惊诧于卫修对张宁的影响力，荀羽还是极力佯装无事："没事，吵完架都会有点儿情绪，我们谁都不会往心里去。"

张宁的眼眶倏地红了。

卫修将盘子放到桌上，拿出手机："这样吧，张哥那边我负责联络，毕竟这小孩儿是我放进来的。"

"我不是小孩！"张宁当即反驳。

卫修偏头打量她一眼，淡淡笑了："我说是就是。"

第二天荀羽要上班，其他人也要展开二轮搜救，吃过消夜，大家就分别去准备洗漱休息了。

荀羽给张宁拿了新的牙刷和毛巾："修修说，张哥已经同意你今晚住这里了，不过只有今晚。"

张宁还惦记着被卫修当成小孩的事，怏怏地点了点头。

"答应我，回去之后，跟张哥好好聊聊。"

"我没什么想跟他说的！"提到爸爸，张宁又嘴硬了起来，"我妈一年一次生日，我明明早跟他说过了，这回一定要一起过，给她一个惊喜，也约好了一起去她单位接她，再去吃顿大餐，他也答应我了。可他竟然又骗了我，跑去救援了！我已经半年多没见到我妈了，高考后，我妈也没来找过我，说单位要她出个长差，我实在太想她了。他过去总是念叨着要我理解他，但他从不理解我，我第一次觉得我妈跟他离婚实在是太对了！"

"宁宁，"荀羽叹了声气，"这些话你对我说没关系，但答应我，千万不要当着张哥的面说好吗？不因为别的，因为你是他唯一的女儿。我从不认为亲人之间就必须做到绝对的理解，但你也千万别轻易伤了他的心。"

一整晚，张宁都因为荀羽的话辗转反侧，睡不着。她干脆绕过旁边已然入梦的荀羽偷偷爬了起来。

推开门，走廊里黑乎乎的，她不敢开灯，小心翼翼地摸着墙壁往客厅去，突然就感觉撞到了一堵人墙。

"宁宁？"是卫修的声音。

张宁吓了一跳："唔！"

"你怎么在这里？"

"我……睡不着。"

四目相对，他的眼睛好像黑夜里的星星。看久了，他笑："认床？"

张宁支吾道："还好。"

他又问："看吗？"

她惊讶地扬起脸："啊？"

"雨停了呢，"他转身走到窗边，拉开了窗帘，"刚看见一颗星星。"

张宁一边向他靠近一边好奇地问："你都不睡觉的吗？"

"我睡得很晚。"

"你好奇怪。"她吸吸鼻子。

卫修不以为意："住这房子里的人都挺奇怪。"

"不，你最奇怪。"张宁说着抬头，试图寻找他说的那颗星星，找了好半天才看见。那么黯淡的一粒葡萄籽被乌云缠绕着，也亏他能发现。

"为什么？"卫修回过头，眼中有迷惑。

"因为，因为……"她词穷，谁让她喜欢他，不对他好奇啊！张宁鼓起勇气道，"对了，以后我可以叫你修修吗？"

"为什么？"

"不为什么，大家都这么叫。"张宁小声说。

"唔。"卫修垂眸，半张脸浸没在黑暗中，声音淡淡的，既没说行，也没说不行。

张宁愣了愣。大人啊，偶尔还真是狡猾。不知怎么的，跟卫修漫无边际地聊了会儿天后，她感觉整个人安定了不少，回到房间，没多会儿就睡着了，还难得地梦到了小时候。

那时爸爸还没有跟妈妈离婚，他们一家三口是学校家属区里最完美的典范家庭。妈妈是个很温柔的人，每天都会做好一日三餐等着他们，学校每次外出活动，也属她的便当最丰盛。可能是她迟钝，她也搞不清楚，一切究竟是从什么时候开始出了问题。

是从爸爸没能及时赶回家参加外婆的生日宴，还是爸爸没能在妈妈阑尾炎手术的时候及时出现在病床前？他总是不是在救援的路上，就是在救援的现场。

他因此得到了很多人的感激，可这一切的代价是妈妈把一纸离婚协议放在了他的面前："我累了，也不想再为同一件事继续跟你起争执，每当那时候，我就会不断陷入自我否定里，觉得自己很狭隘自私，我不想让自己看上去那么丑陋。也许是你看错了我，又也许是我看错了你。我已经想得很明白了，我只是个很普通的女人，从没想过要嫁给一个英雄。"

留下这些话的第二天，妈妈搬出了学校的家属楼。

张宁的青春期大部分时间都是一个人在那栋家属楼里度过的，她知道，这件事后，爸爸一直在努力平衡着花在她和救援队上的时间，但偶尔她还是觉得很伤心，比如这一次。

天蒙蒙亮，张宁睁开了眼。

身旁的荀羽已经不在了，她呆怔了两秒，准备坐起来，突然感觉到小腹传来一阵胀痛。完了！她脑子顿时空白一片，她怎么把最近要来例假这事儿给忘了！

置气出来，她连一身换洗的内衣都没有，本打算今天去买的，但肚子好疼，她躬着身，慢慢躺了回去。荀羽洗漱回来，就看她抱着被子，人拧成了一团。她瞬间了然，找出卫生棉给她："先换上？"

张宁哑声说了句"谢谢"，捂着肚子冲进了卫生间，回来后又恹恹地躺回了床上。还好今天是周六，否则她还不知道要怎么回学校。

"是没有换洗的内衣吧？"荀羽体贴地问。

张宁不好意思地点头。

"我这里也没有备新的，"荀羽想了想，"要不这样，我去帮你买。"

"还是算了。实在太给你添麻烦了，而且你不是要上班吗？"昨天才对荀羽发脾气，张宁今天多少还有些不安，忙拒绝道。

"没关系，总不能让那三个家伙帮你去买吧？"荀羽笑了，拿出手机，"而且买个内裤，耽误不了多少时间，我先去打个电话，说晚些到诊所。"

跟王医生把假请好，荀羽便出门了。可走到小区门口，她却犯起了难，小姑娘已经成年了，应该会想要更精致一些的款式吧，附近超市里的可能不太适合。

她琢磨了一会儿，打车去了附近的一家商场。刚开门的商场几乎没什么客人，荀羽看了一下指示牌，直奔二楼的少女居家服饰品牌。

坐上扶梯，她的手机突然震了一下，提示有一条新消息，是肖曳发来的："不吃早饭？"

"有点儿事，先出门了。"她回完消息，视线无意扫过另一侧下行的扶梯。因为没有别的乘客，荀羽的目光很容易就落在唯一那个拎着大包小包的微胖女人身上。

一大早就来疯狂购物啊。荀羽咂舌，不由多看了她一眼。也就是那一眼，让荀羽全身的血液都冻住了。怎么是她！她不是投江了吗？

努力回忆着昨天收到的搜救任务信息里附着的失踪者的照片和身形信息，虽然无法百分百确定，但荀羽觉得这个女人基本符合照片中的特征。

没时间多想，她直接逆行追了出去。在她的身后，隐约飘过两个售货员的声音："你看到没，那个一开门就来买巨多东西的女人。"

"看到了，这是终于买够了吗？真稀奇了，这么早就来购物，而且现在还用现金付款的人已经很少了。"

心中的想法从侧面得到了证实，荀羽跑得更拼命了。她一边跑一边拨肖曳的电话："我找到那个失踪的女人了！"

肖曳正准备出发去江边的现场，听清她的话，明显愣住了："你不说有事吗？难道是去了现场？"

"不！我在商场！"荀羽重重喘着气，左顾右盼着，终于再次找到了女人的背影。

她刚坐进露天停车场里的一辆车中。

荀羽急忙追上："我看见她了！她根本没有跳江！她刚在商场买完东西啊！"

一路冲过去，荀羽顾不上说话，直接用手臂挡在了车前。

正要发动车子的女人被突然窜出来的人影吓了一跳，定睛一看，发现是个陌生的年轻女人，赶紧松开了踩在油门上的脚。

两人对视着，女人看荀羽的神情渐渐由惊恐和愤怒转为害怕和闪躲。

"你要撞我吗？"她开口，试图打乱她的思绪。

女人被她问得呆住，片刻，吼道："你给我闪开！"

"你能不能跟我谈一谈！"荀羽继续。

"我根本不认识你！"女人的声音中有了恼怒。

"可我认识你！你知道你做了什么吗！"

一霎间，女人的表情变了形，她硬邦邦道："我不知道你在说什么！"

"就算你不知道好了——"荀羽让步，话锋一转，"但你应该知道，你的家人，你的孩子，都在等你吧？你知道现在有多少船、多少人在3号桥附近的水域上找你吗？"荀羽的声音中有了责备。

女人神色骤然一凛，语气中明显有了犹豫："我不知道，我真不知道……"

她喃喃着，忽然失控地捧着脸号啕大哭起来。她就那么哭着，哭声一会儿急促，一会儿隐忍，最后大概哭累了，她恢复了最初荀羽在商场里看到时那种面无表情的状态。

"你到底怎样才肯放我走？"她抬起红肿的眼睛，瞪着荀羽。

荀羽被她看得心头一抽，咬牙："我放不放你走根本不重要，重要的是，现在大家都以为你死了，你懂吗？以为你死掉了！"

她以为女人听完会有所反应，然而那女人怔了两秒后，竟然一勾嘴角，嘲讽地笑了："人家以为的没错啊，我的确是死了啊，我把身份证放在那里的时候就已经死掉了。活着，但死掉了。"

荀羽张了张嘴，顿时哑口无言。女人不再看她，安静了一阵，人渐渐平静了下来。像终于接受无法赶走荀羽的事实。再开口时，她的声音已淬上了一层厚厚的冰："活着也是死了，你根本不会明白这种感觉的。"

她拿出手机，打开相册，点开一张照片，递给荀羽。

荀羽惶然地接过来，不明白她的用意，低头便看见了照片上那个纤细的女人，五官轮廓看得出是她，但体形差距实在有些大，不过考虑到她还在哺乳期，倒可以理解。

荀羽不说话，屏息等她开口。只见她撩起宽松的上衣，捏住小腹上那一层赘肉："看见了吗？这是生育后我得到的最'重'的一份礼物。"

她说完，慢吞吞地放下衣服，戏谑道："你一定还没有结婚吧，但如果有一天，你决定生育，你就会知道，如果老天没有因此夺去你的身材，那说明你是多么的幸运。世界上有很多女人是根本没有时间，也没有条件，去抵抗这种天然的掠夺的。"

她偏头看向荀羽的眼睛，恹恹的眼神如一潭死水："你知道吗？每次我一提起这个，我老公就会说我矫情，说我肤浅，说我心态不对，这是一种'幸福的牺牲'。可是，我丝毫没有因此感觉到幸福啊！我只觉得沉重，走路沉重，心情沉重，就连呼吸都沉重。我想去健身，但婆婆不许我去，说孩子还没满一岁，离不开妈妈，数落我只顾着自己，只在乎漂亮，心一点儿都不安分，不是个合格的好妈妈。"她说着，眼中闪过一阵嘲弄的悲伤，"我有时觉得，当我生下孩子的时候，我就已经从这个世界上消失了。现在的我可以是一罐奶粉、一个摇篮，但不能够再有自己。在我喂奶被宝宝咬得痛哭的时候，我的老公可以一边拿着手机打游戏，一边嘲笑我，说你怎么就哭了呢，瞧，又矫情了吧？当孩子哭着不睡的时候，我只能整夜抱着他望着天花板，听着老公的鼾声。虽然我睡不着，但我就是累，累得想从那个房间，那个家里消失掉。我不配抱怨，一个字都不行，因为只要那么做，我就是犯矫情，我就不配做母亲。离开之前，我其实已经想了很久很久，就如果，我是说如果——我不想再做一个好母亲了呢？是不是就可以做回自己了，就算是个坏人，至少我还有我的名字，我还有哭的资格。"

她说完，完全靠在了椅背上，再不出声。

荀羽越过她，瞥见副驾驶座上的药瓶。标签上的字迹刺痛了她的眼，她颤声开口："你是不是……得了抑郁症？"

女人偏头看一眼药瓶，抓起来直接丢进了储物箱："不，我是在矫情。"

她说完再次发动车子，转头看着荀羽，绝望的眼神令人心酸："求求你让我走吧！如果，如果你有一点儿觉得，我现在不仅仅是在矫情的话……"

一霎的迟疑，荀羽往旁退开了几步。

不等她说话，女人已看准时机，踩紧油门，一路扬长而去。

眼睁睁看着车子汇入大街的车流消失不见，荀羽有些恍惚。理智上，她觉得自己做错了，可又无法百分百确定，强硬地将她拦住，在没有任何缓冲的情况下直接把她送回丈夫与婆婆的身边，就一定是件对的事。活得越久，她越发清晰地触摸到内心深处的那块灰色地带。世界真的不是非黑即白，还有一些事，它是无法定义，无法判断，甚至是无可奈何的。

荀羽决定先去警察局报案。蓄意制造自杀假象，浪费公共资源是板上钉钉的事情，不知道她会因此受到什么样的处罚，但对她来说，这可能也是一次置之死地而后生的机会。

拿出手机，荀羽准备将背下来的车牌号记在手机上，却诧异地发现，原来肖曳的电话根本没挂断。"你都听到了？"荀羽涩声问。

"嗯。"

"那，我是不是做错了啊？"她的语气像个迷惘的孩子。

肖曳沉默了两秒，沉声说："我不能说你对了，但我能肯定的是你没有错。你听我说，接下来由我来跟现场的警方沟通，会尽快让所有人撤走。你也就近找个警察局，把目前掌握到的信息提交给他们，尽快开始寻人，有记住车牌号的话，应该会比较顺利。等我这边的事情一结束，我就去找你。"肖曳说着顿了顿，"关于我的命运，我打算怎么做，我想现在我可以给你答案了。"

赶到警察局，荀羽道明来意后，接警警察的表情明显僵住了。

缓了几秒，他沉声道："非常感谢你对我们工作的支持，能麻烦你在这里坐着休息一下吗？我先去汇报一下情况，马上我们会安排人给你做详细的笔录，放心吧，会尽量不耽误你太多的时间。"

荀羽点头："好的，我不急。"等在椅子上坐定了，荀羽才猛然记起，自己是出来给张宁买内裤的。

她急忙联络张宁："对不起啊，宁宁，我路上突然遇上了点儿事，可能要比较晚才能把内裤买回去了，你可以忍耐一下吗？"

"没事的，小荀姐，我已经知道什么事了，你放心忙你的吧！"张宁答得飞快。

"啊？"荀羽惊讶。

"嗯，就3号桥那个，"她顿了顿，尽量换了个比较含蓄的说法，"是乌龙对吧？修修跟我说的。"

荀羽愣了一下："是。因为我刚好遇到了当事人，所以……"

"放心吧，"张宁说，"我不是小孩了，暂时也疼过劲了，现在精神还不错，可以自己到附近的超市先买条换上。"

"那好，谢谢你能体谅我。"荀羽说完，安心地挂了电话。

里头还没有人出来叫她，却隐约传来压低声音的议论。

"我的天，这算什么事啊！是说3号桥投江那个失踪者是故意制造投江假象离家出走的吗？搜救浪费了这么多警力，这可是犯罪啊！"

"我真不信，怎么会有这么不负责的母亲？考虑过她老公的感受吗？考虑过孩子的未来吗？就算有天大的问题，也应该坐下来好好说啊！"

"不是我说话不好听，实在是现在太多的年轻妈妈只管把孩子生下来，根本没有一丁点儿的责任心……"

他们的声音像潮水一样扑打过来，每一句都对，却每一句都令荀羽感到心悸。有一种微妙而黏稠的情绪将她的心脏缓缓包裹，她发现自己突然可以理解她说的那句话了——活着，但死掉了。

她的自我，她的意识，她的痛苦，因为另一个身份的存在，而被掩盖了。世人眼中的她只是个母亲，糟糕的母亲。

不知道为什么，荀羽想到了自己消失的母亲。

虽然面临的境况完全不同，但当年的她应该也感受到了绝望吧？面对死去的丈夫，尚在哺乳期的孩子，完全不明朗的未来，她是不是也无数次地崩溃过，哭泣过？

答案想必是肯定的。过去的她只认定她不是一个称职的母亲，抛弃了自己。在内心的最深处，她应该是怨恨她的。但当今天，她见过这个女人之后，那份潜藏在心底深处的怨恨似乎开始慢慢溶解了。

不能说释怀，但那份被抛弃的沉重的确在慢慢变轻。

这一生她们还会有见面的机会吗？如果未来真有那么一天，她想跟她说些什么，又想从她口中听到什么？她不确定……但她想，自己应该会愿意坐下来和她好好聊一聊的吧。

只要还有对话的机会，她愿意相信，一切都可以过去。

荀羽起身，走向办公室。

见报案人过来了，一位警察站起来："不好意思啊，让你等了这么久，安排给你做笔录的警官去上厕所了，回来就可以做了。"

荀羽摇头："没有，我不是着急。"

"那是？"警察有些不明所以。

"我只是有句话想说。"她说着扬起脸，眼圈微红，"我想告诉大家，她的名字叫肖茵，这是我在搜救任务信息栏里看到的。所以不论是谴责她也好，声讨她都好，我只有一个小小的请求，能叫她的名字吗？"

世界没有那么理想，不是所有女性都可以做到为母则刚。哪怕没有世人期许的那么坚

Post Card

健康日记

和生命相比，一切都不值得一提。

Through the storm

非卖品·随《暴风为你加冕》附赠

强、伟大，甚至偶尔会自私、脆弱，但荀羽还是希望她们能拥有说出自己想法的机会。

肖曳赶来时，荀羽正站在警察局门口发呆。

雨初停，天空被阴云遮蔽，没有一丝阳光漏下。

"荀荀。"肖曳叫他。

荀羽怔然，回过头："你来了？"

"嗯。"他的声音温和沉稳，她却突然泄了气，沉默地低着头，不敢去看他的眼睛。明知道有些事总要面对，也知道以他的个性绝不会逃避，可她却不知道那是否是自己可以承受的。

惶然间，荀羽感觉肖曳捧起了自己的脸："你不想说话没关系，我来说。"

荀羽的脸骤然变得苍白，竭力躲避他的眼神。

然而无论她躲向哪里，他的视线总能坚定地追上："荀荀，我想告诉你，关于那天的话，不论它听上去多么荒谬，我都相信你。"

听他说着相信自己的话，荀羽感觉自己的心更加苦涩了。因为相信她的话，就代表着他接受了自己会死的事实。她没法再想下去，只是呆呆望着他，眼底起了雾气。

肖曳替她擦干眼泪，嘴角缓缓勾起一抹苦涩的笑容："但就算我相信，那又如何呢？就因为明年二月十三号我会死，我就应该从现在起每天哭丧着脸活吗？好像那个叫肖茵的女人一样，活着，但死了一样？"他的声音里渐渐有了颤音，"荀荀，我不想那么过，那么过很没有意思。"

一刹的静默后，荀羽用力拨开了他的手，背过身去，肩膀不断抽动。她不能去想他的话，一点儿都不可以，一去想，眼泪就要流出来。

可身后的人却不肯放过她："我能问你一个问题吗？"

她不说话。

他继续道："你从一开始就已经知道了我的命运，但你还是喜欢上了我，那你想过不要喜欢上一个要死的人吗？"

她僵住，捂嘴："我想过。"

不仅想过，还努力过，可没有用，她还是喜欢上了他。

肖曳欣慰地笑了："所以你看，你根本没办法因为我要死了，就不喜欢我。只要你还喜欢我，我死了，你就一定会难过，跟死在今天、明天，或是未来的哪一天，完全没有关系。我如果今天死了，你就不会难过吗？还是说，我在几十年之后死去，你就不会难过？荀荀，"他上前一步，双手扳过她的肩膀，逼她看自己的眼睛，"你回答我！"

荀羽的嘴唇翕动着，却只有沉重的呼吸，没有声音。

泪水沾湿了她整张脸，她的视野一片模糊，她要怎么回答，他说的每句话都对，所以她才会从喜欢上他的那一秒就开始难过。

肖曳停顿了一会儿，说："你一定听过那个故事吧？"

她茫然抬起泪眼。

"王子猷住在山阴，一夜下雪，他从梦中醒来，开窗看见洁白的雪，起身漫步，忽然想到远在剡县的戴逵，便连夜乘船前往。经过一夜，他来到了戴逵的门前，却突然转身返回，有人问他为什么，他说：'我本来是乘着兴致前往，兴致已尽，自然返回，为何一定要见戴逵呢？'荀荀，我不知道你怎么想的，但对我而言，人活一世，没必要一定得到世人眼中所谓的圆满，和长命百岁相比，我更希望活着的日子里每天都能快乐。"

长寿未必可喜，死亡亦不足忧。

能在有生之年做想做的事，爱想爱的人，未有一日虚度，那就算只能活半世，也是真正的乘兴而来，兴尽而返，没有丝毫悔恨和遗憾。

"我没有那么渴望活一百岁，也没有那么怕死在今天，所以荀荀，你能不能回答我——这样的我，你会选吗？"

漫长的沉默后，荀羽终于抬头。

头顶是逐渐擦黑的天幕，云很厚，月亮与星星都看不见，但她知道，它们就在那里，终有一天会显露踪迹，但不是此刻。此刻她眼前仍然漆黑一片，为他的豁达悲，为他的豁达喜，所有沉重与轻盈都搅动在一起，她没有头绪。

清冷的晚风中，荀羽踮起脚，轻轻抱住了肖曳。

抓着他背的手指紧了紧，她垂眸，眼睛泛着红，哑声请求："让我想想，拜托你了。"

肖曳的身体陡然僵住，良久，他低头，用额头抵住她的额头："好。"

对人类而言，心动是本能，爱是直觉，但在一起却是两个人共同做出的选择。

一片寂静中，肖曳仰起头，缓缓闭上眼，努力按捺住心中的酸楚——他想尊重她，也衷心希望她能选他。

第十六章 爱你的决定

一场秋雨一场寒，肖茵的事也在一派喜庆的国庆假期到来前落下了帷幕。

警方花了两天时间终于在郊区的一家旅馆找到她。

"送医检查后，肖茵身体的各个指标都没有问题，就是情绪不稳定。我听说，两家人得到你提供的信息，也坐下来好好聊过了。"事件结束后，张哥第一时间打电话跟荀羽分享了后续。

"那结果怎样？"荀羽问。

"肖茵的丈夫说，想尝试着做一回'奶爸'，感受一下妻子的感受。至于肖茵嘛，应该会暂时住在娘家，接受心理辅导和治疗。"张哥欣慰道。

"真是太好了。"荀羽安心地笑了。

"是啊，相信她很快会好起来的。噢，对了，我这儿还有个非常好的消息，警方考虑到肖茵本人有重度抑郁症，对她的处罚会酌情减免。"

"罚款吗？"

"应该是，不管怎么说，都是个好结果了。"张哥道。

挂断电话，荀羽轻轻闭上眼，不禁又想起了肖茵的脸。曾经那样痛苦的表情一定都会被时间抚平。

只要我们愿意努力，尝试站在对方的立场上去思考，与对方和解，也是与自己和解。

十一长假前的晚上，江雨熙按响了709的门铃。

和平时不一样，今天她是抱着明确的目的来的。她觉得，追求肖曳这件事，她不能再顺其自然下去了。从春天到秋天，她追爱的方针基本可以用六个字来概括——雷声大，雨点小。

为这事，她的室友们没少埋汰她，毕竟当初她在阶梯教室里放话"这个人我已经预订了"，围观群众可都看在了眼里，记在了心上。

堂堂校花不要面子的咯？江雨熙觉得自己想明白了，畏畏缩缩不算个仙女儿，她追肖曳这事不如就来一个一锤子买卖，要死要活都给个痛快！抱着这种壮士赴死的决心，她化了个精致的妆，换了身新买的裙子，出门前还去行知园的毛主席雕像前虔诚地拜了拜，最后出校门打了辆车，直奔贾世豪的家。

明天就是长假第一天，今晚709的气氛是少有的松弛。贾世豪开门看见江雨熙，破天荒给了好脸色："哟，是你啊，晚上好！"

江雨熙以为他中了邪，愣了两秒，才干巴巴挤出两个字："好啊！"

贾世豪一脸八卦地看着她："怎么突然大驾光临了？"

江雨熙不屑地撇了撇嘴："反正不是来找你的！"

她一手扒开贾世豪，深呼吸："肖曳哥哥，我有话想跟你说！你可以跟我单独出去一趟吗？"

听见她的声音，坐在沙发上的肖曳慢悠悠地抬起了头："你找我？"

江雨熙也不是第一次在他这儿受挫了，心态端得很平："对！"

肖曳顿了顿："有什么不能在这里说吗？"

没想到他会这么说，江雨熙蓦地愣住了。

贾世豪直勾勾瞪了她一阵，不知怎么的，突然发火了："没看到曳爷不想跟你说吗？你还杵在这里干吗？出去！"

"你凶什么凶呢！"江雨熙委屈地喊。

"这是我家，我还没资格赶你走了？"贾世豪说着就把她往外推，江雨熙一个没站稳，后背撞到了鞋柜上，连带柜上的摆设掉到地上，"啪"一声摔碎了。

她眼中顷刻蓄满了清澈的泪水。贾世豪看得傻眼了。

场面特别尴尬，谁都没出声。

听见外面有响动，待在卧室里的荀羽出来了："怎么回事？我怎么听见东西摔碎了？"

看见江雨熙正站在门口擦眼睛，她不禁呆住："熙熙，你什么时候来的？你怎么哭了？"

肖曳抬眸看了她一眼，蓦地从沙发上站了起来："这样吧，我们还是出去说。"

有些事到底还是要解决的。秋夜的风寒意十足，站在昏黄路灯下，只穿了条连衣裙的江雨熙抖成一只安静的筛子。

肖曳脱了身上的衬衫递给她，江雨熙看了一眼，没接，她也是有自尊心的。

见她不肯接，肖曳没勉强，收回来："不穿也可以，不过你要冻感冒了，贾世豪得跟我翻脸了。"

"关他什么事？"她没好气地翻了个白眼，停顿两秒，又伸出手，"那你给我吧。"她还不希望他们因为自己翻脸。

肖曳把衣服递了过去，确认江雨熙披上了，才把目光转向旁边的绿化带："对了，你刚想说的话现在可以说了。"

江雨熙愣了一下，这才缓缓记起了此行的目的，对喔，她是来表白的。可"我喜欢你"四个直白的大字，她是真说不出口。

纠结了一阵，她委婉地问："你真的喜欢小荀姐姐吗？"

肖曳沉默了一会儿，说："不是你有话要跟我说吗？怎么变成你问我了？"

"切！装什么酷啊！"江雨熙噘起嘴，"你不说，我也……"

"你不知道。"他打断，语气虽淡，却有暗涌翻腾，"你什么都不知道。"

江雨熙没见过这样的肖曳，一直以来，他总表现得很温柔，很绅士，虽不是和蔼可亲的长相，但从不让人感觉冰冷。

可今天的肖曳却很冷。

他的态度让她感觉既莫名，又委屈，大脑无法思考，想到什么就说什么："那好，就当你不喜欢荀羽姐姐吧！那你到底喜欢什么类型？我这么有钱，长得还美，会弹钢琴，网游玩得很好，还会做饭，你说，你到底喜欢什么样的类型啊！"

话一出口，江雨熙立刻就后悔了，这都什么跟什么啊，有她这么跟人表白的吗？她怕不是个傻子吧！

四周极静，肖曳垂眸，打量着面前的人，眼神深沉："那你会看相吗？"

江雨熙原本还在懊恼，听见他的话，神情更茫然了，一脑门都是问号，这算哪门子的择偶标准？她努力思考着自己能说的话，半分钟后，她意识到自己根本不晓得该说什么。

肖曳仍看着她，微微笑了："我喜欢会看相的女人。"他继续道，"你能看见我哪天会死吗？能看见的话，我倒是可以考虑一下。"

江雨熙张了张嘴，笑了，气笑的。

她觉得自己一定瞎了才会把初恋的对象锁定为这个疯子！还是说为了拒绝自己，他已经到了需要把自己伪装成疯子的程度了吗？自己就这么差劲，这么让人无法接受吗！

自尊心受到严重的打击，江雨熙盯着自己的脚尖，难受得话都说不出来了。在这一刻，她郑重地决定了，让恋爱啊男人啊都去见鬼吧！她要一个人潇潇洒洒地活到八十岁！

"怎么这么快就回来了？"肖曳一进门，贾世豪的目光便以光速追了过去。

"话说完了，当然就回来了。"肖曳低头换鞋。

贾世豪犹豫道："那烦人精呢？"

肖曳怔了一下："现在应该到家了吧？我看着她上了出租车才回来的。"

贾世豪勉强扯了扯嘴角，不吭声了。

肖曳进了客厅，在他旁边坐下了，一只手搭在扶手上，微微歪着头，看着屏幕上的游戏画面。他的眼神很涣散，像在想什么心事，想着想着，神情渐渐冷了下去。

贾世豪偷窥了他一阵，终于憋不住，暂停了游戏："你拒绝她了？"

肖曳沉吟片刻，答："嗯。"

就算江雨熙没说什么，他也不觉得她对自己真有点儿什么不一样的感情，但至少表面上，旁人会这样认为。他虽然觉得这事儿挺扯淡的，但除了荀羽，他也不想多解释什么。

哪知贾世豪又不说话了。

好一会儿过去，他突然从沙发上站了起来："我要出去一趟！"

江雨熙这人吧，往好了说，是特别单纯，往不好了说，则是头脑简单。这事从她早前找他帮她捞自己落江的朋友就能窥见一斑，他只不过是懒得和她说道。不过头脑简单也有头脑简单的好处，那就是她的行为模式也很简单，心情不好的时候，会躲去的地儿永远只有那么一个——小时候家附近的公园。

那时候，江雨熙不管是和家里吵了架，还是在学校里受了委屈，都会往那儿跑，私底下她管那儿叫秘密基地。贾世豪挺烦那地方，从青春期就祈祷着它能早日拆掉，这样自己就不用没事去找江雨熙这个烦人精了。可这么多年过去了，那公园说是要拆，最后却没拆，反而还扩建翻新了。贾世豪有回开车从附近路过，见到后忍不住"啧"了一声，想起往日的记忆，嘴角不禁上扬，江雨熙这下可得开心死了。

他边开车边想起这段，不由轻轻叹了口气，只希望烦人精还没长大，还在那里。

气喘吁吁地拐进公园，贾世豪老远就看到江雨熙坐在休闲区域的秋千上，努力地荡啊荡。那个秋千明显是修给小朋友玩的，就算她足够纤细，坐在上面也显得特别刺眼。

不知怎的，看着荡秋千的她，他突然想到了一个词，"巨婴"。他觉得挺好笑，就扑哧一下笑了出来。

笑声吸引了江雨熙的注意，她顿时警惕地站了起来："你来干什么？来看我笑话吗？"

他走近，上下打量她，确认和早些时候见到的没差，才放缓了语调揶揄："看不出，你眼睛还挺好啊？老远就知道是我了。"

"那是因为你走路的姿势很好笑！"

"你坐人家小孩子的秋千才好笑吧！"

"你大老远跑来就是为了嘲讽我吗？"江雨熙胸口起伏着，声音有些哑，黄澄澄的路灯下，亮晶晶的眼睛里像有泪光闪动。

贾世豪愣了两秒，突然就哑了。

"也不是吧……"他心虚地说。

"那你是来干吗的？"

"来看看你还活着没？"他信口胡扯。

可能江雨熙脑子也不太清楚，张了张嘴，竟然只说了一个"哦"字。

贾世豪轻叹一声，把外套脱下来抛给她："行了，穿上再说话。"

气氛还算融洽，但就是融洽才奇怪，他们之间怎么能够融洽？所以贾世豪很快就把这么融洽的气氛搞砸了："听说你被曳爷甩了。"

江雨熙明显呆了呆，抿唇："不，是我把他甩了！"

"你可别逞能了，就你——"他习惯性地埋汰她。

江雨熙一下恼了，伸手用力推了他一把："就我怎么了？我不配被人喜欢了是吧？我不配想要牵个小手是吧？我二十了也都不配有初吻是吧？你说啊，你倒是说！"

贾世豪被推得有点儿蒙，人往后退了一步，站稳脚跟，神情复杂地看着她："你脑子……"

"你管我！"江雨熙垂下头，舔了下嘴唇，嘲讽地笑了，"反正，你就是觉得我不配！"

一刹的静默。贾世豪忽然往前一步，一把将她揽进了怀里。

江雨熙猝不及防，脸差点儿撞上他的下巴。

她脑子有点儿僵："干什么你这是？"

"帮你实现梦想！"他说着，低头吻了下去。

时间一分一秒过去，江雨熙觉得，她应该是听到了贾世豪的心跳声，因为不可能是她的，她的心跳才不会那么吵。

怎么才能让自己看上去很镇定？她在脑内迅速过了一遍看过的小说和电视剧，最后决定用反问句彰显气势："你刚是亲我了？"

"嗯。"贾世豪的声音闷闷的。他觉得吧，江雨熙的心跳可真吵，不就是帮她实现个梦想吗？至于吗？真没见过世面！

"你干吗亲我啊？"江雨熙皱了皱眉，心中有些窃喜，自己好像成功先发制人了。

贾世豪愣了愣，下意识说："我也不知道。"他想了想，觉得这个答案实在很没气势，遂立刻改口，"可能是因为我喜欢助人为乐吧！"

不太融洽的气氛又回来了，二人双双悻然松开了对方。

"我饿了。"江雨熙的脚在地上点着。

"那去吃饭？"

"不，我要回家！我妈给我煮了消夜。"

"那好，我车停在外面，我送你回去吧。"贾世豪说罢，自然地牵起了她的手。

江雨熙感觉浑身僵硬了一下，硬邦邦问："你干吗牵我手啊？"她觉得这个句式太好使，上瘾了。

贾世豪不屑地哼唧了两声："都说了，我是个好人，在努力帮你完成心愿啊，不都没男人牵过你的手吗？瞧瞧，多可怜啊！"

江雨熙脸色一白："呸，你算什么男人啊！"

"那你又算什么女人啊？幼稚！"

"行，我不和你争，反正我是不会看上你的。"

"放心，我更看不上你！"

吵吵嚷嚷的两个人手牵手一路走向公园门口，一双影子不觉被昏黄的路灯拉得很长。

回去的路上两人都怄着气，谁也不肯先搭理谁，巴不得立刻分道扬镳。可惜事与愿违，长假前夜，路上的交通堵得一塌糊涂，两人开了一个多钟头，才开上通往江雨熙家的滨江路。

离开主干道，路上的车流终于减少了一些，车上气氛沉闷，江雨熙放下车窗，想呼吸点儿新鲜空气。

就在这时，一辆黑色的SUV以风驰电掣的速度从他们旁边的车道飞驰而过。

车窗洞开着，驾驶座和副驾驶座的一对年轻男女正随着音乐摇头摆脑，很快，尾气夹杂着尘土扬在江雨熙的脸上，被发动机和音乐的双重噪音吓到，她下意识地缩了缩脖子。

发现她被呛了一脸尾气，贾世豪径自关上了车窗，皱眉道："你就不能好好坐着吗！"

"我……"江雨熙气得说不出话。

这条滨江路不宽，只有两个车道，左边是住宅楼盘，右边则是江岸，刚那辆车开的方向往前一公里有个废弃的码头，是附近大人小孩喜欢散步遛弯跳广场舞的地方，也有人爱在那里免费停车。这条路她以往经常走，一直都是限速 40 公里每小时，她怎么知道开个车窗都能遇上超速这么多的疯子？

"你要是觉得闷，我给你开空调。"意识到自己语气不好，贾世豪放软了语调。

江雨熙还气着，咬牙拒绝："不需要！"

两人正大眼瞪着小眼，江雨熙发现，路边的行人竟然开始整齐划一地往反向跑。她觉得奇怪，放下车窗想看看怎么回事，外头的议论声就一下子涌进了车里——

"出事了啊！说码头那边有车掉到江里去了！"

"不止一辆！是两辆！路上冲下来那辆 SUV 把正在停车的那辆红色本田直接给撞下去了！"

"说是在码头上玩的大人也有吓得摔伤了的，那车真的就好像疯了一样！"

"作孽啊，真是作孽！快去看看什么情况，有没有什么能帮得上的吧！"

"不会就是刚才那辆车吧？"江雨熙喃喃着，脸唰地白了。

贾世豪也听到了，在下个路口，他二话不说直接掉转车头，往码头的方向开去。

事发的废弃码头此刻挤满了人，贾世豪找了半天，才找到停车的地方。

现场一片混乱，哭声、骂声、议论声，沸反盈天。他拨开人群，看见惊魂未定的目击者瘫坐在地上，嗫嚅了半天，只挤出一句话："太惨了……那一家也太惨了……就这么被撞下去了……"

"报警了吗？"他急忙拉住身边的一个路人。

路人一愣，头点得跟鸡啄米似的："报了报了！说是警察马上来了！"

"有人看到事发过程了吗？"贾世豪又问。

对方还没回答，码头岸边突然传来一声大喊："有人浮起来了！"

"是真的啊！我看到了！"又有人吼。

"要漂走了！要漂走了！"

"快救人啊！"

"可我不会游泳怎么办？！"

"抛个绳子？"

"这儿哪有绳子啊！"

时间紧迫，贾世豪没时间多想，转身朝声源的方向跑，边跑边回头冲江雨熙喊："你去问问附近有没有看到事发经过的人，看能不能确定出事的就是你看见的那辆车。等警察来了，尽快把你们所知道的情况告诉他们！"

江雨熙没见过这样的场面，人都吓傻了，老半天才颤抖着说了声"好"。拍拍自己的脸，让自己保持清醒，她连忙按照他的嘱咐，沿着人群寻找可能的目击者。

　　今夜天气晴朗，粼粼的月光洒在江上，如果没有周围撕心裂肺的哭喊声，很容易让人以为这不过是一个最平常的秋夜。

　　贾世豪拨开人群，定睛看向水面。距离码头十米开外的水面上，一个小小的人形正浮动着。

　　顷刻间，贾世豪呆住了，怎么会是个孩子？强迫自己冷静，他努力观察着小孩的情况，他的一颗心渐渐沉了下去，应该是已经……

　　深吸一口气，他尽量平复心情，开始脱衣服。无论如何，不去确认，他不会甘心。

　　贾世豪活动着四肢，准备下水。就算真的和他猜测的一样，他也一定要捍卫那个生命最后的尊严。

　　"等一等！"后面忽然有人拉住了他的胳膊。

　　他错愕地转过头，发现那个中年男人气喘吁吁道："我、我就住对面小区……听说有人浮上来了，就赶紧回去拿了我儿子的游泳圈，我不懂这些……也不知道有没有用……"

　　贾世豪本就是竭力在控制情绪，这一刻，鼻头忍不住一酸："谢谢你，不过大概率已经用不上了。"

　　那位父亲怔怔地望着他，像不明白他说的话，良久，他颤抖着捂住了嘴巴。凉凉的夜风吹乱两人的发，世上不会再有第二种沉默比此刻更难熬。

　　贾世豪朝他郑重说了声"谢谢"，转身走入了江中。

　　事故现场的交通监控很快被警方调取了出来，确认事故原因是道路和通往码头的分叉口有一只野狗突然冲出街道，肇事车辆未能及时发现，等发现后又往左侧猛打方向盘补救，但因车辆超速，车子失控，一路冲到了码头的高台边缘，恰好那个位置有车辆正在倒车，车主观察不及，直接被肇事车辆撞入水中翻沉。

　　目前根据家属提供和监控拍摄到的信息来看，两辆车上应共计载有六人，包括被撞车辆中的夫妇二人和一对双胞胎，以及肇事车辆上的一对年轻情侣。

　　而贾世豪捞起的尸体正是其中的一个孩子，应该是停车时提前解开了安全带，因而从破裂的车窗中漂出来的。

　　接到报警，海事、公安、消防部门立刻赶到现场，展开了调查和搜救，周边船舶和社会救援力量也在迅速集结着，其中自然包括蓝海救援队。

广城打捞队也在接到打捞请求后，立刻调派了一艘二十吨浮吊和橡皮冲锋舟赶往了事发水域。

肖曳找到贾世豪的时候，他正蹲在码头的高台边沿发呆。

旁边的江雨熙声音都哑了："求求你说句话啊……求求你了……"

贾世豪却像个桩子一样，岿然不动。

肖曳蹲下身，拍拍他的肩膀，沉声道："你做得很好了，不要自责，这种情况谁都没办法救回来的。"

贾世豪仍然毫无反应。

江雨熙无措地望着肖曳，泪光在眼中闪动。她以为自己见到肖曳一定会尴尬、会难受，但她发现，她现在满脑子只有一件事，那就是她该怎么做才能让贾世豪开口说话。

半响，沉默的贾世豪忽然抬起了头，湿润的眼眶中全是血丝："原来人死了是那样的吗？我差一点儿就变成了那样了吗？"

他跟肖曳不一样，他是因为肖曳才加入救援队的。

说真的，他起初对救援的概念其实很简单也很模糊，就是很酷、很伟大，当然，好像也很辛苦。

但他的命是肖曳捡回来的，他总想为他做点儿什么，如果不是钱，那么其他任何的方式都好，他也希望因为肖曳活下来的自己能活得更有意义一些。

这大半年来，他跟着他们经历的不算少，但这样的死亡却是他第一次亲历。尤其对方还是个孩子。

当他抱着他，感觉到他柔软却没有温度的身体、冰冷而僵硬的四肢，看着他失去鲜活表情的脸庞，他第一次真切地明白，什么叫心都碎了。

生命太脆弱了，好像清晨树叶上的一滴露水，一丝丝风吹草动就足够被彻底抹杀。

听见他的声音，江雨熙激动地一下子扑了过去，紧紧抱住他："小豪哥哥啊，对不起，我以后再也不跟你吵架了。"江雨熙记得自己小时候总爱这么叫他，是从哪天起她忘记了呢，世界上自己最喜欢的人其实是他？

遥远的称呼让贾世豪渐渐平静了下来，过了很久，他伸出手，摸了摸江雨熙的头："我也对不起你啊，以后不凶你了。真的，绝对不凶了，我今天也不是想凶你，你的背还疼吗？"

两个人就那么你一句我一句地互相抢着认起了错，肖曳默默看了他们一会儿，悄悄转身离开了。

是啊，生命那么无常，如果是喜欢的人，当然要对他好一点儿，再好一点儿，怎么好都不够。

江面的搜救工作还在继续，一夜过去，始终没能发现任何生还者。

天蒙蒙亮，搜救工作停止，准备打捞沉车。

现场专家很快对水域情况做出了评估："河段水深约二十米左右，水质正常，水下能见度约6到8米，流速约0.5米每秒，流速较缓。暗流、暗礁较少。"

广城打捞局调派的浮吊和冲锋舟也已抵达，负责这次打捞工作的总工程师姓吴，大约五十岁出头，一赶到现场，半分钟都不耽误，立刻开始布置工作。

"考虑到事发水域较浅，所以我们会先安排人员乘坐冲锋舟，通过抛投磁铁的方式在事发点上下一千米的水域内确认车辆翻沉的位置。"说话间，他的视线忽然在正在码头准备解散的蓝海救援人员中定格："你怎么会在这里？"

他突然的话语让在场其他人都呆了一下，目光纷纷转向人群中的肖曳。

肖曳被看得一愣，片刻，冲他扬眉微笑："就来桥城休息下。"

吴总工听罢愣了两秒，似乎是意识到场合不对，立刻收敛神色，移开了视线："我们接着说……"人说着走向了浮吊的方向。

整完队，肖曳双手插袋，转身离开了队伍。

目睹到刚才的那一幕，荀羽快步跟了上去："那是？"

"吴工，我前领导，"他答得爽快，脸上看不出任何不妥的情绪，"大概是没想到会在这里碰上我吧。"

其实不仅是他，肖曳自己也没想到。虽然从海事方面得知接受了这次打捞任务的是广城打捞局，但出现在这里的是吴工，他还是吓了一跳。距离开广城打捞局的时间说长不长，说短不短，还记得当初他执意要走，吴工从强烈挽留到沉默同意，最后对他说的一句话是"我对你很失望"。

那对一向和颜悦色的吴工来说是非常重的话了，肖曳淡淡地想，自己应该是真的让他失望了。可那个时候他就是没办法说服自己再待下去，一分钟都不行。

逼迫自己忘记那些不愉快的回忆，肖曳转头看荀羽，轻声道："没什么，只是前领导而已，不说这个了……张哥不是说让我们几个留下来看看有什么还能帮得上忙的吗？我们就找个地方先等着吧。"

他说话的语气依旧温柔，但敏锐如荀羽还是嗅到了异样。那很像与他初相识的自己，什么都抗拒，什么都防备，死死地捂住自己的一颗心，浑身上下都是保护色。

唯一不同的是他的保护色更令人不易察觉。

她忽然想到他们刚相识时他说过的话："是认真生活限制了你的想象，当一个人没有了人生目标，无论有钱没钱，都可以过得很悠闲。"

他那时的表情很认真，但因为对他的抵触，她根本没有放在心上。

现在想想，那可能是他的真心话。为什么会变成这样呢？仔细去想的话，他从广城打捞局辞职的事也很蹊跷。荀羽突然很不甘心，还有些伤心，明明她把自己所有的过去与现在都交给了他，但他却没有。

他还有所保留。

沉默良久，她终于开口："那好，我等着。"

或许是听出了她的话外音，肖曳复又低头看她，怔了片刻，还是装作若无其事地缓缓移开了视线。

广城打捞局的人很快开始了定位工作，半小时后，江上传来消息，已顺利确认车辆翻沉位置，并在事发点下游五十米左右河心处抛下了浮标对该位置进行标记。

一切都很顺利，接下来就是确认车内的情况了。

工作人员朝水中抛下了附带 12 伏安全电压水下照明灯的水下电视——

根据屏幕中的显示，两辆车都是以侧翻的形式翻沉，除了浮上水面的那个孩子，其他五人均被困在了车内。

吴工确认过画面后，环视周围的工作人员："准备打捞吧！"

潜水医师开始为打捞队这次带来的潜水员进行身体检查，按照部署，此次会由两名潜水员一起下潜，协同作业，对车辆进行固定。

然而过了一会儿，潜水医师却脸色阴沉地走向了吴工："出了点儿情况。"

"什么情况？"

"方舟血压偏高，不适宜下潜。"

吴工听完脸色微变："有预备队员吗？"

"考虑打捞作业量不算特别大，没有安排随行。"

吴工沉吟着，半晌，他开口道："给我十分钟吧。"

十分钟后，肖曳上了浮吊，站在他身边的是被他强行拉上来的荀羽。

虽然面上没什么波澜，但荀羽内心其实有些茫然，她不懂他为什么执意要自己跟来，明明打捞局有配备专业的潜水医师。

当时吴工简单地说明了现在的情况，直接将选择摆在肖曳面前："就一句话吧，潜还是不潜？"

"潜！"肖曳答应得爽快，"但我有一个合理的条件。"

吴工一愣："你说说看。"

肖曳指了指身旁的苟羽："我想由她来做我的潜水医师。放心，她是专业的，我不会拿这种事情开玩笑。"

"理由？"吴工挑眉。

肖曳思忖了片刻，勾起唇角："因为我想把我的命交到她手上。"

须臾的静寂，苟羽垂在身侧的手缓缓攥成了拳。

吴工愣了一下，颔首："好，我答应你，但作为交换条件，"他一顿，"这次的潜水监督由我来做。"

肖曳点了点头，当见到另一名待命的潜水员时，彼此脸上都浮起了心照不宣的笑容："是你啊。"

小伙子叫孟乔，比肖曳晚入队一年，是肖曳的后辈。当初肖曳执意要走，他也是在背地里抹过眼泪的。

"我还当吴工怎么想的，这么危险的决策也敢下。是你的话，我就没话说了。"孟乔一边说一边在工作人员的帮助下穿戴潜水服。

苟羽在帮肖曳做身体检查，听见他们的对话，面上一僵，却没出声。

那是她插不进的他的过去。一想到这点，她就感觉胸口堵着什么，发不出声音。

检查完毕，苟羽向吴工报告："我已完成身体检查，潜水员肖曳身体状况良好，可以进行作业。"

吴工回答："收到。"

说完看向肖曳和孟乔："潜水员肖曳、孟乔，该水域水深约20米，水下能见度约6到8米，流速较缓，我已经看过了该水域的河床图，暗礁、滩险较少，适合潜水作业。本次作业采用管供式潜水装置，可以提供三小时以上的压缩空气，作业时间相对充裕。你们二人下水后要注意防止气管绞缠的情况发生。目前入水绳已抛掷，顺着入水绳下去，应该就能看到事故车辆，请你二人再次确认装备，准备开始作业！"

听罢吴工的话，肖曳与孟乔立刻回应："收到！装备确认完毕，压力指数正常，探照灯、摄像头电量充足，可以开始作业。"

吴工继续指挥："好，现在开始作业。务必注意气管情况，保持距离，防止绞缠，每下潜六米请向我报告状况。"

6米处，潜水电话中如期传来肖曳和孟乔的声音："已下潜6米，受压情况良好，身体正常，目前能见度较好。"

吴工镇定地回应："收到，请继续下潜。"

"已下潜 12 米。受压情况良好，身体正常，目前水质开始浑浊，能见度约 15 米左右，隐约能看到事故车辆。"

"收到，请继续下潜。"

随着两人下潜的深度增加，荀羽感觉自己背后开始冒冷汗。哪怕理智上清楚这并不是高难度的任务，但情感上，她还是没有办法做到不为他们担心。还有肖曳的死期……不敢继续再想，荀羽用力掐了掐自己的虎口，让自己冷静。

就在这时，肖曳的声音又传了上来："我已就位，到达了河床，可以清楚看见事故车辆在我前方约两米处。水质比较浑浊，能见度大概七八米左右。请求开始作业。"

收起所有情绪，荀羽问："潜水员肖曳、孟乔，请报告目前的身体状况。"

那边似乎愣了一下，先后回答："受压情况良好，身体正常，请放心！"

吴工偏头看了荀羽一眼，眼中藏着淡淡的笑。清了清嗓子，他继续指挥工作："收到，可以开始作业，现请就事故车辆进行整体探摸，确认车辆状态在水中是否稳定。肖曳从左侧，孟乔从右侧，随时注意确认气管情况！"

五分钟后，肖曳和孟乔进行汇报："确认完毕，车辆状态在水中已稳定！"

吴工回应："收到，现请报告车辆整体情况以及车内人员情况。肖曳前往车头，孟乔前往车尾。"

荀羽正死死地盯着屏幕，忽然间，电话中传来了肖曳的声音："我已到达车头，观察到车辆呈垂直侧翻状，左侧向上，右侧向下。车辆损坏严重，车头已全部破损。车内安全气囊已弹出，右前车门变形，但未开；左前车门似乎并未受损。副驾驶上有一名女性乘客，已系安全带；驾驶位上一名男性乘客，未系安全带，整个人被安全气囊卡住。两人均无生命体征。可确认是肇事车辆黑色 SUV。车辆前挡风玻璃已损坏，我开始尝试是否能打开左前车门。"

很快，孟乔的声音也传了回来："车辆尾部情况良好，车后门尚能打开。"

肖曳接着汇报："左前车门尚能使用，我已打开左前车门，请求对男性乘客进行绑扎固定。"

"收到，请将男性乘客固定在驾驶座上。"待肖曳将遇难者固定就位后，吴工继续指挥，"肖曳，我观察到车辆左前轮似乎被暗礁卡住，请确认被卡住位置是否影响起吊。"

"收到。该暗礁非固定暗礁，应该是活动石块。我将尝试是否能移开该石块……我已将该石块成功移开，现再次围绕车辆一圈检查周围状况。"

"孟乔，请确认车辆尾部情况。注意观察周边，防止陷入低洼地带！"

"车辆尾部无障碍物！"

吴工颔首："收到。已确认车辆周围无障碍物，可以进行起吊。"

此时距离下水已过去了三十分钟，一直在看表的荀羽沉声开口："作业已进行三十分钟，请注意体能。你们两人状况如何？是否存在过压情况？"

肖曳与孟乔回答得很快："状态良好，可以继续作业。"

荀羽安了心："收到。如有任何不适，请立刻汇报。"

"收到。"

吴工继续道："我观察到车辆底部似乎受损较轻。肖曳，目前你的左侧为车辆左后轮，请用栓套进行固定；孟乔你的下方应为车辆左前轮，请用栓套进行固定；完成固定后再顺势而上，对车辆左侧顶部进行固定。"吴工开始最后的固定部署。

肖曳与孟乔一起回复："收到！"

待固定作业完成之后，吴工再次确认道："收到，请再次确认固定情况，确认完毕后准备出水。肖曳确认车辆头部，孟乔确认车辆尾部。"

三分钟后，两人分别答："确认完毕。"

此刻，吴工脸上终于露出了一丝欣慰的表情："请开始出水。目前已进行四十五分钟，时间还充足，请注意安全。"

当车辆终于起吊出水，在场工作人员纷纷脱下帽子，鞠躬默哀，停靠在附近参与了搜救的船只也都拉响了汽笛。现场肃穆而庄严。每一个来过这个世界又匆匆离去的生命，他们都想好好送他们最后一程。

回到浮吊上后，荀羽再次为肖曳做了身体检查，工作还没有结束，另一辆轿车定位在距离SUV约五十米的地方，休息一段时间后，他们要着手进行二次下潜。

中午时，两辆车终于都被成功地打捞出了水面。安排好后续的工作，吴工向他们大步走来。

肖曳刚换好衣服，看见他，面色陡然转暗："我答应您的工作已经完成了。"

"我知道。"吴工微微颔首，"我只是来向你表达谢意的，以及，"他将视线转向荀羽，"感谢你的女朋友，在关键时刻给予了我们极大的支持。"

荀羽愣住："我不是他女朋友。"

吴工眼中闪过一丝惊诧，旋即笑了："我还以为……抱歉了。不过你今天做得很好，很冷静，十分感谢你。"

荀羽亦微笑："客气了，我只是尽我所能。"

吴工的眼神有些犹豫，似还想说什么，肖曳却突然抓住了荀羽的手腕："既然我们的工作已经完成了，那就走吧。收拾一下，跟张哥打声招呼，回去了。"

荀羽心里一惊，转过头来。

肖曳低头看着她，眼神暗沉沉的："走了。"

荀羽没见过他这个拒人于千里之外的冷漠样子，一个晃神，就这么直接被他拉走了。走出几步，她回了神，连忙回头跟吴工做了个"抱歉"的口型。

吴工体谅地点了点头，低沉的声音追上肖曳匆忙的步伐："难道你还没发现吗，虽然你从广城逃走了，但你还是逃不开身上的使命感，所以才会加入蓝海救援队，不是吗？"

回去的一路上，肖曳都没说话。

回到家，打开灯，荀羽抬头望向沉默的他："你去睡吧。"

像被她的声音惊动，他低头看她，眼中有些许迷惘，像在竭力思考她的话。

房间再次陷入了静寂，白花花的光线照着他们疲惫的脸。一秒又一秒过去，荀羽温柔地笑了："我说了，我可以等。不管多久，都会等，就像你等我那样。"

她话音刚落，肖曳的眼神陡一下变了。有什么情绪在他眼中压抑地翻滚，她读到了纠结。

荀羽想了想，坦率地说："其实这一天下来，我发现自己明白了你的心情。"

"什么心情？"他不确定地问。

"等待的心情。很磨人，很不甘，还有很难过。一想到自己让你等了这么久，我就觉得自己是个十恶不赦的坏人。"

肖曳眼中闪过一丝讶色，良久，紧绷的表情终于放松了一些："所以……"

"我不愿让你再等了，我现在就给你我的答案，然后由你来决定要不要也给我你的答案。"

肖曳没回答，但荀羽能感觉到，他身上的盔甲正在一点一点瓦解。

她紧紧抓住他的手："好吗？"

良久，肖曳轻声说："我最好的朋友就在我的面前走了，我却什么都没有做。"

荀羽呆住了，她没想到，他的答案会是这样的。肖曳感觉到了抓着他的手开始颤抖，他反握住她的手，像安慰她似的轻轻捏住："放心，已经过去了，现在的我能够承受。我只是暂时没办法说服自己再回去那里，总觉得他还在那里，还在等我去救他，一想到这个，我就……"

荀羽感觉自己的心脏像被拳头狠狠捶了一下。她痛得发不出声，无措地看着他。

肖曳抿了抿唇："我想，我还是从头说起吧。"

"我爸是船长，当然，现在已经退休了，但我少年时期的暑假几乎都是在船上度过的，所以高考之后，我自然也报考了海事大学。

"原本我考进了广城的海事局，但在入职前，我忽然一发不可收地爱上了潜水，那个时候我逐渐意识到，和管理工作相比，我其实更想潜到第一线去。

"后来就像你看到的那样，我放弃了管理工作，接受学习和训练后，加入了广城打捞队。胡毅，我是说，我最好的朋友，他和我是同期入队的队友。"

肖曳说着微微别开了脸，双眼望向窗外。那么温柔的、怀念的眼神，就像陷入了某段美好的记忆。那的确是段非常美好的岁月，初出茅庐的热血青年因为志同道合，逐渐从队友变为朋友，再成为潜伴。

潜伴——对潜水员来说，无异于生命中最重要的选择之一，说是生命伴侣也不为过。

一旦潜入水中，就等于将自己的生命交给了对方。水下危机四伏，唯一能够相信的、依托的，只有一同下潜的伴侣。用彼此熟悉的手势交流，默契地协同作业，平安上岸后的击掌相庆。那段在水下的时间，他们一刻都没有分开过。

除了那一次，那一次是肖曳唯一一次没能和胡毅一起下潜。因为感冒初愈，他的身体检查有一项数值不合格，潜水医师驳回了他下潜的请求。也就是那唯一的一次，胡毅在水下遭遇了暗流，通讯突然中断，等他被救上来时，已经失去了呼吸。

"那时通讯中断，我要求下去，但吴工不允许，说我的身体不过关，不能明知这样，还把我送到危险中。我知道他没错，也知道不是自己的责任，但我就是会忍不住想，如果他没有阻拦我，如果我做到了呢？也许胡毅就不会死了……"

人类最痛心的时候就是理智与情感完全撕裂背离的一刻。理智上什么都是对的，什么都是无法选择的，情感上才会更加无法面对，不能接受。

参加了胡毅的葬礼后，肖曳就辞了职，一个人出发去泰国散心。

从一个热带城市辗转到另一个热带城市，在普吉岛的沙滩打零工时，他无意救起了潜水时遭遇氧气瓶故障的贾世豪。

贾世豪在医院见到他的第一眼，便堆起了满脸灿烂的笑："我的天！你可是我的救命恩人，再生父母啊！我真想叫你一声爸！"

"他笑起来没心没肺的样子真的跟胡毅很像……"肖曳喃喃，背过身，眼眶渐渐红了，

"可能是因为当时的那个笑容吧，后来他邀请我来桥城，我没太考虑，就答应了。"

"可我没想到会再遇到你。"肖曳说，"很奇怪，我竟然一直记得你的脸。这么多年来，我见过无数遇难者的家属，在他们身上看到过各种伤心、绝望的情绪，但你是唯一一个挨着恳求现场每一个人的。老实说，那一瞬间，我既觉得被悲伤冲昏了头的你很傻，又觉得很珍贵。要多爱你的爷爷，你才能做出这样徒劳无功的傻事呢？"

"回广城之后，同事们在闲谈时提起过你，说这么年轻的女孩子经历了这样的惨事，一定遭受了很大的打击，要花很长时间才能走出来吧，说真的，当时我也是这么想的。那之后没多久，胡毅就出事了，那是我第一次明白，失去生命中重要的人是什么样的感受。我无法接受，立刻辞了职，以完全切断和任何人联系的方式去了泰国，又机缘巧合来了桥城。但吴工说得对，我人虽然逃掉了，但逃不掉心里的那种使命感，所以看到桥城的蓝海救援队在招募新人，还是忍不住申请了。"

"但我没想到，"肖曳沉沉的目光看着荀羽，"我会在救援现场见到你。当我从水里浮起来，看见你的脸的那一刻，我承认，我震动了，我以为一定会逃跑的人竟然主动选择扎进这种随时会面对死亡的世界。和你相比，我是个不折不扣的逃兵。我对你大概一开始就存着好奇心吧，为什么我们都经历了无能为力的失去，你却做了和我不同的选择？我忍不住想知道背后的理由，但在那个探询答案的过程中，我发现我更想做的竟然是去保护你，我这才意识到我喜欢上了你，那个努力拯救生命的你。"

荀羽愣愣地看着肖曳，看他的嘴唇开合，她渐渐意识到，这大概就是命运吧。

爷爷的死亡作为牵引使他们相遇，命运又以胡毅的死亡作为契机让他们重逢。

命运极尽残酷地夺走了他们的亲人和朋友，但命运又万分慈悲地让他们靠近，让他们从彼此身上得到勇气，直视自己内心，抚平过去的伤痕。

荀羽用手扳正他的脸，闭上眼，郑重地吻上他的唇。睫毛在颤抖，她轻轻喘着气，抬起眼来："我爱你，所以我要选你！"

这一刻，死亡的阴影不再重要，因为爱你，所以我要拼尽全力奔向你。

"我没有那么乐观，我的理智让我每时每刻都在害怕你会死掉。但我会尽量不让它影响我的判断，我会努力，哪怕只有一点点希望，我都不会放弃！所以你会选吗……这样的一个我？我希望你能选我，请你选择我！"

第十七章 珍贵的你

房间内出奇地安静。荀羽一口气说完那些话，慢慢低下了头。她在等他的答案，在他静默的每分每秒里，她的脑中不自觉闪过两人在一起的画面，心脏一点点被揪了起来。

　　他怎么不说话，他怎么还不说话？

　　"你……"是不是后悔了？这句话没来得及说出口，她的呼吸已被他的吻淹没。

　　肖曳垂眸，双手捧着她的脸，轻轻碰碰她的唇，分开，又碰了碰，然后再没有分开。

　　荀羽后知后觉感到异样。这个吻好像跟自己在医院里偷偷亲他的，和他上次亲自己的都不一样。大脑逐渐缺氧，她下意识地攥紧了他的衣摆。

　　"我觉得做比说来得明白。"他的呼吸附在她的耳畔。

　　"你这人……"她好不容易完整吸了一口气，话音再一次被堵了个一干二净。心中有什么在浮浮沉沉，恼人又甜蜜，明明想把人推开，手却不听使唤地攥得更紧。

　　身旁的手机嗡嗡在响。

　　"我、我接个电话……"她终于吐出口气，狠心把他推开。

　　整理好心情，荀羽拿过手机。电话刚一接通，她就听见张哥焦急的声音："小荀！宁宁去你们那里了吗？她刚从家里跑出去，人不见了！"

　　荀羽的眼皮不由跳了跳，和肖曳对视一眼："宁宁怎么会不见了？"

　　"我不知道，我真的不知道……"张哥的语气痛苦而迷惘。

　　荀羽正要再问，突然间，电话那头传来一声闷响，张哥的声音一下子断掉了。

荀羽卜得当即站了起来:"张哥!张哥!你那边发生什么事了?能听见吗?你在哪里?把定位发给我,我和肖曳这就去找你……"

一切要从半小时前说起。半小时前,从打捞现场回到家,张哥推开门,直奔向浴室。

他已经一宿没睡了,现在衣服上全是江水和汗水的味道。洗完澡出来,他才感觉自己恢复了一点儿精神,准备开窗给屋子换换气。

经过窗边,他发现地上的一块木地板不知何时翘了起来,大概是前段时间老下雨,地面受了潮。得尽快找人修一修了,最好还能找时间给张宁的房间翻个新,买些新的家具,她之前就抱怨一直用到现在的书桌坐着已经不舒服了。

想着这些有的没的,张哥走进厨房,把冰箱里昨天中午剩下的菜和着剩饭炒着吃了。

这套房还是当初学校以极低的价格卖给在校老师的,到现在已经有二十年的楼龄。他的积蓄大都花在了给救援队更新装备上,看着周围的老师陆陆续续换了商品房,搬出学校的家属楼,心里虽没有羡慕,但总对张宁怀着一份愧疚。

要是前妻还在这里生活的话,他一定会觉得更愧疚吧。坐回沙发上,他琢磨着房间翻新的预算,顺手把充电器插上,终于给关机了大半天的手机充上了电。

静谧的午后,他转头看着窗外。旁边的操场上,有学生在打篮球。少年们在阳光下恣意奔跑,他看得有些出神,突然想起还没给张宁打电话确认她是否平安抵达。

这次十一长假,张宁约了郝遥和几个室友一起去北京玩,他没记错的话,应该是昨晚的火车,但他忙着联络队员们出任务,就没顾得上管她。

三分钟后,手机屏幕亮了。几十条未接来电还有短信提示弹了出来,他皱眉,怎么会这么多?正准备看,门口突然响起了一阵开锁的声音。他愣了一下,连忙放下手机去看情况。

刚走到门口,就发现面前站的竟然是应该在火车上的张宁。

"你怎么在这里?"他脱口而出。话说完,他才注意到张宁的眼睛是血红血红的。

不仅眼睛,她浑身都在发抖:"打不通,打不通,你的电话永远都打不通!关键时刻,你永远不在我们身边,我恨你,恨死你了!"

张宁说完,扭头就跑。张哥完全蒙了,好几秒后才反应过来去追,一路赶到家属区大门口,张宁已经上了一辆出租。才洗过澡的他背后起了一身冷汗,站在路口,风一吹,人打了个哆嗦,恍惚了一阵,才记起折回去开车。

半路,他突然想起出租车开的方向是贾世豪的家,上回张宁离家出走就是去那儿了,他连忙掏出手机,一边打着方向盘,一边给荀羽打电话。结果话没说几句,人就一个不留神跟前面的车撞上了。他手忙脚乱地下去查看情况,慌乱中顺手给荀羽发了个定位。

荀羽和肖曳赶到时，交警刚处理完事故要走。张哥则蹲在路边发呆，不知在想什么。

见他人没事，荀羽放心了些，迅速跑过去："张哥！"

"小荀！"张哥猛地抬起头来，一双眼布满血丝，"怎么办，我找不到宁宁了，我找不到宁宁了……"

"你别急，有话慢慢说。"荀羽皱着眉，和肖曳交换了一个眼神，意思是自己来，"你能不能先告诉我，你们之间到底发生了什么？"

"我、我不知道。"张哥眼中满是愧疚，"我中午才到家，十一她和朋友们去北京玩儿，昨天的火车。我本以为她已经在车上了，可她却突然回来了，对我发了一通脾气之后就哭着跑了……都是我的错，我昨天该去送她的，她一定是生我的气了……"

张哥自顾自地忏悔着，荀羽看暂时插不进话，只好先问肖曳："你问修修了吗？宁宁现在有没有去我们家？"

肖曳看了眼屏幕上刚收到的回复，摇头："没。"

就在两人一筹莫展之际，张哥身上的手机响了。

"张哥，电话！"荀羽陡一下振奋起来，"快接吧，看看是不是宁宁！"

张哥被她一说，连忙掏出了手机。看了眼名字，他呆住了，怎么是郝遥？难道她也没去北京吗？到底发生了什么？他颤巍巍地接起来。

"张叔叔，"郝遥的声音带着鼻音，"你见到宁宁了吗？你们还好吧？"

张哥喉咙一哽，既纳闷又恐惧："瑶瑶，你在说什么？"

郝遥一下子就哭出了声："我听说蒋阿姨出事了！我本来要陪宁宁回去的，但她坚决不肯，非要我们自己去玩，但我们哪儿还有心思玩啊，蒋阿姨、蒋阿姨都死了啊！"

那一瞬，张哥忽然感觉听筒里的声音被拉远了，模糊了，消失了。

他的眼前突然漆黑一片。恍惚中，他才记起中午没来得及看的那几十条信息。

他颤抖着打开页面，就看见一行行被泪水模糊的未接提醒和短信。

"您好，请问是张铭先生吗？张铭先生，这里是人民医院，病人的家属联系不上您，拜托我们试试，希望您看到短信后能立即回电。"

在肖曳和荀羽的陪同下，张哥一路直奔医院里蒋芷薇的病房。

来到三楼楼梯口，肖曳蓦地停下了脚步："张哥，我们就送你到这儿好了。"

荀羽和他对视一眼，强忍住眼泪，轻轻点头："嗯，张哥，我和肖曳就在这里等你好了。有什么需要我们的，随时跟我们说。你们一家人好好……"后面的话，荀羽没说得下去。

"谢谢，今天真的太谢谢你们了……"张哥擦了把眼泪，转身朝他们鞠了一躬，"那我就先过去了。"

病房门口，张宁正扑在外婆的怀里哭泣，两位老人看见远远走来的张哥，当即从椅子上站了起来。老太太一手搂过张宁，一手指着他的鼻子厉声骂："我没什么想跟你这种人说的！宁宁以后不会再跟着你过了。我和老头子虽没什么钱，但养个闺女还是养得起的！"

老太太说完抹了把眼泪，一双红肿的眼睛恨恨瞪着他。

张哥张了张嘴，发觉自己发不出声音。老先生的态度勉强要客气一些："老太婆说得太过了，宁宁如果想跟你继续过，我们也不会反对，但如果宁宁不想，我们也不会阻拦她。"

张哥失神地看着他们，半响，才颤抖地问："她是……什么病？"

老太太错愕，蓦地发出一声撕心裂肺的吼声。

老先生愤怒地拿着拐杖直敲地板："你问我们什么病？你怎么有脸问我们是什么病！我女儿都病了这么久了，你难道什么都不知道？这事瞒着宁宁是不希望影响她高考，但你怎么可以一点儿都不知道？我当年真是瞎了眼才把女儿嫁给你！"

他每个字都像针一样狠狠扎在张哥的心上，张哥虚浮的脚步往旁挪了挪，靠着墙，用尽全身力气，终于挤出一句破碎的话："你们……让我……想想……让我……想想……到底……到底是怎么回事……"

到底为什么会变成这样？蒋芷薇怎么就病了？他怎么会对她的事一无所知？他们两个人是怎么一步步走到今天？他靠在墙上狠狠抹着泪，想起自己确实已经大半年没跟蒋芷薇见过面了，最后一次见面还是春天，她说给张宁买了新的衣服，叫他去拿。

他为此暗自期待了好久，所以那天一结束了灵泉县的培训课程就立刻飞奔了过去。走进咖啡店，他一眼就看见了她，一颗摇摇晃晃的心顿时定下来。

她也看见了他，招招手，示意他过去。

他还记得蒋芷薇当天化了当年跟他在一起时不会化的艳丽的妆，口红都是大红色的。

他看着她，觉得很美，又说不出口，只好不停喝咖啡。咖啡太难喝了，他苦得直皱眉。但也发自内心地为她高兴，因为她看上去比和他在一起的那段日子开心许多。

哪怕内心深处还是酸涩，但他觉得，放她走是一个正确的决定。

他们寒暄了一阵，聊着聊着，蒋芷薇突然说，自己已经把名下的一套房子过户给了张宁。他当时很惊讶，觉得张宁还小，没这个必要。

蒋芷薇缓缓抬起眼，打量他，笑容揶揄："你的意思是说，你有钱给我女儿备嫁妆啊？"

他听得当场呆住了，羞愤的情绪涌上来，他起身要走，她没拦他。

等他走出去几步，她忽然哀声说："谢谢你……让我在最后也能做一个好人。"

他觉得她简直莫名其妙，拂袖走出了咖啡店。那之后，他们就再也没见过了。就算联系，也是发消息，内容来来回回都只有关于张宁的事。

直到今天。今天，当他站在这里，听着所有人骂他、唾弃他。他们都跟他说，蒋芷薇已经走了，死了，从这个世界消失不见了。他觉得整件事都很荒唐，荒唐得好像一个冷笑话。他看着张宁，眼神哀伤而空洞，试图求证什么，又不知道该问什么。

张宁亦看着他，没人说话。忽然间，张宁哀号了一声，捧着脸，转头就跑。

他被她的哭声拽回了思绪，踉跄着要追上去，却被迎面走来的护士挡住了去路。

护士的神情为难而焦急："您就是张铭先生？蒋芷薇女士的丈夫？"

张哥一愣，点点头，又拼命摇头，眼里全是泪水，缓缓捂着了嘴，他有什么资格……他到底有什么资格？

"抱歉啊。"护士同情地看着他，"虽然能体谅你们的心情，但真的不能再拖了，刚才是老先生、老太太和小姑娘一起求我们说等您来见最后一面，我们才勉强同意的，现在人必须要送去太平间了。"

"是什么病？"他呆呆看着她。

护士也呆住了，半晌，讷讷道："乳腺癌，手术后复发，扩散到了肺。"她眼神有些游离，似乎是不确定接下来的话自己该不该说，"她已经在我们院里住了两个月了。"

两个月前，张宁刚结束高考不久，蒋芷薇则昏迷住进了医院。她不希望影响女儿高中毕业的假期，仍然坚持不让父母通知她，谎称自己出长差了。

"早晚都要知道的。"当时老太太抱着她号啕大哭。

蒋芷薇苍白的脸绽出浅浅的笑容："既然早晚都要知道，那就晚点儿知道吧。可以让她少伤心一点儿时间。"

听到护士的答复，张哥脱力地跪在了地上。良久，他手脚并用地爬起来，一边擦泪一边吼："请让我见见她！求求你了，让我见见她！"

雪白的房间内，蒋芷薇安详地躺在病床上。金色的阳光在她脸上流转，除了脸色苍白外，她看起来就像睡着了一样。那一瞬，他忽然明白了她的大红色口红，明白了她眼神中的揶揄，也明白了她最后那哀伤的告别。

"谢谢你……让我在最后也能做一个好人。"

他捶着胸口，几乎哭到干呕。这一生，他或许把爱与时间分给了许多人，却偏偏对她太过吝啬了。

"宁宁！宁宁……"

看见突然冲出来的张宁，荀羽的第一反应是去追。可她太心急了，完全没看脚下，只感觉身体往前闪了一下，人就摔到了地上，眼睁睁地看着张宁消失在楼梯间的尽头。

这怎么行！荀羽咬牙，立刻爬起来继续追。刚跑到一楼住院部的门口，便撞上了出去打电话回来的肖曳。见她一脸狼狈，他急忙拉住她："怎么回事？"

"宁、宁宁又跑出去了，我担心她会想不开！"

荀羽说着要挣脱他的手，肖曳却死死抓着不放："你先冷静听我说，我刚跟卫修联系过了，和他简单说了一下张哥家里的情况，也让他先别急着跟富贵说，一切等我回去再说。"

荀羽喘得厉害，大脑有点儿缺氧，一时半会儿没反应过来："但他现在也不能立刻过来帮着找宁宁啊。"

"我知道，但宁宁有可能会去找他。"

"找他？"

"嗯，如果我没看错，宁宁应该对他有好感，小姑娘遇上这么大的事，大概率会想要去找喜欢的人吧。"

荀羽愣了一下："你是说……"

肖曳点头："所以我现在给卫修再打个电话，让他去阳台盯着点儿，如果张宁真过去了，他也能第一时间发现，并联系我们，让大家放心。"

肖曳说完蹲下身，仔细替荀羽拍干净了膝盖上的灰尘："好了，你别多想了，我们先去车上吧，一路出去再找找看。"

当张宁发现自己居然跑到了709的楼下时，她心中忽然涌起了一阵茫然。为什么自己会跑来这里？她不知道。想了一会儿，她才缓缓记起来，大概半个小时前，自己从医院逃走了。

因为她发现，虽然憎恨爸爸，但她更看不得他站在医院里的那个样子，那么惊慌、那么茫然、那么挫败，摇摇欲坠的，好像随时会倒在地上。

他明明是个英雄啊！她怎么能眼睁睁地看着自己的英雄变成那样，她做不到。

张宁长长吐了口气，走到绿化带旁坐下了。

一直站在阳台上的卫修远远就看见那个坐在花坛边的熟悉背影，他的眸光微微闪动了一下，转身走向了大门。

"怎么,你这是要出门?"坐在客厅的贾世豪纳罕地看着他,很少见这人舍得走出房间。

"有些事。"他说着顿了顿,"对了,你先去把我们几个人的蓝海制服拿出来烫一烫吧。"

"干吗?"贾世豪一脸莫名,"晚上有任务吗?"

"应该,马上会用到。"卫修说完,轻轻关上了门。

秋日的阳光不灼人,但没死角地照在脸上,时间久了还是有点儿烫。张宁感觉嗓子眼发干,头也有点儿晕。今早她接到电话,立刻下车买了站票回来,到现在什么都没吃,水都没喝一口。就在她感觉要晕倒了的时候,一片阴影笼罩住了她。阳光被短暂遮住了,她抬起头,看着卫修:"你为什么在这里?"

"这是我家楼下。"

她垂眸,不吭声了。

"你为什么在这里?"这一回,换他问她。

张宁愣了愣,眯起眼看了他一会儿,最后挤出了个自暴自弃的笑容:"噢,因为我妈妈死了,我恨我爸,还有,我不想回家。"

四周很安静,连虫子的叫声都没有。张宁说完,再次低下了头。好一阵过去,她听见头顶传来平静的声音:"就算这样,这次我不会收留你的。"

她蓦地抬头,无措地望着他,好像在无声地问他"为什么"。

卫修的眼神仍然很淡:"我不喜欢小孩,尤其是……"他停顿,低头看她的眼睛,"会离家出走的小孩。"

张宁咬唇,眼睛一下湿了。

"我不知道张哥跟你之间具体发生了什么,我也没那么好奇。但我知道一件事,那就是张哥需要你,他现在最需要的人是你。"

大人都是这样的吗?

冷静、冷酷、冷血——把她都知道又不想面对的事实一股脑地抛过来。

"我讨厌你们大人!"她含着泪。

卫修似乎愣了一下,声音里渐渐有了温度:"也不是所有大人都像我这样。"

他说完,偏头端详了一会儿她的脸,突然说:"你等一下。"

十分钟后,他拎着面包和果汁回来了。

"吃不吃?"大人的声音很冷淡。

"吃!"她哑声道。吃饱了才有去找爸爸的力气啊!一边啃面包,张宁一边想,她以后还是挺想成为他这样的大人的。因为冷静的、冷酷的、冷血的大人的温柔才更珍贵。

看着她把东西吃完，卫修指指楼上："你再等我一下，我得回去一趟，找贾世豪借车钥匙，送你去医院。"

他说完，又低头，轻声问："你妈妈……喜欢什么花？"

"睡莲。"

"这个季节没有吧。"

"洋牡丹呢，有吗？大朵大朵的，她应该会喜欢。"张宁喃喃，鼻子蓦地一酸，妈妈是真的不在了吗？她为什么没有一丁点儿真实的感觉？越想心里越抽痛，她努力忍着，不敢让眼泪真流出来，怕再次被卫修数落。

他讨厌小孩，应该也很讨厌有小孩在自己面前哇哇大哭吧。

"你要想哭就哭吧，我不喜欢小孩，但我并不讨厌别人哭。"卫修说完，蹲下身，轻轻摸了摸她的头。听见他的话，她顿时"哇"一声伤心地哭了出来，就好像一个真正的小孩。

当夜，蒋芷薇的灵堂刚布置好，肖曳和荀羽就带着蓝海所有的正式队员到了。人人都身着制服，自发列队，整齐划一地走到灵位前，面向逝者深深鞠了三躬。

那场面太震撼，一旁的张宁看得顿时呜咽起来。

老先生和老太太虽努力绷着面上的表情，过了一会儿，还是颤抖着肩膀，默默背过了身。

哀乐在房间幽幽回荡着，忽然间，队伍中有人小声问道："张哥呢？"

荀羽这才发现，灵堂里竟没有张哥的身影。和肖曳偷偷交换了个眼神，只见他无奈地拽了拽她的手："我也不是什么都知道的。"

荀羽低头不语。她很担心他，哪怕救援队的人经历的生死比别人多得多，但面对至亲突如其来的离世，没有人能做到真正的冷静。

这一点，她最能体会。她怕他……正当荀羽胡思乱想之际，灵堂的哀乐声突然停了。

所有人面面相觑，以为是音响出了什么故障，然而一回头，就看见门口走进来一个西装革履的男人，正是张哥。"我想再为她唱首歌。"他说。

那是他跟她求婚时唱过的歌，他已经好多年没听过了。年轻的蒋芷薇曾许过愿，有生之年一定要去看一场歌者的演唱会。然而这许多年过去，她的愿望他最终没能陪她实现。

她自己去过了吗？听到这首歌的时候会想到他吗？

他不知道。他们的这一生终于是越走越远，谁都回不去了。

音乐奏起，他嘶哑的声音吟唱着，好像一把断弦的吉他："明年这个时间，约在这个地点，记得带着玫瑰，打上领带，系上思念……动情时刻最美，真心的给不累……"

那一瞬间，他感觉流动的时间仿佛停止了。他一抬头，就看见照片上微笑的人。

也许这一生，他们都不曾虚度，只是会永远遗憾，遗憾那个最想要陪伴在身边的人终究是没能陪在身边。

午夜，来吊唁的客人陆续散得差不多了。苟羽、肖曳一行人坚持要留下来为蒋芷薇守灵。

张哥朝他们鞠了一躬，沉声说了句"谢谢"，末了，直起腰，扬了扬手中的烟盒，苦笑道："我先出去抽根烟。"

他已经戒烟很久了，不知为什么今天突然很想抽，就在买完西服之后，他顺便买了一包。大概是怀念曾经蒋芷薇逼他戒烟的日子吧。

殡仪馆的门口有一盏路灯，几只不怕死的飞蛾萦绕着那缕光不停盘旋。张哥呆呆地看了它们一会儿，点着烟，吸了一口，忽然听见身后有人叫他。

他惊慌地回过头，来不及熄烟，烟头烫着了手。

"你抽吧。"老先生淡淡地看着他，"我又不是她，不管这闲事。我出来是想给你这个的。"

他说着，从口袋里摸出一张便笺纸。

"好像是她前几天写的吧。我看了，虽然没写名字，但应该是写给你的。"他说罢，顿了顿，泪水渐渐盈满眼眶，"她到死还有话跟你说，我也不知道她这辈子算不算错付了。但如果宁宁以后要结婚……"他颤抖而坚决地说，"我会衷心地希望她，一定、一定不要嫁给你这样的好人。"老先生说完，拄着拐杖进去了。

张哥感觉自己的眼睛有些模糊，他伸手擦了擦，再擦了擦，发现适得其反。他蹲下身，掩面，大颗大颗的泪水滴在飘落的信纸上，昏黄的路灯照耀着上面娟秀的笔迹：

和我分开后过得好吗？一日三餐有按时吃吗？有遇到爱你又能够理解你的人吗？

如果有的话，就千万不要告诉我了吧，我怕我会不开心。世界上要是永远没有爱你又理解的你的女人就好了，我是说，如果我做不到的事别人做到了，我会觉得自己是个坏女人的。

就当我自私吧，直到最后，我都希望我是那个成全了你的好人。

真抱歉，直到最后，我都依然没办法完全理解你，但我还爱着你。他们说夫妻之间仅仅相爱的话，是不足够相伴一生的，所以我从没有抱怨过这样的结局。

要好好照顾宁宁，健康地替我看她长大、嫁人、生子。就当是我们最后的约定吧。

众人离开殡仪馆的时候，天已经彻底亮了。回去的一路几乎没人说话，每个人的情绪都很低落，尤其贾世豪，刚听完张哥的歌，他直接趴到了肖曳的肩膀上，悄悄哭岔气了。

他平时傻乐惯了，哪里承受得了这种场面，实在太难受了。

回到家，大家草草道了声"晚安"就各自准备去休息了，贾世豪也打算睡觉，刚要去洗澡，却听见手机响了。他拿出来一看，人顿时呆住了，竟然是好多天不回消息的江雨熙，要不是他有她室友的联系方式，知道她每天吃好喝好活蹦乱跳，他差点儿没去报警。

"开门。"小公主言简意赅。贾世豪打开门，江雨熙果然站在门外。她一双布满血丝的漂亮眼睛扑闪扑闪，正幽怨地看着他。

贾世豪下意识看了眼时间，六点半，她不会一宿没睡吧？怎么就不知道爱惜自己！

他忍不住想骂她，但看她可怜巴巴的表情又实在不忍心，于是改按了按她的头："听话，大清早的，回去睡觉。"

"我不是来跟你吵架的。"江雨熙委屈地吸了吸鼻子，"我、我是来问你……为什么不给我发消息！"

自从那晚他们遇上连环车祸，她为了安慰他，忍不住叫了他一声"小豪哥哥"后，江雨熙就沉浸在了一种羞耻的情绪里，尤其想到贾世豪之前还亲了自己，她就更羞得无地自容了，于是贾世豪给她发消息不回，打电话也不接。一直到昨天晚上，贾世豪竟然反常地不给自己发一大堆消息了，她又跟自己气上了。

怎么能这样！难道不应该一直发消息一直打电话到自己愿意搭理他吗！为这事儿，她一整晚都没睡着，天没亮就打车过来了。贾世豪听完她的问题，呆了两秒，片刻，脸色微微变了："走吧，他们刚睡下，这里不方便，我出去跟你解释。"

贾世豪简单说完张哥的情况，江雨熙果然哭起来了："张哥太可怜了，宁宁也好可怜，我下次见到宁宁，一定要抱抱她……"她一边说一边哭，阵仗闹得挺大，引得楼下晨练的路人频频注目。大家看一漂亮小姑娘大清早就哭得嗷嗷的，再看旁边的男人，全都一脸懂了的表情，用谴责的目光使劲瞪贾世豪。

贾世豪有点儿招架不住了："你饿不饿？"

"我不饿。"江雨熙抽抽搭搭的。

一个一贯只知道吃的人突然有一天说自己"不饿"，贾世豪感觉头有点儿疼："那行，当我饿了，我们去吃早饭吧。"

小区外面就有一家锅贴店，贾世豪领着江雨熙走进去。点了菜，两人在桌前坐下了。

江雨熙好不容易止住了眼泪，但一坐下，不知道又想起了什么，泪珠再次吧嗒吧嗒地掉下来："我突然想起来，上次我去县城找荀羽姐姐的时候，还当着张哥的面说了他妻子的坏话，我觉得好对不起他……"

"你说什么了？"

"我说……我说……"江雨熙哽咽着。

"算了，你别说了，"想到她那个说话不过脑子的个性，贾世豪蹙眉，"人已经走了，再说也只会更伤心。你知道错了就行，以后别乱说话了。"

江雨熙使劲点头。

"还有昨晚我们都去守灵了，所以没工夫给你发消息，不是故意不理你的。"

刚好菜端上来，贾世豪假装若无其事地夹了个锅贴塞进嘴里。

"啊……喔……我知道了。"江雨熙垂着眼。

贾世豪忍不住瞥了她两眼，老实说，她这个霜打茄子的样子还挺可爱的。虽然这些天她一直不肯搭理自己，但他太了解江雨熙了，知道她是不好意思，也知道她为什么不好意思，所以他没急。他自己也刚好能趁这个工夫冷静想一想，接下来要不要把话说破。

本来他还很犹豫的，但昨天去过灵堂，听过张哥和蒋芷薇的故事之后，他觉得还是不要拖了。谁知道明天会发生什么呢？

他不希望今后的自己后悔，毕竟过去曾错过了、浪费了那么多。"江雨熙。"他叫她。

"干什么？"她抬起脸。

"你跟我谈恋爱吧？"贾世豪说。

"啊？"江雨熙的表情一下凝固了。好几秒，她突然一擦眼泪，"我不！"

这下换贾世豪的表情凝固了："为什么？"他以为自己都觉察到了的事，她不至于还一点儿感觉都没有吧。

小公主眼角的泪水还没干，嘴角却藏着一点儿狡黠的笑："我只想实现梦想！"

江雨熙说着冲他眨了眨眼睛："小豪哥哥，你不是说喜欢助人为乐吗？那你要不要做个好人，帮我实现梦想啊？"

贾世豪手中的筷子"啪"一下掉在了桌上。皮这一下很开心吗？他磨牙："你知道为什么没人喜欢做好人吗？"

"啊？"江雨熙莫名地看着他，她只是跟他开玩笑，他这是生气不愿意了？

"因为做好人难。"贾世豪百感交集地说，"我等了这么多年，才终于做了次好人，我太不容易了我……"

蒋芷薇下葬那天，天气很好，墓园里葱茏的树影搅碎了一地光线，微凉的空气中，人仿佛淹没在波光粼粼的潭水里。过往氤氲的记忆如同浮花，荡在金色的水面上，眼前的一切场景，怅然得就像是一场昨天做过的梦。

护送骨灰盒的路上，张宁又忍不住悲伤大哭起来，张哥连忙将她搂在怀中。一旁的荀羽看着紧紧相拥的父女俩，既感觉悲伤，又隐隐有些羡慕，至少他们还可以相依为命。

身边的人偷偷拉了拉她的手，她回过神。

"你有我。"肖曳说。他的声音很轻，温暖得像地上流动着的那缕阳光。

荀羽的眼眶倏地红了，她微笑着摇了摇头："不，我有你们。"

蒋芷薇下葬后，家属还需要办理些手续，众人被安排去大厅休息等候。

往回走的路上，荀羽酝酿了好久，终于鼓起勇气拽住了肖曳的衣袖："我有些话想跟爷爷说，你可以陪我一起吗？我想跟爷爷正式介绍你。"她的声音软软的，有点儿哑，大概是因为最近都没休息好，但此刻在他听来，却是那样悦耳。

他垂眸，静静看她。阳光照耀着她白皙的脸庞，他嘴角牵起一个欣慰的笑容："好啊。"

墓碑前。风吹拂着树梢，发出清脆的声响。

荀羽摩挲着碑石上的照片，轻声开口："爷爷，好久不见，我又来看你啦。不过今天我不是一个人来的，你看见了吗？我是和他一起来的。

"爷爷啊，我有爱的人了，就是你眼前这个人。上次忌日的时候，他也来探望过你。他叫肖曳，是个潜水员，曾经……"她说着顿了顿，声音像受了潮，"你也是见过他的，他为你整理过遗容。

"爷爷，有个秘密我想向你坦白，自从你离开后，其实我就拥有了一种可怕的能力，我能看见别人看不见的死期。爷爷，我……看见了，我爱的人的死期。

"爷爷，你觉得我一定会失去他吗？那你可不可以保佑我，不要失去他，也不要再失去任何人。我会拼命努力的。哪怕到最后只剩下一点点希望，我也会努力的。

"爷爷，你知道吗？张哥的太太去世得好突然，一想到她最后的时间都生活在那巨大的秘密里，我就觉得，她一定过得很寂寞、很辛苦，也很难过吧。

"爷爷，我考虑过了，我不想再继续生活在秘密里了。现在我有了爱的人，有了值得信赖依靠的朋友，如果……我是说如果，我把我的秘密告诉他们，你觉得他们会接受吗？"

她断断续续说着这些的时候，肖曳就蹲在旁边，默默看着她。半晌，他沉沉叹了口气。

他伸出双手，从身侧轻轻抱住她："他们会接受的。放心，我不会轻易死掉的，因为我已经把命交到你手上了。你那么努力，所以我一定不会轻易死掉的。"肖曳低声说。

荀羽愣住，缓缓偏过头，靠在他的肩膀上，颤声答："好。"

当天晚饭后，荀羽忽然从椅子上站了起来："我有话跟大家说。"

她的表情太严肃，贾世豪看得直心虚，荀羽已经好久没有露出过这种表情了。她现在这个样子，就好像回到了他们刚认识的时候。他捧着正准备吃的苹果，舔了舔嘴唇，犹豫地问："什么事这么严重啊，你知不知道，你这个样子怪吓人的……"

"一件很重要也很荒诞的事。"荀羽低头看了看旁边的肖曳，深呼吸，"但我可以向大家保证，接下来我说的每句话都是真的。"

这个决定对她来说并不容易，但就像她对爷爷说的那样，她不想再生活在秘密中。与其躲藏在封闭的黑暗世界里舔舐伤口，现在的她更想要坦率地去珍惜身边的每一个人。

时间在一点一滴地流逝，听她说完，饭桌上的气氛似乎更严肃了。贾世豪的眼神完全呈放空状态，似乎在努力消化她的话。卫修虽没什么表情，却也垂着眼，像在思考。

荀羽放在膝盖上的手不由捏成了拳，正欲开口，肖曳已镇定地按住了她的手："给他们一点儿消化的时间吧。"

荀羽呆呆地点了点头，手渐渐松开："好。"

三分钟后，贾世豪吸了口气，张嘴："不是哈，我最后确认一下，今天不是愚人节吧？"

肖曳掀了掀眼皮："愚人节是四月一号。"

"哦，对。"贾世豪连连点头，"怎么办，我现在完全不知道该说什么了，要不……修修你来说两句？"

荀羽的目光转向卫修。他仍然低着头，但换了姿势，一只手支在桌上托着下巴，眉头似乎比刚才蹙得更紧了一些。

荀羽心头一紧，情不自禁问："你们是不是……没法相信我的话？"

"不是不是，"贾世豪否认，"毕竟我是相信这个世界上有外星人的，所以你说的话还是有可信度的。只是……"

只是他没真的见过外星人，但荀羽却真的可以看见死期。就在这时，一直沉默的卫修终于抬起了眼："我没有不相信你，我只是……"他顿了顿，"对你的认知有一些异议。"

气氛一下子起了变化，荀羽不确定地看着他："你觉得是我产生了幻觉？"

"不，我的异议是建立在认可你能握手就看到的所谓的'死亡日期'的前提下的。"

荀羽迷惑了。卫修斟酌了一会儿，说："我觉得你虽然经历了不少死亡，但如果把它们当作样本，放进大数据中，却是十分有限的。"

他目不转睛地看着她："毕竟你没有亲自确认所有能看见数字的人都已经死亡了吧？"

荀羽呆住，现在去想的话，她的确没有。毕竟有些人只有一面之交，哪怕当时看见了，她也没办法直到看见的那个日期为止都能和对方待在一起。

卫修又说:"你应该开过车吧?在车祸高发路段,往往都会有提醒的标识,告诉经过的驾驶员们需要小心谨慎,规避可能的风险。所以尽管有人在车祸高发路段遭遇车祸死去,但还是有人因为谨慎驾驶,所以什么都没有发生。

"我的意思是,如果我们换个思路,把'能看见死期'当作'死亡危险可能到来的警示'来看呢?因为那些数字前面并没有清楚地标记'死亡时间'的字眼,所以'死期'的概念更像是你根据经历的样本产生的合理推测,也可能它就是样本制造出来的认识偏差。除非你亲自确认过,你在其身上看见过数字的人统统都去世了,否则死亡就是不确定会不会发生的。还没有发生,不代表永远不会发生。

"不把它当作'死期',而当作'那天会发生危及性命的严重意外'的警示来看的话——就不再是必死的命运,也可能是生机。如果抢在命悬一线之前做好准备,那个数字说不定就会消失呢?"

卫修说完,审慎地总结:"当然,这是我个人没有依据的推测,就好像你的推测一样。但至少在逻辑上,我认为它是成立的。"

他的角度撼动了荀羽一直以来的认知,一霎间,她的大脑一片空白。

所有人鸦雀无声。突然,贾世豪一拍大腿:"真的!我越想越觉得修修说得有道理!这可能不是死期,它就是个提醒!"

卫修没说话,目光一直停在荀羽脸上,似乎在等她回应。荀羽张着嘴,却没发声。希望与怀疑两种情绪在她身体里天人交战着,良久,她感觉有什么顺着自己的脸颊淌下来。她努力压抑着情绪,哑声问:"我是不是……可以相信你的话?"

"这就是你自己的选择了,"卫修依然冷静,"不过我认为你既然会把这件事告诉我们,是因为你已经看到了什么吧?和我们相关的……"

空气陡一下被冻住。

荀羽的嘴唇翕动着,最后缓缓地捂住了自己的脸。哪怕说服自己接受了那样的现实,但当可能的转机出现时,她发现自己竟突然失去了将那句话说出口的勇气。

就好像如果真的说出来,那份微茫的希望会立刻飞走似的。

肖曳紧紧握住她的手:"是,她看见了我的死期。"

贾世豪手中的苹果"啪"一下落在了桌上,他立刻嚷起来:"我不信!"

肖曳捡起苹果塞回他手里:"我还没死呢。"

"你不准这么说!"他眼睛瞬间烧得血红,这些天发生太多的事了,他好不容易跟江雨熙谈了个恋爱,以为以后的日子都会是甜甜美美、顺顺利利的了,现在荀羽却突然告诉他,曳爷可能马上要死了,他要怎么相信?他才不要信!

贾世豪扭头冲进了卧室。

荀羽错愕地望着他的背影,起身要追,肖曳却拉住她:"放他一个人冷静冷静吧。"

卫修亦开口:"我也认为这样最好。"

荀羽不作声了,坐回椅子上,失神地盯着桌面上的杯碟。

就在这时,卫修忽然朝她伸出了手:"不如这样吧,我们来做一个测试。"

荀羽震惊而惶恐地看着他。

"我的意思是,寻找新的样本。鉴于目前存活的样本只有肖曳一个,我觉得可以尝试从身边开始寻找新的样本,我相信更多的数据有助于帮助确认——你看见的究竟是'死期',还是'警示'?"

他说着,就要去握她的手。就在两只手即将触碰到的时候,荀羽猛一下从椅子上弹了起来:"不,我做不到!万一我真的看到了什么呢?我现在还没有办法完全相信你的话,我害怕……求你不要逼我,让我想一想接下去我该怎么做……"

"我没办法想象再失去重要的人,"她哽咽着看着他,"我真的没有……"

十月底,天日渐凉了下去。

今天荀羽是早班,差不多傍晚的时候,她已经换好衣服,准备等肖曳来接自己回家。

这些日子里,卫修的那个理论始终萦绕在她心头,可她仍然无法说服自己迈出那一步,把身边重要的人作为可能会面临死亡的样本,她一这么想,就忍不住浑身发抖。

看不见自然是万幸,但若看见了呢?是不幸还是幸运?

她不知道。想到这些,她整个人不由自主地低沉下去,怔怔地靠在候诊区的椅背上。

手机响了好久,她才反应过来,看见屏幕上的名字,她愣了一下:"张哥?"

"是我。"那头传来熟悉的声音,"我们接到了通知,M国一个户外探险协会的八名成员一起失踪了,最后发现他们踪迹的地点是M国北边的一处山洞里。蓝海收到了M国相关机构的邀请,希望我们能派出人员参与救援。"

蒋芷薇去世后,或许是上天垂怜,想给张哥一家人一些喘息的时间,蓝海最近都没有接到什么大案,最近一桩是寻找一位走失的老人,最后他们在离她家十公里左右的休闲广场上把人找到了。

荀羽回答:"好。"

"那今晚来办公室开个会吧?"张哥又道。

"好的。"荀羽说。确定好时间,那边挂上了电话。刚好肖曳进门,王医生从里头出来,笑盈盈地打趣:"小肖今天怎么迟到了啊?"

"路上堵车。"肖曳不好意思地答。

王医生捂嘴偷乐:"那还不赶紧带我们小荀回家!她都等你好久了。"

虽然荀羽没有特地表态过,但王医生到底是过来人,一眼就看出两人关系变了。听王医生这么说,荀羽赶紧起身:"我们走吧。"她说完,走到门口,像终于下了什么决心,又突然折返回来,一把抱住了王医生,"王医生,之前我一直不好意思跟你说,其实我跟肖曳在一起了。"

"咳——"王医生笑到差点儿呛住,"我说你啊,就是看不起我老太婆,怎么会觉得我连这都没看出来呢?"

荀羽怔住,良久,脸上终于露出了这天里唯一的一点儿笑容。

蓝海早年办公的地方是张哥任职学校里一栋空置小教学楼中的音乐教室,后来规模扩大,办公室被挪到了市区的一间出租仓库。她和肖曳一前一后进去,发现今天来的都是蓝海最有救援经验的几位核心骨干,年轻人就她、肖曳和卫修三个。

由此可见,卫修的那些证还真是有些分量。

张哥见人到齐了,打开电脑和投影仪:"我来介绍这次的情况吧。

"洞穴群位于M国北边境。地跨十公里,内部既有宽大的岩洞,也有狭窄的小道。下雨时,水流会在洞穴内汇集,阻碍人通行,过去在这里也发生过游客被困的情况。洞穴中虽立有禁止在雨季进入的标牌,但目前根据洞外留下的交通工具和垃圾推测,探险协会的成员应该是跨越了警示牌强行深入其中。近期当地有暴雨,他们极大可能被困在了洞穴中。

"基于此次是国际性质的救援任务,救援计划制订后会根据实际情况随时调整,我们即将分配到的任务还不确定,也不知道会在当地停留多长时间。大家务必根据自己的具体生活情况,慎重考虑参与与否。"

张哥说完,环视众人一周,眼神中透着为难:"还有,参与这次救援所需要动用的资金,我们都需要自费。"

一说到经费,几位骨干都沉默了。

如果只在桥城本地或者周边出任务的话,大家肯定能够立刻响应,可涉及出国,救援的队员大都是普通家庭出身,也多有家庭和子女,就有些困难。虽然残酷,但很多时候救援困难就难在资金。

就在这时,仓库外突然响起了一阵脚步声。不一会儿,半拉的卷帘门被升了起来。

贾世豪看了一圈在座的人:"任务消息我也看到了,只要大家有时间去、愿意去,经费的事不用考虑,我来想办法。我知道自己能力有限,强行要去就是在给大家添麻烦,我干不出这事儿,但我也想出力,这一回大家就安心把我当钱包吧!"

上天让他含着金汤匙出生,一路无忧无虑、有惊无险活到现在,早先他觉得自己加入蓝海是对肖曳救了他命的感恩,而现在,他越发觉得这是一种回馈社会的使命。

在这一刻,他终于觉得自己是个找到人生价值的成年人了。

"谢谢……"张哥径自朝他鞠了一躬。所有人也都站起身,朝他点头致意。

前往当地救援的准备工作在经费到位后有条不紊地开始进行。除了预订机票外,还要准备相关可能使用到的装备,包括可折叠的山地救援担架、自携式潜水装备、橡胶捆绑带等。出发的航班在下午,送机的时候,除了一些不能前往的蓝海队员,张宁也来了。蒋芷薇去世后,她肉眼可见地瘦了一圈,但好在人还是精神的。

荀羽见着她的人,一直以来放不下的心终于放下来。这个小姑娘比曾经的她坚强多了。

差不多到了登机时间,张哥在一旁跟临时代他主持本地工作的队员做最后的工作交接,张宁忽然神秘地往荀羽手里塞了个不知道是什么的玩意:"我昨天给你们买了保平安的护身符,这个是给小荀姐姐的!"

"这是肖曳哥哥的。"

"贾世豪哥哥虽然不去,但是也有你的份!"

"还有……"张宁摸出最后一个护身符塞进卫修的口袋,歪了歪头,轻声道,"这个嘛,是修修你的。"

不等卫修开口,张宁已微微别开了自己的脸。机场的落地窗外,桥城深秋的蓝天寂静高远,张宁脸上泛着的却是只属于春日的淡淡樱色:"其实来机场之前,我是有话想跟你说的,但我突然想起来,你不是讨厌小孩吗?在你心目中,我大概也还是个讨人厌的小孩吧。所以我就想啊,那就不说了吧,等我变成一个很棒的大人,我再跟你说。"

明晃晃的光线里,卫修微微眯了眯眼,手伸进口袋,刚好摸到那个护身符。

"也没有那么讨厌。"他说。

"啊……"张宁惊讶地看着他,"你们大人可真是善变!"她说着背过了身,像怕自己反悔一样,背在身后的十个手指都绞在了一起,"不过我已经决定不说了,我绝对不会说的!因为我们小孩都很固执!"

她身后的人忽然笑起来,不是往常那种淡淡的、克制的笑容,而是爽朗的完全敞开的笑。

张宁惊得回过头,瞪着他。灿烂的阳光洒在他卷卷的头发上,苍白而英俊的脸上……就好像一场永恒的太阳雨。

第十八章

永恒的雨

飞机落地后，张哥一行人立即前往当地的救援基地。说是救援基地，实际是临时搭建在洞口附近的帐篷，所有救援方案都在这里制定和沟通，救援准备工作也会在这里进行。

他们不是第一批赶到的救援力量，在他们抵达之前，已有先抵达的队伍通过长时间的搜索和排查，发现了被困在洞穴深处的八个人。

奇迹般地，他们都还活着，但被困在距离洞口约两千多米的一处高地。经历过狂喜后，救援人员面临的却是无法立刻带被困者撤离的困境。

洞穴拥有庞大的洞群，不仅地势复杂，内部也四通八达，洪水灌入后，通往被困地点的路早已被淹没，形成了一片崎岖的洞中水域。洞中积水浑浊不堪，水流又湍急，水下还有尖利的礁石。被困的八人中只有两个会游泳，然而最深处的积水已深达五米，考虑到降水还在持续，通过游泳或徒步的方式根本无法让八个人成功撤离。

最终的救援方案一直在商议，现有的进展是通过救援人员的努力，成功在洞内开辟了一处新营地。虽然需要潜水通过超过三百米的水域才能抵达被困地点，但他们正一步步靠近目的地。另外往基地运输物资也成为眼下的当务之急。

不仅装备，食物、饮用水，乃至医疗用品，这些都是必需品，救援人员必须保证所有被困者在成功被营救之前能维持正常的身体机能。

张哥带领的队员很快根据各自擅长的领域被安排进了不同的任务组，荀羽加入了一支由国内志愿者组成的医疗小队，在正式开始救援之前，负责救援人员的身体检查和伤口应急处理；肖曳和卫修会以潜水员的身份参与物资运输；而张哥则主要进行一些陆地上的搜救工作，看能否寻找到和被困者所在洞穴的外部通联路径……

M国的雨从蓝海的人抵达那天起就没有完全停过。

医疗小队结束了一天工作，回基地休息。荀羽走进基地，发现肖曳还没回来，她放下医疗包，找了块儿空地坐下，眼睛时不时往大门的方向张望。

看出她在等人，旁边的人小声说："运输那边还有一趟呢。"

荀羽愣了愣，轻轻点头，这才安心地合上眼睛休息。来回奔波一天，她也累了。

差不多傍晚，肖曳终于回来了，但带来的消息却并不乐观："外面又开始下雨了，昨天抽水泵好不容易把洞里的水抽掉了一些，眼看水位下降了，现在又要回涨了。"

荀羽唔了声，递毛巾给他擦脸上的雨水："你累不累啊？"

肖曳偷偷朝她眨了下眼："你帮我擦，我就不累。"

几天相处下来，大家都知道两人是对小情侣，纷纷看得捂嘴偷笑，这也是一天里难得的轻松时刻。

荀羽被看得不太好意思，耳根微微泛红，故意板起脸："你脸皮真厚。"话虽这么说，手还是很诚实地拿过了毛巾。

肖曳立刻乖乖把脸凑上去："小荀医生教训得是，我一定虚心接受，绝不改正！"

荀羽的眼皮跳了跳："皮这一下很开心？"

"还行，但肯定没有女朋友给自己擦脸开心。"

算了，她怎么就想不开要跟他计较，就好像真能皮过他似的。

晚饭后没多久就是例会，大家会在一天的工作结束后总结进展，做下一步的计划安排。

和前几天一样，今天救援的主要任务仍集中在物资运输上，其余并没有太大的进展。荀羽看得出来，大家的情绪都不怎么高，毕竟这场救援持续的时间已经太长了。

散会后，她趁去厕所的工夫，一个人在外头站了会儿。她很清楚，等待是最消磨意志的一件事，她最担心的是在漫长的等待过程中，洞内被困的人们会慢慢放弃求生的意愿。

"荀荀？"一个熟悉的声音打断了她的思绪。荀羽回过头，发现是卫修。

"外面雨停了，我来呼吸一下新鲜空气。"卫修笑着冲她扬了扬手，"怎么，你也来呼吸新鲜空气？"

"不，我只是出来上个厕所。"荀羽打量着他。

"是吗？"卫修偏头打量了她一眼，"我还以为你有心事。"

荀羽愣了愣，无奈地笑了："真是什么都逃不过你的眼睛。"

道明自己的想法，卫修沉吟片刻："虽然有这样的可能，但就我个人而言，反倒认为困境中的人们往往更容易被激发斗志。"

　　"你比我想象中还要乐观。"荀羽叹。

　　"也不是乐观，应该说是经验之谈。"卫修莞尔。

　　荀羽微微诧异："看你的样子，完全不像经历过什么困境的人啊。"毕竟他的谈吐、修养、性格，都像是一路得到荫护的人才有的。

　　"人不可貌相的，荀荀。"卫修眨巴了下眼睛。

　　荀羽犹豫了下道："你这么一说，我的好奇心倒是被勾起来了。"

　　"关于我的？"

　　"不然呢？"荀羽斟酌着说，"虽然我知道不过问私生活似乎是你搬进709的要求，但你会介意我问你是为什么决定搬进来的吗？"

　　"当然不介意，"卫修爽快地回答，"大概是因为有意思吧。你应该不知道，富贵发过一条征室友的帖子吧。他在上面明明白白列了各种需求，差不多就是要找个厨子的意思。我觉得这个人挺有意思，就来了。"他顿了顿，"我很喜欢他的那份坦率，也喜欢你的认真，还有肖曳的自我。"

　　夜雾笼罩着他的脸，风描摹着他侧脸的轮廓，一点点朦胧，又一点点清晰。

　　荀羽看了他一会儿，笑了："真巧，我也挺喜欢你身上的这份淡然。"

　　肖曳的猜测没错，经过一夜的降雨，水位果然涨回了原来的位置。

　　第二天上午，卫修清点好准备运往临时营地的物资，准备出发了。

　　荀羽一边替他做身体检查，一边不忘叮嘱："水下注意安全，有什么情况记得拉入水绳。"

　　卫修微微一愣，失笑："你什么时候改行做监督了？"

　　荀羽的睫毛轻轻颤了颤："我说过吧，我没办法想象再失去……"

　　卫修淡淡一笑，打断她："那你就多考虑一下我之前的说法吧，我总觉得那个理论更值得相信。"他安抚地拍了拍荀羽的肩，穿戴好自携式潜水装置，准备下潜了。

　　考虑到刚下过雨，水下能见度低，部分地方流速会升高，为防发生意外，今天他还特地另外携带了一套潜水装具。

　　把八公斤的食物和淡水补给带上后，在荀羽的目送中，他缓缓潜入了水中。

　　很快，卫修发现这些天虽往返了这条暗河好几次，但没有一次的水况比今天更糟糕。眼前是一片浑浊的黄，能见度大概不到一米，他小心翼翼地牵着入水绳，摸索往前。

　　自携式潜具的空气量可以支撑半个小时，下潜十分钟后，卫修逐渐感觉到水流比之前变得湍急了，他推断是又下雨了，决定趁能见度还没有继续下降，加快速度。

然而两分钟过去，他突然感到了异样，周围水下的礁石形状和走势似乎有别于常规的运输路线，他心中有些困惑，难道是因为受到能见度降低的影响，他在水中前进的方向出现了偏差？卫修试探着又前进了一些，发现前方是开阔的，抱着尽量探索，以期推进救援的目的，他斟酌后决定再往前探索三分钟。届时如无发现，就沿路返回，再根据水流的实际变化，决定是返回洞外营地，还是重新下水前进。

做出决策后，他拉了两下入水绳，意思是请岸上人员继续放绳。

在无声的水下世界，自携潜水放绳有一套自己的信号规则：拉一下，停止放绳；拉两下，继续放绳；拉三下，收绳；一直不停拉，遭遇紧急情况请求救援！

卫修继续前进了三分钟，感觉水流开始减缓，应该是雨势减小了。他思索着，抬头，竟然感觉到水面上一小片黯淡的光源。他愣住，这里有洞穴！

上岸后将潜水绳拴在洞口的礁石上，卫修打开了潜水手电筒，开始观察周围的情况。

和被困人员所处的地点相比，这个洞穴明显狭小得多，但因为地势较高，地面只有被水流反复冲刷的痕迹，除了个别低洼处，并没有大面积的积水。

他一路往前摸索，忽然间听到了一阵微弱的呼救声。

"Help！ Help！"声音自洞穴的更深处传来，他感觉浑身的毛孔都竖了起来，有人！这里竟然有人！没有被发现的被困的第九个人！

他立刻循着那阵微弱的声音找过去，就看见洞穴的最深处蜷缩着一个十来岁的男孩。男孩抱膝蹲在角落，周身满是泥浆，只有一双眼睛亮晶晶的。他们怔怔地对视着，除了沉重的呼吸，谁都没有发出声音。

就在这时，男孩似乎意识到发生了什么，突然扑过来，紧紧抱住了卫修的小腿，嘶哑地吼道："Help！ Please，help me！"

卫修拆开一包随身物资中的食物，男孩立刻抢了过去，要往嘴里送。

他急忙摁住他的手："不能这么吃，可能会有危险！"在不确定对方多少天没有进食的情况下，如果进食不当，可能会引发心脏问题或晕厥。

卫修用英语问他："你有多久没有吃过东西了？"

男孩的英语似乎并不差，很快就做出了回应："三天。"

肖曳的目光扫过角落那个皱巴巴的背包和周围散落的垃圾，一下子明白过来，在被困的这些天里，他是依靠着自己随身携带的食物度日的。真是不幸中的万幸。卫修缓缓地松开了手："那好，现在你可以吃东西了，但记得要慢慢吃，配合饮水。否则你可能会死掉。"

男孩虽然对他的话将信将疑，手上的动作还是慢了下来。吃过东西，他的情绪明显镇定了很多。卫修想了想，问："你为什么会躲在这里？"

男孩本来抱着膝盖盯着洞口的水面发呆，听见他的问题，不知为何突然激动了起来，猛地踹开了刚喝完的水瓶："因为没有人爱我！大家都欺负我！我讨厌他们！"

他原本并没有打算躲进这个该死的洞穴，只是离开孤儿院那天刚好下起了大雨，他是想进来躲雨的。可他没想到这场雨一直没停，他眼睁睁被困在了这里。

"我是孤儿！"他大声喊道，"没有人爱我！"他喑哑的声音在漆黑的洞穴中盘旋，因为密室效应，甚至出现了回音，就好像一只真正的困兽。

卫修眼底渐渐起了墨色："所以你就从孤儿院逃走了吗？"

"是！"男孩的胸口剧烈起伏着，"我讨厌那里！但我也不想死在这里！"

在被困初期，他有一瞬间觉得，也许能安静地死在这里也不错，所以他选择默默缩在角落，什么都不做，也不呼救。可随着食物消耗殆尽，他心中的恐惧感却越来越清晰，不想死的念头也逐渐强烈了起来，还是想活着，哪怕不知道有没有未来，未来又是什么样的。

沉默片刻，卫修沉声开口："那我带你出去怎么样？"

他已经计算过，来到这个洞穴他差不多花了十五分钟的时间，而自携式潜具的空气量刚好是半个小时，他应该有足够的能力带他出去。

"为什么？"刚才还很激动的男孩听完他的提议，蓦地冷静了下来。他防备地看着这个突然出现的男人，他给了自己食物、水，还说要带他走，他不相信世界上有这样的好事。

卫修和他对视着，良久，他笑了："因为我跟你一样。当我和你一样大的时候，我也被人欺负，觉得世界上没有人爱我，我也讨厌所有人。"

卫修看着他，眼中有什么压抑的情绪在闪动。男孩不说话了。

"名字。"卫修突然开口。

男孩犹豫地看着他，最后涩声答："帕辛。"

"好的，帕辛，你先努力活到我这么大吧，到时你就会知道，只要活着，就一定会有好事发生的。"将备用潜水装备拿出来，卫修连比画带说地给帕辛讲解使用方法，"这是你即将要用到的自携式潜水装具。这是呼吸器，这是面罩，这是呼吸管、供气瓶，里面装的是正常的空气；这是配重压铅。使用呼吸器的时候，你必须要咬住咬嘴，自己呼吸，如果你不吸气，它是不会主动供气的。呼吸完之后你就直接吹气，不要用鼻子出气，进气、出气全部靠嘴巴。呼吸的时候尽量深呼吸，不要浅呼吸，控制好频次，这样可以节省体力。潜水的过程中尽量放松，如果咬嘴掉了，不要慌张，马上把它拉回嘴边，吹一下把水排走，再继续呼吸就可以了。潜水过程中如果耳朵很疼，就捏住鼻子，用力通过耳朵向外排气就可以缓解疼痛感了。听明白了吗？"

帕辛听得非常认真，不断点头，卫修能感觉到他是个机灵的孩子。如果顺利渡过这一关，应该会有不错的未来在等着他。想到这里，他欣慰地笑了："那好，现在我们开始穿戴潜具。"

协助帕辛把供气瓶背在背上，又把呼吸器拉在面前，卫修引导着他走进水里："现在我们尝试在水面上呼吸。咬紧咬嘴，吸气……呼气……对，就是这样！保持这样的频率，深呼吸。记住！当我们潜下去之后，你需要顺着这根绳子一直走到我来的地方。水下我们是无法说话的，只能通过手势沟通，所以我还会教你几个简单的手势。你要记清楚了，有任何情况，要立刻通过手势告诉我。"卫修伸出手，"大拇指向下就是下潜，大拇指向上就是上升，耳朵疼你就指着耳朵，有疑问你就手掌放平后左右晃动，顺利的话，就给我比'Ok'的手势，明白了吗？"

帕辛点头，卫修比了一个"Ok"的手势。二人继续往深处走，开始尝试下潜。

帕辛是第一次潜水，哪怕会游泳，也展现出了极强的学习能力，但当他真正潜入水中，还是感到了害怕和不适应。他不时用手指着耳朵，意思是自己疼。

卫修捏着鼻子，用耳朵向外面排气，帕辛立刻明白了他的意思，有模有样地跟着学，不一会儿，他向卫修比了个"Ok"的手势。卫修欣慰地笑了，下潜继续。

从发现帕辛的洞穴出发，他们需要下潜五米，通过一个长达三百米左右的通道，再上浮五米，才能回到洞穴入口处的救援营地。

这条通道岩壁构造复杂，路线崎岖，狭窄处常有突起的礁石，一不小心就会被剐蹭到。两人的光源只限于潜水照明，必须保持十万分的警惕，才能顺利绕开障碍。

他们顺着绳子小心翼翼地往回走，一路上，卫修仔细观察着帕辛的状态，行动力不错，记忆很好，能够及时听从他指挥。虽然前进速度比预估慢一些，但应该问题不大。他再次确认了一下入水时间，距离返程开始已过去九分钟，也就是说，他还有六分钟左右的空气。

帕辛毕竟是初次潜水，虽然身体状况还不错，但对水下的情况还是感到陌生和不习惯。暗河水温低，寒冷也是对他的挑战之一，继续行进了三分钟，觉察到他的体能急速下降，卫修开始有一些紧张，决定加快速度。

还有三分钟。入水绳指示他们不断向上，即将抵达安全地带。就在这时，卫修突然感觉到自己的供气管被什么东西拉扯了一下！来不及思考，他猛呛了几口水。

发现异状的帕辛惊恐地看着他，不确定短短几秒钟内到底发生了什么。

身体在此刻先于大脑做出了判断，卫修拼命朝帕辛比着大拇指向上的手势，意思是，快，努力往上！对一切一无所知的帕辛接收到他发出的信号，终于安下心，按照他的指示，继续往上移动。然而落在他身后的卫修，动作却变得越来越迟缓。汹涌的水呛入肺部，他感觉自己失去了判断能力，不确定自己是在水下什么深度完全失去了空气的供应。意识正在远离他，作为一名潜水员，他比谁都清楚，自己即将面临的厄运……

思维模糊间，他的手不觉捂住了自己的左胸口。那里贴身存放的是张宁送给他的护身符。那个粉色的护身符一看就跟其他人不一样，小孩真笨啊，竟然以为大人什么都不知道。

想起她的笑容，他沉重的身躯竟感受到一丝轻松。啊，难道真的没有再见到那个小孩的机会了吗？那个她来送行的下午，有一瞬间，他甚至还产生过要不要把她变成属于自己的大人的念头。不！他不甘心！身体不断抽动着，他用尽全身力气疯狂拉扯着入水绳，试图发送求救信号：拜托了，让我上去吧！

他用最后的力气卸下压铅和气瓶，拼命往上挣扎，想奋力一搏……

荀羽焦虑地守在入水点。心中那种不安的感觉越来越强烈，她目不转睛地盯着浑浊而安静的水面，距离常规往返的出水时间已经过去五分钟了，卫修还没有出来。

她忍不住问监督："是不是出什么状况了，我们要不要派人潜下去看看情况？"

监督亦死死盯着水面，片刻，微微皱眉："目前入水绳反应正常。我们再等等吧，看水下会不会发来新的信号，说不定他真的发现了什么。"

荀羽强压着自己的情绪："我去喝水。"

喝水，让自己冷静一下。拧开水瓶，荀羽仰脖刚喝了一口，便听见身后传来一阵惊慌失措的呼救："救命啊！救命啊！"

她当即丢开水瓶，循声冲了过去："怎么回事！发生什么事了？"

求救的是个抱着孩子的当地妇人，浑身湿漉漉的，像刚从水里爬起来，眼下正一边哭一边喊，一双眼红彤彤的。荀羽问她怎么了，她却不答，只不断发出"啊呜啊呜"的声响。

荀羽一下子反应过来，她听不懂自己在说什么。

正焦灼时，一个本地救援人员闻声跑了过来，荀羽如遇救星。

他和妇人迅速交流了几句，告诉荀羽："是她的女儿！孩子贪玩掉进附近的积水洼里了，她下去将孩子捞上来之后才发现没呼吸了！"

洞穴附近的山地高低不平，积水最深的地方深度可以超过普通青少年的身高。

荀羽呆住："那你快问她，孩子失去意识多久了？"

妇人满面泪水，呜呜直哭，不断摇着头。荀羽皱眉，没时间浪费了，急救的黄金时间只有四分钟！她二话不说把孩子从妇女的怀中抱了过来。孩子此刻双眼紧闭，积水沿着她的衣服不断滴落，荀羽颤抖着手尝试探了探她的鼻息，果然没有呼吸。

有什么淤堵在胸腔里，她告诫自己镇定，狠狠吸了口气，主动握住了孩子的手。

手背上，那个猩红的数字正静静闪耀着，荀羽不由眼前一黑，很努力才站稳了脚跟，和她猜测的一样。恐惧在一瞬间席卷了她，恍惚间，她记起自己对肖曳的承诺："我会尽量不让它影响我的判断和选择，我会努力，哪怕只有一点点的希望，我都不会放弃。"

对！不能放弃，一定不能放弃！

逼迫自己站直了，荀羽大声对救援人员说："快！帮我把孩子的衣服解开！"

她坚定的眼神镇住了对方，那人手跟着一抖，连忙照做。

两人一起把孩子在地面放平，荀羽一秒没耽误，当即跪在地上，把孩子的上肢摊开，一手压住她的前额，一手抬起下颌，打开她的气道。她捏住孩子的鼻子，开始大口吸气，迅速用嘴包住她的嘴，将气体吹入她的口中。然后她开始进行心脏按压。完成一组动作，孩子还是没有苏醒的征兆。荀羽呆了一下，立刻重复。

"去拿急救除颤仪！叫其他医生来！"她厉声道。

泪水顺着她的眼角疯狂淌下来。求求你，老天爷！不管是什么条件，只要能救这个孩子一命，她都可以答应！

终于在进行到第三组心脏按压的时候，孩子的五官似微微动了动。

害怕自己眼花，荀羽不敢停歇，继续手上的动作。半分钟后，孩子突然猛吐出了一口水，然后是第二口、第三口……

当救援人员抱着除颤仪赶到时，她颤抖的手刚好感觉到孩子鼻尖恢复的微弱呼吸，荀羽一下子瘫坐在地。她怔怔地坐着，心中的情绪排山倒海，有一瞬间，她甚至不确定自己是否真的做到了。巨大的震动中，她依稀又看见那抹闪耀的红。倏然间，她清醒了过来。

奋力拨开人群，荀羽再次紧握住了孩子的手。呼吸在这一刻凝滞，耳畔的声音全都消失了，她的身体开始止不住地颤抖——消失了！消失了！那个数字真的消失了！哽咽从嗓中不受控制地溢出，荀羽双手捂住嘴，想笑，泪水却越来越多。

消失的五感随着释放的泪水逐渐归位，荀羽狠狠擦干眼泪，隐约听见不远处入水点传来的嘈杂声音，她愣住，那些人怎么都聚在了一起？

刚放下没几秒的心顿时又悬起来："怎么回事！入口那边发生什么事了吗？"

过来帮忙的医生听见了，低头看着她："我刚过来的时候听说水里潜上来一个孩子。大家都吓了一跳，原来被困在洞里的不止八个人。"

"真的吗？"荀羽放心了，惊喜地问，"难道是卫修找到的？"

医生看她的目光渐渐变得沉痛："你是说那个供气管被礁石划破而窒息的潜水员吗？他的尸体刚被人从水里捞出来。"

荀羽是连滚带爬挣扎过去的。推开人群，她看见了瑟缩在角落里的帕辛。他紧紧抱着自己，身体一直在颤抖，一双无神的眼睛死死地盯着浑浊的水面。

荀羽爬过去抓住他的手，嘶吼道："回答我，卫修在哪里？是他救你上来的对吗？回答我！他人在哪里？"

帕辛被她抓得浑身一抖，喉咙"呜"一声爆发出哀号。

那一秒钟，荀羽发现自己什么都看不见了。这不是她想答应的条件，这真的不是！

她一定是得到了报应。

午后，天又开始下雨。

被打捞起来的卫修被盖上了一层黑色的塑胶布，暂时停放在旁边的山洞里。

从刚才起，荀羽便一直没有离开过水面。人来人往的入水处，她坐成了一尊安静的雕塑。

怎么修修还没有出来啊，她等了他好久啊。

她模模糊糊地想着，嘴角扬起一抹笑，眼睛却始终舍不得眨一眨。

旁人看着她这个模样，纷纷掩面转过了身。

"你已经做得很好了，是你挽救了那个孩子的生命，现在回去好好休息一下吧！"潜水监督悲悯地抱住她。

荀羽忽然浑身一僵。她猛一下把人推开，站起来，冲进了雨中。鼻腔里满是泥土的腥气，她捂着胸口，感觉要呕吐，原来最悲恸的时候，眼泪根本流不出来啊。

肖曳闻讯赶来时，荀羽正蹲在泥泞的树下干呕，却什么都吐不出来。

救回了那个孩子的喜悦只存在了一瞬，现在的她已经被强烈的负罪感包围，就要窒息。

雨水淋透了她的全身，她就像一棵只会呼吸的树，静默无声。

肖曳颤抖地握起她的手："荀荀，这不是你的错。"

荀羽眼中一丝光彩都没有："什么……不是我的错？"

肖曳努力想找到她瞳孔的焦点，却失败了，嘴唇翕动着，他艰难地开口："修修的死不是你的错。"

荀羽僵住。片刻，她煞白的脸上突然绽出一个凄厉的笑容："你在胡说什么？怎么不是我的错？最后他一定在怪我吧，一定在怪我！怪我为什么不握他的手！"

肖曳将她的手抓得更紧了些："你不准这么说！"

荀羽崩溃："如果我当时握住了他的手，说不定一切都不一样了。今天他会很小心，会更注意！他就不会冒险……"她说不下去了，只能像小兽般发出持续的悲鸣。

肖曳的心脏如被撕裂般："不是那样的，荀荀，不是那样。就算你看见了，他也有可能会死，就像你曾经看见过的那些人一样。这不是你的错，真的不是你的错……"

他的声音喑哑而破碎，到最后变成了压抑的嘶吼："求你了，求求你！答应我，不要把你所能看见的东西变成枷锁！"

荀羽茫然地看着他。肖曳哽咽着："相信我，他一定，一定不会希望看到你现在这样。"

"但他不会回来了。"荀羽静静地看着他，"他不会回来了……"

教她做饭的、无数次给予过她无私帮助甚至让她相信了命运转机的人，再也不会回来了……仿佛如梦初醒，荀羽飞扑进肖曳怀中，号啕大哭起来。

当晚，张哥取得了卫修报名表上紧急联系人的电话号码。作为蓝海这次行动的负责人，他有责任向家属传达这个噩耗。

怀着满心悲伤与愧疚，他好几次拿出了手机，又不由自主地收了回去，最后一手捂着脸，另一只手颤抖着按下了拨出键。他本以为自己做好了准备，可当电话接通的那刻，他还是呆住了。

"你好，这里是桥城福利院，请问您找哪位？"

他怔了两秒，以为是自己打错了号码。强忍着泪意核对了一遍，他忽然迸发出一阵恸哭。

没错，他没有打错！卫修是孤儿，他竟然……是个孤儿！

和福利院通过电话，张哥一个人在原地站了好久，才转身折回营地。

荀羽刚被肖曳哄着吃了点儿安眠药，暂时靠在他身上睡过去了。抬头看见张哥，肖曳愣住，他怎么比下午的时候还狼狈？

张哥也低头在看他。片刻，他干涩的嘴唇微微张开，声音都是哑的："他是个孤儿。"

"你说什么？"

"卫修，他是个孤儿！"肩膀不住抽动着，张哥狠狠抹掉眼泪，"我真的一点儿心理准备都没有，怎么会……明明是……明明是……"

那么完美的一个人啊，总是什么都知道，什么都会做，什么都可以做得很好。张哥觉得他一定来自很好的家庭，所以被教养得这么好。可他竟是从那样的环境中走出来的，而他的身上却珍贵得没被打上任何烙印。

泪水也渐渐涌出肖曳的眼眶，他伸出手，紧紧抓住了张哥的胳膊："你不要说了，别说了。拜托了。"他本以为在经历过胡毅的死亡后，他已对这样的意外免疫了，但其实不是，没有一种告别会因为经历过而变得熟练。

每一次告别都是第一次。

面对告别，他永远都是个新手，做不到习以为常，也做不到无动于衷。

历时十八天，探险协会的八个人，包括被卫修发现的第九个孩子，全部成功获救。一切就好像媒体说的那样，是个奇迹。

但见证了奇迹的蓝海队员们却无法说服自己露出笑容。

因为他们重要的、珍视的同伴和挚友，在这场救援中永远失去了宝贵的性命。

回国那天，桥城已入冬。刚出了机场，贾世豪就飞奔过来，死死揪住了肖曳的衣领，一双眼烧得血红："你们是骗我的吧？是跟我开玩笑的吧？想给我一个惊喜？修修呢？卫修人呢！你们说话啊……都给我说话啊！"

一旁的江雨熙不知能做什么，一边抹眼泪，一边去拉他，却被失控的他反手推到了地上。愣了两秒，贾世豪才意识到自己做了什么。他一边抹泪，一边去拉她。

"我不疼，我一点儿也不疼。"江雨熙努力擦干眼泪，对他露出笑容。

那个笑容令人心碎，贾世豪忽然"哇"一声扑进她怀中，泣不成声。

"宁宁呢？"张哥哑声问。蓝海预定来接机的队伍里明明包括她。

负责带队的队员环顾一周，脸色倏地变了："刚才明明一起下车的……"

卫生间里，人来人往的旅客纷纷错愕地打量着那个靠在墙上掩面哭泣的少女。张宁攥紧手中粉色的护身符，眼泪大颗大颗砸下来："修修，我错了……我错了……我错了……"

她真的错了。也许上天是为了报复她骗了他，才会带走他吧，一定是这样。

她一边擦泪一边绝望地想，如果那天，她给他的不是恋爱护身符就好了。如果跟大家一样是平安符，那他现在是不是就会出现在闸口，冷淡又温柔地叫自己一声"小孩"？

她不知道。她只知道那个人是真的永远永远不会回来了。

一想到这儿，她就感觉自己似乎已经失去了对成为大人的期待。因为就算自己真的成为大人，她也不能够再跟他说我喜欢你了……

回到家，贾世豪一言不发地冲进房间，把自己反锁了起来。

江雨熙则蹲在门口一边拍门一边哭着喊："小豪哥哥你出来！你听见没有！你给我出来！你不出来我就……"江雨熙失神地坐在门口，抱着膝盖，抽噎一声大过一声。

一直沉默坐在客厅里的荀羽走过去，蹲下身，用纸巾轻轻给她擦着泪："别哭了，再哭眼睛就要肿了，肿了就不漂亮了。"

她说着，感觉泪水要涌出来，连忙起身："我去给植物浇水。"

肖曳在阳台找到她的时候，荀羽正拿着喷壶出神。

"修修吃不到我种的番茄了诶。"荀羽垂眸，抚摸着小番茄的枝叶。

"修修也不能再教我做菜了。"她又说。

肖曳从身后抱住了她。荀羽的身体微微僵硬了一下，她的心情渐渐平静了一些，哀哀地笑了："修修，你看见了吗，我们都回家了。"

她的声音很轻很轻，被风送远，慢慢地，荀羽感觉自己的后颈有了一丝凉意。

她转过身："肖曳，我还有话对你说。"

面前的男人极尽隐忍地抿唇："嗯，你说。"

"我看见转机了。"荀羽说，"在M国的时候，修修出事的那天……"说到这儿，她的心脏又开始刺痛，她赶紧死死捂住自己的胸口，"我看见我救的那个小女孩，她手背上的数字消失了。"

一刹的寂静。肖曳眼中有什么在汹涌，声音哑而沉："你是说？"

荀羽缓缓点头："那不是'死期'，而是'警示'。"

忍耐已久的泪水在这一刻终于翻涌而出："原来修修说的都是对的！"

只是那个留给她最最珍贵线索的人此刻却永远永远地离开了她，她连跟他说声"谢谢"的机会都没有了。

因为卫修没有家人，最后大家一致决定他的葬礼由蓝海救援队来办。

墓地是贾世豪挑的，一口气把一排的几个都给买了。刷卡的时候，他苍白着脸回头看肖曳，嘴角是自嘲的笑："我看这样吧，曳爷，等再过个几十年，咱们就都一起住这儿吧？说不定还能组个队，在坟头蹦个老年迪呢？"

明明是笑话，说的人和听的人却都流泪了。

墓地买好，距离正式下葬还有段日子，因为卫修是意外离世，遗体先于他们被运回国，现在还停在殡仪馆里。张哥的意思是选个黄道吉日再出殡。周日，在机场始终没有露面的张宁突然出现在了709的门口。

"我可不可以去修修的房间看看。"她低着头恳求，"就看看。"

荀羽对她对卫修的感情早有所感知，如今她登门，一切不言而喻。

她怎么会拒绝，她只是觉得难过。平静好久，荀羽说："好，我陪你去。"

"我想一个人。"她眼睛是红的，神情却镇定。

荀羽怔了一下："那……好吧。"

直到卫修去世，贾世豪找人弄开了那道电子门，他们才真正窥见他的世界。关于他的职业也在这悲伤的一天里揭开了答案。一切合情合理又出人意料——他是个作家。

贾世豪把他写的东西搬出来看了整宿，看得一边流泪一边笑："比我平时看的那些玩意儿好看多了！看不出嘛，他还挺有两把刷子的！"

他们还找到了他的笔记本，但因为太私密，出于对他的尊重，谁都没打开过。

给张宁带路的时候，荀羽突然想到这个，思考了一会儿，说："我有个东西给你，我觉得修修应该不介意你看。"

荀羽走进房间，找到那个笔记本，递给张宁："那我先出去了。"

房间里终于只剩下张宁一个人。她轻轻摩挲着笔记本的封面，刚刚竖起来的伪装一下子就碎了。还是没办法做一个真正的大人呢，她想，泪水慢慢涌出了眼眶。

坐到书桌前，张宁虔诚地将笔记本摊开，深呼吸，开始逐行看起来。

卫修的字迹有些潦草，就好像他那头卷卷的、乱七八糟的卷发。

她想起他的样子，忍不住捂着嘴笑，笑着笑着，泪珠又滚出来。

内容其实不特别，大都是他取材的笔记。因为不是完整的记录，很多都是片段。

她的目光定格在一行字上，看墨迹晕开的程度，应该已经写下很久了："我大概是个怪物吧，对周围的人和事都没有兴趣，只想沉浸在自己虚构的那个世界里。"

张宁愣住，那一霎，她忽然想起来那天，乌云缠绕着黯淡的天，他跟自己说，他在云层中看见了一颗星星。他的脸浸润在黑暗中，眼神懒而淡。

那个表情应该就是真实的他，他没有撒谎。

"你不是怪物，你是很棒的大人。"她喃喃，就像在隔空回应他的话。

她继续往下翻。大部分内容仍是笔记，只有一段不同。

终于离开了，还是成为大人好啊。大人可以决定要去的地方，决定要成为什么样的人，决定拥有什么样的人生。真庆幸我没有放弃成为一个大人。

看着他的字迹，张宁忍不住弯起了嘴角。原来这个大人一点儿不狡猾啊，他那么诚实，诚实到郝遥要自杀那天，他让自己带给她的完全是真心话。

她微微翘起嘴角，擦掉眼泪。之后的很长的一段内容都与她无关，直到末尾，才出现新的内容。

我不喜欢小孩，小孩太脆弱了，没有力量。但那个小孩不太一样。她很有力量地抱住了那个女孩。

……

小孩离家出走了。她让我想起曾经从福利院逃跑的日子，因为无处可去，最后只能回去。不过现在已经没关系了，因为我好像也找到了，属于我的家。虽然最初选择住在这里，完全是为了观察和自己不同的人寻找灵感，但最近我越发觉得，这是我做过的最正确的决定。

……

小孩的妈妈去世了，但我没有过父母，不能体会那种伤心，更不擅长安慰人。她好像被我惹得更伤心了。

……

"不不不，那天你安慰到我了，别人没有给我的安慰，是你给了我。"张宁小声说。

她翻到最后，看到这么一行字："或许，我……也没有那么讨厌小孩。"

再往后就是空白页了，只剩三两张，想必这个笔记本跟了他很长一段时间。

如果没有意外，他会写下去，一直写下去。张宁望着封皮，忽然想起去机场送行那天，她看见太阳在他脸上下了一场美丽的雨。那时她还不知道，那会是一场永恒的雨，永远下在她的心上，打湿她，也滋养她，让她能继续在雨中努力奔跑，朝着他们所共同希望的方向。

张宁擦干眼泪，把笔记本收起来。

"我可以带走它吗？"她走出房间，问荀羽。

荀羽微微一愣，点头："当然。"

"谢谢。"她笑了，她的笑容那么甜，"不要哭，修修一定不希望我们每天为了他哭哭啼啼，因为……他说，这里是他的家，你们是他的家人。"

荀羽的瞳孔蓦地放大了："他真的……这么说吗？"

"嗯，在笔记里。"

细小的呜咽溢出喉咙，荀羽捂住了嘴。那一刻，她觉得自己终于可以原谅自己了。

因为是家人的话，就一定不会责怪她，就像爷爷那样。

看着哭泣的荀羽，张宁主动伸手替她擦了擦眼泪，那个动作很温柔，就好像一个真正的、坚强的大人一样。

十二月底，是卫修正式下葬的日子。

鲜花摆满他的墓前，寒风吹过，花瓣在空中纷扬飘落，人间已是凛冽的冬色。

张哥哽咽地念着悼词："2019年11月2日，我们永远失去了我们最好的队友与朋友——卫修。在营救被困在洞穴中的孤儿帕辛的过程中，洞中的礁石划破了他潜水设备的供气管，因缺氧造成窒息，他年轻的生命终结在最灿烂的二十六岁。我们惋惜，悲恸，我们在此立志，将永远铭记他的善举，发扬他的遗志，继续为救援事业做出我们所能做出的一切，奉献我们的光与热……"

萧瑟的风将张哥的声音吹散，吹得很远很远，荀羽偷偷掩面，背过身去。远处的一切都被厚厚的云雾包裹着，什么都看不见，但她从没有哪一刻如此笃定，山就在那边。

"我相信你，修修！我相信你！"她大声喊。

我相信你，所以我一定会代你继续守护这人间，守护这人间里每一个脆弱却坚强的生命。任何时候，都不会放弃一丝一毫生的希望。

荀羽回过身，握紧身旁肖曳的手。她定定看他，那一抹残忍的红在她瞳孔中闪动："我要你答应我一件事。"肖曳亦看着她，她眸光坚毅，"答应我，在死亡面前，不许认输，不要投降，不准放弃。"

"我答应你。"他郑重地说。光从云层深处透出来，照亮荀羽的脸。他低头，在她额头轻轻印下一个吻，"我永远答应你。"

转眼已经新年。张宁刚走进709，就看见江雨熙和贾世豪正在餐厅忙着摆碗筷。小公主不会做饭，对餐具倒是无比挑剔。

"这盘子怎么这么丑啊。"她嘟囔。

贾世豪没好气："你懂个屁，这还是……""修修"两个字卡在喉咙，屋内的气氛陡一下变得伤感了起来。

意识到自己说错了话，江雨熙赶紧低下头，不出声了。张宁也愣了一下，半晌，脸上浮起一抹淡淡的笑，扬了扬手中的香槟："我给大家带酒过来了，新年快乐啊！"

"新年快乐！"厨房中的荀羽探出头，这个月她的厨艺突飞猛进，贾世豪终于放心她进厨房了。

"我申请转系考试了。"张宁把酒放在桌上。

"啊？"同在厨房的肖曳忍不住出声。

"嗯，我想学医，不过辅导员不大赞同，说转系考试很难，就算考过了，也不一定能申请成功，而且什么都必须重头学起。不过我还是想试一试。而且，我爸也是支持我的。"

荀羽怔住："难道是因为……"

"不算吧，我妈的事虽然让我有不少触动，但我更多是觉得学医的话，能更直接地救人。"张宁捧着热水杯，朝里轻轻吹了口气，"我想过了，我希望今后都能遵循内心去生活。当然，未来可能还是会谈恋爱吧,但大概要在很久很久以后了。不过我会努力的,我想珍惜地度过我的人生。"

她说完扬起脸,脸上流转着明亮的灯光:"我相信修修一定也是这么希望的!"

逝者已矣,生者当如斯。如果没有被悲伤彻底吞噬的觉悟,还是坚强地活下去更容易。

房间内安静了几秒。苟羽笑了:"那你要加油啊!"

"我会加油的。"

"对了,今天要在这里住下吗?"

"可以吗?"

"当然了!"

"那我想住修修的房间!"

"没问题!"贾世豪爽快地答应,"那间房除了门换了,什么都没变。"他说完,突然顿了顿,怅然地笑了,"但好像也什么都变了呢。"

知道他想起了卫修,张宁第一个举起了杯子:"敬修修!"

"敬修修!"

"敬我们家!"

"敬我们的家人!"

……

泪水在灯光下飞溅,闪耀着晶莹的光,苟羽知道,在不久的将来,它们一定会结成疤,变成他们最温柔也最坚韧的勋章。

十二点的钟声响起,新的一年终于来了。

大家的手机都开始震个不停,贾世豪探过头,目光在江雨熙的手机屏幕上定格——

"学姐新年快乐!那个,学姐有没有男朋友啊?有的话,我可以先排个队!"

贾世豪眼都气直了:"这家伙是从哪里冒出来的?!"

江雨熙得意地翘起尾巴:"看见没,我也是很抢手的好不好?"

"不行!你快让我跟他说话,放心,我不吵架,"贾世豪说着就要去抢江雨熙的手机,"我只是觉得有义务好好劝劝他,年纪轻轻的,做什么不好,非要做梦!"

苟羽放在桌上的手机也震了一下,她正好端着才切好的果盘过来,肖曳张开嘴,要她喂。她皱皱眉,放了一块到他嘴里:"帮我看看是谁。"

肖曳拿起手机,看见屏幕上名字,轻轻勾勾唇角:"我是不是也该劝劝这位小弟,做人应该多谈理想,少说梦想?"

荀羽愣了一下，凑过去："不就是很普通的祝福短信吗，能跟贾世豪那个情敌一样？"

她话音未落，新消息就弹了出来："荀医生，这周末我能请你吃顿饭吗？"

荀羽有点儿尴尬，马上改口说："就普通吃顿饭，你别乱说。"想了想，又理直气壮地还击，"程骁帮过我不少，一起吃顿饭怎么了？我看吃十顿饭都抵不过……"

她剩下的话语被他轻轻的一个吻堵住，苹果味的。

他淡然撇开脸："去解决一下吧，你的这个小迷弟。"

程骁怎么就成了她的小迷弟？荀羽觉得，自从跟他在一起以来，这个男人在封建这一点上是越来越有建树了。

荀羽和程骁约了周六吃晚饭，虽然觉得肖曳那套都是歪理邪说，但一进餐厅坐下点完菜，她就立刻照直说了："我和肖曳在一起了。"

程骁明显呆住了，调整了很久的表情，还是难掩眼中的失望："这样啊……"

荀羽顿了顿，他的反应让自己挺心虚的，就好像肖曳说对了一样。他对自己抱有过好感吗？荀羽后知后觉地回忆，也许是有一点儿吧。可她根本没发现。

如果发现的话，自己似乎也不会做什么。爱情是直觉，如果接受不到对方的信号，那就不是爱情。好在年轻男孩到底够洒脱，失望归失望，祝福还是诚恳的："既然是荀医生的选择，那我就祝你们长长久久了！"

"长久"二字隐隐戳到了荀羽的神经，尽管她极力回避去想这件事，但现在已经一月了，距离"警示日期"只剩下一个多月。

现在的他们除了更加珍惜在一起的时间外，似乎也没有更好的选择。

荀羽努力挤出一个笑容："那谢谢你啦。"

"荀医生你太客气了。"程骁羞涩地笑笑，说罢抬眼偷偷看她，表情似有些遗憾，"不过，我以后是不是再也没机会见到你了啊？"

荀羽愣了愣，认真答："不至于吧，只要你还是个记者，那么在任何一个救援现场，我们都可能遇见。"

"那我还是祈祷我们少见面吧。"程骁打趣道。

服务员终于开始上菜，程骁绅士地给她递过烫好的餐具。就在这时，邻桌忽然响起刺耳的玻璃碎裂声。荀羽回过头，就看见一个男人双手捂着自己的喉咙，栽倒在了地上。

坐在对面的女人吓得发出一声尖叫，急忙扑到他身边："老公，老公！你怎么了！"

男人不能呼吸，也说不出话，脸色开始慢慢变灰，掐着脖子的指甲和嘴唇开始泛蓝。

荀羽蓦地从座位上站起来，这个人的气道被食物堵住了！

第十九章 新的羁绊

"叫救护车！"荀羽命令程骁。

程骁忙不迭点头，拿手机的工夫，荀羽已来到了男人跟前。

地上的男人仍用两手环着自己的脖子，身体不断抽动，指甲和嘴唇的颜色看上去比刚才更深了，脸也因恐慌变得狰狞。

荀羽的视线扫过桌上的一盘年糕，问旁边哭泣的女人："他是吃了这个吗？"

女人只顾着哭，一句话都不说。

心中有了些许恼意，荀羽不得已一声喝道："你别哭了！哭有什么用！先回答我的问题！"

女人被她的声音吓了一跳，这才如梦初醒，哽咽地答："是……是！"

荀羽不再说话，扒开男人的上衣，就看见他肋骨间和锁骨上有明显的凹陷——果然是气道阻塞！再继续下去，会危及生命！

她二话不说立刻将男人的两腿分开，并吩咐餐厅赶来查看情况的服务生："你去他头那边守着，确保他一直是仰卧的姿势！"她说罢看向意识似已不太清醒的男人，大声说："听着，如果你还能听见我的话，记住不要乱动，现在我要替你进行急救了！"

荀羽迅速骑跨在男人的髋上，一手的掌根放到他的腹部，另一只手则放在这只手上面。深呼吸，她用全身的力量，开始向内上方有节奏而快速地压迫他的腹部——

一次，两次，三次……

第五次压迫后，男人突然猛地咳嗽了起来——一块年糕自他口中吐出，滚落在地！

他终于能发声了，"啊呜啊呜"地呻吟着，虽还说不出完整的话，但已可以呼吸。

荀羽松了口气，从男人身上挪开，再次检查他的呼吸，握了握他的手，扫视一遍裸露的皮肤，确认没发现任何数字的迹象，才起身整理自己的衣服。

就在这时，她觉察到那个坐在地上哭的女人正怯生生地看着自己。想起自己的态度，荀羽走过去，轻声说："不好意思啊，刚才情况紧急，我不是故意要骂你的。"

那女人才从惊吓中回过神，哽咽着道歉："对不起，对不起，我真的以为我老公要死了……我吓坏了，我什么都不知道了……谢谢你啊……太谢谢你了……"

她一边道歉，一边仰起脸认真观察荀羽的表情，像很怕她生气。可看着看着，她的眼中渐渐多出了一份怀疑和震惊。

和这样的她对视，荀羽的心莫名闷了起来。她皱眉，偏头问程骁："救护车来了吗？"

程骁点头："放心，荀医生，马上就到！"

不知怎的，听到他们的对话，女人竟倏地从地上爬了起来。

荀羽错愕地看着她，不明白她怎么突然就精神了。

"荀医生，你姓荀？"女人靠近她，死死盯着她的脸。

她过分直白的眼神让荀羽更不舒服了，她稍稍转开视线："有什么问题吗？"

女人沉默了半晌，然后勉强笑了笑："没、没什么问题，就觉得这个姓很少见。"

荀羽没立刻接话，斟酌了一会儿，说："救护车就要来了，虽然你丈夫已经没有生命危险，但我认为还是去医院做个详细的检查，看看气道有没有损伤比较好。"

女人的目光仍滞在她脸上，但眼神明显比刚才克制了许多，她以恳求的语气道："那……你能跟我一起去医院吗？我什么都不懂，如果医生问起来，我也说不清楚……"

荀羽愣了一秒，迟疑地颔首："那好吧，反正我待会儿没事，可以陪你走一趟。"

"我也去吧！"程骁立刻凑上来，"我今天开了我爸的车，结束后可以送你回家！"

一行人来到医院，护士很快过来跟荀羽详细了解了病人的情况，也询问了女人患者是否有其他病史，程骁见没有自己可做的事，干脆请缨出去给二人买水。

荀羽有条不紊地回答完问题，摸出震动的手机看了眼，是肖曳在找她了。她说："我所知道的都已经告诉你了，如果没有别的事，我是不是可以先离开了？"

"当然可以，我这边已经没有问题了。"护士说，"感谢您今天挽救了病人的生命！"

"没什么，"荀羽淡淡一笑，"这也是我的使命。"

她说完要走，那女人却突然抓住了她的手腕："你……"

荀羽停住脚步，困惑地回头："还有别的事吗？"

女人又不说话了。良久，女人颤声问："你到底叫什么名字？"

荀羽的眼皮跳了下："这个很重要吗？"

"我想感谢你……"女人游离的目光飘向地面，"所以得知道你的名字。"

荀羽失笑："真的不必。"

她尝试着想挣脱她的手，却没有成功，只好以无奈的眼神望着她。

哪知女人被她看得骤一下红了眼眶："你是不是叫……荀羽？"

晚上八点三十分，冬天的夜晚漆黑一片。惨白的灯光照在两个人脸上，空气中弥漫着一股沉闷的即将被撕裂的不安定气息。

"我、我是……"她支吾着，明明什么都没说，又好像什么都说了。

荀羽怔怔地看着她，瞳孔逐渐放大。和自己一样偏长的脸，狭长的双眼皮，微微上扬的眼角，唯独鼻子圆钝小巧一些，但爷爷说，她的鼻子像爸爸。

她心中猛地浮现了关于这个人最糟糕的预感。

女人蓦地呜咽出声。

刚才的护士从病房出来，看见她哭，神情错愕："您怎么突然哭了？您的丈夫已经没事了呀！"

女人不说话，仍抽抽搭搭，不时偷瞥荀羽一眼。她的眼神既期待又胆怯，荀羽与她对视片刻，不着痕迹地错开了眼神。

女人见她闪躲，顿时着了急："我、我叫苏琴！我是……"

那一瞬间，荀羽确定，自己最糟糕的预感应验了。她再次看向女人，女人也看着她。

她们静静对视，荀羽的目光缓缓描摹着她的五官，说不清此刻心中涌起的是什么样的滋味，原来她不能在第一眼就认出这个人啊……

说不出是难过多，还是唏嘘多，荀羽看着她，嘴角慢慢扯起了一个讥诮的弧度。

程骁回来，见二人呆呆站着，不说话也不动，隐约觉察到气氛不对，犹豫片刻，小声问："你们……要喝水吗？"

荀羽回神，迟疑两秒，过去接了程骁的水。

荀羽顿了顿，对他微微笑了："这位苏女士好像有话想跟我说，你要不先去停车场等我？不用等很久，五分钟，不，我想，三分钟就够了。"

回到家，推开门，肖曳正站在玄关处。

他装腔作势地板着脸，却藏不住眼底的那一抹笑意："我看见车了，是你的小迷弟送你回来的。你就不怕我吃醋？"

荀羽没有兴致，只轻轻"嗯"了一声。

肖曳脸上调侃的笑容止住了："发生什么事了？"

她不说话，耷拉着眉眼换好鞋，往里去："还是进去说吧。"

肖曳连忙跟上。客厅里空寂无人，不学无术惯了的贾世豪最近报了个班，去学心肺复苏术了。虽然他嘴上说是心血来潮，但荀羽知道，他是在以自己的方式努力平复失去卫修的悲伤。

肖曳跟着荀羽走进卧室，荀羽没开灯，径自坐在了床边。月光皎洁清寒，映着她的脸。

他开口，声音低沉："到底发生了什么？"

荀羽吸了口气，还算平静："我今天见到我——"她始终叫不出来"妈"，退而选择了更容易接受的措辞，"母亲了。"

肖曳愣住："和程骁在餐厅的时候？"

"嗯，她就坐在我们隔壁桌，当时她的丈夫被食物卡住了气管，我替他做了急救处理。"

"人没事吧？"他问。

"没事，已经送去医院了。"

"所以，她认出了给她丈夫做急救处理的人是你？"

"没有，"荀羽自嘲地笑了，"很糟糕吧，我们都没能在第一时间认出对方。"

"是名字。"荀羽说，"大概她听到了程骁叫我'荀医生'，又对我的长相起了疑心，所以直接跟我确认名字了。"

"你回答了？"

"没有，但她告诉了我她的名字。"她笑了，看着他，"你觉得世界上母女都同名的概率是多少呢？而且血亲之间是有一种天然的直觉的。"

荀羽说完，垂下眼帘。不及肖曳开口，她外套口袋里的手机忽然震了一下。

"荀……小姐……刚才你说的话算数的吧？我们过几天……真的可以见面吗？"

从克制的措辞中，她却读到了汹涌，明明她们才交换了联系方式。

肖曳探过头："你决定和她见面？"

"嗯。"荀羽把手机放在一边。

"你是不是太冷静了。"肖曳揉了揉她的头，轻叹。

荀羽抬头，笑了："才不是。正是因为不够冷静，我才会推迟见面的时间。"

肖曳看了她一会儿，忽然伸出双手："那，抱一下。"

她愣了愣。他重复，声音温柔："过来，抱一下。"

她也伸出了双手。

寂静像海浪将他们包围，荀羽轻轻抱住他的腰，将脸贴在他的胸口，她慢慢闭上了眼睛。她能清晰感觉到他的体温、他的心跳，还有他身上刚洗过澡沐浴露的味道，原来这世上最温柔也最能让她感觉安定的一片海是他的胸膛。

她抱紧他，什么都没说。

肖曳低头亲吻她的额头："等到了约定的那天，我送你去吧。"

周五，贾世豪提议明天大家一起去寺里拜拜。

"我想给修修祈福。"他说完，垂下眼睫。

一霎间，大家都沉默了。

许久，荀羽开口："那就去吧。"

大概要过年了，寺里香火极旺，远远就能看见红墙白雾。他们在门口买过香烛，正准备进去，荀羽的手机响了。她正和江雨熙聊天，拿出来一看，神情微滞。

"这件衣服的款式你喜欢吗？我想买给你……"

荀羽犹豫着不知该怎么回复。肖曳见状，不动声色地抓过了她的右手，揣进了自己大衣的口袋里："来，给它找个合适的地方放。"

江雨熙双手还吊在贾世豪的胳膊上，满脸嫌弃地看他："肖曳哥哥，你怎么谈个恋爱这么肉麻的啊？就不能放过佛祖大人吗？"

贾世豪没忍住，撇了撇嘴："你觉得自己能好到哪儿去？"

江雨熙听完一愣，立刻撒手，朝他翻了个白眼。

荀羽被他俩逗笑了，无意中对上肖曳的眼神，她悄悄做了个"放心"的口型。把手抽回来，荀羽给苏琴回复过去——"谢谢，不必了"。

做完这一切，她又主动将手塞回了肖曳的口袋里。她没说话，只俏皮地眨了眨眼。

肖曳看着她，不由将她的手握得更紧，直到进了庙堂，才终于舍得放开。

点燃香，四人虔诚地跪在蒲团上，荀羽闭眼，默默在心中许愿："佛祖在上，请保佑我身边这个人平平安安地活下去，活到老。"

按规矩，愿望是不能说出来的，说出来就不灵了。但肖曳一看她的表情，就明白了她的心愿。他无奈地笑了，也闭上眼睛："佛祖在上，请保佑我身边这个人永远健康快乐。"

阳光明净清澈，风流云轻，袅袅升起的青烟中，他转过脸："你相信我吗？"

荀羽怔怔望着他。

"我相信你，所以你必须要相信我。"他沉声说。

"好。"好久好久，她允诺。

回程的路上，荀羽轻靠在肖曳的肩上，似有所思。手机又开始震动，她拿起来，发现还是苏琴的短信："拜托了，能给我一个补偿你的机会吗？"

两人看着亮起的屏幕，一时间都沉默了。短暂的沉寂后，肖曳摸了摸荀羽的头："荀荀，你可以回答我一个问题吗？"

"嗯。"

"你对她……还有恨吗？"

荀羽眼中闪过片刻的惊讶，而后是淡淡的怅然："没有。"她说罢，顿了顿，"这么说大概不准确吧，怨恨啊、疑问啊，当然有过的吧。对了，你还记得肖茵吧？"

肖曳颔首。

荀羽继续道："那一天，在听过她的立场后，我发现我心里有过的那些情绪竟然开始慢慢溶解了。我甚至想过，如果有一天我们见面了，我会做什么样的选择。我只是没想到这一天会来得这么快。与其说我怨恨她，不如说，我只是不知道如何与'母亲'这个角色相处。一切都太陌生了，我很不习惯。而我们之间的关系，不是说想要建立就可以立刻建立起来的。但我已经决定了，明天，我一定会把自己真实的想法告诉她的。我不会让那些过去的回忆成为未来的包袱。"

和苏琴的见面地点是荀羽挑的，还是选在了诊所附近的那家咖啡店。

肖曳把她送到门口后说："我在外面等你好了，我怕我在附近，你们都会觉得不自在。"

"我不会不自在。"荀羽说。

"我也希望她觉得自在。"肖曳轻轻捏了捏她的脸，笑着，"那我们待会儿见吧。"

距离约定的时间还有一会儿，苏琴还没到，服务生走过来询问荀羽需要什么，荀羽正犹豫着，一抬头，那张有些陌生又有些熟悉的脸刚好出现在窗外。

她想了想，微笑："人马上就到了，麻烦稍等一下吧。"

服务生颔首。这时桌上的手机响了："怎么样，见到了吗？"

她唇边不觉扬起一抹笑容，拿起手机回复消息，耳边高跟鞋的脚步声近了。再抬起脸，苏琴刚好走到她跟前。

"你好啊。"荀羽迟疑片刻，淡淡笑了。

苏琴脸上的表情却比她复杂，说是高兴，又有些苦涩；说是激动，又在努力克制。她张开嘴，又阖上，反复几回，终于说："你好啊。"

荀羽放下手机，低声问："你想喝点儿什么？"

苏琴拉开椅子在她对面坐下，脸上的表情又是被高兴与难过轮了一遍："都可以。"

"那我就点美式了？"

"对不起……我喝不惯美式。"

"没关系的，毕竟我们不太了解对方。"荀羽理解地笑笑，扬手叫来服务员："你好，一杯美式，一杯……"

"红茶。"苏琴垂眸，"红茶就好。"

"嗯，红茶。"荀羽颔首，"那先这样。"

服务员拿着小木子走开了，桌前只剩她们两个人。苏琴一直在用余光偷偷打量她，半晌，鼓起勇气问："你过得好吗？"

"托福，还不错。"不过一句普通的寒暄，荀羽没想到竟会生生惹下了苏琴的眼泪。

"你这是……在讽刺我吗？"

荀羽怔住，不知该从何解释。想了想，她坦率地说："老实说，你误会了。我没有想过要讽刺你，非要说的话，只是客套话罢了。至于我的人生，实在没办法用'好与不好'两个字来概括。有好的部分，也有坏的部分，哪怕今天我坐在这里把店里的咖啡喝完，我想，都是说不完的。"

苏琴还在低声抽泣："对不起……真的对不起……那时是我的错，是我没有信心一个人抚养你长大……"当初她还很年轻，年轻到深夜独自面对哇哇大哭的荀羽，觉得天都塌下来了，完全不知道明天该怎么办。

离开或许是一时的冲动，但当她冷静下来就发现，其实回去更需要勇气。她已经没有勇气回去了，只能一步步走到了今天。

"我多少能理解你，在各种层面上……"荀羽静静看着她，给她递了一张纸巾，"也接受了过去你没能陪在我身边这件事。"

"我希望你明白，我没有恨你。你不要因此自责，或者感到负担，甚至刻意弥补，都没有必要，我真的没有恨你。"她说着，微微偏着头，像在思索，"但我也不能欺骗你，说自己是爱你的。我对你的感情，暂时是空白的，没有强烈的爱，也没有深刻的恨。但上次见面，我发现你过得不错，内心其实隐约松了口气，我想，要是你真的过得不好，我或多或少会觉得失落吧。毕竟这是你作为母亲之外的角色选择的人生，我希望你如愿。"

她看着她，眼神中充满真诚。

苏琴的泪渐渐止住了，看她的眼神既悲伤又惭愧，良久，她轻声说："对不起……"

荀羽笑了："你过得幸福，为什么要觉得对不起我呢？都说了，你不要自责，也不要感觉负担。"她说完，看了看手机，"对了，我男朋友在外面站了一阵子了，最近天气太冷了，我不想他久等，要不今天我们就聊到这里吧。"

"你的……男朋友？"苏琴呆呆地看着她，"是那天那个男孩？"

"不是，我的男朋友是个潜水员，他叫肖曳。"

"那就好。"苏琴喃喃着，"我还想着他看起来太年轻，似乎不太……"她意识到自己没理由也没立场点评荀羽的感情生活，连忙收声。

荀羽也没生气："那男孩很好，不过的确不是我的男朋友。"她说完，再看苏琴，发现她正以一种哀切的目光看着自己。

她愣住了，虽不确定她将要说什么，但她有预感。

苏琴颤抖着开口："那我们以后……还能见面吗？"她不敢奢求什么，荀羽已经是大人了，童年没有得到的，长大后她未必想要。

她明白，都明白，但她还是想能常见到她。

荀羽沉默着，脸色渐渐变得严肃："说实话，我不反感跟你见面，但……"她看着她，语气有些无奈，"我也希望你能理解，我没办法那么快和你变得亲密。就好像那天你要给我买衣服。现在的我，对这样的好意，暂时还没办法轻松地接受。如果可以的话，我希望你能多给我一点儿时间，有些东西是需要慢慢建立的，包括我们之间的关系。"

感情是没有失而复得这样的好事的。失去了就是失去了，再得到的也都是重新建立起来的。荀羽说完，露出了一个温和的笑容。

看她笑，苏琴心里更难受了，张开嘴，"呜"一声哭出来。

荀羽走过去，宽慰地抱了抱她："不要难过了，重要的是我们还有机会，不是吗？"

苏琴的哭声渐渐止住了。

荀羽又抱了她一会儿，才松手："那今天，我就先走了。"

"唔。"苏琴涩声回应。

荀羽微微朝她点了点头，步伐轻盈地朝大门外走去。推开门，冬日的阳光在她的脸上漾开。

苏琴凝望着光晕中她的背影，莹莹的泪光中，她依稀看见了荀羽第一次学步的蹒跚模样——她摇摇晃晃地往前走，努力要走向她。

年轻的苏琴被她笨拙又拼命的样子逗笑了，荀羽看见她笑，也跟着咯咯地笑。那一刻，她心间长久以来丧夫的阴霾因她天真的笑容一扫而空。

是有过很好很好的时光的，只是她选了另一条路，一条在当时看来更轻松、更好走的路。她因此得到了很多，自然也失去了很多。苏琴垂下头，不敢再看她离去的背影。

正当她以为女儿已经离去时，荀羽却突然转过了身："对了，刚才你问我的那个问题，我虽然不能用'好'或是'不好'来回答，但我可以说，我过得很幸福，过去有疼爱我的爷爷奶奶，现在有爱我理解我的男朋友。有些事，我们就不要继续介怀了吧！我很高兴那天能救了你的丈夫，请不要把这件事看作恩情，它是我的使命、我的愿望，我感到非常自豪。"

荀羽走出咖啡馆，肖曳静静等在外面。

"我们去哪里逛逛吧？"荀羽拉着肖曳的手走在前面，忽然回头问。她看他的眼神轻快明朗，丝毫不像刚经历过那样一场会面。

"你变了。"他望着阳光下那张生动的脸，轻叹。

听见他的话，荀羽回头，佯装思考的样子，片刻，她微扬起嘴角："真巧，我也觉得我变了。"她说着，转过身来，"我还想过，自己为什么会有这样的改变。"

荀羽顿了顿，温柔而坚定地看向他的眼睛："是你改变了我。你让我和这个世界建立了新的联系，让我真正变得坚强起来了。从前我只是假装很强，其实内心一直在害怕，因为我的能力，我害怕跟任何人建立亲密的关系，害怕失去，害怕受到伤害，害怕再经历任何一次死亡。我看似选择了直面我的命运，但我就像是被正反两股力量绷紧了的皮筋，看起来很有力量，可随时都可能断掉。然后你出现了，握住了我的手，你让我在看见了死亡的同时，也看见了希望。你把死亡的阴影带给了我，但你也把乐观、豁达和勇气带给了我，你让我看到了和人建立起联系的那个世界的美好。"

肖曳听着，摸了摸自己的下巴："这么听起来，我还挺厉害的啊？"

荀羽颔首："当然了。"

"那我这么厉害，都没奖励的？"

"你想要什么奖励？"

"噢，那就得看你有多感激我了。"

荀羽的笑容逐渐放大，下一秒，她踮起脚尖，在他唇上轻轻印下一吻。

他低头，意犹未尽："就这么点儿啊？"

"做人不要太贪心！"

"怎么办，我这个人最大的优点就是贪得无厌……"

她一时被他的歪理邪说气得没了音，须臾，又垫脚在他脸颊上啄了一下："那这样呢？不够的话，我就再加，加到你觉得满意为止。"

"那大概，我今天、明天、大后天，以后每天都不会满意了。"

恋人对视着，眼中绽放出温柔的光，因此谁都没有留意到人群中那双目不转睛注视着他们的阴鸷眼睛。

蒋国光已经站在那里很久了，久到开始怀疑那个笑得如此灿烂的女人究竟是不是他见过的那个荀羽。那个永远冷着一张脸，浑身散发着生人勿近气息的愁苦女人，她凭什么在毁掉他的人生后，还可以过得这么幸福，可以在太阳底下尽情地笑？

而他却只能过着东躲西藏的日子，就连走在人群里，都必须低下头，生怕被谁认出来。

那些睡不着的午夜里，他每回忆一次她的脸，对她的憎恨就越深一些。

身体中有一个声音在大声地叫嚣，做点儿什么，你必须做点儿什么！让这个女人付出她应有的代价！那个声音在他心中久久不能平息，终于，他再也按捺不住心中的躁动，两天前悄悄回到了桥城。

荀羽不难找到，她的生活单调乏味，甚至不需要做什么深入调查，他就轻松地在她工作的地方锁定了她。可问题在于，她身边总跟着那个男人。

他清楚自己的斤两，像当初那样对付落单的荀羽还行，但想从这个男人身边做到全身而退，肯定没有那么容易。他有妻子，也有儿子，还不想因此被抓去坐牢，所以到底要如何对付这个女人，他还得从长计议。

蒋国光低头看了看表，这个时间，妻子应该快下班了，他已经很久没跟他们联络了，也不知道他们现在过得怎样。看着街边来来往往的一家三口，他忽然很想回去偷偷看他们一眼，就一眼。

如此想着，蒋国光背过身，压低自己的帽檐，快步没入了人潮。

跟肖曳回到家，荀羽第一时间打开了从泰国回来后整理的笔记。

这是她近日来最重要的功课——不想坐以待毙的话，就要主动寻找命运的突破口。

她揉了揉太阳穴，想起了卫修生前的话："不把它当作'死期'，而当作'那天会发生危及性命的严重意外'的警示来看的话，就不再是必死的命运，也可能是生机。如果抢在命悬一线之前做好准备，那个数字说不定就会消失呢？"

她在M国的时候，的确经历了他推理的那个瞬间——孩子手背上的数字消失了。

可当时卫修的噩耗令她失去了理智,她没能及时收集到关于那个孩子更详尽的信息,后来试着联系当时从旁协助她的救援人员,也只收集到一部分不够确切的信息。

因为在巨大的恐惧中,那位母亲很多事都记不太清,也不太确定了。只告诉救援人员,水洼就在营地附近一两百米的地方,距离很近。当时她一直陪着孩子,意外一发生,她就跳下去捞人了,可孩子太小,还是呛了不少水,出水就昏了过去。

苟羽一遍遍翻看着每个她经历过的生死时刻旁的备注,冥冥中觉得,她想找的那个答案就在那些有过的瞬间里。忽然间,放在桌上的手机响了。

苟羽接起来:"程骁?"

"是我……"程骁那边听着有点儿吵,可能在跑现场。他顿了顿,长长吐出一口气,提起声,"苟医生,我这边有件事要告诉你,很重要!我刚听杨哥说,他的线人告诉他,警方最近追踪到了蒋国光的行踪,他回桥城了!"

窗门紧闭,屋内明明没有风,苟羽却突然感到了冷。挂断电话,苟羽静坐了好久。

当日被蒋国光摁住头往地上撞的恐惧还记忆犹新,就像一场无止境的噩梦,她努力说服了自己千万次,才做到不再主动去回想。而眼下程骁却告诉她,那个噩梦又回来了,她怎么能不恐惧?

但她更清楚的是,和恐惧相比,她还有更重要的事要做。

深呼吸,苟羽平复好心情,继续逐页检索着信息——

殡仪馆工作人员
警示位置: 小臂 死亡原因:脑梗 死亡情景:突然倒地死亡 急救措施:无

诊所的小女孩
警示位置: 脖子 死亡原因:车祸 死亡情景:汽车碾压当场死亡 急救措施:无

刘长虹奶奶
警示位置: 脸颊边缘 死亡原因:心肌梗死 死亡情景:家中倒地死亡
急救措施: 无

蒋涛老人
警示位置: 无法确定是否存在于无法探知位置 急救措施:排气,已苏醒。

M 国女孩

警示位置：手背　急救措施：心肺复苏，已苏醒

……

这一年里，那些活着的人、死去的人，他们留给自己的除了言语，一定还有什么她没有注意到的重要的信息。

荀羽的目光定格在笔记本被台灯直射的那片阴影上，一个词忽然涌入她的脑海——灯下黑。

当照明时由于被灯具自身遮挡，会在灯下产生阴暗区域，变成视觉上的一片盲区，这就好像对发生在身边事情的最合理的解释，人们往往无法察觉。

难道……荀羽颤抖地抓起笔记，冲进肖曳的房间。

"我可能找到了！"她举着本子，手在发抖，声音都变了调，"假设蒋涛身上存在警示数字，而我没有办法在那种特殊情况下找到的话——那活着的关键就在于时间！时间！蒋涛老人和 M 国的孩子都是在及时发现情况的前提下立即采取了急救措施，所以他们都活下来了。"

最浅显的答案，起初因为被错误的认知引向了错误的方向而没有意识到，后来则因为答案近在眼前，显得过于合理，才始终没有觉察。

从她掌握的 M 国孩子的信息推断，孩子大概率是在黄金四分钟内得到急救的。

一切似乎回到了原点——和死神的拉锯战，分秒必争。她多争取一秒，就可能赢回一条鲜活的生命！

"这是不是意味着，如果二月十三日那天我把握住了时间，我就可能救下你的命，是吗？是这样吗？"荀羽捂着脸，泣不成声。

看见她这个模样，肖曳的眼眶骤一下红了。他冲过去，抱住颤抖的她，抱得紧紧的："不是可能，是一定，你一定可以救我的！我说过，我相信你……所以，你也要相信自己！"

二月十二日清晨，桥城罕见地下了一场迷你的雪。

所谓迷你，即雪花落地即化，变成一摊雨水。饶是如此，很少看见下雪的桥城人还是感觉兴奋。

一大早，江雨熙就开始拼命拍 709 的门："走啊！起床啦！去外面看雪啦！"

因为对肖曳即将面对的命运一无所知，小公主脸上洋溢着无忧无虑的笑容。

荀羽看着这样活泼的她，微笑着点头："好啊。"

世上已经多了张宁一个大人了，他们想留下身边最后一个孩子。

走出楼道，苟羽抬头。空中飘着细沙一般的雪，不仔细看，只当是雨，轻飘飘地掉落在枯枝上、亭子上、草丛里，遍地都是湿漉漉的。

天是灰蓝灰蓝的，云层厚得好像棉絮，一丝光线都透不进来。

风刮得很大，割在苟羽脸上，有点儿刺人，她忍不住缩了缩脖子。

肖曳把她的手焐在自己怀里："这雪也太难看了吧？风还这么大。"

一旁的江雨熙倒是完全不在乎，她像个真正的公主一样，拎着自己的裙摆，在不知是雨还是雪中快乐地转起了圈圈。

苟羽蹲下身，指着一株植物上微小的冰晶："还真是雪呢。"

肖曳擦掉她睫毛上挂着的水珠："你喜欢雪啊？"

苟羽歪头想了想："不算喜欢吧，我怕冷。非要说的话，我更喜欢温暖的冬天。"

"广城的冬天就很暖和。"肖曳不紧不慢地说，"月底最冷的时候，我们干脆就去那边避寒吧。我想回去看我爸妈了，而且，"他故意顿了一下，才继续说，"漂亮老婆得早点儿见公婆才不会跑啊！"

他的笑容那么明朗，好像完全忘了明天是什么日子。

苟羽心里一抽一抽的，说不出话，只好拼命对着他点头。两人都沉默了一阵，忽然，苟羽像想到了什么，哑声开口："听说，初雪这天许愿特别灵，我们来许愿吧！"

肖曳好笑道："上次我们不才向佛祖许愿吗？怎么才下了米粒大的雪，你也要许愿啊，迷不迷信！"

苟羽瞪他："你封建，我迷信，咱们不刚好绝配？"

他笑得更厉害了："既然绝配，那我是不是必须得配合你许个愿望了？"

"这不废话吗？快点儿！"她努力压抑着心中那股不时涌动的伤感，让他双手合十，"来，我们一起许愿了！"

……

为了看这场雪，江雨熙一身都被淋湿了，午饭都没吃，就被贾世豪下了最后通牒，领回家换衣服了。

房间里一时只剩下他们两个人，苟羽依偎在肖曳怀中，静静看着窗外。窗外雨雾蒙蒙，一大片玻璃将他们与世界隔开，仿佛无人的荒岛。

"肖曳？"她小声喊，"你知道我今天许了什么愿望吗？"

他慢慢眯起眼睛："不知道。"

"猜猜看。"

他想了一会儿，垂眸："是我能帮实现的吗？"

"是。"

"所以……"

"去房间吧，"她扬起脸，眼中有微小的光芒在闪动，"我想实现我的愿望。"

虽然她还不知道明天要怎么过，会发生什么，但她很清楚，她想如何度过这一天。

"你要弄明白了，这不是什么最后的回忆，这是新的开始。"她细声呢喃，双手环住他的脖子，温热的呼吸扑在他的耳蜗。

他浑身战栗，低下头，含住她的嘴唇："我从没那么想过。"

……

苟羽醒过来的时候，天不过擦黑。

"几点了？"她迷迷糊糊地问。

旁边的人少见地不配合："你自己看。"

她有些诧异，还是顺从地抬起手，就看见昏暗的光线中，有一枚戒指在自己的无名指上闪动。

睡意一瞬间消散，她颤声问："这是……"

旁边的人翻了个身，用手支着脸看她："都说了，漂亮老婆要早点儿见公婆啊。漂亮嘛，你是有了……老婆嘛，就得靠我自己努力了。"

他说罢，拉过她的手背，轻吻了一下："看来我们今天都梦想成真了。"

"这就是你今天许的愿？"她感觉自己好像跌入了另一场梦境。

"嗯。"他懒懒答。

苟羽的眼角微微湿了："那那天呢，你在庙里许了什么愿？"

肖曳望着她，片刻，眨了眨眼："不告诉你，说出来就不灵了。不过，明天的愿望我已经对着你许好了。"

"对着我？"她愣住。

"对啊，有想要你帮忙实现的愿望，当然是要对着你许愿。"他说罢，微笑着凑近她，额头抵住她的额头蹭了蹭，撒娇道："拜托了，明天跟我去旅行吧！"

苟羽没听过他这么讲话，哪儿招架得住，话都不会说了，只会点头。

肖曳的笑容更盛了些，把她拉进怀中牢牢抱着："那我们再睡一会儿吧，最好一觉到天亮，我们起床就出发。"

无论等待自己的是什么，他想，明天对他来说，已是意义截然不同的一天。

　　凌晨两点。

　　荀羽和肖曳的手机同时震动了起来——

　　旅游船长海号在航行途中遭遇突发暴风雨，在桥城下辖水域翻沉反扣，现场急需社会力量支援！

　　看完张哥发来的现场灾情汇总，荀羽的脸彻底白了。窒息的沉默中，她感觉心脏像被一柄利刃给彻底挖了去，空荡荡的。

　　载有两百余乘客的游船几乎在瞬间翻沉，在她的救援生涯中，这样的灾难前所未见，原来这就是她所预见的对肖曳的警示吗？

　　她真的可以做到吗？在这样的现场，及时救回肖曳的命。她颤抖地吸了口气，迟疑地望向肖曳，双唇嗫嚅着："我们也可以选择不去的，没有人要求我们一定去的，不是吗？"

　　肖曳亦看着她，须臾，他笑了："荀荀，你知道吗？你现在的眼神告诉我，你已经有选择了。"

　　荀羽呆住。忽然，她捂着脸大声呜咽了起来。

　　是啊，那么多人正抱着微茫的希望，等待着生命的奇迹，她怎么会不去，怎么能不去……

　　"不要想了，"他拉开她挡住脸的手，握紧，"至少对我来说，水下才是最好的地方。因为只有在水里，我才能把我的命完完全全交到你手上。"他站起身，牵住她，"走吧，我的荀医生，让我们一起去看看，等待我们的究竟是什么样的命运。"

第二十章　生命的奇迹

天幕一片漆黑，水上没有一缕光影。有一瞬间，荀羽竟生出了幻觉——天或许永远都不会再亮了。强风吹拂着江面，水流奔腾咆哮，滔滔不绝，站在距翻船地点最近的码头上，远远可以看见长海号反扣在江面上的轮廓。

各级领导在得知灾情后，都在第一时间赶往了现场指挥工作，当地公安、海事、消防也都全员出动，码头上一时沸反盈天。家属的哀号声、搜救船只的马达声、现场媒体的报道声……所有人间的声音汇聚在一起，最终沦为凄惨的地狱。

蓝海救援队的第一梯队在清晨六时全部抵达。整队后，张哥向大家汇报了现场搜救的最新进展："截至目前，船上乘客已确认逃生人数四十一名，还有一百余人生死不明、生还希望渺茫……我们今天的任务是尽全力寻找剩下失踪的乘客，不放过任何一个搜救生者的希望和机会！不论以什么样的形式，我们都要把他们带回家，带回到亲人的身边！"

分配给每个人的具体任务很快下达。作为队中的医疗骨干，荀羽被留在了岸上，随时准备为失踪乘客家属集中区域里可能因悲伤过度产生生理不适的亲属提供医疗急救服务。而肖曳则将跟其他六名队员一起乘坐水上交通工具，前往事发水域附近进行搜救打捞。

得知这个消息，荀羽僵住了——她不能在他身边！她竟然不能在他身边！

明白此时不是可以任性的时候，她感觉心更痛了。强忍着恐惧背过身去，她的指尖在掌心掐出了一道深深的印痕。思绪混乱中，她感觉身后有人按了按自己的肩："我怎么会死在区区一条渔船上……"他的语气听着那样轻松，"你也太看不起我了吧？"

她浑身僵硬，动不能动，许久，才迟疑地回头。时间紧迫，肖曳已经走了。只看见他背着对她轻轻扬手："待会儿见！"

　　他洒脱的背影在黯淡的晨光中定格，良久，她狠狠擦了擦眼睛。哭什么哭！他不是说了吗？区区渔船，她这是在看不起他！

　　荀羽努力扯起嘴角，挤出一个笑容——她要相信他，她必须相信他！

　　就在这时，家属集中区域传来了焦急的呼救："有人晕过去了！有人晕过去了！有医生吗？有家属哭得晕过去了……"

　　荀羽愣住，下一秒，双手抓紧了身上医疗包的背带，朝着那个方向狂奔："人在哪里？我是蓝海救援队的医生！"

　　一艘艘承载着救援人员的冲锋舟、摩托艇和渔船陆续从码头出发，沿着航道驶向了事发水域。风声猎猎，江面上四处可以看见漂浮着从船上滚落的行李和物资。剧痛无声，所有人都努力说服自己冷静，全神贯注地观察水面上的漂浮物，试图寻找到失踪乘客的踪迹。

　　船缓慢前行着，忽然，一位队员大喊："东南方三十米处，有发现！"

　　众人当即转过头，看见浮在水面上的灰色外套轮廓，推测是遇难的乘客。

　　张哥微微一怔，沉声号令："向东南方靠近！"

　　船逐渐靠近灰色外套的位置，一位队员熟练地抛出钩子，钩住了遇难乘客的尸体，小心地将他捞上了船。当遇难者的尸体被放平时，贾世豪猛一下转过了身。

　　"太惨了……太惨了……"他咬着拳头，泪流。他本以为经历过上次的事，他会更加平静，事实证明，在死亡面前，他还是无法做到无动于衷。

　　打捞作业一直在持续，差不多到中午，天开始断断续续下雨。水流在以肉眼可见的速度加快，渔船的燃油也差不多消耗过半。张哥看了看时间，决定返程，等所有人吃过饭稍事休息后，再继续下午的搜救。

　　贾世豪一下渔船就吐了，苍白着脸，一言不发地独自走在前面。

　　回到大本营，后勤人员过来发盒饭，他只吃了一口就放下了。身旁的队员也跟着放下饭盒，彼此相视一眼，发出一声苦笑。谁都没胃口，心情沉重到就连说句话都觉得难受。

　　怔怔坐了会儿，贾世豪突然想起了什么，掏出手机，疲惫扬手："我去打个电话。"

　　原本说好今晚要去学校接江雨熙过情人节，他想，自己应该要失约了。走出营地，他拿出手机，发现屏幕是黑的，用力抖了抖，有水漏出来，已经被泡坏了。他脱力地蹲在地上，恍惚中，依稀听见了旁边家属集中区域传来的吵闹声。

他偏头，想一看究竟，却看到了迎面跑回来的荀羽。

"那边是……"他问。

荀羽回头看了眼，声音低落："刚有家属得知丈夫死讯想跳江，被拦下来了，我才给她打完镇静剂，人群还没散。"她说完，回头盯着他，"肖曳呢？"

她眼睛是红的……贾世豪愣住："在里面。"他话音刚落，荀羽就跑不见了。

肖曳席地坐在角落的位置，正默默扒着盒饭。

看见她，他扬眉露出一个安慰的笑容："我回来了！"她一下子冲过去，紧紧抱住了他。

午后，广城打捞局的工作人员和设备都抵达了现场，时断时续的雨也停了。

张哥在大本营做上午的情况总结和下午的工作安排："目前确认死亡的人数已达98名，还有五十余名乘客未能找到。今天上午，我们蓝海共计打捞到三名遇难者遗体，目前已全部转交给家属。下午，我们第二梯队的人会继续进行搜索打捞工作，希望能发现幸存者。"

两点，蓝海第二梯队即将出发之际，政府部门突然传来了好消息——在使用热成像生命探测仪对船体进行探测发现收效不佳后，他们改用敲击船体、寻找回音以及对照船体构造图的方式，确认了一名被困人员的位置！

由于船反扣在江水中，受到撞击变形，船舶、船尾两侧外翘，甲板以下可能存在空气层，也就是说，被困人员极大可能还活着，正在等待生命救援！

这个好消息让沉闷了大半天的气氛顿时振奋了起来，贾世豪终于端起了自己放冷的饭盒，开始使劲扒饭："不行，我还想去江上搜一趟！"

下午三点。吴工带领的打捞队乘坐冲锋舟成功登上了翻扣的长海号。

"经评估，对船舶贸然切割供气可能会引起船舶漏气下沉、燃爆等次生事故，所以我们不进行切割供气，"他看着所有人，表情严肃，"我们只能采取下潜的方式救人！"

同行的安全处长听完，面色陡然凝重起来："虽然雨已经停了，但现在江面水流速度已达到1.8米每秒，超过了1.5米每秒潜水作业的最大阈值，不适合安排人员下潜……"

吴工眉心紧拧："你觉得现在是谈适合的时候吗？一条活生生的人命可能就在我们脚下，你却让我站在这里，眼睁睁地看他等死吗？"

安全处长理解吴工的心情，那也是他的心情，可潜水员的安全……这样恶劣的作业环境，需要的不仅仅是专业的设备，也非常考验潜水员的个人能力。他心里既着急又难受，垂在身侧的双手紧紧捏成了拳。所有人都沉默着。

良久，吴工再次开口："那好，我们采取自愿原则！如果真的没有人愿意下去，我就亲自下去！"

"可您是监督！"

"别废话了，现在开始举手！"

人群中，孟乔高高举起了自己的手："我愿意接受任务下潜！"

吴工刚要开口答复，孟乔却抢先道："而且我还肯定，有一个人一定也愿意！如果是他下潜的话，我相信他绝对能顺利完成任务，把活着的人平安带出来！"

见到吴工的那一刻，荀羽感觉自己如坠冰窟。她惶恐地看着他，看他一步步走近，走到肖曳身边，附在他耳畔说着什么……她想要尖叫，声带却颤抖着发不出声音。

"情况就是这样。"吴工说，"孟乔已经主动申请下潜，现在就看你的意思了。就像我一开始说的那样，非强迫，属自愿。"

"我去！"肖曳毫不犹豫地答。

"你考虑好了？"吴工迟疑地看着他，"我说了，现在流速1.8米每秒，下潜有难度，也有危险，你要不要再……"

"不用了，我已经考虑好了。"肖曳说着，回头看荀羽。他看着她，眼神那么坚定，那么执着，最后竟轻轻勾了勾唇角，对她展露出世上最温柔的微笑。

荀羽明白，他这是在恳求自己。他怎么能恳求自己！

她张了张口，想说求他不要去的话，却什么都说不出来。泪水疯狂涌出眼眶，她的喉咙持续发出"啊呜啊呜"的悲鸣，拼命摇头，却还是什么也说不出口。

她一开始就明白，他们都做不到自私地只为自己。

肖曳附到吴工耳畔说了两句，朝她走来。荀羽拼命摇着头，闪躲。他紧紧摁住她的双肩，凝视着她的眼睛："相信我吧，我一定会平安回来的，就像刚才那样。"

荀羽还在摇头，双手捂住了自己的嘴。吴工的目光在她的无名指上定格。

一霎的愣怔后，他忽然立正，朝荀羽鞠了的一躬："对不起！国家需要他，水下的生命需要他，我们都需要他，请您理解。"

荀羽的身体猛地颤了一下，肖曳连忙抱住了她。

"相信我，我会回来。"他说。每一个字都铿锵有力，是最庄严的承诺。

她怔怔看着他，好久好久，泪水终于止住。深呼吸，她仰起脸，对他露出了一个坚定的笑容："那好，你去，但……我有条件，我要做你的潜水医师。你说过的，你的命交给我。"

一切准备就绪，吴工走到自己的位置坐定："请潜水医师最终确认潜水员肖曳和孟乔的身体状况。"

荀羽眼底虽仍有泪痕，但情绪已完全平静，肃声道："潜水员肖曳和孟乔身体状况正常，可以执行任务！"

吴工点头致意："收到。"他随即看向肖曳与孟乔，"现在江面流速 1.8 米每秒，超过了潜水作业的最大阈值，水温 12℃，水下非常冷；同时这段江面非常浑浊，能见度可能不到 2 米，船舱内环境也十分复杂，这些你们都已经明确了吗？"

肖曳和孟乔同时回答："明确！"

吴工继续说："本次救援使用管供式潜水，使用 TZ-300 重型潜水装具，同时携带 69-Ⅲ式自携潜水装具供被困人员使用。在发现被困人员后，返程过程只有 30 分钟左右。这次救援行动环境恶劣、条件艰难，我希望你二人务必注意自身安全，随机应变！一定要平安归来！"

肖曳和孟乔全神贯注地听完，郑重答复："收到，我们有信心也有能力完成本次任务！"

吴工欣慰地点了点头："好，现在我们已确认被困人员位置，位于船舶底层的 103 号船员休息室。底层的构造图你们刚才确认过了，你们的路线是下潜后从船舶甲板的大厅进入，通过大厅右侧的楼梯往上走。进入甲板以下后，是底层的主通道，你们的右侧就是船首，顺着通道往前面走 35 米，经过 5 个房门，右侧就是 103 号房间，被困人员就在里面。水下能见度较低、环境复杂，整个救援时间只有半个小时，非常紧张，请再次确认路线和装备！"

肖曳和孟乔齐声道："装备、线路已确认完毕！"

吴工："好，现在开始行动！"

随着两人的下潜，荀羽的视线一刻都没能离开过监视屏幕。

所幸潜水电话中如期传来了肖曳和孟乔的声音："已到达 1 层大厅！能见度非常低，不到 2 米。周围障碍物较多，除了桌椅，还有垮塌的木板、被子、床垫、行李箱……"

水中极寒，肖曳一边竭力辨认着障碍物，向吴工传递舱内的信息，一边努力保持着对方向感的判断。水下作业，最糟糕和最危险的就是迷失方向。

吴工盯着回传的视频影像，开始指挥工作："肖曳，你慢慢往右侧摸，右侧有一个斜坡式下楼的阶梯，是通往底层主通道的。"

"收到，正在前往阶梯，但能见度太差了。"

吴工继续："从大厅进去，如果没有失去方向，前行 15 米左右应该就是阶梯口。按照你们的行动速度，应该还有四五米就能到达阶梯口！"

不一会儿，潜水电话中果然传来了孟乔兴奋的声音："我摸到扶栏了！等一下，有把椅子挡住路了，我先尝试搬开椅子。"孟乔说罢，立刻开始行动。

片刻，电话中传来了肖曳及时的汇报："椅子移动成功！空间已足够通行，现在我们往上前往底层通道！确认到达底层……咳……"

听见肖曳突然的呛咳声，苟羽的声音骤一下提了起来："机舱在底层，这种大型客船的油污无法避免，你们能坚持吗？"

"能坚持！"两人坚定答道。

苟羽微微一愣，松了口气："好，有任何不适，请及时汇报！"

"收到！"

"收到！"

此时吴工确认了时间："截至目前，用时7分钟，请确认你们面前是不是通道的舱壁？"

孟乔摸索了一会儿，回答："是的，我摸到了。"

吴工颔首："好的，请保持方向！你们的右侧为船首，这艘船的沉船是反扣在水中的，船首被抬起了一点儿，你们再往船首方向前进一些，应该就是空气层了。"

肖曳："正在往船首方向前进。我在数经过的房间数。"

孟乔："已经过三个房间了，障碍物很多，我怕时间太紧……"

吴工皱眉："请务必保持冷静！不要担心时间，时间还很充足，你们不要冲得太快，避免受伤，保持方向感！"

肖曳："就在前面右侧房间了，这里已经有空气层了——"

几乎同一时间，孟乔兴奋的声音也传了上来："103的舱门开着！找到被困人员了！我们找到被困人员了！"

船上有一霎的静寂，下一秒，众人猛地爆发出一声低吼，这是这沉重的一天里最值得庆祝的时刻！就在大家纷纷击掌庆祝时，吴工和苟羽的脸却始终紧绷着——

不能松懈，在他们顺利出水之前，他们一刻都不能松懈。

吴工深吸了口气："你们做得很好！现在请确认被困人员状况和周围环境！"

肖曳仔细地观察着周围："舱室大概有1.5米左右的空气层，被困人员是 名二十岁左右的女性，看起来比较健康，至少行动没问题。"

被困女子也发现了他们，愣怔几秒，突然爆发出一阵撕心裂肺的哭声："我是不是已经死了啊！我怎么看见人了，我竟然看见人了！"

肖曳镇定地跟吴工表示："我先尝试安抚她的情绪。"随即慢慢靠近女子，"别担心，你没有死,还活着。我们是广城打捞局的人,我们来救你来了,别怕!我们一定能带你出去。"

女子听完一愣,低头哭得一抽一抽的,像在努力消化他的话。片刻后,她开始边流泪边笑,眼中渐渐燃起了希望。

孟乔心头动容,由衷赞许她:"你很厉害!一个人在下面坚持了这么久,你知道吗?你已经坚持了超过十个小时了!"

被困女子慢慢冷静了下来,喃喃:"谢谢、谢谢……"

看她情绪基本平复,肖曳开始指导她逃生的方式:"待会儿我们会给你穿戴这套自携式潜水装具,然后带着你沿着我们进来的路线一起出去!别害怕,出去的难度比你在这里坚持的难度小多了,你已经这么勇敢了,接下来一定没有问题,你也要对自己有信心,好好配合我们的指挥!

"我们一起加油!"孟乔说,"一会儿我们两个人会搀着你出去,路上你什么都不要担心,照我们说的做就行,一切有我们在呢!"

肖曳开始教被困人员使用自携式潜具,在介绍完使用方式后,他再次强调:"一会儿你咬紧这个咬嘴,一路不要说话,有问题就向我们打我教给你的手势,记住,千万不要紧张,我们的时间完全足够!"

孟乔想了想,补充道:"对了,出去的路上会有点儿油污,稍微有点儿呛人,你尽量坚持,只有几分钟,很快就出去了!

女子拼命点头,孟乔和肖曳互相比了个好的手势。肖曳开始向吴工报告水下最新的进展:"被困女子情绪已完全稳定,我们正在给她穿戴装备,准备立刻出水!"

吴工查看时间后答复:"很好,现在用时19分钟,返程时间应该也差不多。你们带人顺着入水绳移动,就能沿路返回。"

荀羽亦再次确认他们的身体状况:"体能没问题吧?是否有任何不适?请回答!"

孟乔与肖曳:"没问题,能坚持!被困人员装备已穿戴完毕!"

吴工:"好,开始出水!"

漆黑的水下,两人实时汇报着返回的进程,所有人的心都被紧紧牵动。

肖曳:"正在沿着入水绳返回中。通道障碍物虽然很多,但可以通过。已通过105……107……109……111号房间,到达楼梯口!"

孟乔:"已摸到扶栏……"

肖曳:"楼梯障碍物不是很多,可以顺利通过!"

孟乔:"已经到达甲板层大厅……"

胜利在望，吴工努力按捺住心中的澎湃："保持方向！往前行约十五米即可出舱！"

肖曳："能见度正在恢复，已经感觉到光源！"

孟乔："马上到了！"

只听水面传来一阵清脆的响动，肖曳与孟乔相继出水，女子亦被平安地带出了水面。

现场沸腾了！吴工无声地和荀羽交换了一个眼神，用力擦了擦自己的眼角。

随队医生赶到女子身边，立即为其检查身体，载着医护人员的待命船就在旁边，马上会对女子进行转移。

半小时后，水面的风似乎和缓了些，将女子送上医疗船，现场暂时恢复了宁静。

为肖曳检查完身体后，荀羽定定望着他："心率偏高，左眼轻度充血。答应我，今天无论如何你不要再下潜了！"

肖曳也看着她，半晌，唇边是一抹压抑的苦笑："你是不是……也觉察到了？"

荀羽不语。他继续说下去："既不是在渔船，也不是刚才的下潜任务，属于我的那个生死时刻还没有真正到来……"

她痛苦地捂住耳朵，心像在被凌迟。是啊，当他顺利潜出水面的那一秒，她就意识到了，她所预见的那个瞬间还没有来——

那个更凶险、更绝望、更无法预料，也不知何时会降临的瞬间。

她哀恸地看着他，低吼："求求你，不要——"

"说"字还没来得及说出口，吴工的对讲机便收到了最新的探测消息："水下又发现一名被困人员！舱室已确认，请求立刻实施救援！"

荀羽错愕地张开嘴，无力地看着肖曳。她嗓子全哑了，发不出声音，却已经知道他接下来要说的话。她就那样眼睁睁看他站起来，走向吴工："潜水员肖曳请求下水救援！目前被困人员已被困超过十三小时，随时可能有生命危险，而我刚下潜过，对底下的情况更加熟悉，由我下潜会更有效率，成功实施救援的概率更高！"

吴工愣怔了两秒，眼中明显有了犹豫："你说的虽有道理，但刚才你的体能消耗不少，真的还能坚持吗？"

肖曳郑重地点头："我可以！"

荀羽挣扎着抓住他的胳膊："不！我说了，你心率偏高，左眼轻微充血！不适合下潜！"

肖曳据理力争："只是偏高，轻微充血！荀荀，只是不适合，不是不能！"

吴工偏头看着争执的两人，沉吟片刻，果断道："时间紧迫，我给你们两分钟，好好谈一谈吧。"

一阵风涌来，吹乱了苟羽的发。她脸色苍白，木然望着脚下奔腾的水面。

当吴工要他们谈谈的时候，她发现自己反而不知道还能说什么了。检查结果就摆在那里，作为专业的潜水医师，她对他的答案永远只能是"不适合"，而不是"不能"。

也许正因为明确这点，他才会那样坚持，不肯放弃。

"你不能这么对我的。"她说，声音那么平静，肩膀却在颤抖。

"我知道。"他答。

一秒静谧。风将他的声音送进她的耳朵里："苟苟，你知道吗？所谓命运，光觉察到是不够的，与其让我坐着等待那个瞬间的降临，不如由我主动去抓住它——我不仅要抓住它，我还要改变它。"

苟羽无话可说，微微呼出一口气，她擦掉眼泪，绽出一个坚定的笑容："好，你去吧。但那个命运，我会和你一起抓住，因为那是我们共同的命运！"

考虑到孟乔体能消耗得很厉害，和安全处长商议后，吴工决定由肖曳和方舟一起完成二次下潜施救的任务。

吴工的心情前所未有的沉重："肖曳，我需要再次确认，你的身体还能坚持吗？你之前下去过，对下面的情况比较熟悉，这是优势。但这次的被困人员是在机舱，整个机舱内部更为复杂，各类设备、机械较多，我怕你在下面迷失方向、体能透支。"

肖曳脸上的表情却比往常每一次都坚毅、镇定："我没问题！我状态很好，我对自己的能力和身体状况都有信心！"

吴工愣了愣，声音微哑："那好，我们准备下潜！"

走到自己的位置，他再次看向二人："肖曳、方舟，我们之前联系上游电站停止放水，似乎已经起到作用了，目前江面流速正在下降，但仍然有1.4米每秒。这次的被困人员在底层机舱，船舶尾部方向，和之前船员休息室的方向相反，机舱周围的溢油肯定更多，机舱内部的环境也更加复杂，整个救援难度比之前肯定更高。这一点，你们务必要有心理准备。此次下潜，你们依旧从上一次的线路进入底层，进入底层后往与上次救援的反方向，也就是左侧前进约10米就可以进入机舱。肖曳，你对下面的情况要熟悉一些，抵达机舱后你二人保持方向感，从外部敲击声音判断，被困人员应该在机舱中部靠右侧位置，我会尽力引导你们。请务必知晓本次行动的危险性，一定要注意安全！"

肖曳和方舟相视一眼："请放心，我们一定和被困人员一起平安出来！"

吴工："收到，请最后确认线路、装备，准备下潜。"

肖曳和方舟："线路、装备确认完毕！"

吴工："收到，现在开始行动！"

五分钟后。潜水电话中传来了肖曳的声音："已按预定路线到达甲板楼梯处。"

吴工指示："往上进入底层。"

方舟回应："收到！现在开始进入底层！"

吴工不忘提醒："时刻注意周边障碍物！沿楼梯进入底层后，机舱在你们的左方，前进20米。"

"收到！"

"收到！"

一靠近机舱，肖曳便感觉到一阵强烈的呕吐感，头开始晕眩，他逼迫自己打起精神："这边的油污太浓了。"

方舟也感觉到些许不适："气味很强烈。"

荀羽立即询问二人的身体状况，方舟答复："还能坚持！"

他话音未落，便听到潜水电话中，肖曳发出了"啊"一声呻吟。

荀羽和吴工同时站了起来："怎么了？肖曳！你还好吗？"

电话中，肖曳的声音短暂地消失了几秒，荀羽感觉眼前一黑，几乎瘫坐在地。吴工正欲安排接应潜水员下潜查看情况，突然，肖曳的声音又回来了！

"一个法兰盘漂了过来，刚好擦到了我的头，现在已经没事了，请放心！"

吴工长吁出口气，重重坐回去："那就好，那就好。记住，任何时候，务必保持方向感，如有不适，及时告知！"

"收到！"肖曳回答。

同一时间，方舟报告："我已经摸到机舱门了！"

吴工："好，你们准备进入机舱！"

很快，水下传来了肖曳的报告声："已进入机舱！入口处已有空气层。"

吴工："进入机舱门后应该是双主机发动机，两者中间有一米左右的通道。"

肖曳："摸到发动机了。"

"好，收到。"吴工说罢，确认时间，"现在用时十八分钟。你们的右侧应该是主机操作台。内部障碍物的情况如何？"

肖曳努力辨认着眼前漂浮着的东西："到处都是扳手、杂物、灭火器、线管、铁板……行动有一定困难。"

吴工沉吟："请尽量往左侧靠，先靠近主机操作台。"

肖曳回答:"已摸到主机操作台。"

吴工继续道:"这边舱壁较厚,无法准确定位失踪人员在哪个设备附近。你们先在操作台附近搜索一下。"

过了一会儿,方舟回复:"已沿操作台搜索完毕,未发现被困人员。"

肖曳则继续向前方摸索:"这里空气层开始高一些了,能有半米左右。应该是锅炉。"

吴工观察视频后提示:"小心周边管道、障碍物!肖曳,沿锅炉方向继续搜索;方舟,可以稍微往右搜寻,右边应该是辅机。"

方舟:"辅机这边没发现。"

肖曳:"我这边也没有,不过越往里空气层高度越高,这边有0.5米左右了。"

吴工皱眉:"现在用时25分钟,请继续往前搜寻。前面是电机位置。"

随着搜索时间的增加,水下的人和水上的人都感觉到了无形的压力。尽管身体暂时没有任何不适,但肖曳能感觉到,自己的体能消耗正在加速,移动的速度也明显比初次下潜时有所下降。就在众人开始感觉失望时,潜水电话里突然传出了方舟的声音:"电机位置没发现……等一下,我好像听到了口哨声!"

肖曳也听到了声音,努力辨别出声源的方向,他开始向声源处移动。半分钟后,潜水电话中传来了他的惊呼:"找到了!我找到受困人员了!"

油污漂浮的水下,映入肖曳和方舟眼帘的是一张极度虚弱的脸。他眼神空洞,见到他们,神情没有任何明显的变化,人仍然一动不动。

肖曳判断,他之所以能发出口哨声,应该是最后的求生本能。两人的心登时沉下去。

"我观察到被困人员是个四十余岁的中年男子,目前精神状态很差。"肖曳沉声说,"可能在丧失意识的边缘。"

男子呆滞的样子让方舟也很不好受,他努力控制着自己的情绪。

吴工清了清嗓子:"请务必调整好心情,保持注意力集中!"

方舟迟疑着:"他真的好像快不行了,我们先和他说说话……"

"能听得到我说话吗?"肖曳问。

重复了好几遍,被困男子终于轻微地点了点头,却发不出声音。

"别怕!"肖曳鼓励他,"我们马上救你出去!请一定打起全部精神,听我说,半个小时前,我们才救了一位女性出去,就在同一层。你的身体更加强壮,已经拼命坚持了这么久,这个时候更不能放弃希望!我相信你,你一定没问题!只要我们扶着你,几分钟就能出去了!请你也相信我们!"

听见有人得救的消息，男子的眼中蓦地闪过一丝光亮，似乎重新燃起了求生的欲望。他努力翕动着嘴唇，终于发出嘶哑的声音："你……你们真的能救我出去？"

方舟拼命点着头："我们可以的！你不要害怕，没什么好担心的，只要你按照我们说的去做，一定能顺利出去！"

被困男子的瞳孔骤一下放大，须臾，他艰难地伸出手，似乎想要握住他们的手。但那手刚碰到他们的潜水服，便虚弱地滑了下去。肖曳顿住。片刻，他低声对吴工说："我判断被困男子行动力较差，可能已无法掌握使用自携式潜具的要领了。"

"先尽力一试！"吴工说。

"收到！"方舟开始尝试为他穿戴潜具。

眼看时间一分一秒过去，终于，等不到新进展的吴工有些沉不住气了："下潜已经快半个小时了，你们的体能如何？返程过程时间会比较紧张，需不需要更换人员进行救援？"

肖曳望着穿戴自携设备失败已濒临失去意识的男人，深吸了口气："不行了，等不到更换人员救援了。他需要立刻出水！"他说完，提高了声音，"我正式提出申请，把我的重潜装置给他使用，我采用自携式潜具潜出！"

和对体力有要求，必须自己咬紧咬嘴，主动呼吸的自携式潜具不同，戴上重型潜具的面罩后，只需要正常呼吸，潜具就会源源不断提供气体，不需要消耗体能。

"这……"吴工浑身僵住。

电话中，肖曳仍在恳求："被困男子的确已丧失主动行动力，舱内空气也已消耗到极限，我们不能再拖了！再拖下去，他可能会因缺氧昏迷，那样就更加无法实施救援了。吴工，请相信我作为潜水员的判断！"

这不是优柔寡断的时候！思考五秒，吴工咬紧牙关："同意！但你们进去已接近半小时，返程会非常紧张；你更换自携设备后，只能靠自己摸索判断潜出。我已安排好人员接应，请你务必要平安出来！"

半秒后，肖曳坚定的声音自电话中传来："收到，一定圆满完成任务！"

一刹那，潜水电话中变得格外安静。吴工迟疑着，转头看荀羽："你……会恨我吗？"

他的声音被风吹散，仿佛一声哽咽。他的职业生涯中，尽管遭遇过无数次险境，但从未有过此刻一般的动摇。当初，他亲眼看着胡毅失去了生命，他不能也承受不了再失去肖曳。

荀羽亦看着他。她的眼睛是血红的，唇边却始终保持着笑容，一字一顿地说："我不会。因为这是他选择抓住的命运。"

她站起来，步伐坚定地走向入潜的位置："接下来，我也要抓住我的命运了。"

水下。时间的流逝让方舟紧张，尤其听到肖曳的决定后，他的手更是开始发抖。

肖曳见状，立即握住了他的手，安慰道："你也听到了，我们的时间不够了，所以现在才更需要冷静！快，帮我把装备换给他，然后你先带他出去，我随后就出来。"

方舟用力咬着牙："我……"

肖曳将他的手握得更紧："作为我的潜伴，你要相信我！"

那一声"潜伴"几乎让方舟落泪，他拼命让自己振作，紧紧反握住了肖曳的手："好，我相信你！"

两人随即开始替中年男子更换设备。自携式潜具无法实时与水上进行通话，肖曳想了想，对方舟说："对了，上去帮我给吴工带句话。当初我没有怨他，我怨的是无能为力的自己。但以后不会了，如果可能的话，这次之后，我会考虑重回打捞局。"

方舟听完呆住，须臾，艰难地问："那苟医生呢，你没有话要跟她说吗？"

"当然有了。不过，我想，还是等我上去自己跟她说吧！"肖曳说完立刻拱手，"好了，没多少时间了，你快出发吧！"目送着方舟牵引着男子离开，肖曳开始独自穿戴自携式潜具。

一切检查完毕，他开始顺着入水绳前进。潜入机舱两次，沿途的路线他已牢记在心，拉着入水绳顺利离开机舱，他摸索着走向楼梯的方向。

行到扶手处，他还没来得及摸到扶手，脚下骤然一晃，头开始晕眩了起来，紧接着是一阵耳鸣。溢油的浓烈气味充满鼻腔，他强迫自己保持清醒，调整呼吸，继续向前走去。

耳边的噪音越来越大，意识分散间，他对方向的判断开始变得不那么准确，身体似乎撞到了什么障碍物，他镇定了几秒，用手推开物体，再次前行。

终于，他回到了大厅。体能至此已几乎消耗殆尽，缓慢的行进中，他突然感觉到身体受到一阵阻力，脚被什么绊住了，他险些因此失去平衡，撞上旁边的椅子。

拼命稳住重心，肖曳低头，黯淡的视野中，他模模糊糊看见了缠绕在自己脚踝上的入水绳。一霎的愣怔，他苦笑——难道这就是苟羽所预见的瞬间吗？

被入水绳困住，无法前进，直到体能完全耗尽，失去呼吸……

不！他才不接受这狗屁的命运！他瞬间做了决断，操起随身携带的刀具，猛地割断了绞在一起的入水绳——就算是闯，他今天也要从这个地方闯出去！

失去了入水绳的指引，肖曳只能依靠直觉和记忆，继续在大厅摸索出舱的方向。携带的空气在急速消耗，他沿着舱壁反复确认着周围的环境，

终于，在空气彻底耗尽前的最后一刻，他摸到了门的位置！

胜利就在一步之遥，供气瓶却再没多余的空气，肖曳思索三秒，当机立断，卸掉了自己身上的压铅和气瓶。猛憋一口气，他将手臂伸过头顶，努力朝着上面光源的方向前进……

呛入口中的水越来越多，越来越多……意识模糊间，他仿佛看见了荀羽苍白的脸正在水面上摇曳……

她在等他，他要回去……

他必须回去！

"潜水员肖曳已被接应人员成功救起！"

"经检查确认，潜水员肖曳脉搏微弱，呼吸暂停，心跳暂停！需立刻进行急救！"

泪光中，荀羽跪在他的跟前。眼前的人就好像暂时睡着了一样，表情是那样安详，江水顺着他的脸颊滑落，她仿佛看到他自水中潇洒潜出，一双狭长的眼微微挑着，正对自己微笑："荀荀，我回来了，我回来了。"

一霎间，荀羽清醒了过来！她用力擦掉脸上的泪，抓起身旁的剪刀："没时间卸掉他身上的潜水服了！我现在要立刻剪开衣服，对他进行心肺复苏！"

她说着彻底撕开了潜水服。迅速为他打开气道，荀羽低下头，开始对他进行心肺复苏。

身边的医护人员也在争分夺秒——

"立即准备除颤仪！输氧设备！"

"上心率监视器！"

"除颤仪到位！"

"准备输氧！"

……

那场面紧张得令人心颤，在场只听得见所有人粗重的呼吸声。

"他是用了那个吧……"安全处长看了吴工一眼，颤声道。

"嗯，紧急漂浮上升——"吴工的嘴角不住搐动，拼命压抑着自己的情绪，"解除紧急情况所采取的最后一个步骤，同时也非常危险。他真的是个很有决断，也有很有意志力的潜水员，竟然在被入水绳缠绕的情况下果断选择进行切断，甚至在没有监督指导也没有入水绳指引的前提下，凭借自己的能力找到了大厅的出口……"吴工终于控制不住哽咽起来，"你看，他这么厉害了，怎么会死？他绝对不会死的，绝对不会的……"

如果他真的死了，他也许一辈子都无法原谅自己。

"心跳！有心跳了！"两分钟后，目不转睛盯着监视器的护士忽然爆发出一声惊呼。

"呼吸也恢复了！有微弱的呼吸了！"另一位医生大声宣布。

听见这个好消息，吴工腿顿时一软，"啊呜"一声，跪在了地上。

结束了，一切都结束了！肖曳圆满地完成了任务，也成功地活了下来！就像他承诺的那样，他改变了自己的命运，也改变了他们共同的命运！

狂喜中，荀羽颤抖着直起身，抓住了肖曳的手，轻轻贴在自己的脸上。

然而就在那一瞬间，好似晴天霹雳，她感觉自己浑身的每个毛孔都竖了起来！

数字没有消失！红色的数字没有消失，仍然安静地在他的泪痣下闪动着！

为什么？为什么还没有消失！大脑倏地一片空白，荀羽蓦一下松开手，整个人瘫坐在地。

"肖曳已经脱离生命危险了，剩下的你就放心交给救护人员吧。"吴工走过，试图将坐在地上的荀羽拉起来，但她却如同一颗沉重的石头，岿然不动。

她眼神呆滞地望着面前沉睡的人。

到底是哪里出了问题，是她又搞错了吗？难道数字既不是警示，也不是死期？

那是什么？是什么！仅仅是命运对她的嘲讽吗？是这样吗！

荀羽觉得窒息，双手环住自己的脖子，不住咳嗽起来。她开始笑，狂笑。

所有人都沉浸在肖曳恢复呼吸的狂喜中，大家纷纷困惑地看着她，不明白她为什么会突然这样。吴工以为她还没能从刚才的情绪中抽离，蹲下身，不断安抚地轻拍她的背："没事了，真的没事了，他不会死，已经没事了……"

荀羽却还在笑，笑着笑着，眼角飞溅出泪花："没事了？怎么会没事了？我还能看见啊！我还能看见……"她瑟缩成一团，喉咙迸发出一声低吼。

吴工被她这个模样吓住，良久，不确定地看着她："你到底看见了……什么？"

荀羽抽噎了几声，突然沉默。没人出声。良久，荀羽跟跄着从地上站起来，紧紧抓住了吴工的手："我要陪他去医院！"

"可你现在的精神状况……"

"我要陪他去医院！"她绝望的吼声在船的上空回荡，"如果、如果，今天他死了——"

她空茫的目光望向天空，呼啸的风声却无法给她答案——

如果今天他死了，她该怎么办呢？

载着肖曳的船以最快的速度向码头行驶着。一路上，荀羽一动不动，一言不发。

旁边的护士尝试给她递水喝，她的眼珠甚至转都没转一下，就好像一具只会呼吸的尸体。

"你让她静静吧。"同行的医生怜悯地看了看荀羽，长叹一声，转头吩咐护工："你赶紧再跟码头待命的救护车确认一下是否准备到位，我们一下船就要立刻转移病人！"

船终于靠近岸边，两位护工抬着肖曳的担架马不停蹄向救护车的方向前进。紧跟在旁边的荀羽视线一刻都没能离开他沉睡的脸，她看着他，泪水再度了涌出来。

围观的群众有人认出了她，大声地向她道谢："谢谢你，荀医生，如果不是你，我妈可能就哭死过去了……"

"谢谢你荀医生，没有你拦住我，我现在可能已经去寻死了吧……"

"谢谢你……"

那些遇难者的家属们一边流泪一边朝她鞠躬致意。

走在她旁边的医生见到这一幕，微微一愣，轻轻按了按她的肩："辛苦你了，替我们做了来不及做的。现在，请放心把他交给我们吧，我们一定会让他活下去的！"

载着肖曳的担架终于抵达了救护车的停靠点。

医生立刻指示工作人员："转移患者上车！"

荀羽凑到担架旁，轻抚着肖曳的脸庞："答应我，再坚持一下，我们马上就要到医院了。"

就在这时，众人突然听到了一阵刺耳的引擎声。

没人反应过来究竟发生了什么。电光石火之间，一辆摩托车已彻底冲破封路的路障，全力加速，朝停靠在路边的救护车冲了过来！

车上的蒋国光疯狂地摁着喇叭："我什么都没有了！家没有了！钱没有了！我像过街老鼠一样东逃西窜，你这个多管闲事的女人，你凭什么被这么多可怜虫感谢？你凭什么过得幸福？我要你死！我要我们一起死！"

一切都是在昨天改变的。

在昨天之前，蒋国光其实没想过要和这个女人玉石俱焚。他只想报复她一下，也许就像之前那样，狠狠揍她一顿，给她些教训，要她尝尝多管闲事的苦头。

他还仔细考虑过，如果实在不能继续留在桥城，他可以换个没人认识的小地方生活，一定比现在安全。虽然得远离妻儿，但等风头过去，他们也不是不能团聚。他不是完全没有希望的。但他万万没想到的是，在他不在的这段时间里，他的妻儿已搬离了曾经的家。

他起初只以为他们是受不了警方的打扰，想换个环境清静地生活，直到昨天，他忍不住悄悄去了妻子的单位楼下，他就那么眼睁睁地看着曾经属于他的妻子笑着上了陌生男人的车。原来离开了他，她的生活并不会缺少什么，甚至更好。而他竟然蠢到为了一家人能享受到更好的生活，做了那么多蠢事。他深深地感觉到自己被背叛了。

不，也许她不是真心想背叛自己的，只是自己出了事，她又是个女人，要承受各种各样的压力，想有个人能依靠，这样想她也情有可原。所以还是因为荀羽！如果不是荀羽，他一定会顺顺利利分到钱，还上单位的账，后面的一切也都不会发生。

都是荀羽的错！

蒋国光一夜没睡着，满脑子都是要跟荀羽同归于尽的念头。清晨从手机上看见游船翻沉的新闻，这个女人这么爱管闲事，他猜她一定去了现场，于是他租了辆摩托车，守在了附近，就等她现身。本来他还担心那个总是围着她转的男人会坏了自己的事，可没想到那个男人竟然倒下了。他的机会终于来了！

看见冲过来的摩托车，所有人都尖叫着后退。

混乱中，荀羽被人潮冲撞开，她听见了担架坠地的声音，听见了警车的鸣笛声，听见了摩托车的撞击声，更听见心跳监视器提示心跳停止的声音。

她的眼前全黑了。一片混沌中，她依稀又看见了肖曳的脸。

他在风中回过头，自信地对她微笑着："所谓命运，光觉察到是不够的，与其让我坐着等待那个瞬间的降临，不如由我主动去抓住它。我不仅要抓住它，我还要改变它。"

身体不断颤抖，荀羽猛一下支起身体，挣扎着从地上爬了起来。

她奋力拨开人群，不顾一切地冲向了肖曳，双手对准他的胸骨开始按压，泪水不住地从她的眼眶涌出来——不能放弃，不能放弃！

不到最后一刻，她绝对、绝对不会放弃！

……

医院。江雨熙在肖曳的病房里不断打着转："肖曳哥哥到底什么时候才能醒过来啊？"

贾世豪被她转得头晕，伸手把她拽到自己身边坐下了："求你了，别转了，转得我心慌！医生不是说过了吗，曳爷身体各项指标都正常，但他体力透支得太厉害了，可能要睡上几天才能醒过来。"

他也是下午下船后才得知肖曳的状况，虽然第一时间冲到了事发现场，但那时肖曳已和蒋国涛一起被送往了医院。

因为过度加速，蒋国涛失去了对摩托车方向的控制，没能顺利撞上想撞的荀羽，反而是撞向了旁边一米开外的树，本人当场飞出三米远，陷入了昏迷。

一切大概就是传说中的现世报吧。

贾世豪对这个人渣的死活实在没有兴趣，他只在乎肖曳，一打听到他送去的是哪家医院，立刻就飞奔了过去。他赶到时，肖曳刚结束抢救，医生出来宣布结果："病人目前生命安全，各项指标也都已恢复正常。考虑到潜水体能过度透支的情况，可能还会持续昏睡几天，今晚就能转入普通病房观察了。"

荀羽听完医生的话，当场昏了过去，大家又手忙脚乱地送她检查，结果说是过度劳累，给她打了葡萄糖，人到傍晚才终于醒过来。

"谁知道她人一醒就跑回去帮曳爷收拾行李了。我说我去，她不肯，非要自己去。"贾世豪无奈地叹了声气。

江雨熙听完，人怔了怔，片刻，开始拭泪："小荀姐姐真的好坚强啊，要换成我的话，一定做不到……"

贾世豪怜爱地摸了摸她的头："如果真有那么一天，你也一定会这么坚强的。因为面对爱的人，我们都会变得超乎自己想象地坚强。"

709。走进肖曳的房间，荀羽打开他的衣柜，开始翻找起未来几天肖曳所需要的替换衣物。

想起他曾经给自己收拾过内衣，自己现在则在给他收拾内衣，她唇边不禁浮起一抹浅浅的笑容。他这么封建一个人，指不定得气得叫自己多亲他两下呢？

想想就忍不住有点儿期待。将他的衣服叠好，放进行李袋，荀羽走到他床边坐下了。她昨天没留意，今天才发现床头柜上摆着两张车票。

她拿起来，发现是去邻市山里一家挺有名的温泉的大巴车票。

荀羽愣了愣，指尖抚过上面的字，情不自禁呢喃："你看，你买的车票都过期了，看来只有等你醒过来，我们再重新买一次了……"

她说罢，长长吐出一口气，目光在自己的指间定格。

那枚戒指闪耀着温柔的光，一瞬间，她感觉自己的身体重新充满了力量。

"好的，充电完毕！"她微笑起身，径自朝门口走去。

荀羽是在回程的计程车广播中听到附近山体滑坡导致途经大巴车被掩埋的新闻的，越听越感觉心慌，她急急地对司机喊："师傅！麻烦往回开！"

冲进门，她直奔肖曳的房间，拿起那两张车票定睛一看，清晰地看见了上面印着新闻中所提到巴士的车次。

她陡然呆住。

虽然肖曳脸上的数字已经在她回家前消失，但这一瞬间，她不禁感觉迷惘，她看到的数字究竟是哪种选择的结果呢？

是奔赴救援现场，还是坐上这趟大巴？荀羽发现，自己根本无从判断。

也是在这时，她才恍然大悟，原来数字真的只是数字，就算她看到了命悬一线的日子，也未必能猜对每个人在经历不同选择后将面临的困境。

她只能看见日期，无法预见未来，她已经尽力了。感觉身上那沉重的枷锁忽然间断裂粉碎，她不由自主地捂住自己的脸，畅快地哭了。

……

2月14日。

清晨第一缕阳光洒在病房的白色床单上。荀羽趴在肖曳的床边，沉沉地睡着了。

从未出现在她梦中的爷爷第一次走进了她的梦。

江岸的阳光那样明媚，温柔的风拂过水面，垂钓中的爷爷缓缓回过头，对她露出了抱歉的笑容："对不起啊，荀荀。这原本是爷爷想送给你的礼物，希望你能用它守护今后人生里重要的人，但爷爷没想到，它给你带来了那么多苦难，是爷爷对不起你。"

红霞洒在爷爷花白的头发上，荀羽一时不敢去看那张朝思暮想的脸，下意识垂下眼眸。良久，她才鼓起勇气抬头。

"爷爷，"她脸上漾着坚定而感激的笑容，"不是你以为的这样。也许之前我因此吃了些苦，但从今天往后，这种能力就再也不是苦难了。它会成为我捍卫大家生命和幸福的可能。谢谢你，爷爷。"荀羽说罢，张开双臂，用力朝他跑去。感觉爷爷抱住了自己，正轻轻抚摸着自己的头发，荀羽觉得幸福极了，不由想往他身上靠得更近。

忽然，她耳畔冷不丁响起了一个熟悉的声音："骗人！你不是说过，你不喜欢别人摸你头的吗？"

这不是爷爷的声音！荀羽陡一下睁眼，就看见病床上的男人一边抚摸着自己的头，一边似笑非笑地打量着自己："唉，原来我未来的老婆是个小骗子啊！"

荀羽顿时僵住："你醒了？"

肖曳不答，凑近吻了吻她的眼角，吻掉她涌出的眼泪。

"我爱你。"他轻声说，眼眶微微红着，"我在水下之所以能坚持到最后，是因为还有这句话没来得及对你说。"

"我爱你。"他重复，轻吻她的唇。

荀羽流着泪，幸福地闭上了眼睛。

因为有爱的人，我们才更想努力活下去。

而只要活下去，我们就一定能见证更多更多属于生命的奇迹。

后记 勇敢

打开文档,已是立春。

在这个因疫情而被迫居家的二月,我终于得空坐下来慢慢梳理过去的时间,蓦然发现,原来《暴风为你加冕》这个故事我竟满打满算写了一年。从最初的灵光一闪,到前期的取材准备,再到后期没日没夜地书写和修改,我的身体一度因此拉起警报,不得不暂时休整调理,因此写后记的时间一再耽误,拖到此时,再回味这一年,已完全是另一种心境。

每个故事完成后,为这个故事写一篇后记是我从事写作以来一直保有的习惯。大概由于自己的性格过于两面,平日在社交平台总是吝于展示有关于故事本身的想法与点滴,更不擅长营销自己故事中的主角,哪怕知道这对作者来说并不是件有利的事,却还是一再放任继续做这样的自己,所以每次完成故事后,写一篇后记成为我唯一可以放心的、不觉矫情的、跟大家聊聊故事的机会。

我其实不太确定《暴风为你加冕》是否是我耗时最久的一个故事,但它的确是我感觉写得最漫长的一个故事。因为内容涉及不少专业性知识,除了需要取材进行创作外,还需要在内容初步完成后跟专业人员进行细节核对,在尽量保证不出错的前提下,让整个故事不会显得艰深无趣。

能写这个故事,是机缘。感谢我的先生,因为他的工作与水运系统相关,我才能在确定了写作方向后，第一时间找到相关行业的从业人士进行专业知识的咨询。

在这里，我想对帮助过我写作的所有人献上最诚挚的谢意与敬意，感谢他们愿意拨出私人时间，与我这个外行分享业内的点滴苦乐，让我对水上救援的从业者们有了更深刻的认知与理解。

不得不承认，是写作让我与这个世界的联系更紧密，让我更深刻地感知到，高尚者并非存于虚构，高尚者常伴你我身边。

决定写这个故事的最初，其实我内心有些忐忑。

写作十年，尽管无法把握变幻的市场，但对世面的潮流，也不是完全没有认知，所以最终动笔写这个尽管带着奇幻色彩，内核却有些严肃的故事，我始终是不安的。

肖曳死期的设定会不会过于沉重？

每一次关于世情的探讨会不会有些晦涩？

诚然，我明白生活已经很苦了，大家都希望看到甜甜的爱情，而肖曳和荀羽的爱情却充斥着死亡的冰冷和理性的抗拒。

但我从未认为他们的爱情是苦涩的。

和被赞美、被宠爱相比，甜蜜的爱情也包括被理解、被帮扶。

理解与帮扶，是我对爱的最高理想。

荀羽和肖曳，是一对与死神战斗的男女，是情侣，也是战友，更是彼此的精神领袖。

在书写他们的爱情的过程中，我感觉自己也变得更勇敢了。相信下一次，自己能够更加率性地表达自己。

我不是个高产的作者，也不希望自己被任何一种风格定型，哪怕不再是写作全盛时期，我也希望自己仍像个顽童似的一次次去尝试自己向往的、好奇的题材。

都说大人们怯懦是因为试错成本高昂，但我觉得，正因为我已成为了大人，才得以拥有付出高昂成本的机会。

我十分感激，在这条跌跌撞撞并不一味平坦的写作道路上，自己尚能拥有出版的机会。我更加感激翻开这本书的你们愿意尝试接受我的这次尝试。

感谢写作，让我得以再一次表达自己。

愿所有人都能遵循内心地去生活，去表达。生活的冠冕将永远属于勇敢的人。

我们下本书再见。

那夏

2020 年 2 月 14 日 于重庆家中